PAVILLON

NORA HAMILTON

Ufer des Verlangens

Roman

PAVILLON VERLAG
MÜNCHEN

Umwelthinweis:
Dieses Buch wurde auf chlor-
und säurefreiem Papier gedruckt.

Originalausgabe: 11/2004

Printed in Germany 2004
Umschlagillustration: Ennis John/Agentur Schlück
Umschlaggestaltung: Nele Schütz Design, München
Satz: Buch-Werkstatt GmbH, Bad Aibling
Druck und Bindung: GGP Media GmbH, Pößneck
http://www.heyne.de

ISBN: 3-453-77025-3

Prolog

England, im Jahre 1485

Zwei Männer saßen vor einem windigen Zelt und blickten auf das zerstörte Land. Sie waren müde, ihre Gesichter fahl, die Stiefel über und über mit Staub bedeckt.

In einiger Entfernung brannte ein Dorf. Die Hilferufe der Menschen drangen bis zu ihnen, doch die beiden nahmen sie nicht mehr wahr. In den letzten Monaten hatten sie zu viele Hilferufe gehört, zu viele brennende Dörfer, zu viele hingeschlachtete Menschen gesehen. Noch im Traum gellten ihre Ohren von den Schreien; mit geschlossenen Augen sahen sie die brennenden Häuser, rochen das sinnlos vergossene Blut. Beim kleinsten Geräusch schreckten sie auf – oder sie schliefen vor Erschöpfung so tief, dass nichts sie aufwecken konnte.

Dreißig Jahre dauerte dieser Krieg nun schon. Das Haus York mit der weißen Rose im Wappen kämpfte gegen das Haus Lancaster mit der roten Rose im Wappen um den englischen Thron.

Aus allen Teilen des Landes wurden kriegstaugliche Männer eingezogen, selbst aus den weit entfernten schottischen Highlands.

Auch Allistair Kingsley hatte sein Gut verlassen, um in diesem Krieg zu kämpfen und seine Lehnspflicht zu erfüllen. Viel lieber wäre er in den Highlands geblieben und hätte sich dort um seinen Besitz und seine Zukunft gekümmert. Immerhin neigte sich der Krieg nun dem Ende entgegen. Bald würde er wieder zu Hause sein.

Neben ihm saß sein Freund aus diesen Kriegstagen. Auch er hatte nicht freiwillig zu den Waffen gegriffen.

»Was meinst du?«, fragte dieser Freund nun. »Wie lange werden die Kämpfe noch dauern?«

»Ich weiß es nicht ... Aber ich hoffe, dass dies die letzten Tage sind, die ich auf dem Schlachtfeld verbringe.«

Die beiden Männer legten sich schlafen, und schon bald versanken sie wie schwere Steine im Fluss in den Tiefen ihrer verstörenden Träume. Sie hörten nicht, dass Hufgeklapper sich aus der Richtung des brennenden Dorfes näherte.

Erst als der Rauch ihres brennenden Zeltes ihnen den Atem nahm, wachten sie auf. Nur mühsam erreichten sie den Ausgang. Draußen aber warteten die Männer des Dorfes auf sie.

Ein Dolchstoß traf Allistair am Oberarm. Er brüllte auf, rollte sich herum, bekam eine Stange des brennenden Zeltes zu fassen und riss mit aller Kraft daran.

Inzwischen war auch sein Freund ins Freie gekrochen. Die beiden Männer warfen sich auf ihn. Einer hielt seine Füße wie Schraubstöcke umklammert, der andere setzte sich auf seine Brust und hielt ihm den Dolch an die Kehle.

Der Freund schrie nicht. Er starrte mit vor Entsetzen weit aufgerissenen Augen auf seinen Gegner, unfähig, sich zu rühren.

In diesem Augenblick schwang Allistair die brennende Stange und ließ sie mit aller Kraft auf die Männer herabdonnern, die seinen Freund bedrohten. Der eine, der die Füße des Wehrlosen umklammert hielt, war sofort tot. Der andere aber begann zu brennen. Das Feuer griff nach dem groben Leinenhemd und setzte es in Brand. Sein Gebrüll klang unmenschlich, verlor sich in den Bergen und kam als schreckliches Echo zurück. Der Brennende ließ von dem Freund ab, sprang auf, rannte wie eine lebende Fackel zum nahen See und stürzte sich kopfüber hinein.

Allistair kniete sich neben seinen Freund, besah die tiefe Wunde am Hals, aus der das Blut quoll. Er riss seinen Ärmel ab und verband die Wunde. Der Freund stöhnte leise.

»Du hast mir das Leben gerettet«, sagte er. »Ich danke dir dafür. Wann immer du mich einmal brauchen solltest, bin ich für dich da.«

»Du wirst eine Narbe am Hals zurückbehalten«, erwiderte Allistair.

Der Freund lachte unter Schmerzen. »Was bedeutet schon eine Narbe, wenn man einen Freund wie dich gefunden hat?«

1. Kapitel

Schottisches Hochland, im Jahre 1487

Lord McLain stand vor seinem einstmals prächtigen Gutshaus, beschirmte mit der Hand die Augen und sah hinaus in die Ferne, dorthin, wo seine Ländereien in den Wald übergingen.

Dicke Rauchwolken versperrten ihm die Sicht. Er seufzte und wandte sich an seinen Verwalter, der neben ihm stand und ebenfalls sorgenvoll auf den Waldrand blickte.

»Die Kingsleys haben unsere Felder in Brand gesteckt, nicht wahr?«, fragte der alte Lord.

Charles Connor nickte. »Das dritte Mal schon in diesem Jahr! Und dabei haben wir erst Mai.«

»Wie hoch ist der Schaden?«

Connor zuckte mit den Achseln. »Das werden wir erst sehen, wenn das Feuer gänzlich gelöscht ist. Die Männer sind gerade dabei, Wasser aus dem See zu holen.«

»Der verdammte See«, brummte Lord McLain. »Wie viel Stück Vieh, wie viele Ackerflächen hat dieser See mich schon gekostet! Die Geldladen sind leer. Nicht einmal das Gutshaus kann ich mehr instand setzen lassen. Jedes einzelne Pfund geht für die Behebung der Schäden drauf. Es ist höchste Zeit, Frieden zu schaffen.«

Der Verwalter lachte düster auf. »Wie wollt Ihr das anstellen, Mylord? Seit Jahrzehnten ist Eure Familie nun schon mit dem Clan der Kingsleys verfeindet.«

»Eben deshalb ist es höchste Zeit, den Krieg zu beenden«, erwiderte Lord McLain, seufzte und ging schweren Schrittes auf sein Haus zu.

Vor dem steinernen Portal blieb er stehen und betrachtete sorgenvoll die einstmals weißen Säulen, die den Treppenaufgang umrahmten und von langen Rissen verunziert waren; sie hätten längst gekalkt werden müssen. Ein leichter Wind kam auf und ließ die losen Dachziegel klappern.

Lord McLain drehte sich um und rief seinen Verwalter zu sich: »Connor, kommt zu mir in die Halle. Wir haben einiges zu besprechen.«

Der Verwalter warf einen letzten Blick auf den brennenden Wald. Als er sich davon überzeugt hatte, dass die Männer alles taten, um den Brand zu löschen, folgte er dem alten Lord ins Innere des Hauses.

Auch hier hinterließ der Verfall seine Spuren, die Vergänglichkeit der einstigen Pracht, des einstigen Wohlstands war nicht mehr zu übersehen. Die Teppiche, mit denen die Wände behängt waren, wiesen dünne Stellen auf; die Farben waren verblasst, das Gewebe fadenscheinig.

In der Mitte stand ein großer Tisch, dessen polierte Platte schon lange nicht mehr glänzte. Die Polster der Lehnstühle waren verblichen, die Bänke, die sich rund um den Kamin zogen, mit verfilzten Schaffellen belegt. Das Silbergeschirr war verkratzt, die Leuchter nicht mehr mit Wachslichtern, sondern nur noch mit billigem, schlecht riechendem Talg bestückt. Auf dem Boden lagen frische Binsen, doch fehlten darin die duftenden Blüten.

»Kommt, setzt Euch«, forderte Lord McLain und bat eine Magd um einen Krug mit frischem Ale und zwei Becher.

Die Männer tranken schweigend, dann fragte der Gutsherr: »Wie sehen die Bücher aus, Connor? Wie viel Geld haben wir noch, wie hoch ist der Bestand an Vieh und an Weidefläche?«

Der Verwalter kratzte sich mit einer Hand am Kinn, dann ließ er sich gegen die Lehne des Stuhles sinken und sah seinen Herrn besorgt an. »Unser Viehbestand hat sich in den letzten beiden Jahren halbiert. Zu viele Tiere wurden bei den Überfallen der Kingsleys geraubt oder getötet, und das von uns erbeutete Kingsley-Vieh stand schlecht im Futter. Von der langen Regenzeit im letzten Jahr hat sich das Ackerland bislang noch nicht erholt. Der Boden ist schwer und nass, sodass die Saat nur zögerlich aufgeht, wenn sie nicht gar verfault. Die Felder in Waldnähe sind verbrannt und werden in den nächsten Jahren keinen Ertrag bringen. Nur die Schafweiden oben in den Highlands stehen in sattem Grün. Allerdings ist zu befürchten, dass der nächste Anschlag der Kingsleys genau darauf zielt. Mylord«, der Verwalter runzelte die Stirn, »alles in allem stehen die Dinge schlecht. Wir haben kein Geld für neues Vieh, die Männer laufen uns aus Angst vor den Überfällen davon, und mit einem ertragreichen Jahr ist auch nicht zu rechnen. Die Bauern, die Euch zu Lehnsdiensten verpflichtet sind, haben kaum genug zum Leben. Und Eure Fischer fahren nicht auf den See hinaus, weil sie sich vor den Übergriffen der Kingsleys fürchten. Allerdings sieht es bei Euren Feinden kaum besser aus. Auch ihnen hat die Fehde mächtigen Schaden gebracht, auch sie haben herbe Verluste an Land, Vieh und Leuten hinnehmen müssen. Doch der alte Kingsley hat zwei Söhne, die sich gut verheiraten können und mit der Mitgift ihrer Frauen die Güter sanieren werden. Ihr aber habt nur

Töchter, die viel Geld kosten werden, wollt Ihr sie gut verheiraten.«

Er seufzte und trommelte mit den Fingern auf der Tischplatte. »Ich wünschte, Eure Lordschaften würden sich endlich über die Fang- und Fischrechte des Sees einigen.«

Der alte Lord nickte. »Über dreißig Jahre ist es nun her, dass der verstorbene Lord Kingsley beim Würfelspiel meinem Vater die Fang- und Fischrechte für den See abgewonnen hat. Und genau so lange steht fest, dass die Würfel gefälscht waren, die Kingsleys betrogen haben und uns demzufolge die Rechte nach wie vor zustehen.«

Der Verwalter schmunzelte. »Nun, die Kingsleys erzählen die Geschichte genau andersherum. Die McLains sollen die Würfel gefälscht und betrogen haben.«

Der Lord erwiderte das Lächeln nicht. Unwillig wedelte er mit der Hand, als wollte er Fliegen verscheuchen. »Ist das denn überhaupt noch wichtig? Fest steht, dass seither Krieg herrscht und niemand aus den Fisch- und Fangrechten einen Gewinn zieht.« In einem plötzlichen Zornesausbruch schlug er auf die Tischplatte, dass die Becher tanzten. »So kann es jedenfalls nicht weitergehen. Es muss Frieden geschaffen werden! Der See muss wieder befischt werden, sonst sind wir bald alle ruiniert.«

»Die Kingsleys werden nicht freiwillig auf den See verzichten«, warf Charles Connor ein. »Und auch wir hätten Bedarf an den Fischen. Eine Lösung muss gefunden werden, die sowohl für die Kingsleys als auch für die McLains von Vorteil ist.«

Oben im Haus wurde eine Tür schwungvoll aufgerissen, schnelle Schritte eilten einen Gang entlang. Ein perlendes Frauenlachen war zu hören, so ansteckend, dass die Männer am Tisch ihre Sorgen für einen Augenblick vergaßen und selbstvergessen lächelten. Dann schlug erneut eine Tür, die Schritte und das Lachen verklangen. Im Haus herrschte wieder Stille, nur unterbrochen von den Geräuschen aus der Küche, in der die Köchin und ihre Gehilfen das Mittagsmahl zubereiteten.

»Ich glaube, mir kommt da ein Einfall«, sagte der Lord. »Ich glaube sogar, es ist ein guter Einfall ... mehr als gut. Zumindest brächte er für beide Seiten Vorteile.« Er hing seinen Gedanken nach, dann richtete er das Wort an den Verwalter: »Ich werde heute Abend mit meinen Töchtern in der Halle speisen. Euch bitte ich, ebenfalls an diesem Mahl teilzunehmen und die Bücher mitzubringen. Ich benötige eine genaue Aufstellung über unser gesamtes Vermögen.«

Der Verwalter sah seinen Herrn fragend an, doch der alte Mann lächelte nur verschmitzt, und in seinen blauen Augen, die trotz des Alters noch hell und klar in die Welt schauten, entstand ein zufriedener Ausdruck.

Das Mahl war von einer Üppigkeit wie sonst nur an Feiertagen. Es gab ein gebratenes Huhn, dazu Porridge, Plumpudding und starkes, selbst gebrautes Ale.

Lord Arthur McLain beobachtete lächelnd seine beiden Töchter. Die Ältere, Zelda, sah im Schein der Talglichter wie eine Amazone aus. Die roten Locken umgaben ihren Kopf wie einen glühenden Heiligenschein. Ihre meergrünen Augen sprühten vor Temperament, der sinnliche Mund mit den vollen roten Lippen lachte, und ihre Worte flossen wie eine sprudelnde Bergquelle durch die hohe Halle.

Joan dagegen, mit ihren 17 Jahren gerade einmal elf

Monate jünger als Zelda, wirkte wie eine griechische Göttin. Anders als bei Zelda sah man ihr die keltische Abstammung nicht so deutlich an. Ihre Haut war von beinahe durchscheinender Blässe, das Haar von einem satten Goldton, und die hellgrauen Augen hatten einen melancholischen Ausdruck. Waren Zeldas Bewegungen schnell und manchmal fahrig, so bewegte sich Joan gemessen und voller Anmut. Während Zelda wie ein Wasserfall redete und ihr perlendes Lachen von morgens bis abends durch das ganze Haus zu hören war, sprach Joan wenig, doch ihre Äußerungen waren stets wohl durchdacht und hatten ihre Gültigkeit über den Tag hinaus. Es war noch niemals vorgekommen, dass sie ein Versprechen nicht eingehalten, eine Verabredung vergessen hatte oder gar ihren Aufgaben nicht pünktlich und zuverlässig nachgekommen wäre.

Einmal mehr wunderte sich der alte Lord über die mangelnde Ähnlichkeit seiner beiden Töchter. Zelda war das Abbild ihrer verstorbenen Mutter. Sie war mutig, manchmal sogar tollkühn, und kannte weder Angst noch Sorgen. Sie nahm das Leben als Geschenk, das jeden Tag eine neue, wunderbare Überraschung für sie bereithielt. Probleme löste sie entschlossen, fantasievoll und möglichst rasch, Hindernisse sah sie als Herausforderungen.

Joan dagegen kam ganz ihrem Vater nach. Auch er war ein stiller, nachdenklicher Mann, dem das Lachen nicht so leicht über die Lippen kam.

Doch so unterschiedlich die beiden Schwestern auch sein mochten, ihre Liebe zueinander war durch nichts zu erschüttern. Vielleicht hingen sie deshalb so sehr aneinander, weil die eine gerade das hatte, was der anderen fehlte. In gewisser Weise ergänzten sich ihrer beider

Wesen auf das Beste, und kaum waren sie für ein paar Stunden voneinander getrennt, so verspürten sie Sehnsucht nacheinander. War eine krank, so dauerte es nicht lange, und auch die andere lag elend im Bett. Schon oft hatte sich der alte Lord gefragt, was wohl geschehen würde, wenn sie erwachsen würden und sich durch Heirat ihre Wege trennten.

Nun war es so weit.

»Ich habe euch etwas mitzuteilen«, hob er an und lächelte seinen Töchtern zu.

Zelda, die soeben ein Stück Hühnerbrust zum Munde führte, hielt inne und fragte vorschnell: »Du willst dich an den Kingsleys für den Brand rächen, nicht wahr? Bitte, Vater, lass mich dieses eine Mal nur dabei sein! Ich werde die Halunken in Stücke schlagen.«

Sie fuchtelte dabei so wild mit der Hand herum, dass das Bratenstück herunterfiel und von den Hunden, die unter dem Tisch lagen, noch in der Luft aufgefangen wurde.

»Nein, Zelda«, antwortete Joan an der Stelle ihres Vaters und zog ein ernsthaftes Gesicht. »Du wirst nicht gegen die Kingsleys in den Krieg ziehen. Es ziemt sich nicht für eine Lady, laut schreiend und in Männerkleidung auf einem Pferd über fremde Ländereien herzufallen.«

»Pah! Traust du mir etwa nicht zu, dass ich kämpfen kann wie ein Mann? Du bist und bleibst ein Angsthase, Joan.«

Mit einer Handbewegung unterbrach Lord Arthur McLain die Debatte.

»Ich habe mich entschlossen, den Krieg mit den Kingsleys zu beenden. Unsere Mittel sind aufgebraucht. Die dauernden Kämpfe bringen uns um Kopf und Kragen. Es ist Zeit, Frieden zu schließen.«

Schon öffnete Zelda den Mund, um wortreich ihre gegenteilige Meinung kundzutun, doch Joan legte ihr eine Hand auf den Arm und bedeutete ihr, den Vater ausreden zu lassen.

»Es gibt nur eine Möglichkeit, diesen Frieden zu schaffen ... so zu schaffen, dass er für alle Beteiligten Vorteile bringt.«

Lord McLain machte eine Pause und sah zu seinem Verwalter, der ihm zunickte. Der alte Mann seufzte noch einmal, dann fuhr er fort: »Zelda, ich habe beschlossen, dich mit Allistair Kingsley zu verheiraten. Gleich morgen werde ich einen Boten zu den Kingsley-Manors schicken, um ein Treffen mit dem alten Lord Thomas zu vereinbaren.«

Hatte er erwartet, dass Zelda aufsprang, mit dem Fuß aufstampfte oder die Tafel umstieß, so hatte er sich getäuscht. Zwar schleuderten ihre Augen grüne Blitze, schob sie das Kinn energisch nach vorn und öffnete den Mund zu einer geharnischten Antwort, aber dann fiel ihr Blick auf Joan. Zeldas Widerspruchsgeist fiel in sich zusammen, sie saß ungewohnt ruhig da und schaute beinahe ängstlich auf ihre Schwester, die noch blasser war als gewöhnlich, ja, nahezu kreidebleich. Ihr Atem ging schnell und flach, die hellgrauen Augen waren weit aufgerissen. Eine Weile herrschte Schweigen am Tisch. Nur die Geräusche aus der Küche waren noch zu hören und das Schnauben der Hunde unter dem Tisch.

Schließlich legte Zelda einen Arm um die Schulter ihrer jüngeren Schwester, und als sie spürte, dass deren Körper wie von unterdrücktem Schluchzen bebte, sagte sie: »Vater, auch ich möchte alles dafür tun, Leid und Schaden von uns abzuwenden. Wenn es deshalb nötig sein soll, Allistair Kingsley zu heiraten, so werde ich mich deinem Willen fügen. Was aber wird aus Joan?«

Sie drückte ihre Schwester leicht an sich und strich ihr mit der Hand behutsam über die bleiche Wange. Es war ihr nicht entgangen, dass alles Blut aus Joan gewichen zu sein schien. Und sie glaubte zu wissen, warum das so war. Niemand hier litt mehr unter den Streitigkeiten als Joan. Wann immer ein Überfall geschah, so war sie es, die noch Tage danach mit Leichenbittermiene herumlief und mehrmals täglich die kleine Kapelle aufsuchte, um zu beten. Obgleich Zelda keine große Lust verspürte, Allistair Kingsleys Weib zu werden, so war sie doch bereit, alles zu tun, um das Leid ihrer Schwester zu beenden oder wenigstens zu lindern. Allein um Joans Gesundheit willen würde sie Allistair heiraten.

Lieber allerdings wäre es ihr, die Kingsleys ein für alle Mal vernichtend zu schlagen und die Fisch- und Fangrechte des Sees unwiderruflich den McLains zu sichern. Oh, wenn sie nur daran dachte!

Zelda wusste schon jetzt genau, wie der nächste Kampf aussehen könnte: Die Kingsleys würden sich an die Weiden oben in den Bergen machen. Aber sie hatten sicher nicht mit Zeldas Weitblick gerechnet. Ab heute Nacht – so hatte sie beschlossen – wollte sie in den Highlands Wache halten und die Kingsleys gebührend empfangen. Natürlich würde ihr Vater niemals einverstanden sein, dass sich Zelda den mit Knüppeln bewaffneten Knechten anschloss, aber auch er musste irgendwann einmal schlafen gehen, und dann, ja dann, würde sich Zelda auf ihre Stute schwingen und in die Berge galoppieren. In ihrer Vorstellung hatte sie schon das Triumphgeheul der eigenen Leute gehört … Jetzt sah die Sache natürlich ganz anders aus. Sie würde den Feind heiraten müssen! Ausgerechnet Allistair Kingsley, der zwar ein stattlicher Mann, aber eben doch der Feind war!

»Also, was wird aus Joan?«, wiederholte Zelda ihre Frage.

Der alte Lord wies auf den Verwalter Charles Connor, der die Bücher der McLain-Manors vor sich liegen hatte. »Unsere Mittel reichen nur für eine Mitgift aus. Zelda als die Ältere kann deshalb heiraten und für den Fortbestand des Clans sorgen. Auf dich, Joan, wartet das Kloster. Ich bin sicher, dass diese zurückgezogene Lebensform deinem Wesen mehr entspricht als das Dasein einer Lady in den rauen schottischen Highlands.«

»Ja, Vater«, war alles, was Joan dazu sagte. »Wenn Zelda Allistair Kingsley heiratet, dann gibt es für mich keinen besseren Platz als das Kloster. Auch ich werde mich deinem Willen fügen und Vorbereitungen für mein neues Leben treffen.«

Sie stand auf und verließ die Tafel, noch bevor das Mahl beendet war. Dieses Verhalten war so ungewohnt, dass ihr die anderen überrascht hinterher schauten.

Wie zu sich selbst sagte Lord McLain: »Joan ist wirklich nicht dafür geschaffen, Eheweib, Mutter und Gutsherrin zu sein. Das Leben hier ist hart, das Klima rau und die Sitten derb. Du, Zelda, bist dafür viel besser geeignet.«

Nur Charles Connor wirkte bedrückt. Er räusperte sich verhalten, dann sprach er ein paar Worte, die an diesem Abend zwar gehört, aber erst Monate später verstanden wurden.

»In Joans Brust schlägt eine reine, tief empfindende Seele. Wirkt sie auch weniger robust als Zelda, so bin ich doch sicher, dass sie in Wahrheit die Stärkere ist. Sie wird sich ihrem Schicksal klaglos fügen. Aber erst, wenn feststeht, dass es wirklich ihr von Gott gewolltes Schicksal ist.«

Der Bachelor-See lag im Schein des Mondes da wie ein riesiges silbernes Tablett zwischen den Bäumen des Waldes, die auf der einen Seite zu den McLain-Manors, auf der anderen zu den Kingsley-Manors zählten.

In den Wald eingebettet, lag er wie ein unschuldig schlafendes Kind in den Kissen und schien nichts von dem Krieg zu ahnen, der um seinetwillen entbrannt war.

Das Ufer war zur Kingsley-Seite hin steinig und wild. Felsbrocken ragten, von hartem Schilf umgeben, ins Wasser, Biber wohnten in den Grotten der Felsen, ernährten sich von den Fischen und wurden fett dabei. Das Wasser war dunkelgrün, von Schlingpflanzen durchsetzt und verwehrte jeden Blick auf den Grund.

Das andere Ufer war davon so verschieden, als gehörte es zu einem anderen See. Sanft stieg es an und verwandelte sich nach wenigen Metern schon in eine satte grüne Wiese, die im Frühling und Sommer voller Blumen stand. Auf dem Wasser schaukelten sattgelbe Seerosen träge im Mondlicht. Auf dem Seegrund konnte man silberne Fische sehen, die sich wie junge Pferde jagten.

Sie saßen auf der sanften McLain-Seite. Der Mann hatte seinen Umhang auf die Wiese gebreitet. Die Luft war erstaunlich warm für eine Mainacht in den Highlands. Ein milder Wind strich behutsam über die Wipfel der Bäume, die sich wie ein schützendes Dach über die Wiese legten. Die Vögel hatten sich zur Ruhe begeben, nur hin und wieder kündete ein brechender Zweig von den Tieren, die in der Nacht zum Leben erwachten.

Der Mann lag auf dem Umhang, hatte die Beine an den Knöcheln gekreuzt, die Arme unter dem Kopf verschränkt. Er wirkte ganz entspannt, doch der Schein trog.

Das Mädchen saß mit angezogenen Knien neben ihm. Ihre Schultern bebten, und sie raffte das Tuch, das sie um den Oberkörper trug, vor der Brust zusammen, als fröre sie.

»Leg dich zu mir«, bat der Mann und streckte einen Arm aus, berührte das Mädchen am Rücken, ließ seine Hand streichelnd darüberwandern. Dann nahm er ihren Arm und wollte sie hinabziehen, doch sie schüttelte den Kopf und wandte sich zu ihm um.

Er sah die Tränen, die wie kostbare Perlen über ihr Gesicht liefen und im Mieder versickerten. Er richtete sich auf und folgte mit dem Finger der Spur der Tränen.

»Nicht weinen«, sagte er. »Bitte, meine Liebste, weine doch nicht.« Sein Gesicht verzog sich schmerzlich, er konnte ihre Tränen nicht ertragen.

Sie schenkte ihm ein Lächeln, doch es blieb blass.

»Wie sollte ich nicht weinen?«, fragte sie. »Habe ich nicht allen Grund dazu?«

»Noch ist nicht aller Tage Abend«, versuchte er sie zu trösten, doch er hörte selbst die Hilflosigkeit in seiner Stimme.

Mit einer energischen Handbewegung wischte sie sich die Tränen von den Wangen. Ihr Gesicht wirkte plötzlich ganz entschlossen.

»Nein«, sagte sie. »Du irrst dich. Es gibt keine Lösung. Wir werden uns niemals wiedersehen.«

»Aber noch ist nichts geschehen«, erwiderte er bittend. »Noch sind wir nicht getrennt, können am Abend zum See kommen …«

»Nein«, wiederholte sie. »Ich werde nicht mehr zum See kommen. Ich ertrage es nicht, dich zu lieben, dir aber niemals gehören zu können. Wir sind füreinander verloren, und jedes weitere Treffen verlängert nur die Qual des Abschieds.«

Der Mann nickte traurig, dann gestand er: »Ich liebe dich. Ich liebe dich so sehr. Und ich werde dir immer gehören, was auch geschieht. Ich trage dich in meinem Herzen. Und erst, wenn dieses stirbt, stirbst auch du in mir. Du bist meine Frau. Nicht vor den Menschen, doch vor Gott. Und selbst wenn ich eine andere heirate, so wirst du immer die erste Stelle in meinem Herzen besetzen.«

Sie lächelte unter Tränen. »Ja«, sagte sie. »Ich gehöre dir, und du gehörst mir. Aber … ich möchte nicht, dass wir uns trennen, ohne uns einander ganz gezeigt, ganz geschenkt zu haben. Eine Nacht, diese Nacht, bleibt uns nur. Und ich möchte, dass wir in dieser Nacht das Fest unserer Liebe feiern.«

»Du … du meinst, du willst mir deine Unschuld opfern? Als Abschiedsgeschenk?«

Das Mädchen schüttelte den Kopf und lachte leise. »Nein, nicht opfern. Ich möchte dir meine Unschuld schenken. Sie war von Anfang an für dich bestimmt. Das Schicksal hat entschieden, dass ich diese Unschuld nicht mehr bewahren muss. Ich werde sie nicht mehr brauchen. Dort, wo ich hingehen muss, hat man für die Unschuld keine Verwendung. Einmal, ein einziges Mal nur möchte ich die Liebe kosten, einmal nur dir gehören und für den Rest meines Lebens leichten Herzens verzichten. Meine Unschuld ist alles, was ich dir schenken kann. Mehr habe ich nicht.«

Der Mann schluckte. Er fürchtete, dass auch ihm

gleich Tränen in die Augen treten würden. Eine heiße Welle der Liebe durchflutete ihn, der Schmerz über den nahen Abschied riss sein Herz in Fetzen. Gott allein wusste, wie sehr er dieses Mädchen liebte, wie drängend er es begehrte.

Er richtete sich halb auf, kniete vor ihr. Seine Hände umfassten mit aller Zärtlichkeit, zu der er fähig war, ihr schmales Gesicht. Ihre Augen ruhten auf ihm, klar, unschuldig, ohne Arg und Falsch. Sie wusste, was sie ihm da für ein Angebot machte. Und er las in ihren Augen, dass er dieses Angebot annehmen musste, um ihr eine süße Erinnerung für all die kommenden Jahre zu bescheren. Eine einzige Erinnerung, die ausreichen musste für den Rest ihres Lebens.

»Ich liebe dich. Ich liebe dich so sehr«, sagte er wieder, und seine Stimme klang belegt und rau.

Dann berührte er mit seinen Lippen sanft die ihren, schmeckte das Salz der Tränen darauf, den bitteren Sud des Abschieds und den süßen Honig des Verlangens. Ganz leicht nur öffnete sie den Mund, gewährte seiner Zunge Einlass, ließ ihn kosten von sich, kostete ihn.

Bald vergaßen sie alles um sich herum, wussten weder Ort noch Zeit. Es gab nur noch sie beide, ihre Münder, ihren Atem, der zu einem wurde, zwei Lippenpaare, die zu einem verschmolzen, zwei Leiber, die sich aneinander drängten, miteinander verwachsen, verschmelzen wollten, um niemals wieder voneinander getrennt zu werden.

Das Begehren wuchs in ihnen, das Verlangen erwachte. Doch es war keine wilde, uferlose Begierde, sondern eine stille, die aus dem Grund der Seele kam, von dort, wo Lust und Liebe eines sind und sich unauslöschlich ins Herz brennen.

Behutsam machte er sich von ihr los, sah sie mit neuen

Augen. Er sah ihr langes, feines Haar, das wie ein Schleier das fein geschnittene Madonnengesicht umrahmte. Er sah in ihre Augen, die wie das Wasser des Sees im Mondlicht schienen, silbrig, sanft und voller Geheimnisse. Ihr Mund, leicht geöffnet, mit vom Kuss noch brennenden Lippen, schimmerte feucht und verlockend wie die Blütenblätter der Seerosen.

Er konnte sich nicht losreißen von ihrem Anblick, betrachtete staunend das Wunder der Liebe, das in dem Augenblick, als ihre Lippen miteinander verschmolzen waren, aus diesem Mädchen eine Frau gemacht hatte. Eine alles wissende, alles verstehende Frau, ein Weib, das das Geheimnis des Lebens in sich trug, bereit, es in dieser Nacht mit ihm zu teilen. Fremd und gleichzeitig vertraut erschien ihm das Mädchen, das er gleich zur Frau machen wollte. Vertraut ihr Duft, ihre Züge, geheimnisvoll und lockend ihr Wesen und doch noch immer voller Unschuld.

Sanft, mit klopfendem Herzen, löste er ihr Mieder und streifte das Kleid von ihren Schultern. Sie lachte ein ungekanntes Lachen, bog den Kopf dabei zurück, sodass die schlanke, schwanengleiche Linie ihres Halses hervortrat und sich seinen Lippen darbot.

Er fuhr mit der Zunge diese Linie entlang, schmeckte das Salz ihrer Haut, das ihm wie das Salz der Erde schien. Er roch ihren Duft, roch die Süße der gerade erst vergangenen Kindheit und die Schwere der erwachten Frau, konnte sich nicht satt riechen an ihr, sich nicht satt sehen, sich nicht satt schmecken.

Wieder lachte sie dieses neue, dunkle Lachen. Er ließ von ihr ab, strich mit den Händen über ihre Schultern, die hell wie Alabaster waren, fühlte das Rund in seinen Handflächen.

Sie schloss die Augen, beugte den Kopf und schmiegte sich an die Hand des Mannes, schmiegte sich dort hinein wie ein kleines Tier, während sie mit den Händen ihr Mieder noch weiter öffnete und es über ihre Brüste gleiten ließ. Die zarten, rosa Spitzen bebten leicht und richteten sich auf im Wind, der sie leise umspielte wie ein schützender Umhang.

Sie hob den Kopf, ihre Augen waren geöffnet und sahen ihn an, ermunterten ihn. Mit beiden Händen umfasste er die Brüste, streichelte sie sanft mit den Daumen, umsorgte sie. Doch sie drängte sich ihm entgegen, bog ihren Leib seinen streichelnden Händen entgegen, wollte mehr als Zartheit von ihm.

Ein leises Stöhnen drang aus ihrer Kehle, ein dunkler, tiefer Laut, dem etwas Animalisches anhaftete.

Und auch er spürte nun das Drängen in sich. Ein heftiges Drängen, dass die Zartheit vertrieb, eine Urkraft, die besitzen, einverleiben wollte.

Seine Lippen fassten nach den zarten Pfirsichspitzen, die Zunge spielte damit, und er spürte, wie die Spitzen praller wurden, reif. Er konnte nicht an sich halten und biss hinein, zuerst zart, dann fester, hörte einen gurgelnden Laut, hörte ein heiseres »Ja«, griff mit beiden Händen nach ihrer Taille und zog sie so nah an sich heran, dass das zarte Fleisch ihrer Brüste seinen Mund ganz ausfüllte und ihr flacher, fester Bauch gegen seine Brust gepresst wurde. Er spürte ihren Körper erschauern, spürte auch ihre Schenkel, die sich rechts und links an seine Hüften pressten und ihn umklammert hielten.

Waren es ihre Hände, waren es seine, die ungeduldig an ihrem Kleid rissen, an seinem Hemd, seinen Beinkleidern nestelten, als wäre jeder noch so kleine Fetzen Stoff eine Mauer zwischen ihnen, die es einzureißen galt, ein letztes Hindernis, ehe sie zusammenkommen konnten?

Geblendet war er von ihrem weißen Leib, der wie unberührter Schnee im Mondlicht schimmerte. Zerbrechlich, wunderschön und rein.

»Du bist schön«, sagte er, strich mit beiden Händen über diesen kostbaren Leib und schloss die Augen dabei. Weich und samtig fühlte sich ihre Haut an, lebendig und warm. Er fühlte das Blut in ihren Adern pulsieren, spürte jede Regung – und erkannte sie. Ja, in dieser Haut steckte die Frau, die er liebte. Er erkannte sie unter seinen Fingern, erkannte sie wieder, als hätte er sie schon oft gefühlt.

Er öffnete die Augen, sah sie an, wie sie, die Schenkel noch immer an seinen Hüften, nach hinten auf den Umhang sank und ihn mit brennenden Blicken bedachte. Verlangend, sich verschenkend, voller Vertrauen. Mach mit mir, was du willst, schienen ihm diese Blicke zuzurufen. Nimm mich, wie du mich haben möchtest.

Und er tat es. Seine Hände glitten über die Innenseiten ihrer Oberschenkel, fühlten die Zartheit. Seine Augen waren dabei auf ihr Gesicht gerichtet, sprachen mit ihr. Ihre Brust hob und senkte sich in schnellen Atemstößen, ihr Mund war leicht geöffnet. Auch er atmete rascher, doch als er bemerkte, dass ihr Atem im gleichen Rhythmus ging, wusste er, dass alles gut und richtig war.

Seine Hände glitten über ihren Schamhügel. Sie drängte sich gegen diese Hand, die auf dem Hügel sanft kreiste. Ihre Schenkel öffneten sich noch weiter und gestatteten ihm einen Blick auf ihren Schoß.

Er sah ihre Blütenblätter, prall und satt, die nur darauf warteten, von ihm geöffnet zu werden. Mit sanften Fingern zog er sie auseinander und hörte, wie sie stöhnte, den Leib leicht aufbäumte, sich ihm entgegenstreckte.

Behutsam strich er über die äußeren Blütenblätter und ertastete im Innern kleinere, noch samtigere, für deren Zartheit es keine Worte gab. Als er sie berührte, spürte er eine warme Feuchtigkeit. Dann sah er plötzlich auch die Knospe inmitten der Blüte, eine Knospe, die sich ihm feucht schimmernd entgegenreckte. Behutsam umkreiste er sie, ließ einen Finger auf ihr vibrieren und verfolgte, wie diese Vibrationen in ihren Leib übergingen, als Schauer durch sie hindurchflossen und ihr raue, kehlige Laute entlockten.

Seine Männlichkeit hatte sich lange schon aufgerichtet, doch jetzt pulsierte sie beinahe schmerzhaft, drängte sich vor, wies sich selbst den Weg. Sie öffnete sie noch weiter für ihn, zeigte ihm den Eingang zum Schloss der Lust, schob sich ihm entgegen, presste verlangend, stöhnend, bittend ihren feuchten Schoß gegen seine Männlichkeit.

Als er mit einem Finger in sie eindrang und sich ihr Schoß warm und feucht wie eine Höhle darumschloss, bäumte sich ihr Leib auf. Ihre Hüften bewegten sich, vollführten kreisende Bewegungen, die ihn lockten, ihm die Sinne raubten, sein Blut zum Kochen brachten.

Auch ihr floss das Begehren wie glühende Lava durch die Adern. Sie rieb sich an ihm, ihre Scham drängte gegen seine Hand, wollte mehr, mehr, mehr …

Mit festem Griff öffnete er ihre Schenkel noch weiter und ließ dafür kurz von ihrem Schoß ab. Der Wind nahm die Gelegenheit wahr, er kühlte ihre brennende Scham, streichelte sie und steigerte ihr Begehren ins Unermessliche, sodass sie sich wand, die Augen geschlossen, der Mund leicht geöffnet.

»Komm«, rief sie. »Komm zu mir, bitte.«

Mit einem kräftigen Stoß drang er in sie ein und trieb sie auf den Thron der Lust. Vor ihren Augen tanzten rote Kreise, Feuerkreise. Sie hörte sich stöhnen, hörte sich schreien, war ganz sie selbst, ganz Frau, und kannte sich doch nicht. Er stieß in sie, verwandelte sie mit jedem weiteren Stoß in ein rasendes Weib, rasend vor Lust, rasend vor Begehren, rasend auch vor Liebe zu ihm.

Ein lang gezogener, kehliger Laut drang an sein Ohr und drang ihm auch in die Lenden. Er feuerte ihn an, sodass er sie mit einem letzten tiefen Stoß ganz ausfüllte und sich schließlich mit einem wilden Aufstöhnen in sie ergoss.

Langsam nur verebbte die Erregung. Allmählich kamen sie zurück in die Gegenwart des nächtlichen Waldes, der seine Baumwipfel wie ein schützendes Dach über den Landstrich gebreitet hatte.

Zart strich er ihr eine Haarsträhne aus der Stirn, fuhr mit dem Finger die Umrisse ihrer Lippen nach.

»Ich liebe dich so sehr«, sagte er noch einmal, doch diesmal klang auch in seinen Worten der Abschied. Ungläubig lauschte er ihnen nach.

Er hatte sie heute gefunden, hatte sein Mädchen zu seiner Frau gemacht ... Sein Verstand weigerte sich, die Tatsache des bevorstehenden Abschieds zur Kenntnis zu nehmen.

Er rollte sich neben sie, barg den Kopf an ihrer Brust wie ein trostbedürftiges Kind, doch nach einer Weile machte sie sich los und sammelte ihre Kleider auf. Ein letztes Mal beugte sie sich über ihn, kostete seine Lippen, entschlossen, seinen Atem zu trinken und ihn sich für immer zu bewahren. Dann wandte sie sich um und lief, noch immer nackt und die Kleider in der Hand, weg von ihm und hinein in den dunklen Wald.

»Bleib«, rief er ihr hinterher. »Ich kann dich nicht verlassen … Ich werde eine Lösung finden, das verspreche ich dir!«

Doch sie schüttelte im Laufen den Kopf, dann wurde sie vom Wald verschluckt.

Er lag noch immer nackt auf dem Umhang am sanften Ufer des Bachelor-Sees, beschienen vom Mondlicht, das ihm auf einmal nicht mehr silbern und geheimnisvoll erschien, sondern kalt und grausam. Er begann zu frieren. Eine Kälte, die aus seinem Innern kam, stieg in ihm auf. Er schlug die Arme um sich, rollte sich zusammen, seine Männlichkeit schützend zwischen den Schenkeln bergend, und lauschte in die Nacht.

Ein, zwei Mal noch hörte er in der Ferne das Knacken eines Astes, das von ihr kündete. Er presste das Gesicht in den Umhang, sog ihren Duft ein, hätte ihn am liebsten in ein Kästchen gesperrt, um ihn zu bewahren. Dann hörte er das Schnauben eines Pferdes, klappernde Hufschläge und wusste, sie war fort.

2. Kapitel

»Joan, o Joan, wenn ich dir doch nur helfen könnte!«

Zelda kniete vor dem Bett und sah ihre Schwester mit einer Mischung aus Besorgnis und Verzweiflung an. »Sag mir doch, was ich tun kann!«, bat sie flehentlich.

Joan zwang sich ein Lächeln auf die Lippen, die heute seltsam rot, sogar ein bisschen entzündet waren und wie Blut auf frisch gefallenem Schnee in ihrem Gesicht leuchteten. Doch ihre Augen waren glanzlos, das Gesicht bleich.

Obwohl die Sonne schon hoch am Himmel stand, lag Joan im Bett. Ihre schmale, zarte Gestalt verschwand beinahe in dem Kissenberg, den Zelda hinter ihrem Rücken aufgetürmt hatte.

»Möchtest du eine heiße Milch mit Honig? Oder soll ich dir etwas von dem frischen Haselnussgebäck aus der Küche holen?«

»Danke, Zelda, ich brauche nichts«, erwiderte Joan mit dünner Stimme und schloss die Augen.

»Was tut dir weh, Joan? Meinst du nicht, dass wir nach dem Doktor schicken sollten oder wenigstens nach der alten Margaret? Sie hat bestimmt einen Kräutertrunk, der dir wieder auf die Beine hilft.«

Joan öffnete die Augen und richtete sich ein wenig auf. Sie schob die Hand ihrer Schwester behutsam von ihrem Arm und sagte mit einer Stimme, die ein leichtes Zittern nicht verbergen konnte: »Zelda, wirklich, es ist nichts. Mir geht es gut. Ich habe nirgendwo Schmerzen. Ich möchte einfach nur ein wenig allein sein und nachdenken.«

»Aber das wolltest du doch noch nie!«, rief Zelda verständnislos. »Immer warst du die Erste, die am Morgen aufstand, sobald der erste Hahn krähte. Auch noch nie hattest du das Bedürfnis, den ganzen Tag im Bett zu verbringen und dem lieben Gott den Tag zu stehlen wie ein Vagabund.«

»Ich war schon auf«, erwiderte Joan, noch immer mit diesem seltsamen, unfrohen Lächeln. »Ich habe bereits die Hühner gefüttert und der Wäscherin die Wäsche herausgesucht. Ich habe der Köchin Anweisungen für das Mittagsmahl gegeben und der Magd für den Einkauf. Alle meine Aufgaben sind erledigt. Mein Stickrahmen liegt hier neben mir, und ihm ist es egal, ob ich im Bett oder auf einem Stuhl am Fenster die Handtücher mit den Initialen der McLains besticke. Im Kloster werde ich einen neuen Vornamen bekommen, also ist auch diese Tätigkeit im Grunde überflüssig.«

»Das Kloster«, wiederholte Zelda, und ihr Gesicht wurde schuldbewusst. »Es ist das Kloster, nicht wahr, das dir auf der Seele liegt. Du möchtest nicht als Nonne leben, stimmt es? Du möchtest lieber hier bleiben, auf den McLain-Manors.«

Sie sprang auf. »Ich werde mit Vater reden. Es muss doch möglich sein, dass du hier bleiben kannst.«

»Nein, Zelda, mach dir diese Mühe nicht. Unser Vater hat gute und richtige Entscheidungen getroffen. Wenn du Allistair Kingsleys Eheweib wirst, bin ich in einem Kloster am besten aufgehoben.«

»Und wenn nicht?«

»Was meinst du?«

»Und wenn ich Kingsley nicht heirate? Wirst du dann bleiben und wieder fröhlich sein?«

Joan seufzte und schloss die Lider. Zelda sah, wie ihre Schwester mehrmals heftig schluckte. Doch dann öffnete sie die Augen, und ihr Blick, der auf Zelda ruhte, war fest, klar und entschlossen.

»Ich habe diesen Krieg so satt«, sagte Joan. »Meine Tränen reichen nicht aus, um dieses Unglück zu beweinen. Einen ganzen See könnte man damit füllen. Jeder Mann, jedes Stück Vieh, jedes Fleckchen Ackerland bedauert mich. Ich bin froh, dass du mit deiner Heirat den Krieg beendest.«

»Vorausgesetzt, die Kingsleys stimmen zu!«, warf Zelda ein. Sie ging zum Fenster, stieß die hölzernen Läden weit auf und ließ das Sonnenlicht hereinfluten. Dann beugte sie sich weit vor und sah auf den Gutshof hinunter. Gerade sattelte ein Knecht sein Pferd.

»Guten Morgen, Walther«, rief Zelda hinunter, und der Knecht erwiderte den Gruß mit einem Lachen und einem Winken. »Reitest du zu den Kingsley-Manors?«

»Ja, Mylady Zelda.«

Er klopfte auf die Satteltasche, die er in der Hand hielt und nun über den Pferderücken warf. »Hier drinnen ist das Schreiben von Eurem Vater an Lord Thomas Kingsley. Ich hoffe, dass der Krieg nun bald zu Ende sein wird!«

»Ja, wir alle sind froh darüber, aber noch ist es nicht so weit. Vielleicht hat Lord Thomas mit seinem ältesten Sohn andere Pläne, als ihn ausgerechnet an die Tochter seines ärgsten Feindes zu verheiraten.«

»Oh, Ihr könnt unbesorgt sein, Lady Zelda. Auch die Kingsleys sind des Krieges müde. Erst kürzlich habe ich in der Schenke gehört, wie sie darüber sprachen. Auch von Euch, Mylady, war dabei die Rede.«

»So? Und was erzählt man sich über mich?«, fragte Zelda und beugte sich noch ein bisschen weiter aus dem Fenster.

Der Knecht lächelte verlegen. »Ein Vollweib haben sie Euch geheißen, die Kingsley-Leute. Eine, die wohl in der Lage ist, ein Gut zu bewirtschaften. Eine, die arbeiten kann wie ein Mann, aber trotzdem so sehr Frau ist wie keine andere hier. Einen Glückspilz haben sie den genannt, der Euch eines Tages heimführt. Und einen Pechvogel, wenn er nicht Manns genug sein sollte, gegen Euch anzukommen.«

Zelda lachte laut auf, als sie sah, dass der Knecht errötete. Sie wusste genau, was in den umliegenden Gegenden über sie geredet wurde. Es gab so manchen, der sie gern auf seinem Gut gehabt hätte, doch Zelda hatte bisher alle Bewerber fortgeschickt.

Sie war nicht hochmütig, ganz gewiss nicht. Stolz war sie, und eben dieser Stolz war es, der ihr verbot, sich einem Mann zu überlassen, den sie nicht von ganzem Herzen liebte. Nun, so einen Mann schien es in den schottischen Highlands nicht zu geben. Zumindest war Zelda ihm noch nicht begegnet. Aber jetzt lagen die Dinge sowieso anders. Sie würde heiraten, obwohl sie Allistair Kingsley nicht liebte. Und sie bedauerte es nicht einmal, obwohl sie damit ihren Schwur verriet. Das Ende des Krieges, das Wohl ihres Vaters, ihrer Schwester und der Besitzungen hatten Vorrang vor ihren eigenen Bedürfnissen. War es nicht besser und wichtiger für alle, die hier lebten, dass Frieden einkehrte? Die Bauern würden aufhören zu hungern, die Felder in voller Frucht stehen, das Vieh mit glänzendem Fell und gut im Futter auf fetten Weiden grasen. Es würde Fisch in Hülle und Fülle geben, und niemand müsste sich mehr vor Überfällen fürchten. War das nicht viel? Viel mehr als andere mit einer Heirat bewirkten?

Und wer weiß, vielleicht lernte sie im Lauf der Zeit, ihren Mann zu lieben.

»Einen guten Ritt wünsche ich dir, Walther«, rief sie freundlich hinunter. »Und berichte mir gleich nach deiner Rückkehr, wie die Botschaft aufgenommen wurde.«

Sie trat vom Fenster zurück, drehte sich um und sagte, in Joans Richtung gewandt: »Walther bricht gerade zu den Kingsleys auf.« Sie meinte, Joan bei diesen Worten seufzen zu hören, doch die Schwester lächelte noch immer dieses merkwürdig starre Lächeln, sodass Zelda glaubte, sich getäuscht zu haben.

Sie ging einige Schritte ins Zimmer hinein und zog übermütig an Joans Bettdecke. »Komm, Joan, steh auf. Lass uns zum See reiten. Es ist kühl dort unter den Bäumen. Kühl und ruhig.«

Joan schüttelte den Kopf. »Ich möchte hier bleiben, Zelda. Hier, wo ich bin. In meinem Bett und bitte bei geschlossenen Fensterläden.«

»Aber warum nur?«, fragte Zelda erneut und warf hilflos die Hände in die Luft.

Joan sah sie an und öffnete den Mund, um etwas zu sagen, doch dann drehte sie den Kopf auf die Seite und vergrub sich in den Kissen.

Mit hängenden Schultern stand Zelda vor ihrem Bett und wusste nicht, was sie tun sollte. Joans Verhalten war wirklich ungewöhnlich. Sie war einfach nicht dafür gemacht, an einem strahlenden Sonnentag im Bett zu liegen.

»Dann lass uns in den Garten gehen. Vielleicht sind schon ein paar Erdbeeren reif«, schlug sie mit leiser Stimme vor.

Joan bewegte sich nicht, strich nicht einmal ihr Haar zur Seite, das ihr wie ein Vorhang ins Gesicht hing.

»Zelda, bitte, lass mich einfach in Ruhe. Ich werde bald in einem Kloster leben. Gönne mir die letzten Tage hier. Lass sie mich so verbringen, wie ich es möchte.«

Zelda nickte verstehend. »Du nimmst schon Abschied, nicht wahr?«, fragte sie leise und traurig.

Joan seufzte, dann nickte sie. »Ja, Zelda. Und ich möchte es allein tun.«

Bedrückt verließ Zelda das Zimmer ihrer Schwester, lief die große Treppe in die Halle hinunter, ließ sich auf eine Bank sinken und dachte an Joan.

Ein Leben als Nonne war für sie, Zelda, unvorstellbar. Es würde ihr bestimmt nichts ausmachen, in Armut zu leben, doch die strengen Regeln in einem Kloster, die Vorbestimmtheit des Lebens vom kleinsten Schritt am Tage bis hin zum Leben als Ganzes würden sie ersticken. Sie war zu lebendig, zu eigenwillig und temperamentvoll, um an solch einem Dasein auch nur den geringsten Gefallen finden zu können.

Und Joan? Würde sie so leben können? Die Schwester war still und zurückhaltend, äußerte nie Wünsche, stellte niemals etwas infrage. Sie nahm das Dasein klaglos an, mit all seinen Sonnen- und Schattenseiten. Ja, Zelda war sich sicher, dass Joan im Einklang mit Gott lebte. Sie war oft in der kleinen Kapelle, die dem Gut angehörte, und sorgte für frische Lichter und Blumen für den Altar. Stunden verbrachte sie in dem kleinen, weiß getünchten Gotteshaus im Zwiegespräch mit ihrem Herrn.

Zelda besuchte zwar auch die wöchentliche Messe, die der Priester des Dorfes in der Gutskapelle abhielt, doch war sie keine so demütige Christin wie Joan. Nein, Zelda stritt mit ihrem Gott, sie hinterfragte ihn und seine rätselhaften Absichten sogar. Er war ihr kein allmächtiger Vater, sondern eher ein Freund, der immer gerade da war, wo auch sie war. Joan lebte für Gott, Zelda mit ihm.

Als ihr diese Erkenntnis bewusst wurde, lächelte sie, und alles Schwere glitt von ihren Schultern. Ja, so war es: Joan lebte für Gott. Kein Wunder, dass sie sich nun auf ein Leben, das ganz und gar ihm gewidmet war, einstellen musste. Bald würde sie den Schleier nehmen und den Herrn Jesus zu ihrem Bräutigam nehmen.

Wenn Zelda an ihre bevorstehende Hochzeit dachte, wurde ihr zwar ein bisschen schwummerig, aber sie war fest entschlossen, sich auch als Eheweib nicht die Butter vom Brot nehmen zu lassen. Außerdem wusste sie längst, welche Aufgaben als Gattin und später vielleicht auch als Mutter auf sie warteten. Sie würde für das Haus sorgen, die Dienstboten befehligen, über Küche, Kammern, die Wäsche und die Kinder herrschen und sich darum kümmern, dass es in diesem Bereich an nichts fehlte. Der Mann war für die Dinge außerhalb der Hausmauern zuständig, die Frau für all das, was sich innerhalb dieser Mauern abspielte. Der Mann war zwar ihr Herr und sie ihm Gehorsam schuldig, doch gebot er nicht über ihre Gedanken, Träume und Wünsche. Ihr Äußeres wurde Ehefrau, aber im Inneren konnte sie, wenn sie wollte, einfach die bleiben, die sie war.

Was aber erwartete eine Braut Jesu? Welche Aufgaben oblagen ihr? Gebot der himmlische Bräutigam nicht auch über die Gedanken, ja, gar über die Seele seiner schwarz gekleideten Bräute?

Zelda nickte vor sich hin. Sie hatte jetzt verstanden, warum Joan so in sich gekehrt war, Ruhe brauchte und allein sein wollte. Sie musste ihre Gedanken, ihr ganzes Innenleben prüfen.

Zelda schauderte ein wenig. Das war Arbeit. Und zwar eine Arbeit, die ihr ganz und gar nicht behagte. Sie lebte nach außen und Joan nach innen. So einfach war es wohl, auch, wenn Zelda es nur schwer verstehen konnte.

Sie beschloss, ihre Schwester in Ruhe zu lassen und stattdessen allein zum See zu reiten. Vielleicht, so dachte sie, pflücke ich ihr auf dem Heimweg einen bunten Strauß mit duftenden Wiesenblumen. Und vielleicht ist es an der Zeit, dass auch ich mir Gedanken über meine Zukunft mache.

Sie stand auf, eilte in den Stall und sattelte ihr Pferd, eine Apfelschimmelstute, die auf den Namen Rose hörte. Für einen Augenblick schmiegte Zelda ihre Wange an den warmen Hals des Pferdes. Sie spürte ein leises Zucken, dann streichelte sie die Stute, schwang sich in den Sattel und ritt los. Solange sie noch in Sichtweite des Gutshauses war, saß sie zu Pferd, wie es sich für eine Lady gehörte: hoch aufgerichtet, beide Beine züchtig über die linke Seite des Sattels gelegt, das Kleid ordentlich bis zu den Füßen reichend und die Zügel zierlich in der Hand. Doch kaum war das Gutshaus hinter einer Wegbiegung verschwunden, schwang sie sich rittlings auf die Stute und jagte über die Felder und Wiesen wie ein Mann. Ihr langes rotes Haar wehte wie eine Fahne hinter ihr her. Das Kleid hatte sie bis zur Mitte der Schenkel hochgeschoben, sodass es knitterte, doch das kümmerte Zelda nicht. Ganz tief beugte sie sich über den Hals der Stute, die Zügel fest in den Fäusten, die Füße in die Steigbügel gestemmt und die weißen Schenkel gegen den warmen Stutenleib gepresst. Sie sprang über Wassergräben und Baumstämme, trieb Rose mit Rufen und Schnalzen an und hatte schon bald den Waldrand erreicht.

Im Schutz der ersten Bäume stieg sie ab, klopfte dem Pferd den Hals, holte ein Apfelstück als Belohnung aus ihrer Rocktasche und hielt es Rose hin. Dann warf sie ihr die Zügel über den Kopf, fasste sie locker unter dem weichen Pferdemaul zusammen und zog sie, die nur ungern und äußerst hochbeinig durch das Unterholz schritt, hinter sich her.

Zelda führte Rose zum Seeufer und ließ sie trinken, dann band sie sie an einen Baum. »Bleib hier, warte auf mich«, sagte sie. »Ich bade nur kurz, dann komme ich wieder.«

Zelda sah sich um, doch niemand war in der Nähe. Der Wald stand still, nur die Vögel in den Ästen der Bäume sangen. Sie war ganz allein hier, keine Menschenseele weit und breit.

Zelda zog die Kleider aus, warf sie Rose über den Rücken und rannte nackt über die Wiese bis zum sanften Ufer des Bachelor-Sees.

Das Wasser war kühl, sodass Zelda eine Gänsehaut bekam und zischend die Luft einsog, als sie mit den Füßen in den See stieg. Beherzt schöpfte sie Wasser und goss es sich mit beiden Händen über den Leib. Sie prustete und sah zu, wie die Tropfen über ihre Brüste rollten, an den Spitzen kurz verharrten, um sodann ins Wasser zurückzukehren. Dann breitete sie die Arme aus, warf sich in den See und schwamm mit kräftigen Zügen. Sie näherte sich einer sattgelben Seerose und strich behutsam mit dem Finger über die Blüte; als sie einen Fisch beobachtete, der aus dem Wasser schoss wie ein Pfeil, sich in der Luft drehte und wieder versank, lachte sie befreit.

Die Sonne hatte sich einen Weg durch die Wipfel der Bäume gesucht und malte goldene und silberne Punkte auf die Wasseroberfläche. Zelda sah nach oben, sah den Staub des Waldes im goldenen Sonnenfinger tanzen und fühlte sich wohl und unbeschwert. Sie war ein Kind der Natur, eine Tochter der Sonne und des Wassers. Sie genoss den Duft des Waldes und den Geschmack des Sees auf den Lippen. Nach einer Weile warf sie sich auf den Rücken und ließ sich einfach treiben. Das Wasser hatte alle Sorgen von ihr abgespült, sie war frei und ungebunden, ganz sie selbst, mit sich und den Dingen, die sie umgaben, im Einklang.

Schon als kleines Mädchen war Zelda oft an den See gekommen, und schon damals hatte sie nur hier das Gefühl unbändiger Freiheit verspürt. Doch dann hatte der Vater ihr diese Ausflüge verboten, aus Angst, seine Tochter könnte eines Tages von den Kingsleys geraubt werden. Aber Zelda kannte den Wald und den See besser als jeder andere. Schon von weitem spürte sie, wenn jemand anderes hier war. Vergeblich hatte sie versucht, diesen ihren Lieblingsplatz mit der Schwester zu teilen, aber Joan fühlte sich hier nicht wohl. Sie genoss zwar die Stille, kühlte im Sommer auch gern die erhitzte Haut im See, doch sie hielt es hier nie lange aus.

Sie trug die Stille ja auch in sich, musste sie nicht suchen wie die ruhelose Zelda.

Übermütig strampelte Zelda mit den Füßen und betrachtete verzückt die Wasserfontänen, die sie nach oben schleuderte und die in der Sonne funkelten wie Diamanten.

Sie drehte sich lachend auf den Bauch, sah, dass sie dem Kingsley-Ufer mit dem dichten, scharfen Schilf und den Steinen viel zu nahe gekommen war, machte eine Rolle durch das Wasser, sodass ihr Haar wie eine Schlingpflanze an ihrem Körper entlangglitt, tauchte wieder auf und wollte zum McLain-Ufer schwimmen, als sie ein Geräusch plötzlich innehalten ließ.

Sie verharrte, paddelte nur ein wenig mit den Armen, um nicht unterzugehen, und lauschte in die Stille. Da war es wieder! Doch es klang nicht wie ein brechender Ast, ein flüchtendes Tier oder ein Vogel, sondern wie ein menschliches Lachen!

Wie der Blitz fuhr Zelda herum, spähte in alle Richtungen, doch sie sah niemanden. Langsam beruhigte sie sich und schwamm mit ruhigen Zügen auf das Ufer zu.

Plötzlich wieherte Rose. Das tat sie sonst nie. Nur, wenn ein unbekannter Mensch in ihre Nähe kam. Wieder erstarrte Zelda und sah angestrengt nach vorn. Und wieder hörte sie dieses merkwürdige Geräusch, dieses Lachen. Es war das Lachen eines Mannes.

Und jetzt sah sie ihn! Ein Mann, ein fremder Mann, der ihr hier noch nie begegnet war, saß unter einem Baum in der Nähe ihres Pferdes. Er lehnte mit dem Rücken an einem Stamm, kaute auf einem Grashalm und sah sie belustigt an.

Erschrocken schlug Zelda die Arme vor ihre Brüste, mit dem Ergebnis, dass sie wie ein Stein unter die Wasseroberfläche sank und sich spuckend und hustend wieder nach oben kämpfen musste.

Der fremde Mann am Ufer lachte, und Zelda platzte beinahe vor Wut.

»Was wollt Ihr hier?«, rief sie erbost und schlug mit der flachen Hand auf das Wasser. »Verschwindet! Das ist mein See!«

»Soviel ich weiß, gehört dieser See den Kingsleys. Seid Ihr eine Kingsley?«, fragte er mit unüberhörbarem Spott.

»Wer ich bin, braucht Euch nicht zu kümmern! Verschwindet einfach, das reicht. Und meines Wissens gehört der See den McLains.«

Der Mann lachte wieder, und Zelda sah, dass er ihre Hilflosigkeit, ihre Gefangenschaft im See genoss.

»Dann seid Ihr also eine McLain«, stellte der Mann fest und nahm den Grashalm aus dem Mund.

»Bin ich nicht!«, begehrte Zelda auf und wusste eigentlich nicht so recht, warum sie behauptete, keine McLain zu sein. Es war einfach so, dass dieser fremde Mann ihren Widerspruch geradezu herausforderte.

»Nun, wenn Ihr auch keine McLain seid, so habt Ihr kein Recht, hier zu baden. Und wenn Ihr kein Recht habt, hier zu baden, so habt Ihr erst recht kein Recht, mich von hier zu vertreiben.«

Das klang logisch, und Zelda fiel nichts Besseres ein, als zu prusten.

»Verschwindet trotzdem«, rief sie, vor Wut nicht mehr in der Lage, klar zu denken.

Was bildete sich dieser Fremde ein?! Sie badete hier, seit sie ein Kind war, und kein Mensch hatte das Recht, sie von hier zu vertreiben, schon gar nicht irgend so ein Dahergelaufener …

Aber eigentlich sah der Fremde nicht aus wie ein umherziehender Vagabund. Sein mahagonirotes Haar glänzte in der Sonne wie frisch poliert. Er trug, soweit Zelda es sehen konnte, Stiefel aus fein gearbeitetem Leder, das es hier in der Gegend bestimmt nicht zu kaufen gab. Seine Beinkleider hatten einen eleganten Schnitt, und das weiße Hemd war aus feinem Leinen, wenn es sich auch nicht ziemte, es offen zu tragen, sodass Zelda die Brusthaare darauf erkennen konnte.

Sie warf einen abschätzenden Blick auf den Fremden, der sich wieder an den Baum gelehnt hatte, die Arme lässig vor der Brust verschränkt, und wohl darauf wartete, was sie als Nächstes tat.

Doch was sollte sie schon tun? Sie stand hier nackt, wie der Herr sie geschaffen hatte, im Wasser, ihre Sachen aber lagen ganz in seiner Nähe, nämlich auf Roses Rücken. Wie sollte sie aus dem See kommen und zu ihrer Kleidung gelangen, ohne sich ihm zu zeigen?

Zelda fluchte lautlos, doch das half nichts. Es gab keinen Weg aus dem See, es sei denn, sie rannte einfach los und ließ zu, dass der Fremde sie nackt sah.

Sie musste sich schnell entscheiden, denn langsam fing sie an zu frieren.

»Ist alles in Ordnung bei Euch?«, fragte der Fremde. In seiner Stimme schwang Besorgnis. Er hatte aufgehört zu lachen und war aufgestanden.

»Kann ich Euch helfen?«

»Meine Sachen«, jammerte Zelda ein wenig kläglich und hasste sich und den Fremden dafür, dass sie in dieser hilflosen Lage gefangen war.

»Wo sind Eure Sachen?«

»Da, auf dem Rücken des Pferdes«, rief sie.

Der Fremde nickte, dann trat er zu Rose, streichelte ihre Nüstern und nahm die Kleider vom Rücken der Stute.

Er ging langsam auf das Ufer zu, und Zelda sah, wie er für einen kurzen Moment sein Gesicht in den Stoff ihres Kleides drückte und daran roch.

»He, lasst das!«, rief Zelda, aufs Neue erbost. »Seid Ihr etwa ein Tier, das eine Fährte aufnehmen will?«

Der Mann lachte wieder, und Zelda sah, dass er über strahlend weiße Zähne verfügte. Überdies hatten sich beim Lachen links und rechts neben seinem Mund kleine, fröhliche Grübchen gebildet.

»In jedem Mann steckt ein Tier, nicht wahr?«, rief er.

»Pah!«, rief Zelda zurück. »Das hättet Ihr wohl gern?«

»Nun, wenn ich es recht bedenke, so kann einem als Mann schon Angst werden, wenn er einer Amazone wie Euch schutzlos im Wald begegnet.«

Darauf wusste Zelda keine Antwort. Doch der Fremde hatte inzwischen das Ufer erreicht.

»Ich lege Eure Sachen hierher, wenn es Euch recht ist. Reicht es, wenn ich mich umdrehe und verspreche, nicht zu blinzeln, oder besteht Ihr darauf, dass ich mir die Augen verbinde?«, fragte er, und der Spott in seiner Stimme war nicht zu überhören.

»Ach, macht doch, was Ihr wollt«, knurrte Zelda, wartete aber, bis der Mann sich umgedreht und zudem die Hände vor die Augen geschlagen hatte, ehe sie, zuerst misstrauisch, dann immer schneller, aus dem Wasser stieg, hastig nach ihren Sachen griff und wie der Wind an ihm vorbei in den Wald hineinlief.

Unter keinen Umständen wollte sie sich die Blöße geben und hinter ihm wie ein schwaches Weib tropfnass und wahrscheinlich stolpernd in ihre Sachen steigen, dann mit gesenktem Blick an ihm vorbei zu Rose laufen und davonreiten. O nein, nicht Zelda. Sie suchte Schutz hinter den Bäumen des Waldes. Dort würde sie sich in aller Ruhe anziehen, mit ein paar tiefen Atemzügen ihr klopfendes Herz besänftigen und dann hoch erhobenen Hauptes über die Wiese schreiten. Den Fremden würde sie mit einem kurzen Nicken grüßen, sich auf das Pferd schwingen und gemessenen Schrittes und ohne jede Scham den See verlassen.

So war zumindest ihr Plan. Und gerade hatte sie die ersten Bäume erreicht, war nur noch wenige Meter von bergendem Gesträuch entfernt, da stolperte sie, und gleichzeitig schoss ein Schmerz durch ihren Knöchel, Zangen schienen sich in ihren Fuß zu bohren, die Kleider flogen im hohen Bogen mehrere Meter weit – und Zelda saß mit dem Fuß in einer Wildfalle fest.

Der Schmerz war so heftig, dass ihr beinahe schlecht wurde. Sie richtete sich ein wenig auf, doch jede noch so kleine Bewegung bereitete ihr unerträgliche Schmerzen. Trotzdem gelang es ihr, mit den Händen an der Falle zu ziehen, in der ihr Fuß wie festgeschraubt steckte. Doch gleich darauf unterdrückte sie einen kleinen Schrei; beim Anblick des Blutes, das aus der Wunde quoll, wurde ihr noch schlechter.

Sie atmete einmal tief ein und aus und versuchte erneut, den Fuß aus der Falle zu befreien, doch vergeblich. Der einfache Mechanismus, der mit einen winzigen Hebel dafür sorgte, dass die Falle wieder aufging, war außerhalb ihrer Reichweite. Sie konnte sich recken und strecken, doch sie kam einfach nicht dran.

»Ist alles in Ordnung?«, hörte sie den Fremden rufen. »Seid Ihr angezogen?«

Zelda antwortete nicht. Vor Schmerz, Scham und Wut traten ihr Tränen in die Augen, denn sie wusste, dass ihr keine andere Möglichkeit blieb, als den Mann um Hilfe zu rufen, wollte sie jemals wieder aus dieser misslichen Lage herauskommen. Dazu der Schmerz! Zelda wusste nicht, was schlimmer wehtat: der blutende, gequetschte Knöchel oder das Wissen, sich gleich einem völlig Fremden nackt und bloß zeigen zu müssen.

»Wo seid Ihr?«, hörte sie die Stimme des Mannes. »Habt Ihr jetzt etwa eine Fährte aufgenommen?« Sie hörte ihn lachen. »Zutrauen würde ich Euch, dass Ihr auf Männerjagd gegangen seid.«

»Nein«, schluchzte Zelda. »Ganz im Gegenteil. Ich bin gefangen.«

»Wart Ihr das? Habt Ihr etwas gesagt?«

Der Mann rief nach ihr, und Zelda wusste genau, dass ihre Worte viel zu leise gewesen waren. Sie nahm allen Mut zusammen und rief nun laut: »Ich sitze in einer Falle fest. Bitte helft mir!«

Schicksalsergeben ließ sie sich auf den weichen Waldboden sinken. Sie schloss die Augen, um den Triumph, den der Fremde zweifellos bei ihrem Anblick empfinden musste, nicht auch noch mit ansehen zu müssen, und harrte der Dinge, die da hoffentlich bald kämen.

Schon hörte sie die Schritte des Mannes. Sie hielt die Luft an und wartete auf ein spöttisches Lachen und höhnische Worte, doch stattdessen rief er: »Oh, Gott, ich wusste ja nicht, dass Ihr verletzt seid. Keine Sorge, gleich seid Ihr frei. Habt Ihr große Schmerzen?«

Zelda biss die Zähne zusammen und schüttelte den Kopf. Sie hörte, wie der Fremde sich niederbeugte und am Mechanismus der Falle hantierte. Ganz behutsam ging er zu Werke und sprach dabei beruhigend auf sie ein, als wäre sie ein Kind.

»Ganz ruhig, seid ganz ruhig«, sagte er. »Gleich ist es vorbei, gleich seid Ihr befreit. Pst, pst.«

Waren es die Scham, die Ohnmacht oder die tröstenden Worte, die ihr die Tränen in die Augen trieben? Zelda wusste es nicht und wollte es in diesem Augenblick auch gar nicht wissen. Sie hatte nur den einen Wunsch: so schnell wie möglich von hier zu verschwinden und sich unter ihrer Bettdecke vergraben, das Kissen über den Kopf gezogen.

Sie spürte, wie der Schmerz, dieses unerträgliche

Stechen, plötzlich aufhörte und einem dumpfen Brennen wich.

Dann hörte sie das Reißen von Stoff und die Worte des Fremden: »Bleibt ganz ruhig liegen, ich laufe schnell zum See. Die Wunde muss gereinigt werden, damit sie sich nicht entzündet.«

Sie hörte davoneilende Schritte und öffnete die Augen einen winzigen Spalt. Sie sah den Fremden in Richtung See hasten, in der einen Hand ein Stück weißen Stoff, dafür einen Arm nun ohne Ärmel.

Er hat sich sein Hemd zerrissen für mich, dachte sie und musste schon wieder weinen. Doch da kam er vom See zurück, der Stoff war jetzt tropfnass, und Zelda schloss schnell wieder die Augen.

Sie spürte, dass er ihren Fuß ganz sanft anhob, ihn auf seinen Schoß legte, ungeachtet dessen, dass die Wunde seine Beinkleider mit Blut beschmutzen könnte. Dann wischte er mit unendlicher Behutsamkeit die Wunde sauber. Dabei sprach er in seiner tröstlichen Kindersprache mit ihr.

»Es sieht schlimmer aus, als es ist. Gleich ist es vorbei, gleich ist die Wunde sauber. Nur noch hier ein bisschen und jetzt noch dort. Ihr seid wirklich sehr tapfer. Ruhig, ganz ruhig liegen bleiben. Gleich ist alles vorbei.«

Zelda spürte die Tränen über ihr Gesicht, über ihren Hals bis hinunter auf die Brüste laufen, die sie mit beiden Armen bedeckt hielt. Und wieder wusste sie nicht, warum sie weinte, woher die Tränen kamen. Waren es die tröstenden Worte, die eine unbekannte Schleuse in ihr geöffnet hatten? Sie schluchzte wie ein Kind, ließ die Tränen einfach rinnen und ergab sich ihrer seltsam hilflosen Lage. Dabei war sie sich ihrer Nacktheit noch immer bewusst, doch die Scham, die sie am Anfang gefühlt hatte, war verschwunden.

Sie presste die Lider fest zusammen, so wie damals als kleines Mädchen, als sie noch geglaubt hatte, sie wäre selbst nicht zu sehen, solange sie die Augen geschlossen hielt.

Der Fremde hatte die Wunde inzwischen gesäubert und mit einem weiteren Stoffstreifen, den er von seinem Hemd gerissen hatte, sorgsam umwickelt, damit kein Schmutz daran kam. Jetzt streichelte er sanft über den verletzten Fuß, dann nahm er ihn von seinem Schoß, und Zelda spürte, dass er sich über sie beugte. Sie presste die Arme noch stärker gegen ihre Brüste und kam nicht auf die Idee, nun die Augen zu öffnen und wegzulaufen.

Seine Lippen, warm und weich wie der Sommerwind, legten sich auf ihre. Sie schmeckte ein fremdes Aroma, wild und sinnlich zugleich, und es erschien ihr das Köstlichste, was sie je geschmeckt hatte.

Doch schon ließ er von ihr ab und sagte mit sanfter Stimme: »Entschuldigt, ich wollte Euch nicht zu nahe treten. Eure Schönheit ist es, die mich keck werden ließ.«

Sie spürte seine Finger, die ihr sanft die Tränen aus dem Gesicht wischten, zart über ihre Wangen fuhren, an den Lippen verharrten und sie dann ließen.

Beinahe im selben Moment hörte Zelda ihn seufzen, aufstehen und davongehen.

Sie blieb noch eine kleine Weile so liegen und spürte dem Aufruhr in sich nach. Ihr Herz klopfte so heftig gegen ihre Rippenbögen, als wollte es ausbrechen und sich ein neues Zuhause suchen. Ihr Atem ging rasch, und ihre Brust hob und senkte sich in schnellen Stößen.

Langsam und ein wenig ungläubig leckte sie mit der Zunge über ihre Lippen und schmeckte noch einmal den Kuss.

Ihr erster Kuss. Wie oft hatte sie schon davon geträumt? Doch die Wirklichkeit war schöner, viel schöner als der Traum.

Sie fuhr sich mit dem Finger über die Lippen, spürte dem Kuss hinterher und hätte die warmen, weichen Lippen gern viel länger auf den ihren gespürt. Ein Lächeln erschien auf ihrem Gesicht, doch es war nicht das gewohnte, übermütige Lächeln, sondern ein ganz neues, sanftes, stilles Lächeln, das von einem glücklichen Seufzen begleitet wurde.

Von fern hörte Zelda jetzt das Schlagen der Kirchenglocken, die die Mittagszeit verkündeten. Hastig erhob sie sich und verzog das Gesicht, als sie den lädierten Fuß bewegen musste. Sie hatte nicht auf die Zeit geachtet und war überrascht, dass seit ihrem Verlassen des Gutes schon drei Stunden vergangen waren.

Schnell schlüpfte sie in die Kleider, bemüht, den verletzten Fuß so gut es ging zu schonen. Dann lief sie langsam aus dem Dickicht, betrat die Wiese und hielt Ausschau nach ihrem fremden Retter.

Er stand neben Rose, streichelte über den Hals der Stute und sprach leise auf sie ein. Langsam trat Zelda näher. Sie wunderte sich, dass ihre Scham verflogen war. Ja, es erschien ihr sogar irgendwie natürlich, dass der Fremde sie nackt und hilflos gesehen hatte. Zelda staunte über sich selbst. Eigentlich hatte sie wütend sein wollen, wütend und beschämt. Doch sie fühlte nichts dergleichen. Alles, was geschehen war, seit sie in die Falle gelaufen war, hatte sich gut und richtig angefühlt.

Als ob es so sein müsste.

Als sie neben den Fremden trat, war sie nun doch ein wenig befangen und fing ebenfalls an, Rose zu streicheln. Ihre Finger flogen unruhig über die Nüstern der Stute, ihr Herz schlug schneller, und ihr Busen hob und senkte sich in raschen Atemzügen.

Zelda stand so nah neben dem Fremden, dass sein Geruch – wild und männlich – in ihre Nase drang und die Wärme seiner Haut bis zu ihr reichte. Sie betrachtete seine Hand, die neben ihrer den Hals des Pferdes streichelte.

Es war eine kräftige, aber doch schmale Hand mit langen, wohl geformten Fingern. Eine Hand, die zupacken und streicheln konnte. Sie hatte wohl nie in der fruchtbaren Erde der Highlands gewühlt, noch nie einen Stall ausgemistet, aber doch schon schwer gearbeitet.

Plötzlich hob sich diese Hand und legte sich federleicht auf Zeldas fliegende Finger, hielt sie fest und streichelte sie sanft.

Zelda hob den Kopf und sah den Fremden an. In seinen graublauen Augen glomm ein Lächeln, doch der Blick war warm. So warm, dass Zelda ihn wie ein Streicheln empfand. Weich und sanft glitt dieser Blick über ihr Gesicht, schien es zu umfassen.

Kann man mit Blicken liebkosen?, dachte sie.

»Du bist wunderschön«, sagte der Fremde in diesem Moment. Die Bewunderung, die aus seinen Blicken sprach, zeigte Zelda, dass er nicht log.

Ganz sanft strich er ihr über die Wange, fuhr mit dem Finger die Linie ihrer Augenbrauen nach und strich ihr eine vorwitzige Haarsträhne aus der Stirn. Und Zelda ließ es geschehen, ja, sie schmiegte ihr Gesicht sogar in diese streichelnde Hand ud rieb sich daran wie ein junges Kätzchen.

Sein Gesicht näherte sich dem ihren. Ihre Blicke trafen sich, versanken ineinander. Zelda fühlte sich wie in einem Strudel. Sie hielt sich fest an diesem graublauen Blick, während sein Gesicht noch näher kam. Als seine warmen, weichen Lippen sich schmetterlingsleicht auf ihre legten, schloss sie die Augen.

Beinahe wie von selbst öffneten sich ihre Lippen und gewährten dem Fremden Einlass. Sie ließ ihn ihren Atem trinken, sie schmecken. Sein Kuss fuhr ihr wie ein warmer Strahl durch den Körper und ließ sie eine unbekannte Hitze spüren.

Es fiel ihr schwer, sich von diesen Lippen zu lösen, wieder die Luft des Waldes zu atmen. Langsam, als tauchte sie aus einer anderen Welt auf, öffnete sie die Augen und sah den Fremden an.

»Wer bist du?«, fragte sie. »Warum bist du hierher gekommen?«

Der Fremde lachte leise. »Um dich zu finden«, erwiderte er. »Ich habe das Gefühl, dich zeit meines Lebens zu kennen. Ich habe dich gesucht. Und jetzt habe ich dich gefunden.«

»Aber du hast mich doch noch nie gesehen«, widersprach Zelda.

»Doch. In meinen Träumen.«

Als die Kirchenglocken erneut die Stille des Waldes durchbrachen, stieß Zelda den Fremden beinahe von sich. Sie musste nach Hause, jetzt gleich. Dort wartete ihr Vater, um ihr mitzuteilen, was die Kingsleys zu dem Friedensangebot gesagt hatten. Sie würde bald verheiratet sein. Verheiratet mit Allistair Kingsley.

Ein Seufzen drang aus ihrer Brust, als sie daran dachte.

»Ich muss los«, sagte sie, fuhr sich mit der Hand durch die roten Locken und schwang sich, ohne den Fremden noch einmal anzusehen, aufs Pferd.

»Wann sehe ich dich wieder?«, fragte der Fremde und strich der Stute mit einer Zartheit über den Hals, die Zelda galt.

»Wir werden uns niemals wiedersehen«, sagte sie.

»Ich bin sicher, wir sehen uns wieder. Sehr bald schon«, antwortete der Fremde.

Da gab Zelda ihrer Stute die Sporen und sprengte davon.

3. Kapitel

Völlig erhitzt erreichte sie das Gutshaus. Ihr Gesicht glühte, die Augen blitzten, doch es war nicht allein der schnelle Ritt, der ihr die Röte in die Wangen getrieben hatte.

Zelda war verwirrt. Das Erlebnis im Wald hatte sie aus der Bahn geworfen. Etwas war in ihr Leben getreten, mit dem sie nicht gerechnet hatte. Etwas war geschehen und bewirkte, dass sie nun alles mit anderen Augen sah.

Sie lehnte ihr Gesicht für einen Augenblick an den warmen Hals ihrer Stute, schloss die Augen und hörte auf das wilde Pochen ihres Herzens. Sie war glücklich. Glücklich auf eine stille, sanfte Art, die ein leises Lächeln in ihr Gesicht zauberte. Und zugleich war sie unglücklich. Etwas in ihrer Brust schmerzte, sie schmeckte den schalen Geschmack des Verlusts auf den Lippen. Eine stille, entsagende Traurigkeit blühte neben dem Glück in ihrem Herzen, trübte den wundervollen Sonnentag, trübte die Freude über den bald schon beendeten Krieg.

Lange hatte Zelda auf ein solches Glück gewartet, hatte davon geträumt, sich einem Mann zu schenken, ihr Leben mit seinem zu verbinden. Immer hatte sie nach dem Glück gesucht, das sich ihr als Liebe zeigte.

Nun kam dieses Glück zu einem Zeitpunkt, der nicht nur ungünstig, sondern sogar fatal war. Sie wollte sich nicht verlieben, sie konnte und durfte sich nicht verlieben. Ihre Zukunft war vorbestimmt und jeder weitere Gedanke an den Fremden im Wald, an seinen zärtlichen und zugleich brennenden Kuss, war überflüssig und dumm, weil er zu nichts als Wehmut und leisem Schmerz führte.

Zelda seufzte, und dieser Seufzer kam aus der Tiefe ihres Herzens.

Gleichzeitig hörte sie die Stimmen, die aus der offenen Tür des Gutshauses bis an ihr Ohr drangen. Es waren die Stimmen ihres Vaters, des Verwalters und zwei weitere Männerstimmen, in denen sie die Kingsleys erkannte. Sie würde hineingehen und ihrem zukünftigen Mann gegenübertreten. Sie würde ihn anlächeln und ihm schon sehr bald vor Gott und den Menschen die Treue schwören. Nein, sie musste sich jeden Gedanken an den Fremden im Wald verbieten, musste seinen Kuss vergessen und durfte auch nicht mehr an die Vertrautheit, die Nähe denken.

Sie seufzte noch einmal, dann straffte sie die Schultern, warf die wilde, ungebändigte Mähne auf den Rücken, fuhr sich glättend über die Kleider und übergab Rose dem Pferdeknecht. Hoch erhobenen Hauptes ging sie zum Haus und betrat mit einem unverbindlichen Lächeln, das sie einige Anstrengung kostete, die Halle.

»Guten Tag«, grüßte sie freundlich und ließ den Blick über die Männer gleiten.

Am Kopf der Tafel saß ihr Vater, Lord McLain. Er trug einen seiner besten Wämser. Sein Gesicht wirkte zufrieden.

Ihm gegenüber saß Lord Kingsley. Auch er wirkte aufgeräumt und nickte Zelda freundlich zu.

Sein Sohn Allistair saß neben ihm, doch fehlte seiner Miene die Freude der anderen. Angespannt wirkte er, das Kinn war kantig, den Mund hatte er wie im Kummer zu einem schmalen Strich zusammengepresst. Als er Zelda sah, versuchte er ein freundliches Lächeln, das ihm jedoch nur leidlich gelang und die haselnussbraunen Augen nicht erreichte.

Connor, der Verwalter, nickte ihr ebenfalls freundlich zu. Er wirkte sehr zufrieden. Das Ende des Clan-Krieges würde seine Arbeit um einiges erleichtern.

Nur Joan war noch immer so blass und in sich gekehrt wie am Morgen. Ihre Augen waren sogar leicht gerötet, sodass Zelda vermutete, dass sie geweint hatte. Besorgt sah sie die kleine Schwester an, doch jetzt zwang sich auch Joan ein Lächeln ab und sagte: »Na, endlich, Zelda. Wir haben auf dich gewartet. Komm, setz dich zu uns.«

Zelda nahm neben ihrer Schwester Platz und sah aufmerksam in die Runde.

»Entschuldigt die Verspätung«, sagte sie. »Aber ich wusste nicht, dass Lord Kingsley und sein Sohn uns die Ehre ihres Besuches sogleich erweisen.«

Lord Kingsley winkte ab. »Mach dir keine Sorgen, Kind. Dein Vater und ich hatten vieles zu besprechen. Wir sind fertig, und jetzt ist es gut, dass du gekommen bist.«

Er griff über den Tisch, legte seine Hand für einen Augenblick auf Zeldas Rechte und sah sie freundlich an.

Dann lehnte er sich zurück und suchte Lord McLains Blick. Die beiden Männer lächelten sich im stillen Einverständnis zu; sie konnten die Erleichterung darüber, dass sie eine Möglichkeit gefunden hatten, ihren Streit beizulegen und dabei das Gesicht zu wahren, nicht verbergen.

»Nun, Zelda. Lord Kingsley und ich sind bereit, den Krieg zu beenden. Ab sofort werden die Waffen schweigen. Es wird keine Überfälle mehr geben, keine Brandschatzungen, keinen Viehdiebstahl mehr.«

In den Gesichtern aller Anwesenden lag große Zufriedenheit. Die Männer griffen wie auf Kommando zu ihren Bechern mit Ale, prosteten sich zu und tranken in einem Zug leer.

Lord Kingsley wischte sich den Mund ab, sah von Zelda zu seinem Sohn und wieder zurück, ehe er sagte: »Zelda, ich heiße dich in meinem Haus als meine Schwiegertochter willkommen. Ich werde dich halten wie eine eigene Tochter und dir nach der Hochzeit die Herrschaft über Küche und Kammern übergeben. Du wirst die Herrin auf den Kingsley-Manors sein.«

Zelda dankte ihm mit einem Kopfnicken, dann fragte sie: »Und du, Allistair Kingsley, was sagst du dazu?«

Sie kannte den jungen Mann, seit sie denken konnte. Sie wusste, wie er ritt, wie er kämpfte, kannte seine Stimme, einige seiner Eigenarten. Doch sie kannte ihn nicht gut genug, um in seinem Gesicht zu lesen, was sich in seinem Inneren abspielte.

Allistair sah sie an. Etwas Prüfendes lag in seinem Blick, aber auch Traurigkeit.

»Unsere Väter haben entschieden. Ihre Entscheidung bringt der ganzen Gegend Frieden. Wir alle werden davon profitieren, dass der Krieg der Clans beendet ist. Wenn es Gottes und der Wille unserer Väter ist, so werde ich dich zur Frau nehmen und dich ehren und achten und dafür Sorge tragen, dass es dir an nichts mangelt.«

Zelda nickte. Sie hatte keine Liebeserklärung erwartet, doch die Kühle und stille Trauer in Allistairs Stimme machte sie betroffen. Er liebte sie nicht, das stand fest. Und sie liebte ihn nicht. Auch daran gab es nichts zu deuteln. Sie würden sich arrangieren müssen. Es gab schlimmere Ehemänner als Allistair Kingsley. Wenn sie es sich recht überlegte, so hatte sie es gar nicht so schlecht getroffen. Allistair war ein ansehnlicher Mann, groß, mit breiten Schultern, muskulös und einer Brust, die viel Platz zum Anlehnen bot ...Nun ja, vielleicht irgendwann einmal.

Seine braunen Augen waren klar und ohne Falsch. Das dunkle Haar war ordentlich geschnitten, der Mund mit der vollen Unterlippe ohne Bitterkeit.

Er war ehrlich, machte keinen Hehl daraus, dass er sie nicht liebte. Seine Blicke ruhten freundlich, aber ohne Begehren auf ihrem Gesicht. Sie wusste, dass er ihr ein guter, fürsorglicher Ehemann sein würde. Ein Mann, auf den sie sich verlassen konnte, der zu ihr stand, auch wenn er keine tiefen Gefühle für sie hegte. Allistair Kingsley war ein Mann von Stolz und Ehre, der wusste, was sich gehörte, wusste, was von ihm erwartet wurde.

Gemeinsam würden sie dafür Sorge tragen, dass der Frieden in den Highlands hergestellt wurde und erhalten blieb. Gemeinsam würden sie dafür sorgen, dass die Geschlechter der McLains und der Kingsleys weiterlebten. So war es Sitte, so war es wohl auch der Wille Gottes und der Wille ihrer Väter. Und sie würden diesen Willen akzeptieren und versuchen, das Beste daraus zu machen.

»Nun, willst du mich zu deinem Mann nehmen, Lady Zelda McLain?«, fragte Allistair Kingsley.

Seine Stimme klang ruhig und überlegt.

Zelda nickte. Sie sah ihm ebenso ehrlich in die Augen, dann antwortete sie: »Ja, Lord Allistair Kingsley. Auch ich bin bereit, deine Frau zu werden, dich zu achten und zu ehren.«

Der alte Lord Kingsley klatschte in die Hände.

»Gut, gut«, freute er sich. »Dann hätten wir das Schlimmste schon hinter uns.«

Er lachte über seinen eigenen Scherz, doch in diesem Moment stand Joan auf. Sie war weiß, kreideweiß. Aus ihren sonst so roten Lippen war jedes Blut gewichen. Sie schwankte ein wenig und musste sich an der Lehne festhalten, um nicht zu fallen.

»Ist dir nicht gut, Joan?«, fragte Zelda, sprang auf und schlang den Arm um Joans Hüfte.

Doch Joan machte sich unwillig los.

»Lass mich, Zelda. Ich glaube, ich werde mich ein wenig hinlegen und ausruhen müssen. Die Ereignisse der letzten Tage waren vielleicht doch etwas zu viel für mich.«

»Warte, ich bringe dich auf dein Zimmer«, bot Zelda an, doch Joan schüttelte den Kopf.

»Danke, ich kann allein gehen. Du wirst hier gebraucht.«

Sie nickte noch einmal grüßend in die Runde, dann ging sie mit schleppenden Schritten die Treppe hoch und verschwand.

Alle am Tisch sahen ihr nach, und so bemerkte niemand, dass Allistair Kingsley eine Hand zur Faust ballte und sie so fest zusammenpresste, dass die Fingerknöchel weiß hervortraten und sich die Nägel tief und schmerzhaft in die Innenfläche der Hand bohrten.

»Nun, da jetzt alles geklärt ist, schlage ich vor, mit der Verlobung nicht mehr allzu lange zu warten«, sagte Lord Kingsley, als Joan ihren Blicken entschwunden war.

Lord McLain nickte. »Der Mai ist ein wunderschöner Monat für Herzensangelegenheiten. Wie wäre es, wenn wir die Verlobung schon am nächsten Wochenende feierten?«

»Je eher, desto besser«, lachte der alte Kingsley und schlug seinem Sohn freundschaftlich auf die Schulter.

Der schrak zusammen, als wäre er in Gedanken gewesen.

»Na, Allistair, was meinst du dazu?«

»Wozu?«, fragte der Angesprochene und wirkte noch immer etwas abwesend.

Die beiden älteren Herren lachten, und auch Connor, der Verwalter, musste schmunzeln.

»Wir haben eure Verlobung für das nächste Wochenende festgelegt. Am Sonntag wird in der Kapelle der McLain-Manors ein Bittgottesdienst stattfinden, und danach gibt es ein zünftiges Verlobungsmahl.«

»So bald schon?«, fragte Allistair. Der Ausdruck seines Gesichtes ließ keinen Zweifel daran, dass ihm die Sache zu schnell ging.

»Warum nicht?«, fragte sein Vater. »Wenn die Saat reif ist, so soll man sie ernten.«

Allistair nickte ergeben und sah zu Zelda. »Bist du auch einverstanden damit?«, fragte er vorsichtig.

Zelda zuckte mit den Achseln. »Dein Vater hat Recht. Warum Dinge, die beschlossen und verkündet sind, noch auf die lange Bank schieben? Sie werden dadurch nicht besser.«

»Gut«, stimmte nun auch Allistair zu. »Wenn es denn so sein soll, dann soll es so sein.«

Der alte Lord McLain rief nach diesen Worten die Magd herbei und hieß sie, den besten Branntwein aus dem Keller zu bringen, um auf die Ergebnisse des heutigen Tages anzustoßen.

Als Zelda am Abend in ihrem Bett lag, überdachte sie noch einmal den Tag. Der Fremde aus dem Wald ging ihr nicht aus dem Kopf, obwohl sie sich nach Kräften bemühte, jeden Gedanken an ihn zu verdrängen. Doch immer wieder erschien vor ihrem geistigen Auge sein Bild, immer wieder stieg ihr die Erinnerung an seinen Geruch in die Nase, und sie spürte den sanften Druck seiner warmen Lippen auf ihren.

Das Gefühl von Verlust stieg in ihr auf und ließ sie schlucken.

Gestern war sie noch bereit gewesen, Allistair Kingsleys Frau zu werden. Gestern noch hatte sie gehofft, ihn eines Tages lieben zu können. Seit heute aber wusste sie, dass ihr Herz einem anderen gehörte. Einem Mann, den sie zwar kaum kannte, der aber ihr Inneres berührt hatte, dem sie sich so vertraut und nahe gefühlt hatte wie keinem Mann je zuvor.

Sie hatte immer gewusst, dass es irgendwo auf der Welt einen Mann gab, der für sie bestimmt war. Heute nun hatte sie ihn kennen gelernt – und musste ihn sogleich wieder verloren geben.

Tränen stiegen in ihr auf, rollten über die Wangen. Heiße Tränen, die in der Brust schmerzten und bewirkten, dass sie sich einsam und verloren fühlte.

Sie würde Allistair heiraten. Sie würde seine Frau werden, ohne ihn zu lieben und ohne von ihm geliebt zu werden. Es war ein hoher Preis, den sie für den Frieden bezahlen musste. Doch noch immer war Zelda viel zu sehr eine Tochter der Highlands, als dass sie nicht gewusst hätte, wie wichtig dieser Frieden für alle Beteiligten war.

Und noch immer war sie bereit, alles für diesen Frieden zu tun.

Sie würde ihn vergessen, den Fremden. Sobald sie mit Allistair verlobt war, würde sie sich jeden Gedanken an ihn verbieten. Aber einmal, ein einziges Mal noch wollte sie ihn sehen. Einmal noch seine warmen Lippen auf ihrem Mund spüren, einmal sich an seine breite Brust schmiegen und von seinen starken Armen gehalten werden. Einmal noch ihn riechen und schmecken und diesen Geruch und Geschmack tief und für immer in ihrer Brust verschließen.

Und mit diesen Gedanken schlief Zelda ein.

Hatte Gott ihr Gebet erhört?

Fast schien es so, denn am nächsten Morgen beim Frühstück war es der alte Lord McLain selbst, der Zelda zum See schickte.

»Wir brauchen Maikraut für die Feier am Sonntag. Die Köchin meinte, wir könnten nicht nur Ale reichen; die Frauen würden ein Getränk aus Wasser mit einem winzigen Schuss Essig und Maikraut so lieben. Deshalb, Zelda, bitte ich dich, zum See zu reiten. Du wirst dort gewiss das Kraut finden.«

»Wenn du möchtest, begleite ich dich«, sagte Joan, die heute nicht mehr ganz so bleich, aber immer noch leidend aussah. »Ein Aufenthalt an der frischen Luft kann mir nicht schaden.«

Zelda erschrak. So gern sie Joan auch um sich hatte, heute konnte sie die Schwester gewiss nicht brauchen. Zelda wusste selbst nicht, wieso, aber sie war sich ganz gewiss, den Fremden heute am See wiederzusehen. Ja, sie war sich sogar sicher, eine innere Stimme zu hören, die ihr befahl, rasch aufzubrechen.

»Joan, verzeih, aber heute ergeht es mir so wie dir gestern. Ich brauche ein wenig Zeit, um mich an den Gedanken zu gewöhnen, schon in wenigen Tagen verlobt zu sein. Auch für mich geht das gewohnte Leben hier im Gutshaus zu Ende. Und auch ich habe das Bedürfnis, Abschied zu nehmen.«

Joan sah sie an und nickte. In ihrem Blick lag Verständnis.

»Unsere Kindheit und unsere Jugend gehen zu Ende, nicht wahr? Wir sind erwachsen jetzt«, meinte sie.

Einer Eingebung folgend, stand Zelda auf, kniete sich vor ihrer Schwester auf den Boden und legte den Kopf in Joans Schoß.

»Ach, Joan«, seufzte sie. »Die Kindheit und Jugend zu verlassen, ist nicht das Schwierigste. Aber dich nicht mehr jeden Tag um mich haben zu können, schmerzt mich sehr.«

Behutsam streichelte Joan Zeldas wilde rote Locken. Sie seufzte, bevor sie sagte: »Wir werden uns so oft sehen, wie wir nur können, Zelda. In Gedanken aber werde ich bei dir sein. Immer.«

Dann schob sie Zelda von sich, stand auf und strich die Röcke glatt.

»Wir sollten uns die letzten Tage nicht schwerer machen, als sie es ohnehin sind«, sagte sie und umarmte Zelda.

»Lächle«, bat sie. »Ich kann es nicht ertragen, dass du traurig bist. Wir haben allen Grund zur Freude. Der Krieg ist vorbei.«

»Ja«, erwiderte Zelda und rang sich ein Lächeln ab. »Der Krieg ist vorbei. Nur das allein zählt.«

Dann drehte sie sich um und lief in den Stall, um Rose zu holen.

Wieder ritt sie so, wie es sich für eine Lady gehörte, bis das Gutshaus außer Sicht war, und schwang nach der ersten Wegbiegung ihr Bein über Rose, sodass sie rittlings auf ihr saß. War gestern ihr Ritt ungestüm und wild gewesen, so ließ sie heute die Zügel locker und die Stute das Tempo bestimmen.

Am Waldrand stieg sie ab und führte Rose über einen schmalen Pfad bis hin zum See. Wie gestern lag der Wald still da, der See glitzerte im Sonnenlicht wie flüssiges Glas, der Duft der Pflanzen und des Bodens drang in ihre Nase.

Zelda sah sich um und spürte die Enttäuschung wie einen Schlag. Der Fremde war nicht da. Sie war allein.

Niedergeschlagen band sie die Stute an denselben Baum wie tags zuvor, dann raffte sie ihr Kleid und ging langsam, sich immer wieder umsehend, ein Stück am Waldrand entlang, um das Maikraut zu pflücken.

Es ist besser, dass ich ihn nicht wiedersehe, tröstete sich Zelda, doch die Enttäuschung lag weiter wie ein schwerer Stein auf ihrer Brust.

Plötzlich hörte sie leise Schritte hinter sich. Eine Hand legte sich über ihre Augen, ein Gesicht schmiegte sich von hinten in ihr Haar.

Sie erkannte ihn an seinem Duft. Wild und männlich stieg er ihr in die Nase. Die Freude durchfuhr sie wie ein warmer Sonnenstrahl, ließ ihr Herz höher schlagen.

Sie fasste nach seinen Händen, er wirbelte sie zu sich herum, und schon lagen seine Lippen auf ihren.

»Ich habe auf dich gewartet«, hörte sie ihn dicht an ihrem Ohr flüstern, und sein heißer Atem strich über ihren Hals wie eine kleine Flamme.

»Ich habe mir so gewünscht, dass du kommst.«

»Ich habe es mir auch gewünscht«, flüsterte Zelda.

Wieder fanden sich ihre Lippen zu einem Kuss, doch diesmal war er von einer fordernden Zärtlichkeit, die Zelda eine ungekannte Hitze durch die Glieder trieb.

Sie hatte das Gefühl, als begänne das Blut in ihren Adern zu kochen. Ihre Haut hatte sich in eine kribbelnde Landschaft verwandelt. Sie drängte sich nah an den Fremden, presste ihren Körper gegen seinen und versank in dem Kuss.

Erschöpft hielten sie inne.

Der Fremde lachte leise und zog Zelda zum Rand der Wiese. Er hatte dort seinen Umhang unter die schützende Krone eines Baumes gebreitet. Geschmeidig ließ er sich darauf nieder, zog Zelda in seine Arme und bedeckte ihr Gesicht mit Küssen.

Als Zelda wieder zu Atem kam, richtete sie der Fremde halb auf, sah ihr in die Augen und fragte: »Wer bist du?«

»Ist das so wichtig?«, wich Zelda aus. Sie konnte ihm unmöglich sagen, wer sie war. Sie kannte ihn nicht, wusste nicht, was ihn in diese doch recht verlassene Gegend getrieben hatte. Die Kunde ihrer bevorstehenden Verlobung mit Allistair Kingsley würde in den umliegenden Dörfern und Weilern schon sehr bald die Runde gemacht haben. Zelda wollte nicht, dass der Fremde sie für ein loses Frauenzimmer hielt, das sich hier am See von ihm küssen ließ, aber schon einem anderen versprochen war.

Der Mann lachte, pflückte einen Grashalm und fuhr damit über Zeldas Hals bis hinab zu den Ansätzen der Brüste.

»Du bist mir wichtig«, erwiderte er. »Ich möchte alles von dir wissen. Wie du heißt, wo du herkommst, wie du lebst und wo du lebst, was du machst, wünschst, träumst. Alles möchte ich über dich erfahren.«

Zelda lachte, aber es war kein frohes Lachen. Sie durfte dem Fremden nichts von sich verraten. Und keiner durfte jemals erfahren, dass sie sich hier am See mit einem Fremden getroffen hatte. Zwar liebte sie Allistair Kingsley nicht, doch er hatte das Recht, eine ehrbare, unschuldige Frau zu heiraten. Erfuhr auch nur irgendwer von diesem heimlichen Stelldichein, so war der Friede in Gefahr. Nein, so gern sie auch wollte, sie durfte dem Fremden nicht sagen, wer sie war. Sie konnte und durfte nicht.

»Wer bist du?«, fragte sie ihn deshalb, um nicht auf seine Frage antworten zu müssen.

»Was willst du wissen?«, lachte er leise.

»Wie du heißt, woher du kommst, was du hier in der Gegend machst, was du vorhast ...«

»Mein Name ist Ian Laverty. Ich lebe in Edinburgh und bin in die Highlands gekommen, um einem Freund einen Gefallen zu erweisen.«

»Wer ist der Freund? Und was ist das für ein Gefallen?«, fragte Zelda mit der Neugier der Einheimischen, die im Umkreis von 20 Meilen jeden Bewohner kannten.

Diesmal war es Ian, der fragte: »Ist das so wichtig?«

Zelda schüttelte den Kopf, murmelte leise vor sich hin: »Ian Laverty. Ein schöner schottischer Name, Ian.«

»Ja, ich stamme aus einer alten schottischen Familie. Genau wie du, vermute ich.«

Zelda nickte. »Ich bin in den Highlands geboren und aufgewachsen.«

Sie wies mit dem Arm einen Halbkreis und fügte hinzu: »Hier bin ich zu Hause, hier möchte ich bis an das Ende meiner Tage leben.«

Ian lachte über den Ernst, mit dem die blutjunge Zelda über das Ende ihrer Tage sprach.

»Du passt hierher. Dein Haar ist so wild und ungebändigt wie diese Landschaft. Deine Augen sind so grün wie der See, deine Haut so weiß wie die Milch der Hochlandkühe.«

Er lachte leise, tippte zärtlich mit dem Zeigefinger auf ein paar Sommersprossen, die Zeldas Nasenrücken zierten, dann fuhr er fort: »Deine Nase ist von Sternen übersät wie der Himmel über Schottland bei Nacht, und dein Mund ist so schön geschwungen wie der Bogen des Liebesgottes Amor.«

Er beugte sich über sie, küsste sie erneut, diesmal mit einer Heftigkeit, die Zelda leise Schauer über den Rücken jagte. Sein Mund glitt über ihren Hals und Zelda beugte den Kopf nach hinten, bot Ian ihre Kehle dar wie ein Tier, das die Stärke des anderen anerkennt. Seine Zunge fuhr an ihrem Hals hinab, und Zelda wühlte die Hände in sein Haar, das wie altes, auf Hochglanz poliertes Mahagoni glänzte, und presste seinen Kopf fest an sich. Ein leises Stöhnen drang aus ihrer Kehle, dunkel und wild.

Ians Hände fuhren über ihren Körper, liebkosten durch den Stoff hindurch Zeldas Bauch, streichelten sich nach oben zu ihren Brüsten, die unter den zärtlichen Liebkosungen zum Leben erwachten.

Noch nie war Zelda so berührt worden. Sie genoss Ians Hände, bog ihm ihren Körper entgegen. Sie vergaß Raum und Zeit um sich herum. Es gab nur noch Ian und sie.

Ganz fest schmiegte sie sich an ihn, umklammerte ihn und drehte sich mit ihm auf der Wiese. Seine Hände waren überall. Sobald Zelda auch nur die Ahnung eines Bedürfnisses verspürte, an einer bestimmten Stelle berührt zu werden, schienen Ians Finger diesen Wunsch von ihrer Haut abzulesen und glitten mit unendlicher Zartheit dorthin.

Schon hatte er ihr Mieder gelöst, strich es ihr von den Schultern, liebkoste das weiße Rund. Seine Finger glitten tiefer, umfassten ihre Brüste, die jungfräulich weiß und prall waren wie Pfirsiche. Zelda erschauerte, als er ihre Brustwarzen in den Mund nahm und sie mit seiner Zunge umkreiste. Dann wurden seine Zärtlichkeiten heftiger, fordernder, und Zelda stieß leise Schreie der Lust aus, als sie die sanften, aber doch festen kleinen Bisse spürte. Ihr ganzer Körper loderte, als säße sie im Feuer.

Unter den Liebkosungen seiner Hände und seines Mundes verwandelte sich Zelda in ein Wesen voller Leidenschaft. Sie bog ihm ihren Leib entgegen, schmiegte sich in seine streichelnden Hände, suchte seinen Mund, trank seinen Atem wie Nektar. Noch nie hatte sie so empfunden. Köstliche Schauer jagten über ihren Rücken, ließen ihre Brüste erbeben.

Ihr Körper war ihr bisher nur Hülle und Schutz der Seele gewesen, die Brüste meist hinderlich beim Bogenschießen. Doch in diesem Augenblick erwachte in Zelda die Frau. Sie spürte ihren Körper bis in die kleinste Zelle, erkannte eine bisher nie gefühlte Bedürftigkeit. Ihre Brüste ersehnten die Berührung durch Ians Hände, ihr Mund verzehrte sich nach seinen Küssen, in ihrem Schoß erwachte das Verlangen. Nichts wünschte Zelda mehr, als sich Ian ganz und gar zu schenken, doch der Gedanke an die bevorstehende Verlobung mit Allistair ließ sie innehalten. Nein, sie durfte sich nicht hingeben, musste ihr Verlangen unterdrücken. Das, was hier im Wald ein Fremder mit ihr tat, stand nur Allistair zu. Niemandem sonst.

Mit unvorhersehbarer Heftigkeit machte sie sich von Ian los. Seine Wamsschließe verhedderte sich in ihrer Kleidung, hielt sie fest, als wäre sie seine Gefangene. Oder umgekehrt.

»Du bist eine Männerfängerin«, sagte er und biss ihr leicht ins Ohrläppchen.

»Du irrst dich. Du bist derjenige, der nach unschuldigen Mädchen Ausschau hält und ihnen beim Baden auflauert.«

Lachend und dabei gleichzeitig voller Wehmut löste sie die Schließe aus ihren Kleidern, hielt sie einen Moment in der Hand und betrachtete das Wappen mit den verschlungenen Initialen I und L darauf.

Er griff danach, sie zog die Hand weg, sie alberten herum wie unschuldige Kinder, alberten die Ängste und die Verzweiflung einfach weg.

Dann wurde Ian plötzlich ernst.

»Ich muss bald fort von hier. Aber ich möchte dich nicht verlassen. Sag mir, wer du bist. Sag mir, wo ich dich finden kann. Ich werde wieder kommen, um dich zu holen.«

Zelda schüttelte stumm den Kopf und konnte nicht verhindern, dass ihr Tränen in die Augen traten. Tapfer schluckte sie diese herunter und sagte mit einer Stimme, die ihr selbst fremd vorkam: »Ich bin eine Waldfee. Alles, was hier geschieht, träumst du nur. Wenn du aufwachst, bin ich weg.«

Ian sah sie ernst an, nahm ihr Gesicht in seine beiden Hände: »Ich habe nicht vor zu schlafen«, sagte er und seine Stimme klang beinahe streng. »Und ich habe auch nicht vor, mit dir zu spielen. Ich habe mich in dich verliebt, du fremde Schönheit. Mir ist, als hätte ich dich mein Leben lang gesucht. Ich werde nicht zulassen, dass du so plötzlich, wie du aufgetaucht bist, wieder aus meinem Leben verschwindest. Ich habe hier in der Gegend einen Auftrag zu erfüllen. Aber du kannst sicher sein, dass ich zurückkomme, wenn ich ihn ausgeführt habe.«

Zelda nickte. Sie glaubte ihm jedes Wort. Wie schön wäre es, könnte sie hier am See auf ihn warten. Doch das ging nicht. Sie wusste es, wusste auch, dass sie nichts daran ändern konnte. Ihr Herz, ihr Körper sagten Ja zu Ian Laverty, doch ihr Verstand gebot ihr zu schweigen.

»Warst du vorher noch nie verliebt?«, fragte sie.

Ian sah ihr in die Augen, als wollte er in ihre Seele blicken und feststellen, ob sie die Wahrheit vertrug.

»Ja«, gab er schließlich zu. »Ich habe schon einmal geliebt. Doch das Schicksal und der Wille ihres Vaters hatten beschlossen, uns zu trennen. Ich habe lange mit diesem Schicksal gehadert, doch heute weiß ich, dass es mich nur auf diesem Weg zu der Frau führen konnte, die für mich bestimmt ist. Zu dir.«

»Das Ufer dieses Sees soll für immer unser Platz sein«, sagte sie. Dann zog sie ihn so fest an sich, wie sie nur konnte, und küsste ihn mit solcher Leidenschaft, dass das Verlangen erneut wie eine lodernde Flamme durch die Körper der beiden schoss. Sie hielten sich aneinander fest, als wollten sie niemals wieder voneinander lassen. Ihre Hände fanden sich, ihre Lippenpaare verschmolzen zu einem Mund, ihre Körper wurden zu einem, und die Kraft ihrer Wünsche stieg wie ein Nebelschleier über den Wald hinauf und entfachte das Begehren in ihnen.

»Ich liebe dich, fremde Schöne«, flüsterte Ian Laverty mit kehliger Stimme.

»Ich liebe dich auch«, erwiderte Zelda, und ein weiteres Mal versanken sie in einem nicht enden wollenden Kuss, in den sich Zeldas Tränen mischten.

»Ja, das Ufer dieses Sees ist unser Platz. Ich werde ihn das Ufer des Verlangens taufen, denn mein Verlangen nach dir ist unendlich«, sagte Ian nach diesem Kuss.

Der Name passt, dachte Zelda. Er passt in mehrfacher Hinsicht. Das Ufer des Verlangens, der See des

Verlangens. Beide Clans hat es nach diesem See verlangt, nach seinen Fischbeständen, seinem kühlen Wasser. Und dieses Verlangen war es, das zum Krieg führte. Nun musste sie auf ihr ureigenstes Verlangen verzichten. Nur, dass dieses Verlangen nichts mit den Fischbeständen des Sees zu tun hatte. War es eine geheimnisvolle Zauberkraft des unergründlich kühlen Wassers, Verlangen zu wecken? Barg dieser See, den Zelda seit ihrer Kindheit kannte und liebte, ein Geheimnis? War jeder einem Verlangen hilflos ausgeliefert, der in diesem See badete?

Sie schüttelte den Kopf über ihre unsinnigen Gedanken, und ihr Blick fiel bis hinüber zum Ufer der Kingsleys, das von Felsen durchzogen war. Es gab so manche Geschichten über diesen See. Und viele der Menschen, die in dessen Nähe lebten, mieden ihn. Bachelor- oder Junggesellen-See nannten sie ihn, aber in einem geheimnisvollen Ton, als verlöre jede Jungfrau und jeder Junggeselle seine Unschuld, wenn sie oder er darin badete.

Auch sie war im Begriff, ihre Unschuld zu verlieren. Sie sollte gehen. Nein, sie musste gehen. Sie durfte keine Minute länger hier bei Ian bleiben.

Zelda seufzte, stand auf, richtete ihre Kleider, glättete ihr Haar. Sie betrachtete den Mann mit einem Blick, in dem sich die gerade gefundene Zärtlichkeit der ersten großen Liebe mit der Traurigkeit des Abschieds mischte.

»Ich muss gehen«, sagte sie.

Ian nickte. »Ich werde dich finden. Das verspreche ich dir.«

»Und ich werde dich nie vergessen«, erwiderte Zelda. »Gott schütze dich, Ian Laverty.«

Sie entfernte sich ein paar Schritte, ohne den Blick von Ian lassen zu können.

»Such mich nicht«, bat sie beinahe flehentlich. »Ich könnte es nicht ertragen, dich wiederzusehen. Lass mich gehen, Ian Laverty, und behalte nur die Erinnerung an das Ufer des Sees.«

»Warum?«, fragte Ian und streckte die Hand nach ihr aus.

Als Zelda nur stumm den Kopf schüttelte und er die Tränen sah, die ihr wie Perlen über die Wangen rollten, stand er auf, wollte zu ihr, sie festhalten, ihr das Geheimnis entlocken.

»Nein!«, rief Zelda. »Nicht … Halte mich nicht.«

Dann lief sie weg, rannte zu Rose, schwang sich auf ihren Rücken, als wäre sie auf der Flucht und sprengte ohne sich noch einmal umzusehen in den Wald hinein.

Blind vor Tränen ritt sie über die Felder, hielt auf der Hälfte der Strecke im Schutz einer kleinen Baumgruppe an, atmete mehrmals tief durch und legten den Kopf an Roses warmen Hals. Dann weinte sie, wie sie noch nie in ihrem Leben geweint hatte. Schluchzer schüttelten ihren Körper, die Tränen liefen in Strömen über ihre Wangen und versickerten im Fell des Pferdes. Sie fühlte sich so zerrissen zwischen ihrer Liebe zu Ian und den Pflichten einer Lady McLain, die bald schon eine Lady Kingsley werden würde, dass ihr Herz zu bersten drohte.

»Ich muss dich vergessen, Ian Laverty«, flüsterte sie vor sich hin. »Deine Hände und Küsse, deine Stimme und dein Lachen. Alles muss ich vergessen. Ich habe Pflichten, vor denen ich nicht davonlaufen kann. Der Frieden in diesem Teil der Highlands liegt auch in meinen Händen. Und dieser Frieden ist unverzichtbar für alle, die hier leben. Deshalb muss ich auf dich verzichten, Ian. Mein Glück gegen das Glück so vieler anderer. Was ist schon der Seelenfrieden einer Einzelnen gegen den Frieden für einen ganzen Landstrich?«

Sie seufzte und sah nach oben in einen strahlend blauen Himmel, an dem einige duftige Wolken wie Wollflocken durch das Blau trieben, als erwartete sie Hilfe von dort.

Der Gedanke an ihre Pflichten hatte den Tränen Einhalt geboten. Zelda wusste, was von ihr erwartet wurde. Und sie würde ihre Pflicht erfüllen. Was immer auch geschah. Seit ihrer Kindheit war sie auf die Aufgaben einer Lady vorbereitet worden. Und sie trug die Verantwortung, den Stolz und die Ehre der McLains in ihrem Herzen.

Sie dachte an Joan, die ebenfalls verzichten musste, und der Gedanke an ihre Schwester tröstete sie ein wenig.

Noch immer sah sie nach oben zu den Wolken, dann faltete sie die Hände und schloss die Augen.

»Lieber Gott«, betete sie. »Lieber Gott, lass mich diesen Mann und diese beiden wundervollen Begegnungen vergessen. Hilf mir, Allistair die Frau zu werden, die er braucht und die er sich wünscht.«

Am Abend bürstete Zelda ihr Haar vor einer polierten Metallplatte, die auf einer kleinen Anrichte in ihrem Gemach stand und die sie als Spiegel benutzte.

Im Grunde mochte sie ihre langen, roten Locken nicht. »Feuerteufel« hatten die Kinder ihr früher nachgerufen. Oder »Rotschopf, das Haus brennt«.

Sie hatte sich immer Haare gewünscht, wie Joan sie hatte, glattes, feines Haar, das wie Seide schimmerte.

Doch Ian hatte heute gesagt, die Haare passten zu ihr, sie wären wild und ungebändigt wie diese Landschaft. Sie betrachtete die Locken, und plötzlich gefielen sie ihr. Zum ersten Mal im Leben war sie froh über ihre wilde Mähne, zum ersten Mal sah sie die lodernde Pracht mit Wohlgefallen.

Ians Worte hatten diese Verwandlung bewirkt. Ians Worte hatten von ihrer Schönheit gesprochen, und nun versuchte Zelda, sich mit seinen Augen zu sehen.

»Die Augen so grün wie der See.«

Sie trat dichter an den Spiegel, betrachtete ihre Augen. Ja, Ian hatte Recht. Sie hatten wirklich die Farbe des Sees an einem Sonnentag. Rings um die Iris verschönerten braune Punkte ihre Augen, braune, glänzende Punkte, die an die Sonnenflecken auf dem See erinnerten und in den Sommersprossen auf ihrem Nasenrücken eine Fortsetzung fanden.

»Deine Nase ist von Sternen übersät wie der Himmel über Schottland bei Nacht, und dein Mund ist so schön geschwungen wie der Bogen des Liebesgottes Amor.«

Behutsam fuhr Zelda mit einem Finger die Konturen ihrer Lippen nach. Rot, voll und prall wie reife Kirschen wirkten sie – und Zelda sah zum ersten Mal ihre Schönheit.

Langsam öffnete sie ihr Mieder und streifte das Kleid von ihrer Schulter.

Sie strich über das weiße Rund, fühlte die Zartheit ihrer Haut. Noch nie hatte sie sich so gesehen, noch nie hatte sie sich so berührt.

Ihr Körper war einfach nur ein Körper gewesen, über den sich Zelda niemals auch nur die geringsten Gedanken gemacht hatte. Er war da wie die Luft, die man zum Atmen brauchte, aber die man nie bewusst bemerkte.

Arme und Beine waren einfache Gliedmaßen, einzig dazu da, eine Aufgabe zu erfüllen. Der Mund diente allein zum Essen und zum Trinken, die Brüste waren ein ärgerliches Anhängsel, für das sie bisher keinerlei Verwendung gefunden hatte, die Haut schützte nur unzureichend gegen Kälte, war im Sommer hilflos der Wärme ausgesetzt, die Knochen ein bloßes Gerüst, um sie zu halten.

Zelda war einfach Zelda, und sie hatte sich niemals große Gedanken um Schönheit gemacht. Sie war, wie sie war, konnte nichts an sich ändern. Sie hatte zwar schon oft gehört, dass man sie schön nannte, aber sie wusste im Grunde nicht, was das bedeutete. Ein Sonnentag war schließlich auch schön, aber irgendwie auch sehr normal.

Doch seit heute war alles anders. Heute sah sie zum ersten Mal ihre Schönheit, freute sich im Licht der Kerzen an den wohlgeformten Gliedern. Sie strich mit den Händen über ihre Brüste, wog sie zärtlich in der Hand, betrachtete die rosa Spitzen, die an Blütenknospen erinnerten und bei jedem Atemzug Zeldas leise zitterten.

Sie strich sich über den flachen Bauch, spürte die Wärme und Zartheit ihrer Haut. Ein zärtliches Gefühl für sich selbst, für ihren Körper überflutete sie und machte sie glücklich.

Sie fühlte sich nicht mehr geschlechtslos, nein, heute fühlte sie sich als Frau, als begehrenswerte Frau mit einem schönen Körper. Sie lächelte, lächelte liebevoll, entdeckte ihren Körper mit einer ungekannten Lust, lernte sich selbst auf eine neue Art kennen und fühlte sich kostbarer als jemals zuvor.

4. Kapitel

Zelda träumte. Sie lag in ihrem Bett, den Kopf ins Kissen vergraben, und träumte. Das silberne Mondlicht drang durch die Ritzen der hölzernen Fensterläden und malte eine helle, glänzende Sichel auf den Bezug ihres Bettes.

Sie träumte, sie sei im Wald, am Ufer des Verlangens.

Sie war allein, schritt über die Wiese auf den See zu. Sie trug ein weißes Kleid, das sich an ihren Leib schmiegte wie eine zweite Haut.

Der See schien sie zu rufen. »Komm her, komm zu mir, bade in mir!«, flüsterte er mit der Stimme von Ian Laverty.

»Ich komme«, flüsterte Zelda zurück und näherte sich dem See, bedachtsam einen Schritt vor den anderen setzend. Als das Wasser ihre Zehen benetzte, blieb sie stehen und lauschte in die Stille der Nacht, die nur durch das leise Raunen des Windes in den Bäumen unterbrochen wurde.

»Komm«, flüsterte der See wieder mit Ians Stimme. »Komm zu mir. Ich warte schon so lange auf dich.«

»Ja, ich komme«, sagte Zelda wie zu sich selbst und lief einige Schritte ins Wasser.

Die kühle Nässe floss um ihren Leib, umhüllte sie zärtlich wie ein Schleier aus flüssigem Silber.

»Komm, komm näher«, flüsterte die Stimme wieder. »Hab keine Angst. Ich halte dich.«

Das Wasser reichte Zelda schon bis zur Brust. Sie spürte, wie sich ihre Brustwarzen steif aufrichteten. Sie hatte die Arme weit ausgebreitet, ihre Hände spielten im Wasser.

Jetzt ließ sie sich fallen, einfach fallen. Ihr war, als würde sie getragen. So, als hielten warme, zärtliche

Hände sie fest, sodass sie nicht im Wasser versinken konnte.

»Komm, ja, so ist es gut. Komm zu mir. Keine Angst. Nein, fürchte dich nicht«, hörte sie wieder Ians Stimme.

Plötzlich erwachte Zelda. Ihr war, als hätte ein Geräusch sie geweckt. Still lauschte sie in die Nacht, doch es blieb alles ruhig. Nur ein Käuzchen stieß seinen bangen Schrei in die Nacht, und der Wind blies ein Schlaflied durch die Blätter der Bäume.

»Kuwitt, kuwitt«, schrie der Vogel wieder, und Zelda fröstelte bei diesem Schrei. Ein Spruch ihrer alten Amme Margaret fiel ihr ein: »Wenn ein Käuzchen schreit, dann stirbt ein Mensch.«

Zelda erschauerte ein wenig und zog sich die Bettdecke über die Schultern. Sie hatte schon oft dem Schrei des Käuzchens gelauscht, und niemals war in ihrer Nähe dabei ein Mensch gestorben.

Heute aber erschreckte sie dieser Schrei, heute sah sie ihn als Boten eines drohenden Unglücks. Sie konnte sich diese seltsame Ahnung nicht erklären, und doch wusste sie, dass sie sich nicht täuschte. Wieder lauschte sie in die Nacht. Ihr Körper war angespannt wie bei einer Katze vor dem Sprung.

Etwas hatte Zeldas Aufmerksamkeit geweckt, etwas, das sie nicht benennen konnte, hatte sie in eine innere Unruhe versetzt, die jeden leisen Anflug von Schlaf verscheuchte.

Noch immer war nichts anderes als der Schrei des Käuzchens und das Raunen des Windes zu hören. Der Mond schien durch einige Ritzen der Läden und tauchte das Zimmer in ein diffuses Licht, in dem alle Gegenstände ihre Konturen verloren und wie Nebelgeister wirkten.

Plötzlich war es Zelda, als hätte sie wie aus weiter Ferne Hufgeklapper gehört. Sie schnellte im Bett auf, war nun vollends erwacht und richtete ihre gesamte Aufmerksamkeit auf dieses Geräusch. Jetzt schlug nebenan ein Fensterladen.

Auch das war ungewöhnlich. Joan, die die Kammer neben ihr bewohnte, achtete stets gewissenhaft darauf, dass die Läden bei Anbruch der Nacht geschlossen wurden.

Zelda stand auf, lief mit nackten Füßen zum Fenster und versuchte, durch die Ritzen nach draußen zu spähen. Doch sie sah fast nichts, der schmale Spalt war zu eng.

Leise, um die anderen nicht aufzuwecken, löste sie den kleinen Riegel und stieß den Holzladen behutsam auf. Für einen winzigen Moment war sie geblendet vom Mondlicht. Voll und rund wie eine auf Hochglanz polierte Platte stand er am Himmel und tauchte die Gegend in silbernes Licht.

Zelda beugte sich hinaus, spürte den kühlen Nachtwind im Gesicht und im Haar und sah zuerst in den Hof.

Still und verlassen lag er da, nur der Hofhund hatte seine Hütte verlassen, stand auf den Pflastersteinen und stierte den Mond an, als wäre er ein runder Käse.

Zeldas Blick schweifte über die Felder, die sich wie mit schwarzsilbernen Tüchern bedeckt darboten.

Doch da, da hinten am Waldrand, was war das?

Zelda legte die Hand über die Augen, um besser sehen zu können. Sie erkannte ein großes Pferd, das einsam dort entlanggaloppierte. Auf dem Pferd saß eine Gestalt. Nein, halt! Es mussten zwei Menschen sein! Zelda sah eine Frau, die ein langes, helles Kleid trug, das im Mondlicht wie eine Flagge schimmerte. Dahinter erkannte sie einen Mann, der dem Pferd die Sporen gab.

Doch ebenso rasch, wie die Gestalten aufgetaucht waren, waren sie auch schon im schützenden Dickicht des Waldes verschwunden.

Habe ich Geister gesehen?, fragte sich Zelda. Oder hat mir meine Fantasie Spukbilder vorgegaukelt?

Sie blieb noch eine Weile am Fenster stehen, betrachtete aufmerksam jeden Flecken ihres Blickfeldes, lauschte auf irgendwelche Geräusche, doch sie sah nur die Felder, die sie seit ihrer Kindheit kannte, den Wald, der sie so oft schon vor Unwettern beschützt hatte, und hörte den Wind, der ihr heißes Gesicht kühlte.

Schließlich schloss sie den Laden, verriegelte ihn und tappte mit nackten, nun kalten Füßen ins Bett.

Es war nichts, beruhigte sie sich selbst. Meine Einbildungskraft hat mir einen Streich gespielt. Wie sollte es auch anders sein nach einem Traum, in der ein See mit der Stimme eines Mannes spricht?

Es dauerte lange, bis sie einschlief, denn irgendwo in der Tiefe ihres Herzens ahnte sie, dass sie kein Spukbild da am nächtlichen Waldrand gesehen hatte.

Als die Dämmerung wie ein schwarzgraues Band am Horizont erschien, schlief sie traumlos und fest, bis aufgeregte Stimmen sie weckten.

»Zelda, wach auf! Schnell, etwas Schreckliches ist geschehen!«

Sie erwachte und wusste für einen Augenblick nicht, wo sie sich befand. Der nächtliche Spuk fiel ihr ein, die beiden Reiter auf nur einem Pferd. Eine Ahnung überfiel sie, Kälte kroch durch ihren Körper wie ein eisiger Wind.

Schnell sprang sie auf, schlüpfte nachlässig in ein einfaches Kleid und rannte hinunter in die Halle.

Der alte Lord McLain lief wie ein gefangener Bär auf dem Dielenboden auf und ab und rang die Hände. Die Köchin und die alte Amme Margaret hielten sich umarmt, Connor saß am Tisch und starrte Löcher in die Platte, die junge Magd, die erst seit wenigen Wochen auf den McLain-Manors arbeitete, lehnte an der Wand und weinte.

»Was ist los? Was ist passiert?«, fragte Zelda, und die Kälte in ihr wurde zu blankem Eis. »Jetzt redet schon … Vater! Was ist geschehen?«

Lord McLain öffnete den Mund, doch er brachte nicht ein einziges Wort heraus. Der Blick seiner Augen war so voller Leid und Gram, dass es Zelda das Blut abschnürte.

»Connor, sagt Ihr mir, was geschehen ist?«

Die kleine Magd schluchzte laut auf und schnäuzte sich geräuschvoll in ihre Schürze.

»Joan ist weg«, sagte Connor, und auch er sprach mit Grabesstimme.

»Weg? Was heißt das? Sie kann doch nicht weg sein! Wo soll sie denn hin?«

Die Fragen sprudelten aus Zelda heraus wie ein Bergquell. Es war die Angst, die ihr die Worte aus dem Mund jagte. Ihre dunkle Ahnung wurde allmählich zur Gewissheit. Aber noch war nichts ausgesprochen. Noch klammerte sie sich an die unsinnige Hoffnung, Joan könnte sich versteckt haben, wäre noch hier, ganz in ihrer Nähe, käme jeden Moment lachend zur Tür hinein.

»Habt Ihr im Hühnerstall nachgesehen? Im Kräutergarten? Draußen, auf der Wiese? Habt Ihr die Keller und Kammer durchsucht? Nein, sie ist nicht weg. Nicht Joan. Wo soll sie denn sein?«

Die anderen schwiegen. Ihr Vater starrte sie mit seltsam leerem Blick an, hob die Arme und ließ sie fallen, sodass sie wie die Glieder einer Puppe neben seinem Körper baumelten.

Zelda sah von einem zum anderen, doch niemand sagte ein Wort.

In den Augen der Frauen standen Tränen, Connor hieb mit der Faust auf den Tisch, und ihr Vater ging schleppenden Schrittes zur Wandbank und ließ sich schwer auf das Fellpolster fallen.

»Sie ist weg«, war alles, was er mit brüchiger Stimme hervorbrachte.

»Nein!«

Zeldas Schrei durchschnitt die Stille wie ein Henkersschwert.

Dann rannte sie mit fliegenden Röcken die Treppe hinauf, stürmte in Joans Kammer und blieb wie angewurzelt an der Tür stehen.

Sie umfasste den Raum mit einem einzigen, langen Blick. Einem Blick, der Gewissheit schaffte.

Joans Bett war nicht gemacht. Der Abdruck ihres Kopfes war noch immer auf dem Kissen zu sehen. Ihr Nachtgewand lag nachlässig verknäult in ungewohnter Unordnung auf dem Boden. Der Deckel ihrer Truhe stand offen, die Fensterläden ebenfalls. Der Wind schlug sie hin und her, sodass in regelmäßigen Abständen ein Scheppern ertönte. Ein Scheppern, wie Joan es in der Nacht schon gehört hatte.

Langsam betrat sie das Zimmer, warf einen Blick in die Truhe und sah auf Anhieb, dass das kleine Lederbeutelchen fehlte, Joans größter Schatz. Das kleine schwarze Lederbeutelchen, in dem eine Haarlocke von ihr, Zelda, steckte und ein schmaler goldener Ring, der einst ihrer verstorbenen Mutter gehört hatte.

Zelda beugte sich über die Truhe, wühlte das Unterste nach oben, riss Kleider und Leinentücher heraus, warf Wäsche und einen Umhang hinterher, bis die Truhe leer war. Doch das Lederbeutelchen fand sie nicht.

In dem plötzlichen Wahn zu glauben, dass, fände sie das Lederbeutelchen, alles wieder gut würde und Joan zur Tür hereinkäme, eilte sie zum Waschtisch. Sie sah Joans Kämme aus Elfenbein, die Haarbürste, zwei Bänder und ein Behältnis mit Rosenwasser, doch auch hier fand sie das Lederbeutelchen nicht.

Mit einer wilden Handbewegung, in der alle ihre Ängste, alle Befürchtungen und die schreckliche Gewissheit sich vereinten, wischte sie die Gegenstände von Tisch, sodass sie laut krachend zu Boden fielen.

Dann ließ sie sich auf das Bett fallen und begann zu weinen. Zelda schlug die Hände vors Gesicht, schluchzte aus tiefster Seele, fühlte sich verloren und von Gott verlassen, mutterseelenallein – und schuldig.

Sie hatte in der Nacht seltsame Geräusche gehört, hatte das Klappern von Joans Läden bis in ihr Zimmer hinein gehört. Warum war sie nicht aufgestanden und hatte nach der Schwester gesehen?

Warum war Joan geflohen? War sie geflohen? Um einem Leben im Kloster zu entgehen? Wo war sie jetzt?

»Joan, wo bist du?«, flüsterte Zelda verzweifelt, dann presste sie ihr Gesicht auf den Abdruck im Kopfkissen. Sie roch Joans Duft, und die Verlassenheit schlug wie eine Welle über ihr zusammen.

»Joan, wo bist du?«, weinte Zelda. »Wo bist du? Wo bist du nur?«

Nach einer Weile, als sie das große Erschrecken in Joans Kissen geweint hatte, fand sie ihre Fassung wieder und richtete sich auf. Entschlossen wischte sie sich die Tränen von den Wangen, atmete einmal tief ein und aus und betrachtete das Zimmer erneut.

»Vielleicht hast du ja einen Hinweis hinterlassen, Joan«, sprach Zelda leise mit ihrer nicht anwesenden Schwester. »Du hast nicht gerufen, nicht geschrien, also hast du auch über deine Flucht selbst entschieden. War es so, ist es so, Joan?«

Zelda richtete den Blick auf den mit duftenden Binsen bestreuten Dielenboden, als könnte sie dadurch das Geheimnis um Joan lüften.

Schritt für Schritt suchte sie den Raum nach irgendeinem Zeichen ab. Sie war beinahe fertig, da brach die Sonne, die inzwischen schon ihre halbe Höhe erreicht hatte, durch das Fenster und brachte am Fuß des Bettes etwas zum Funkeln.

Zelda bückte sich und griff danach. Es war eine Mantelschließe. Eine Mantelschließe, die sie schon einmal in den Händen gehalten und bewundert hatte. Eine Mantelschließe mit den Initialen I und L.

Ihr war, als griffe eine eiskalte Hand nach ihrem Herzen und drückte es schmerzhaft zusammen. Sie bekam kaum Luft. Hoch aufgerichtet stand sie in Joans Zimmer und betrachtete die Schließe in der Hand mit ungläubigen Blicken, die andere Hand auf ihr Herz gepresst.

Die Gedanken stoben wie Schwärme wilder Bienen durch ihren Kopf.

Joan und Ian, Ian und Joan.

Plötzlich fielen ihr die Worte ein, die Ian am See zu ihr gesagt hatte.

»Warst du schon einmal verliebt?«, hatte Zelda gefragt, und Ian hatte geantwortet: »Ich habe schon einmal geliebt. Doch das Schicksal und der Wille ihres Vaters hatten beschlossen, uns zu trennen.«

Wie Schuppen fiel es Zelda jetzt von den Augen. Joans seltsames Benehmen in den letzen Tagen, ihre Zurückgezogenheit, die Tränenspuren, das leidvolle blasse Gesicht. Dazu Ians Worte vom See.

Joan war die Frau, die er gemeint hatte. Joan war die Frau, in die er verliebt war, die er liebte. Aber das Schicksal und der Wille ihres Vaters hatten für Joan ein Leben im Kloster bestimmt.

Und nun hatte Ian Joan entführt, um ihr dieses Leben zu ersparen. Sie war der Grund für seine Anwesenheit in den Highlands. Ihr zur Flucht zur verhelfen, war die Angelegenheit, die ihn zum See geführt hatte.

Zelda musste sich setzen. Noch immer hielt sie die Schließe in der einen Hand, noch immer die andere auf ihr Herz gepresst.

Zwiespältige Gefühle hielten sie gefangen.

Sie fühlte sich verraten, betrogen und missbraucht von Ian Laverty. Wenn er ihre Schwester so sehr liebte, dass er sie nachts heimlich von hier wegholte, um mit ihr zu fliehen, so hatte sie dafür Verständnis. Selbst, wenn sie diese Heimlichkeit verurteilte. Aber dass er ihr am See seine Liebe gestanden, sie geküsst und liebkost hatte, schmerzte mehr, als sie sagen konnte.

Es war ein doppelter Schmerz: zum einen über den Verrat des Mannes, den sie, Zelda, zu lieben glaubte, zum anderen der Betrug an ihrer Schwester.

»Mein Gott«, flüsterte Zelda leise vor sich hin. »Ich hätte meine Schwester beinahe mit ihrem heimlichen Verlobten betrogen!«

Die eigene Schwester! Die, die sie mehr liebte als ihr eigenes Leben, der sie alles Glück und alle Liebe dieser

Welt wünschte! Scham brannte in ihr, färbte ihre Wangen rot.

Sie stand auf, schritt nun selbst wie eine Gefangene in Joans Zimmer auf und ab und versuchte, ihre Gedanken zu ordnen.

Die Wut auf Ian Laverty brannte wie Säure in ihrem Innern. Er hatte Joan ebenfalls betrogen!

Aber war es nicht auch so gewesen, dass sie nackt in die Falle gelaufen und ihn um Hilfe gebeten hatte? Und hieß es nicht, dass kein Mann den Verlockungen eines Weibes widerstehen konnte?

Oh, nein, sie hatte ihn nicht weggestoßen, als er sie geküsst hatte. Im Gegenteil. Nur zu bereitwillig hatte sie die Zärtlichkeiten des Fremden geduldet. Eines Mannes, den sie nie zuvor gesehen hatte, der nicht in diese Gegend gehörte …

Wieder stieg eine Welle der Scham in Zelda auf, die ihr fast den Atem nahm.

Wenn sie Ian Laverty verurteilte, so musste sie sich selbst ebenfalls verurteilen. Auch sie hatte, wenn man es streng nahm, ihren künftigen Verlobten Allistair Kingsley mit Ian betrogen. Sie war keinen Deut besser als er.

Eine gerechte Strafe für ihr tugendloses Verhalten war es, dass Ian Laverty einer anderen gehörte.

Zelda reckte die Schultern und warf ihre wilde Lockenmähne über die Schultern.

Ich werde alles tun, um Ian und Joan diese Liebe zu ermöglichen, beschloss sie. Ich werde ihnen folgen, Joan zurückholen und auf meine Ehe mit Allistair verzichten. An Joans Stelle werde ich in ein Kloster gehen, ihr meine Mitgift zuteil werden lassen. Die Liebe ist heilig, und ich werde alles dafür tun, dass die beiden Liebenden miteinander glücklich werden können.

Und was wurde mit dem Bachelor-See? Was mit dem Frieden zwischen den beiden Clans? Dem Frieden, der so wichtig war für die Bewohner der Highlands? Nur einen Augenblick lang schoss Zelda dieser Gedanke durch den Kopf.

Später werde ich mich darum kümmern, dachte sie. Vielleicht ist es möglich, den See gemeinsam und friedlich zu nutzen. Irgendein Weg wird sich schon finden. Jetzt war nur eines wichtig: dass Joan gesund und wohlbehalten zurückkehrte.

Und sie, Zelda, würde dafür sorgen.

Der Entschluss brachte den Aufruhr der Gefühle zur Ruhe. Langsam ging sie nach unten in die Halle zu den anderen.

»Sie ist weg«, sagte sie, als wüssten die anderen diese Tatsache noch nicht.

»Ich habe keine Nachricht, kein Zeichen von ihr gefunden. Aber ich glaube, sie ist freiwillig gegangen. Niemand hat sie mit Gewalt aus ihrem Zimmer geholt. Sie hätte geschrien, wäre es so.«

Der Verwalter nickte. »Vielleicht ist sie doch nicht für das Klosterleben geschaffen. Vielleicht war es die Aussicht auf ein Leben hinter dunklen Mauern in lichtlosen Zellen, die sie weg von ihrem Zuhause und hin zur Flucht getrieben hat.«

»Aber was hätte ich denn tun sollen?«, fragte der alte Lord, vom Gram gebeugt und plötzlich um Jahre gealtert.

»Die Frage ist, was wir jetzt tun sollen«, warf Connor ein.

»Wir müssen nach ihr suchen«, sagte Margaret, die alte Amme.

Connor nickte. »Wenn es Euch recht ist, Mylord, so

schicke ich meine Männer in die Umgebung. Irgendwer hat bestimmt etwas gesehen oder gehört. Ein Mensch verschwindet nicht einfach spurlos vom Erdboden. Auch zu den Kingsleys werde ich einen Boten schicken. Vielleicht können sie ein paar Männer entbehren.«

»Wo wollt Ihr suchen lassen?«, fragte Zelda, in deren Kopf sich bereits ein Plan formierte.

Connor zuckte mit den Achseln. »Zum Kloster werden wir reiten. In die umliegenden Dörfer und wenn es sein muss, bis nach Edinburgh.«

Zelda schrak bei der Nennung des Städtenamens hoch.

Natürlich! Joan war mit Ian nach Edinburgh geflohen. Er selbst hatte ihr am See gesagt, dass er dort lebte. Doch nicht nur diese Tatsache erschien ihr einleuchtend, sondern außerdem der nahe Hafen. Von dort gingen Schiffe hinüber zum Kontinent; nach Frankreich fuhren sie.

War es nicht möglich, dass Joan und Ian nach Frankreich fliehen wollten, um sich dort zu verheiraten? Vielleicht wollten sie sogar im fernen Land ein neues Leben aufbauen.

Noch immer hielt sie die Mantelschließe in der Hand.

Sollte sie Connor, ihrem Vater und den anderen erzählen, was sie vermutete?

Nein. Zelda schüttelte, ohne es zu merken, den Kopf. Sie würde niemandem sagen, dass Ian Laverty Joan geraubt oder mit ihr geflohen war. Der Zorn ihres Vaters wäre unermesslich, und ihre Schande, ihre Begegnungen mit dem Verlobten der Schwester am See, wäre offenbar.

Nein, Zelda musste schweigen und handeln. Es gab keinen anderen Weg.

»Ich werde Walther Bescheid sagen. Er soll ein Pferd satteln und zu den Kingsley-Manors reiten«, sagte sie und verließ festen Schrittes die Halle, lief über den Hof und betrat den Stall.

Sie sah Walther, der Rose gerade striegelte und dabei leise, freundliche Worte zu der Stute sprach, ohne zu bemerken, dass Zelda den Stall betreten hatte.

Rose schnaubte freudig, als sie ihre Herrin am Geruch erkannte, doch Walther striegelte unverdrossen weiter.

Zelda sah sich um, blickte zu dem Haken an der Wand, an dem Walther stets frische Beinkleider hängen hatte, um sofort für einen Weg bereit zu sein, wenn die Lordschaft ihn brauchte.

Auf Zehenspitzen schlich Zelda zur Wand und verbarg die Beinkleider unter ihren Röcken. Dann räusperte sie sich. Walther hielt in seinem Tun inne und drehte sich um.

»Ihr seid es, Mylady. Wollt Ihr zu Rose? Sie freut sich bestimmt über einen Ausflug. Das Wetter ist schön, wie geschaffen, um auszureiten. Die Stute ist noch jung, braucht viel Bewegung.«

»Nein, Walther«, winkte Zelda ab. »Es ist etwas Schreckliches geschehen, und wir benötigen deine Hilfe.«

Walther nickte traurig und sah verlegen zu Boden.

»Lady Joan, nicht wahr? Es geht um sie.«

»Ja. Sie ist weg, und mein Vater hat beschlossen, nach ihr zu suchen. Vielleicht ist sie noch irgendwo in der Nähe. Du aber sollst zu den Kingsleys reiten und sie fragen, ob sie ein paar Männer erübrigen können.«

Walther nickte. »Ich werde mich sofort auf den Weg machen. Nur umziehen muss ich mich noch.«

Er blickte zu dem Haken, an dem bis vor wenigen Minuten noch seine Beinkleider gehangen hatten. Sie waren weg. Er stutzte einen Moment, kratzte sich nachdenklich am Kinn, dann sagte er: »Ich habe wohl meine Sachen in meiner Kammer vergessen. Es dauert nur einen Augenblick, dann bin ich wieder zurück und mache mich auf den Weg.«

Zelda winkte ab. »Wir haben keine Zeit für modischen Firlefanz, Walther. Mit jeder Minute, die wir verstreichen lassen, entfernt sich Joan weiter von uns. Reite so, wie du bist. Die Kingsleys werden sich nicht daran stören.«

»Ihr habt wohl Recht, Lady Zelda.«

Er räumte die Pferdebürste zurück in einen alten Futterkasten, der als Behältnis für das Striegelzeug diente. Dann strich er sich flüchtig ein paar Strohhalme vom Körper, ging zu einem schwarzen Hengst, sattelte ihn in aller Eile und führte das Pferd aus dem Stall.

»Wohin sollen die Kingsley-Leute reiten?«, fragte er.

Zelda überlegte nur einen Lidschlag lang.

»Sag ihnen, sie sollen die Gegend nördlich ihrer Besitzungen absuchen. Wir werden von hier aus nach Westen, Osten und Süden ausschwärmen. Halt dich nicht auf, Walther. Komm gleich zurück, denn wir brauchen dich hier.«

»Jawohl, Lady Zelda.«

Er schwang sich auf sein Pferd und tippte grüßend an seine fleckige Kopfbedeckung. Dann wandte er sich noch einmal nach ihr um und sagte: »Macht Euch keine Sorgen, Mylady. Wir alle lieben Lady Joan und werden dafür sorgen, dass sie recht bald wohlbehalten wieder bei uns ist.«

»Danke, Walther«, erwiderte Zelda und sah dem Reiter hinterher, der nun im schnellen Galopp den Hof verließ und über die ausgefahrenen Wege sprengte, sodass Staubwolken rechts und links von ihm aufwirbelten.

Dann ging sie zurück in die Halle und fragte, ob sie gebraucht würde.

Ihr Vater saß noch immer in derselben Haltung am Tisch wie zuvor. Er starrte auf die Tischplatte und trommelte mit den Fingerspitzen auf das Holz, während Connor die übrigen Knechte anwies, jeden verfügbaren Mann des Dorfes auf die Suche nach Joan zu schicken.

Die drei Knechte verfolgten aufmerksam Connors Rede, und auch aus ihren Mienen sprach die Besorgnis um Joan.

»Jeder von euch nimmt sich so viele Männer, wie er kriegen kann. Joe reitet nach Westen, Alan nach Osten, ich selbst werde mit den übrigen Leuten nach Süden reiten«, befahl er.

Die Köchin war in die Küche geeilt, um Proviant für den Suchtrupp zusammenzustellen.

Zelda ging zu ihrem Vater, legte ihm tröstend die Hand auf die Schulter und sagte: »Auch ich werde mich an der Suche beteiligen, Vater. Ich nehme Rose und reite zum See. Vielleicht findet sich ja dort eine Spur.«

Der Vater nickte müde, doch dann fasste er nach ihrer Hand und sagte leise: »Pass gut auf dich auf, Zelda. Ich würde es nicht ertragen, nach eurer Mutter nun auch noch Joan und dich zu verlieren.«

»Ich weiß«, erwiderte Zelda leise und küsste den alten Mann auf die zerfurchte Stirn.

»Ich werde nicht eher wiederkommen, bis ich Joan gefunden habe«, versprach sie. »Vielleicht solltest du in der Zwischenzeit in der kleinen Kapelle ein Opferlicht entzünden und Gott um seinen Beistand für uns alle bitten.«

Sie ging in ihr Zimmer, öffnete ihre Kleidertruhe und packte ein paar Dinge zusammen, die sie unterwegs brauchen würde.

In Gedanken ging sie die Strecke, die sie absuchen wollte, noch einmal durch. Zuerst würde sie zum See reiten und dort nach Joan und Ian Ausschau halten. Sie hatte zwar wenig Hoffnung, die beiden dort zu entdecken, aber sie wollte auch nichts unversucht lassen.

Außerdem benötigte sie einen stillen Ort, um sich reisefertig zu machen.

Edinburgh lag mehr als zehn Tagesritte entfernt.

Plötzlich stutzte sie. Ja, Ian hatte ihr gesagt, er käme aus Edinburgh. Aber wäre es nicht sehr unklug von ihm, mit Joan dorthin zu reiten, wo zumindest ihn jeder kannte?

Ian hatte einen sehr überlegten Eindruck gemacht. Ganz so, als ob er nichts dem Zufall überließe. Bestimmt würde er keinesfalls bei seiner Flucht einen Ort aufsuchen, der mit ihm und seiner Familie verbunden war.

Sie, Zelda, würde so etwas gewiss nicht tun.

Wohin würde ich fliehen?, fragte sie sich. Wohin sind die beiden geritten?

Die Antwort darauf blieb im Dunkeln, weil Zelda nicht wusste, was Ian und Joan planten. Sie selbst würde in solch einem Fall jedoch die Insel verlassen und hinüber zum Festland, nach Frankreich, fliehen. Zum einen gab es dort noch sehr viele Landsleute, die nach dem Ende des Hundertjährigen Krieges vor knapp dreißig Jahren in Frankreich hängen geblieben waren, sodass zumindest die fremde Sprache kein größeres Problem darstellen würde. Zum anderen unterstand das Königreich Frankreich der französischen Gerichtsbarkeit, und kein Mensch der Welt könnte dort einer Heirat der beiden Schotten Einhalt gebieten.

Von den Highlands aus war Dundee der nächste Hafen, von dem aus in regelmäßigen Abständen Karavellen und Segelschiffe über das Meer zum Kontinent fuhren.

Ich werde nach Dundee reiten, beschloss Zelda und warf den Deckel ihrer Kleidertruhe mit einem lauten Knall zu.

Sie hatte alle Dinge, die sie benötigen würde, in zwei Satteltaschen gepackt: Walthers Beinkleider, einen warmen Umhang, ein wenig Wäsche, ein Kleid. Für persönliche Dinge blieb nicht viel Platz, und sie musste sich auf das Nötigste beschränken.

Doch eine so weite Reise war nicht ungefährlich. Zelda überlegte nicht lange. Sie öffnete ihre Kammertür, lauschte auf die Geräusche aus der Halle, dann huschte sie auf leisen Sohlen in das Schlafzimmer ihres Vaters. Sie wusste, dass er einen sehr scharfen Dolch, den er noch aus den Zeiten des Hundertjährigen Krieges besaß und den man im Schaft der Stiefel trug, in einer Schatulle aufbewahrte.

Zelda hatte ein schlechtes Gewissen dabei, sich den Dolch zu nehmen. Fast kam es ihr wie Diebstahl vor, doch dann tröstete sie sich.

»Ich leihe ihn mir nur aus«, flüsterte sie entschuldigend. »Sobald ich Joan gefunden habe und wir wieder zu Hause sind, gebe ich ihn Vater zurück.«

Mit dem Daumen strich sie vorsichtig über die scharfe Klinge, dann nickte sie zufrieden, schob den Dolch in das Lederfutteral und verbarg ihren Schatz, genau wie es die Männer taten, in ihrem hohen Stiefel aus weichem Leder. Auch Zeldas Stiefel waren kein ausgesprochen weibliches Schuhwerk. Sie hatte hart kämpfen müssen, bis der alte Lord McLain ihr erlaubt hatte, sich dieses Paar anfertigen zu lassen. Allein der Hinweis darauf, dass sie als Erbberechtigte einen Überblick über den Besitz haben musste und dieser nur mit einem Pferd zu erhalten war, hatte ihn schließlich umgestimmt.

Zelda lächelte ein wenig, als sie daran denken musste. Sie strich behutsam über das weiche Leder, das nach Fett roch, fühlte von außen den Dolch, dann verließ sie genauso still und heimlich, wie sie es betreten hatte, das Gemach des alten Lords, schnappte sich ihre beiden Satteltaschen und ging nach unten in die Halle.

Beim Anblick ihres Vaters wurde ihr Herz schwer. Noch immer saß der sonst so lebendige Mann reglos auf der gepolsterten Wandbank. Seine Schultern hingen müde herab, sein Gesicht hatte jede Frische verloren. Er starrte ins Leere, und der Ausdruck seiner Augen war von stiller Verzweiflung und Trauer erfüllt.

Zelda verharrte einen Augenblick am Fuß der Treppe. Nein, dachte sie. Ich werde Vater nichts davon sagen, dass ich nach Dundee reite. Er würde sich nur unnötig Sorgen machen. Höchstwahrscheinlich würde er mir diese Reise sogar verbieten. Aber ich muss dorthin. Es gibt keine andere Lösung.

Sie stellte die beiden Satteltaschen ein wenig abseits an die Wand, damit der alte Lord keinen Verdacht über eine länger dauernde Abwesenheit Zeldas schöpfte, dann ging sie zu ihm.

»Ich reite los, Vater«, sagte sie.

Der alte Lord hob den Kopf. Er nickte müde, fasste nach ihrer Hand: »Gott schütze dich, mein Kind. Pass gut auf dich auf.«

»Ja, Vater«, versprach Zelda. »Gott schütze auch dich und alle anderen hier.«

Sie beugte sich herunter und küsste den alten Mann auf die sonst so glatt geschabte, heute aber stoppelige Wange. »Es wird alles gut. Du wirst sehen.«

Lord McLain rang sich ein Lächeln ab, dann ließ er Zelda los und versank wieder in dumpfes Brüten.

Von ihm unbemerkt, nahm Zelda die beiden Satteltaschen auf und verließ die Halle.

Im Hof traf sie auf Walther, der gerade von den Kingsleys zurückgekehrt war.

»Und?«, fragte Zelda. »Was sagen die Kingsleys? Beteiligen sie sich an der Suche?«

Walther nickte erschöpft und klopfte seinem Pferd den verschwitzten Hals.

»Ja. Lord Thomas hat sofort einige Leute zusammengetrommelt, die nun den Norden absuchen. Nur eines war merkwürdig.«

Zelda kam näher. »Was denn? Erzähle, Walther!«

»Lord Allistair.«

»Was ist mit ihm?«

»Nun, er wirkte sehr aufgeräumt, als ich von Joans Flucht berichtete. Fast hatte es den Anschein, als freute er sich über diese Nachricht. Er war bester Stimmung, als er mit seinen Leuten schließlich gen Norden ritt.«

»Und was findest du daran merkwürdig?«, fragte Zelda und zog die Augenbrauen ein Stück in die Höhe.

Walther kratzte sich nachdenklich am Kinn, dann hob er die Achseln: »Seine gute Laune. Lord Thomas und die anderen von Kingsley-Manors wirkten eher bestürzt. Nur Allistair nicht.«

Zelda winkte ab. »Vielleicht hofft er, dass durch Joans Flucht unsere Verlobung aufgeschoben wird. Ich habe nicht den Eindruck, dass er sich nach einer Ehe mit mir drängt. Gut möglich, dass es die Galgenfrist ist, die seine Laune hebt.«

Sie lachte, aber es war kein frohes Lachen. Dann ließ sie sich von Walther die Satteltaschen abnehmen und Rose aus dem Stall führen.

Wenig später ritt sie davon, versehen mit allen guten Wünschen von Walther und der Amme Margaret, die heute scheinbar nichts anderes tat, als unter der Küchentür zu stehen und in die Ferne zu schauen, als könnte allein die Kraft ihrer Gedanken Joan herbeizaubern.

5. Kapitel

Wie immer ritt Zelda brav und züchtig, solange man sie vom Gutshaus aus sehen konnte. Dann warf sie sich rittlings über den Leib ihrer Stute und preschte davon, als wären alle Teufel der Hölle hinter ihr her.

Am See hielt sie an, band Rose an den Baum und blickte sich um. Still und stumm lagen See und Wald im Schein der Sonne. Kein Mensch war zu sehen, kein Tier weit und breit. Nur ein Eichelhäher verkündete durch laute Schreie Zeldas Anwesenheit.

Als Erstes zog Zelda ihr Kleid und das Unterkleid aus. Für einen kurzen Augenblick dachte sie daran, noch ein letztes Bad im See zu nehmen. Doch sie scheute das Ufer des Verlangens, scheute die Erinnerung an die glücklichen Stunden, die sie hier mit Ian verlebt hatte.

Urplötzlich und mit der Gewalt eines Sommergewitters schoss die Wut auf ihn in Zelda hoch. Sie stampfte mit dem Fuß auf den Boden, ballte die Hände zu Fäusten und schrie ihren gesamten Zorn dem stillen Wald entgegen: »Oh, Ian Laverty! Wenn ich dich kriege … Du Schuft! Du elender, gemeiner, hinterhältiger, verlogener Schuft!!!«

Ihre wilde rote Mähne rutschte aus dem Haarband und flatterte wie ein Turnierbanner um ihren Kopf herum. Sie schrie sich all ihre Wut aus der Seele. »Ian Laverty! Sieh dich nur vor. Eine McLain belügt und betrügt man nicht ungestraft, weder eine Zelda noch eine Joan. Wenn ich dich kriege, werde ich dir die Faust in den Magen rammen, ich werde dich an den Haaren reißen, dich vors Schienbein treten, ich werde kratzen, spucken, werde dich beißen …«

Erschöpft hielt sie inne. Ein Lächeln erschien auf ihrem Gesicht. Sie richtete ihr Kleid, strich sich die Haare aus dem Gesicht, dann sah sie hoch, reckte unternehmungslustig das Kinn und klatschte leicht in die Hände.

»So«, sagte sie in die Stille des Waldes hinein. »Jetzt bin ich fertig mit dir, Ian Laverty, Schuft von Edinburgh. All meine Kraft werde ich von nun an aufwenden, um Joan wieder zu finden. Ich bin kein dummes Gänschen, das den lieben langen Tag nichts Besseres zu tun hat, als ins Kissen zu schluchzen, nur weil ihre Lippen die eines Halunken berührt haben.« Um ihren Worten Nachdruck zu verleihen, wischte sich Zelda energisch über den Mund.

»Schluss jetzt!«, befahl sie sich selbst und kramte in ihren Satteltaschen.

Sie hatte vor, sich als Mann zu verkleiden. Eine allein reisende Frau war ein viel zu leichtes Opfer. Es wimmelte auf den Landstraßen von Tagedieben, Halsabschneidern, Halunken, Gauklern, fahrendem Volk, entlaufenen Söldnern und anderen Verbrechern.

Einem Mann, wirkte er nur ausreichend entschlossen, ging das üble Volk aus dem Weg. Und einem Mann, der einen Ring mit dem gräflichen Siegel mit der siebenzackigen Krone trug, so wie Zelda einen besaß, den ließ man am allerbesten ungeschoren, wollte man nicht der Rache seiner Familie anheim fallen.

Zelda kramte ein festes Tuch aus der Tasche, riss es in Streifen und wickelte sich diese um den Kopf, um ihr unvergleichlich weibliches Haar zu verbergen. Sie lief zum See, betrachtete sich darin und kicherte. Einmal hatte sie bei einem Besuch in Dundee einen Inder gesehen, der einen Turban auf dem Kopf trug. Nun, jetzt sah sie genau aus wie dieser Fremde. Sie holte ein Barett hervor, das sie ebenfalls unter den Sachen ihres Vaters aufgestöbert hatte, und stülpte es über den umwickelten Kopf. Einige Male rückte sie es hin und her, dann nickte sie zufrieden.

Falls der Wind ihr das Barett vom Kopf blasen sollte, so konnte sie immer noch sagen, sie hätte eine Turnierverletzung. Ein Lanzenschlag, der ihr den Kopf verbeult hätte.

Aber müsste der Verband dann nicht blutig sein?

Zelda überlegte. Sie durfte keinen Fehler machen. Die kleinste Unachtsamkeit genügte, um ihre Verkleidung auffliegen zu lassen.

Also streifte sie ein wenig durch das Dickicht, sammelte einige rote Beeren und zerdrücke sie so auf dem Verband, dass Leichtgläubige diese Flecken für Blut halten könnten.

Dann zog sie erneut das Barett über den Verband, betrachtete sich im klaren Spiegel des Wassers und war zufrieden.

Nun verstaute sie Kleid und Unterkleid in einem ausgehöhlten Baum im Wald und verstopfte das Loch mit Moos, sodass sie, wenn sie Glück hatte, auf dem Rückweg nach Hause schnell wieder in ihre gewohnte Kluft springen konnte. Dann zog sie sich Walthers Beinkleider über. Natürlich rutschten die Dinger bei jeder Bewegung, doch Zelda hatte an alles gedacht. Sie kramte einen Kälberstrick aus der linken Satteltasche und befestigte ihn so um ihre Hüften, dass nun alles dort hielt, wo es halten sollte.

Sie zog sich ein Hemd ihres Vaters über, das zwar an den Schultern ebenfalls zu weit, an den Brüsten aber bedenklich eng war. Sie überlegte, dann riss sie weiteren Stoff in Streifen und umwickelte damit ihre Brüste so fest, dass sie fast gar nicht mehr zu sehen waren. Nun passte auch das Hemd.

Ein abgelegtes Wams hatte sie ebenfalls aus der Kleidertruhe ihres Vaters entwendet. Sie zog es über und verschloss es mit der Schließe, die sie schon einmal hier in der Hand gehalten und später in Joans Schlafzimmer wieder gefunden hatte.

Zelda warf einen letzten Blick in den Spiegel des Sees und war zufrieden. Nun sah sie aus wie ein junger Lord auf Reisen … Zugegeben, wohl eher wie ein verarmter junger Lord, der die Kleidung seiner älteren Brüder auftragen musste, aber alles in allem war Zelda zufrieden.

Sie machte sich nicht die Mühe, das Ufer des Verlangens nach eventuellen Spuren der beiden Fliehenden abzusuchen; sie wusste, dass sie hier nichts finden würde.

Also stieg sie auf ihr Pferd, sah noch einmal in die Runde, als würde sie Abschied nehmen. Ihr Blick fiel auf eine Stelle, in der die Wiese in den Wald überging.

Genau dort hatte sie mit Ian gelegen. Wenn sie nicht alles täuschte, so waren noch immer die Abdrücke ihrer beider Körper im niedergedrückten Gras zu sehen.

Zelda zischte voller Zorn, dann gab sie Rose die Sporen und hatte bald darauf den Weg nach Dundee erreicht.

Die Sonne stand inzwischen schon hoch am Himmel. Es war ein ungewöhnlich heißer Tag für die Highlands, und Zelda schwitzte unter ihrem Verband und dem Barett.

Es hatte lange nicht mehr geregnet, und der Weg war ausgetrocknet und staubig. Zwei schmale Rinnen von Lastkarren und Kutschen hatten sich tief in den ausgefahrenen Lehm gefressen. Zelda musste aufpassen, dass Rose nicht ins Straucheln kam.

Eine Weile ritt sie allein, kam an Feldern vorüber, auf denen die Saat allmählich spross. In der Ferne sah sie

Dörfer mit kleinen, geduckten Katen, die sich eng an die Hänge kauerten. Vieh graste auf den Weiden und sah ihr mit tumbem Blick nach, weiß gekalkte Herrenhäuser der Gutsbesitzer strahlten in der Sonne. Am Horizont ragten die Berge der Highlands auf, teils von sattem Grün bedeckt, teils von kargen Steinen und Felsbrocken durchzogen.

Als die Mittagszeit schon fast vorüber war, machte sie Rast. Sie führte Rose an einen kleinen Bach, dann setzte sie sich in den Schatten eines Baumes und machte sich über ihren Proviant her.

Mit Genuss aß sie zwei kleine Käse, die die Köchin aus der Milch der Schafe gemacht hatte, dazu ein wenig Brot und einen Apfel.

Ein Mönch kam des Weges, wünschte ihr Gottes Segen und setzte sich zu ihr.

»Na, junger Lord, wohin des Weges?«, fragte er.

Zelda freute sich, dass ihre Verkleidung dem Anschein nach nicht zu durchschauen war, und antwortete mit besonders tiefer Stimme: »Nach Dundee will ich, guter Mann. Habe meine Begleiter verloren. Seid Ihr vielleicht einem Mann und einer blonden, blassen Frau auf nur einem Pferd begegnet?«

Der Mönch schüttelte nachdenklich den Kopf.

»Ein Mann und eine Frau auf nur einem Pferd?«, fragte er ein wenig argwöhnisch. »Ihr seht nicht aus, als müsstet Ihr jeden Penny zweimal herumdrehen. Warum spart Ihr dann an den Pferden?«

Zelda wusste nicht, was sie darauf erwidern sollte. Der Mönch hatte selbstverständlich Recht. Welche Lordschaft reiste schon zu zweit auf einem Pferd?

»Nun, wir mussten das andere Pferd in einer Herberge zurücklassen, versteht Ihr?«, erklärte Zelda ein wenig stockend. »Es lahmte plötzlich, hat sich wohl den Huf vertreten.«

»Den Huf vertreten, soso«, machte der Mönch und lächelte. Dann beugte er sich vertraulich ein Stück zu Zelda und sprach weiter: »Haltet mich nicht für dumm, junger Lord. Ich bin zwar ein Mann der Kirche, aber die weltlichen Dinge sind mir nicht fremd. Entführt werdet Ihr das Mädchen haben, so glaube ich, um es nach Frankreich oder Genua zu verkaufen.«

Zelda erschrak, doch der Mönch sah ganz friedlich aus.

»Warum sollten wir so etwas tun?«, fragte sie mit aller Unschuld, zu der sie fähig war.

Der Mönch lachte. »Der Rosenkrieg, der bis vor zwei Jahren in England und Schottland getobt hat, hat viele Manors in den Ruin gestürzt. Es gibt nicht wenige Edelleute, die durch diesen Krieg um den Thron ihr Hab und Gut verloren haben. Nun, auch sie müssen sehen, wo sie nun bleiben.«

»Der Rosenkrieg?«, fragte Zelda begriffsstutzig. »Meint Ihr den Krieg zwischen den Häusern Lancaster und York um die englische Krone?«

»Genau den!«, erwiderte der Mönch.

Zelda lachte.

»Was haben wir Schotten denn mit dem Krieg um den englischen Thron zu schaffen?«, fragte sie mit allem Hochmut, zu dem sie fähig war.

Der Mönch ließ sich nicht beirren. »Viele Schotten haben in diesem Krieg gekämpft, die einen unter dem Wappen der Yorks, dem Wappen mit der weißen Rose, die anderen kämpften für die Lancasters unter der Fahne mit der roten Rose.«

»Soviel ich weiß, ist der Krieg längst entschieden, den

Thron hat Heinrich der Achte inne, der damit die Dynastie der Tudor begründet hat. Auch die Männer aus meiner Heimat haben dort gekämpft, doch die meisten sind zurückgekehrt und haben sich ihres Besitzes angenommen«, erklärte Zelda abweisend und hätte das Gespräch sehr gern an dieser Stelle beendet. Doch so schnell gab sich der Mönch nicht zufrieden.

»Die Schotten waren die eigentlichen Verlierer. Zum Kämpfen waren sie den Yorks und Lancasters recht, doch auf ihren Sold warten die meisten bis heute noch. Daheim lagen die Felder brach, das Vieh verkümmerte auf den Weiden. So mancher schottische Edelmann hält sich nun an den englischen Jungfrauen schadlos, verschleppt sie nach Frankreich und versucht, die eigenen Manors mit dem Lohn für diesen Menschenhandel wieder zur Blüte zu bringen. Ihr könnt ruhig zugeben, dass auch Ihr zu dieser Art Lordschaft gehört. Ich bin selbst ein Schotte und kann Euch gut verstehen.«

»Nun, das freut mich für Euch«, erwiderte Zelda und stand auf, um dem geschwätzigen Kirchenmann zu bedeuten, dass das Gespräch für sie hiermit beendet war. »Ich aber gehöre nicht dazu. Ich bin in Geschäften unterwegs, das ist alles.«

Der Mönch war nicht vom Gegenteil zu überzeugen. »Nun, Ihr persönlich vielleicht. Ihr seid noch sehr jung. Doch seid Ihr sicher, dass die beiden Leute, die Ihr sucht und die angeblich Eure Begleiter sind, ehrliche Absichten haben? Oder handelt es sich bei denen möglicherweise doch um eine geraubte Jungfrau, die auf schnellstem Wege von Dundee oder Edinburgh aus auf den Kontinent geschafft und für viel Geld an einen Engländer verheiratet werden soll? Na, junger Lord? Habt Ihr noch nie das Wort ›Brautgeld‹ gehört?«

Zelda wurde allmählich unsicher.

»Habt Ihr schon oft von solchen Vorfällen gehört?«, fragte sie mit nicht zu unterdrückender Besorgnis.

Der Mönch holte mit dem Arm aus und beschrieb einen weiten Bogen in der Luft: »Natürlich! Ich komme viel herum, ich sammle Spenden für eine Reliquie, die unser Orden bekommen soll. Ich höre viel, die Leute erzählen mir, was sie auf dem Herzen haben. Erst vor drei Tagen ist wieder eine Jungfrau verschwunden, oben zwischen Dundee und Edinburgh. Und gestern ganz hier in der Nähe. Nachts soll sie aus ihrem Zimmer geraubt worden sein. Ich habe Männer getroffen, die davon berichteten.«

Er hob den Zeigefinger und sah Zelda aufmerksam an: »Und ich würde meine Kutte verwetten, wenn ich wetten dürfte, dass Ihr«, er zeigte mit dem Finger auf Zelda, »etwas damit zu tun habt.«

Zelda schüttelte den Kopf, packte die Reste ihres Proviants zusammen und murmelte zwischen den Zähnen: »Ich muss mich eilen. Mein Weg ist noch lang.«

»Geht mit Gott«, erwiderte der Mönch fröhlich. »Aber sagt mir Euren Namen, damit ich Euch in mein Abendgebet mit einschließen kann.«

Zelda öffnete den Mund. Um ein Haar hätte sie »Zelda« gesagt. Erst im allerletzten Moment hielt sie inne, schloss den Mund, schluckte, dann antwortete sie: »Ich heiße Cedric.«

Sie holte Rose vom Ufer des Baches, legte ihr die Satteltaschen über und saß auf. Der Mönch winkte ihr fröhlich zu. »Gute Reise, junger Lord Cedric. Und passt gut auf Euch auf. Die Welt ist voller Gefahren. Besonders für einen Jungspund, wie Ihr es seid.«

»Euch ebenfalls eine gute Reise«, murmelte Zelda, dann preschte sie auf Rose davon.

Unterwegs dachte sie über die Worte des Mönchs nach. Den Begriff »Brautgeld« hatte sie natürlich schon gehört. Und auch der Raub der Jungfrauen war ihr nicht unbekannt. Doch so etwas stieß nur anderen zu, nicht einer McLain. Wer sollte Joan denn rauben? Sie lebten schließlich in den Highlands, nicht in London!

Sie kannte alle Bewohner in der Umgebung, wusste von jedem, der im Rosenkrieg gekämpft hatte. Die Highlander hatten Besseres zu tun, als Kopf und Kragen zu riskieren, um ihre Ländereien auszuweiten und ihren Besitz zu vermehren. Zelda hätte schwören können, dass niemand in der gesamten Gegend auch nur im Traum an Mädchenraub gedacht hatte.

Außerdem kamen beinahe niemals Fremde zu den McLain-Manors. Wer also sollte wissen, dass auf diesem Gut zwei Jungfrauen lebten?

In den letzten Tagen hatte Zelda nicht ein Wort über einen Fremden in der Gegend gehört. Und sie war sich ganz sicher, dass sie alles erfuhr, was hier in der Gegend geschah!

Plötzlich flog ihr ein Gedanke durch den Kopf. Ein erschreckender Gedanke sogar. Sie hielt Rose so abrupt an, dass die Stute verärgert schnaubte und auf die Hinterhand stieg. Zelda klopfte ihr beruhigend den Hals: »Ruhig, ruhig, es ist alles gut.«

Natürlich hatte niemand etwas von einem Fremden erzählt! Welcher Jungfrauenräuber war schon so dumm, sich im Dorf und auf den Manors sehen zu lassen, wenn er vorhatte, ein Mädchen zu stehlen. Auch von Ian Laverty hatte niemand etwas erzählt!

Auf ihre Frage, für welchen Freund er denn hier einen Gefallen zu erledigen hatte, hatte er ihr nicht geantwortet.

Zelda konnte sich nicht erinnern, jemals gehört zu haben, dass einer der Männer hier einen Freund in Edinburgh hatte!

Nun gut, sie war keine Spezialistin für Männerfreundschaften, aber ein Freund verbarg sich nicht im Wald und schaute nackten Mädchen beim Baden zu! Nein, wenn er schon mal hier zu Besuch war, so ging er mit seinem Freund jagen oder fischen und unternahm keine Ausflüge mutterseelenallein in unbekannte Wälder!

Und überhaupt! Wo sollte denn eine Freundschaft zwischen einem schottischen Lord aus dem Hochland, der die meiste Zeit mit seinem Gut beschäftigt war, und einem Mann aus der Stadt begonnen haben? Jeder Schotte, der etwas auf sich hielt, veranstaltete ein Fest, wenn er Besuch bekam, und lud die Nachbarn dazu ein.

Nein, Ian Laverty hatte gelogen! Er war kein Freund eines Highlanders, sondern ein Mädchenfänger, der sich heimlich im Wald versteckt hielt, um Jungfrauen auszuspionieren und sie später dann zu rauben.

Zelda dachte für einen Augenblick daran, was geschehen wäre, hätte Ian nachts an ihren Fensterladen geklopft.

Und wenn Joans Raub nur ein Versehen war? Wenn er es eigentlich auf sie abgesehen hatte?

Zelda nickte. So musste es gewesen sein! Diese Überlegung ergab einen Sinn! Er hatte sie am Waldsee ausspioniert, und als er sie dann hatte rauben wollen, hatte er sich im Zimmer getäuscht und war bei Joan eingestiegen.

Heiße Reue durchflutete Zelda bei diesem Gedanken. Allein ihretwegen war Joan jetzt in Gefahr. Nur, weil sie unbedingt zum See hatte reiten müssen, obwohl der

Vater es ihr verboten hatte. Sie war schuld an Joans Verschwinden. Sie ganz allein.

Doch wenn Ian Laverty tatsächlich ein Mädchenfänger, ein Jungfrauenräuber war, warum hatte Joan sich dann nicht gewehrt?

Sie, Zelda, hätte das ganze Haus zusammengeschrien, sie hätte getreten, gebissen, gekratzt, sich zur Wehr gesetzt.

Joan war eine stille Seele, aber auch sie wusste, wie man sich einem Angreifer gegenüber verhielt. Dieses Wissen war notwendig gewesen, solange der Krieg mit den Kingsleys gedauert hatte.

Connor hatte ihnen sogar ein wenig Fechten beigebracht. Auch den Umgang mit einem Dolch hatten sie gelernt.

Nein, Joan wäre niemals mit einem Fremden mitgegangen.

Und wenn Ian Laverty sie geknebelt hatte? So fest, dass sie nicht um Hilfe hatte schreien können? Oder hatte er ihr gar einen Schlag auf den Kopf verpasst, sodass Joan ohnmächtig geworden war?

Unbewusst leckte sich Zelda über die Lippen. Konnte ein Mann, der so zärtlich zu küssen verstand, gleichzeitig so brutal sein?

Zelda war wütend auf Ian Laverty. So wütend, wie sie noch niemals zuvor auf einen Mann gewesen war. Er war ein Schuft, ein Halunke, ein übler Betrüger. Aber war er denn auch gewalttätig?

Rose hatte sich die Nachdenklichkeit ihrer Herrin zunutze gemacht und war in einen gemächlichen Trab verfallen. Zelda bemerkte nichts davon. Sie dachte nach. So angestrengt, dass auf ihrer Nasenwurzel eine steile Falte erschien.

Nein, sie konnte sich beim besten Willen nicht vorstellen, dass Ian Laverty Joan Gewalt angetan hatte.

Und warum hatte der alte Hofhund nicht gebellt? Er riss doch sonst bei jedem Fremden sein Maul weit auf und kläffte das ganze Haus zusammen.

Allerdings, so überlegte Zelda, war der Hofhund bestechlich. Ein Zipfelchen Wurst genügte, und er würde jeden Fremden eigenhändig und vollkommen pflichtvergessen zu den Geldladen im Gutshaus führen. Die waren seit dem Krieg zwar ohnehin leer, doch das wusste der Hund ja nicht.

Sollte es wirklich so gewesen sein, dass Laverty den Hund bestochen und anschließend Joan geknebelt hatte, sodass sie ihm hilflos ausgeliefert war und er sie in aller Ruhe rauben konnte, um sie bei erstbester Gelegenheit nach Frankreich zu verkaufen?

So wütend Zelda auch auf Ian Laverty war, solch ein Verhalten konnte sie sich einfach nicht vorstellen.

Aber was war dann geschehen? Liebten sich die beiden wirklich so sehr, dass sie ohne einander nicht sein konnten und deshalb gemeinsam flohen?

Ja, so musste es sein. Eine andere Möglichkeit sah sie nicht.

Und deshalb durfte sie nun auch keine weitere Zeit mit Nachdenken verlieren, sondern musste den beiden so schnell wie möglich folgen. Sie wollte Dundee erreichen, bevor dort das nächste Schiff in See stach.

Zelda gab Rose die Sporen und preschte voran, dass der Staub in einer Wolke hinter ihr aufwirbelte.

Am Abend hatte sie eine ordentliche Wegstrecke zurückgelegt. Wenn alles gut ging, so würde sie übermorgen Dundee erreichen. Zelda hielt an einer Herberge, die am Weg lag, an, band Rose draußen an einem Geländer fest und betrat den Gastraum.

Der Lärm rollte wie eine Woge über sie hinweg. Die Bauern der Umgebung saßen beim Würfelspiel zusammen, an einem anderen Tisch sangen zwei Betrunkene, was das Zeug hielt, in einer Ecke hockten zwei Männer, deren Kleidung sie als Wachmannen auswies.

Zelda ließ sich auf einer Wandbank nieder und sah sich um. Das Gasthaus machte auf sie keinen besonders freundlichen Eindruck. Die Wände waren vom Ruß ganz schwarz, die Wandbänke kippelten bei jeder Bewegung. Der Boden bestand aus gestampftem Lehm und war nur flüchtig mit Stroh bestreut, das allerdings vor Schmutz starrte. Ein Hund lag neben dem Aufgang zu den Herbergszimmern und schlief, eine einäugige Katze strich zwischen den Gästen herum.

Der Tisch, an dem Zelda saß, war aus rohem Holz gezimmert, das an den Kanten splitterte. Die Platte selbst war mit Flecken übersät. Ein Gestank nach menschlichen Ausdünstungen, schalem Bier und ranzigem Fett lag in der Luft.

Vorsichtig und darauf achtend, dass die Ärmel ihres Wamses nicht mit den Flecken in Berührung kamen, winkte Zelda nach der Bedienung.

Das Schankmädchen musterte sie kurz, dann trug sie zwei schwere Krüge mit frischem Ale zum Tisch der Bauern, beugte sich nach vorn, sodass die festen Brüste beinahe aus dem Mieder fielen, und knallte die Krüge mitten zwischen die Würfel auf den Tisch.

Einer der Bauern lachte und zog das Schankmädchen auf seinen Schoß. Seine Hände wühlten unter ihrem Brusttuch herum. Zelda sah die dreckigen Fingernägel, die sich in das weiße Fleisch gruben.

Das Mädchen kicherte und schlug dem dreisten Kerl auf die Finger.

»Komm, Cathy, hab dich nicht so!«, rief der Mann, öffnete den Mund und ließ seine Zunge wie eine Schlange zwischen seinen Lippen zappeln. Er griff dem Mädchen ins Haar, zog ihren Kopf nach hinten und stieß ihr seine Zunge in den Mund.

Cathy wehrte sich halbherzig, kicherte wieder, warf einen Blick zum Wirt, der neben der Küchentür stand, und erhob sich schnell.

»Ich muss arbeiten«, sagte sie. »Lass mich!«

Doch der Mann packte mit beiden Händen ihre Hüften. Cathy riss sich los, der Bauer schlug ihr wie einer Kuh auf den Hintern, und das Mädchen eilte in die Küche, ohne sich um Zeldas Wünsche zu kümmern.

Schließlich kam der Wirt angeschlurft. Er hatte einen riesigen Wanst, den er wie ein kleines Bierfass vor sich hertrug. Um die Hüften hatte er ein schmieriges Handtuch gebunden. Er sah Zelda aus kleinen Schweinsäuglein an und kratzte sich die rote Kartoffelnase.

»Ihr wünscht?«, fragte er barsch.

»Ich habe Hunger«, teilte Zelda ihm mit. »Was könnt Ihr mir anbieten?«

Der fette Wirt stemmte die Hände in die Hüften und sah zur Küche.

»Hammelsuppe mit Bohnen ist noch da.«

Zelda verzog den Mund und sah am Wirt vorbei zu einem offenen Feuer, über dem ein gewaltiger Kessel hing.

»Und sonst?«, fragte sie.

Der Wirt zuckte mit den Achseln. »Nichts sonst. Die Leute hier arbeiten schwer und wollen ein kräftiges Essen.«

Zelda sah auf. Der Wirt betrachtete ungeniert und mit leiser Herablassung ihre weißen Hände mit den gepflegten Nägeln, denen man ansah, dass sie keine Feldarbeit verrichten mussten.

Zelda versteckte die Hände unter dem Tisch und sagte: »Dann bratet mir zwei Eier, gebt Schinken dazu und ein Stück Brot.«

Der Wirt schüttelte den Kopf. »Ich habe keine Zeit für Extrawürste. Entweder Ihr esst, was alle essen, oder Ihr sucht Euch eine andere Herberge.«

»Gut«, erwiderte Zelda und stand auf. »Wie weit ist es bis zum nächsten Gasthaus?«

Der Wirt grinste und entblößte dabei eine Reihe schwarzer Zahnstummel.

Er wies mit dem Finger nach Osten und sagte hämisch: »Gut zehn Meilen von hier ist die Herberge ›Zum schwarzen Bock‹. Möglich, dass Ihr sie erreicht, bevor der Wirt die Tür schließt.«

Seufzend ließ sich Zelda wieder auf der Wandbank nieder.

»Also gut, bringt mir eine Schüssel Hammelsuppe und einen kleinen Becher Ale. Sagt einem Knecht Bescheid, dass er sich um mein Pferd kümmert. Und lasst mir ein Zimmer herrichten.«

»Habt Ihr sonst noch Wünsche?«, fragte der Wirt mit unüberhörbarem Spott. »Soll ich Euch vielleicht noch einen Badezuber bringen?«

Zelda sah ihn erstaunt an, dann sagte sie mit Gutsherrenstimme: »Danke schön. Die Suppe, mein Pferd und das Zimmer. Mehr will ich nicht.«

»Mehr will ich nicht«, äffte der Wirt sie nach. »Jetzt hört mir mal gut zu, Sir. Wir sind eine einfache Herberge, keine hochherrschaftliche Unterkunft. Hier verkehren einfache Leute. Und die versorgen ihre Pferde selbst und suchen sich zur Nacht einen Platz im Stall oder in der Scheune. Ihr könnt es ebenso halten, oder aber Ihr reitet weiter.«

Zelda wussten nicht, wie sie reagieren sollte. Am liebsten wäre sie aufgestanden und gegangen, doch die zehn Meilen bis zum nächsten Gasthof waren zu viel. Ihr Körper fühlte sich nach dem langen Ritt wie zerschlagen an, und auch Rose brauchte Ruhe.

Sie sah dem Wirt gerade in die Augen, hielt seinen Blick fest und betonte jedes Wort, als sie antwortete: »Gut, Wirt. Ich esse Eure Suppe, versorge mein Pferd und schlafe in der Scheune. Dafür zahle ich, und Ihr sorgt dafür, dass ich meine Ruhe habe. Habt Ihr das verstanden?«

Die Großmäuligkeit des Wirtes verschwand auf der Stelle. Zelda hatte wohl den richtigen Ton getroffen und genügend Nachdruck in ihre Stimme gelegt.

»Sehr wohl, Sir, ja, ich habe verstanden, Mylord.«

»Dann los!«

Die plötzliche Beflissenheit des Wirtes grenzte nahezu an Belästigung. Er kam mit einem schmierigen Lappen und wischte über den Tisch, brachte eilig die Schüssel Suppe, brach eigenhändig das Brot für Zelda.

Als sie gegessen hatte, kümmerte sie sich um Rose, begleitet vom Wirt, der gar nicht schnell genug frisches Heu und Wasser für das Pferd herbeibringen konnte. Anschließend zeigte er Zelda einen warmen Platz auf dem Heuboden nahe einer Luke.

»Hier, Mylord. Es ist der beste Platz in der ganzen Scheune.«

»Danke, Wirt. Und gute Nacht Euch.«

»Schlaft wohl, träumt gut, gute Nacht, gute Nacht.«

Zelda breitete ihren Umhang hinter einen Scheunenpfosten aus, sodass sie geschützt lag, legte die beiden Satteltaschen als Kopfkissen unter sich und schlief, müde und erschöpft nach dem langen Ritt, schnell ein.

Es musste lange nach Mitternacht sein, als Zelda plötzlich erwachte. Der Mond schien durch die Luke in die Scheune.

Ein Tor ging auf, leise Stimmen waren zu hören. Zelda erkannte die Stimme des Schankmädchens.

Vorsichtig lugte sie hinter ihrem Pfosten hervor und sah Cathy, die den Bauern aus der Wirtsstube hinter sich herzog.

»Psst«, machte sie und legte einen Finger über ihren Mund.

»Wir müssen leise sein, der Wirt will nicht, dass ich mit den Gästen gehe, ohne dass sie dafür zahlen«, flüsterte sie.

Der Mann nickte.

Cathy zog ihn weiter. Sie kamen immer näher an Zeldas Schlafplatz, und Zelda wich immer weiter in die Dunkelheit zurück.

Nur knapp drei Schritte von Zelda entfernt, warf der Mann Cathy ins Heu.

»Nicht«, wisperte sie. »Du stehst auf meinem Kleid, pass auf, dass es nicht zerreißt, Sean.«

Der Mann lachte dunkel. »Vom Leib werd ich's dir gleich reißen.«

Mit hastigen Fingern hantierte er an dem Stoff herum. Er löste das Mieder und langte mit beiden Händen nach Cathys Brüsten. Sie waren schwer und weiß mit dunklen Warzen, die unter den Liebkosungen des Mannes steif wurden und sich aufrichteten.

Cathy hatte die Augen geschlossen und stöhnte leise.

Sean knetete ihre Brüste, packte sie mal grob und strich gleich darauf nur mit den Fingerspitzen über die Warzen. Cathy warf den Kopf in den Nacken und flüsterte leise: »Ja, so ist es gut, Sean. Ich wusste doch, dass du der Beste bist.«

»Das bin ich«, keuchte der Mann, dem die Geilheit die Augen verdunkelt hatte. »Warte nur, bis du meinen Schwanz siehst. Der steht jetzt schon wie eine Lanze.«

Sean stürzte sich geradezu auf die Brüste, nahm die Warzen in den Mund und saugte daran wie ein Säugling.

»Ja, so ist es gut«, hauchte Cathy.

Jetzt steckte er sich Daumen und Zeigefinger der rechten Hand in den Mund und befeuchtete sie. Dann nahm er die immer noch steifen Nippel zwischen die beiden Finger rieb sie, zuerst ganz sacht, sodass Cathy wie eine Katze zu schnurren begann, dann etwas heftiger, bis das Mädchen leise Schreie ausstieß, die irgendwo zwischen Schmerz und Lust lagen.

Sie hatte den Rücken durchgebogen und presste ihre Brüste fest gegen seine Hände. »Mach weiter, Sean«, flüsterte sie rau, als der Mann sie plötzlich losließ.

Er griff unter ihr Kleid und zog es bis zu ihren Hüften nach oben.

Zelda erkannte aus ihrem Versteck, das gerade mal drei, vier Armlängen von den beiden Liebenden entfernt war, die schwarzen Schamhaare.

Der Mann legte seine Hand flach auf Cathys Venushügel und beschrieb mit der flachen Hand wellenförmige Bewegungen.

Cathy stöhnte leise.

»Ist es gut so?«, fragte Sean. »Das gefällt dir, nicht wahr?«

»Ja. Ja.«

Jetzt spreizte Sean mit den Fingern Cathys Schamlippen und strich quälend langsam über die inneren Lippen. »Du bist ja schon ganz feucht«, stellte Sean fest. »Warte nur, gleich mach ich dich noch nasser. Schreien sollst du vor Lust. Ich weiß genau, was du brauchst. Und du sollst es haben. Ich werde es dir besorgen, wie du es dir immer gewünscht hast.«

»Ja, mach!«, stöhnte Cathy.

Sie hob ihren Schoß an, seinen Fingern entgegen.

»Du wirst auf meinen Fingern tanzen«, versprach Sean, und Cathys Stöhnen wurde lauter.

Zelda spürte, wie auch in ihr das Verlangen nach Zärtlichkeit erwachte.

Sean hatte inzwischen Cathys Liebesknospe gefunden. Während das Mädchen vor Lust leise aufschrie, drang er mit einem Finger der anderen Hand in das Innere ihres Schoßes.

»Ja, so ist es gut«, keuchte Cathy. Sie vollführte mit ihrem Unterleib kreisende Bewegungen und stöhnte.

»Komm, mehr, mehr«, schrie sie leise. »Besorg's mir!«

»Keine Bange, du kleines Luder. Du wirst schon nicht zu kurz kommen. Ich werde dich so rannehmen, wie du es brauchst.«

Er steckte ihr einen zweiten Finger in den Schoß und bewegte ihn leicht hin und her.

Wieder schrie Cathy leise auf, aber jetzt klang der Schrei dunkel und beinahe gurgelnd.

Zelda beugte sich ein wenig nach vorn, um alles genau sehen zu können. Auch sie spürte jetzt eine lodernde Hitze in ihrem Schoß.

Plötzlich ließ der Mann von Cathy ab, und das Mädchen flehte beinahe: »Was ist los? Komm zu mir. Komm, bitte komm jetzt!«

»Du kannst es wohl gar nicht mehr erwarten, was?«, lachte der Mann und hantierte an seinen Beinkleidern.

Er brauchte beide Hände, um sein stattliches Geschlecht vom Stoff zu befreien. Lanzenartig und steif ragte es in die Luft, glänzend und fest.

Er drückte Cathys Schenkel weiter auseinander, dann packte er seinen Schaft und drang in das Mädchen ein. Ihr Lustschrei klang durch die ganze Scheune, und ihr lautes Keuchen und Stöhnen passte sich dem Rhythmus des Männerkörpers an.

»Ja, jetzt!«, schrie sie. »Komm, Sean!«

»So schnell wirst du nicht bedient«, erwiderte der Mann und zog sich aus Cathys Schoß zurück.

Er packte sie bei den Hüften und drehte sie um.

»Knie dich hin«, befahl er. »Knie dich und strecke mir deinen Hintern entgegen.«

Zitternd tat Cathy, was der Mann ihr befohlen hatte.

Zelda sah, dass er erneut seine Lanze packte und nun von hinten in Cathy eindrang. Er nahm sie wie ein Hund eine Hündin, dachte Zelda mit großem Erstaunen.

Doch Cathy schien das nicht zu stören. Ihr Körper bewegte sich in immer schnellerem Rhythmus, ihr Keuchen erklang lauter und schneller, sodass Zelda schon fürchtete, sie würde gleich ersticken.

Jetzt keuchte auch der Mann. Im Mondlicht sah Zelda, dass sein Gesicht vor Anstrengung ganz rot war. Er hatte die Augen geschlossen, seine Finger gruben sich in Cathys Hüften.

Wieder und wieder stieß er in sie, wurde schnell und schneller, bis er plötzlich mit einem lang gezogenen, kehligen Schrei auf ihrem Rücken zusammenbrach.

Zwei Atemzüge lang verharrte er so auf dem Mädchen, dann ließ er sich ins Heu rollen.

Zelda sah, dass seine Lanze feucht schimmerte, aber an Größe und Umfang stark eingebüßt hatte. Auch ihr Atem ging schnell, ihr Herz raste, sodass sie eine Hand schützend auf die Brust legte.

So ist das also, wenn ein Mann ein Mädchen zu seinem Weib macht, dachte sie.

Die alte Amme Margaret hatte zwar einige Andeutungen in dieser Richtung gemacht, doch waren diese so vage gewesen, dass Zelda sich nie richtig hatte vorstellen können, was in einem Ehebett des Nachts tatsächlich geschah.

Jetzt wusste sie, was sie in der Hochzeitsnacht mit Allistair zu tun hatte.

Cathy hatte zwar geschrien und gestöhnt, doch die Schreie hatten nicht so geklungen, als ob sie Schmerzen gehabt hätte.

»Ich muss zurück in die Gaststube«, hörte Zelda Cathy nun sagen. »Der Wirt wird sich sicher schon fragen, wo ich bleibe.«

Sean nickte und holte aus einer ledernen Geldkatze, die er am Gürtel seiner Beinkleider trug, ein Geldstück hervor.

»Da, nimm. Das ist für dich, Cathy. Kauf dir etwas Schönes davon. Ein Haarband oder ein Stück Spitze vielleicht.«

Cathy lachte leise, dann beugte sie sich über den Mann, küsste ihn leicht auf die Wange und stand auf. Sie richtete ihre Kleider, schnürte das Mieder, strich sich das Heu aus dem Haar und ging leise lachend davon.

Sean blieb noch einige Augenblicke im Heu liegen, dann stand auch er auf und verließ den Spielplatz der Liebe.

Zelda legte sich zurück auf ihren Umhang, noch immer die Hand auf ihr pochendes Herz pressend.

Unbekannte Empfindungen strömten durch ihren Körper. Ohne, dass es ihr jemand gesagt hätte, wusste sie, dass sich so das Begehren anfühlte.

Sie hatte es schon einmal so ähnlich empfunden. Es war am See gewesen, als Ian Laverty sie geküsst und ihre Brüste gestreichelt hatte. Da hatte sie diese Gefühle für Liebe gehalten. Jetzt war sie sich plötzlich nicht mehr sicher, denn sie fühlte sich ganz ähnlich, obwohl sie allein war. War das die Triebhaftigkeit, vor der ihre Amme sie gewarnt hatte?

War dies das Laster, das der Priester von der Kanzel herab als Sünde bezeichnete?

Oh, Zelda wollte nicht sündig sein. Sie schämte sich nun, dass sie beim Anblick der beiden im Heu Lust empfunden hatte.

Schnell schloss sie die Augen und versuchte, an etwas anderes zu denken. Sie wollte sich und ihren Körper nur einem Mann schenken, den sie auch von Herzen liebte, hatte sie geschworen. Oder aber Allistair Kingsley, wenn er ihr Mann und der Frieden in den Highlands sicher war.

6. Kapitel

Wenige Tage später erreichte Zelda Dundee.

Sie war erst ein einziges Mal in dieser Stadt gewesen, doch das lag Jahre zurück, und sie erinnerte sich nur noch ungenau daran.

Jetzt wartete sie am Stadttor darauf, eingelassen zu werden. Vor ihr stand ein Bauer mit einem Wagen, der wohl in die Stadt zum Markt wollte. Der Bauer hatte Kohlköpfe und Äpfel geladen, und Zelda nutzte einen unbeobachteten Moment, um sich eine der rotbackigen Früchte vom Wagen zu nehmen. Kraftvoll biss sie hinein. Der Bauer sah zu ihr, lachte und fragte: »Na, Mylord, seid Ihr schon lange unterwegs?«

Zelda nickte und schluckte: »Seit vier Tagen sitze ich im Sattel.«

»Woher kommt Ihr?«

»Aus den Highlands und will nach Dundee, die Schwester meines Vaters besuchen.«

»Wer ist die Schwester? Wie ist ihr Name?«, fragte der Bauer neugierig. »Wisst Ihr, ich beliefere viele Herrenhäuser. Vielleicht sogar das Eurer Tante?«

Zelda schüttelte den Kopf und überlegte krampfhaft, welchen Namen sie nennen sollte. »Nun, die Tante ist Lady Dalrumple. Habt Ihr schon von Ihr gehört?«

Zelda hatte den Namen ihrer wirklichen Tante genannt, der Schwester ihres Vaters, die in Edinburgh lebte und noch niemals in ihrem ganzen Leben einen Fuß nach Dundee gesetzt hatte.

»Merkwürdig«, meinte der Mann. »Diesen Namen habe ich noch nie gehört.«

»Sie ist noch nicht lange in der Stadt, lebt erst seit ein paar Wochen hier. Ich bin sicher, Ihr werdet bald ihre

Bekanntschaft machen«, erwiderte Zelda und sah angestrengt nach vorn zu den Torwächtern, die einen armen Schlucker gerade die Taschen ausleeren ließen.

Vor ihr standen zwei Frauen in schlichter, aber blitzsauberer Kleidung, die sich leise unterhielten. Sie sahen verweint aus, und Zeldas mitleidiges Herz gab ihr ein, sie nach ihrem Kummer zu fragen.

»Was ist mit Euch?«

Die Ältere der beiden wandte sich nach ihr um.

»Ach, Mylord, von Sorgen geplagt sind wir, wissen nicht mehr aus noch ein. Mein Mann, ihm gehört die Mühle vor den Stadttoren, hat beim Würfeln Spielschulden gemacht und sie nicht bezahlen können. Nun, gestern ist er im Schuldturm gelandet. Wir wollen in die Stadt, um einen goldenen Ring zu verkaufen, den ich noch von meiner Mutter habe. Vielleicht reicht der Erlös, um die Schulden zu bezahlen. Er muss zurück in die Mühle. Wer soll sonst das Korn zu Mehl mahlen?«

Zelda nickte. Sie wollte etwas erwidern, doch schon fragten die Wächter die Frauen nach dem Grund ihres Besuches in der Stadt.

Zelda rief den beiden einen Gruß hinterher, als sie die Wache passiert hatten, und schon war sie an der Reihe.

»Woher kommt Ihr? Wohin wollt Ihr? Was ist Euer Begehr in der Stadt?«

»Lord Cedric Connery heiße ich«, teilte Zelda den Wachen mit energischer Stimme mit. »Ich komme von den Connery-Manors aus den Highlands und will in der Stadt ein Hochzeitsgeschenk für meine Braut kaufen.«

»In Ordnung, reitet weiter«, sagte einer der Wächter und winkte sie mit einer Handbewegung vorbei.

Langsam ritt Zelda durch die Straßen und Gassen Dundees.

Das Viertel hinter den Stadttoren schien eines der ärmeren zu sein. Strohgedeckte Katen duckten sich eng an die Ränder der lehmigen Gassen. Die Fenster waren nicht mit Blei verglast und hatten auch keine hölzernen Läden davor, sondern nur in Öl getränktes Papier, welches die Kälte im Winter gewiss nur unzureichend abhielt.

In der Mitte der Gasse zog sich eine tiefe Rinne entlang, in der sich die Abfälle aus den Häusern sammelten. Ein paar magere Hunde stöberten in welken Kohlblättern herum, ein zerrupftes Huhn lief gackernd vor Roses Hufen her und schien keinerlei Angst vor dem viel größeren Tier zu haben.

Ein rotznäsiger kleiner Junge in zerrissener Kleidung stand in der Tür einer Kate und starrte Zelda großäugig an.

Das nächste Viertel, das Zelda durchqueren musste, um in die innere Stadt zu kommen, lag in einer Wolke aus beißendem Gestank. Sie war ins Viertel der Gerber und Färber geraten. Die Häuser waren etwas besser, manchmal sogar zweistöckig, und die offenen Fenster erlaubten einen Blick in die Werkstätten. Zelda sah einen riesigen Zuber, gefüllt mit einer dunkelbraunen, stinkenden Brühe, in die ein Gerberlehrling ein Stück Tierhaut warf.

Ein Stückchen weiter sah sie einen Gesellen, der ein Schaffell über einen Rumpelbock gespannt hatte und mit einem Scherdegen, einem gebogenem Messer, das aasige Fleisch abkratzte und auf den Boden warf, wo zwei Hunde bereits darauf warteten.

Zelda ritt ein wenig schneller, denn der Gestank stach ihr in der Nase und brannte in den Augen.

Sie kam durch eine Gasse, in der die Schneider, Tuchmacher, Perlensticker, Leinweber und Handschuhmacher ihr Zuhause hatten. Die Häuser waren alle zweistöckig, mit einem sauberen Putz versehen und die Fachwerkbohlen dunkel gestrichen. Hier wirkte alles sauber und freundlich.

In den unteren Geschossen hatten die Handwerker die Fenster, die hier immerhin mit hölzernen Läden versehen waren, weit geöffnet und ihre Auslagen darin ausgebreitet.

Zelda musste an sich halten, um nicht zu sehr nach den schönen Stoffen zu schauen. Sie war ein Mann, und Männer kümmerten sich nicht um Putz und Tand. Also sah Zelda geradeaus und wich geschickt zwei Mägden aus, die mit Weidenkörben über dem Arm beieinander standen und schwatzten.

Aus der Ferne hörte sie Lärm und ritt geradewegs darauf zu.

Bald hatte sie den Marktplatz Dundees erreicht. Die Häuser waren prächtig. Patrizier, reiche Kaufleute, Ratsherren, Advokaten, Ärzte und Goldschmiede wohnten hier im Innern der Stadt.

Dreistöckige Bauten mit hübschen Bleiglasfenstern und Blumenkästen davor umstanden den Marktplatz.

Zelda stieg von ihrem Pferd, gab es in einen Mietstall und wies einen Knecht an, sich gut um Rose zu kümmern. Dann schlenderte sie über den Markt.

Sie ging von Bude zu Bude, staunte über den Reichtum an Stoffen, Gewürzen, Spezereien, Haushaltswaren und Lebensmitteln, die sie in solcher Fülle noch nie gesehen hatte.

Vor einem Stand mit Haarbändern blieb sie stehen.

»Na, junger Lord, sucht Ihr ein Band für Euer Liebchen?«, fragte die Händlerin, und in ihrer erwartungsvollen Miene spiegelte sich die Aussicht auf ein gutes Geschäft.

»Hier, nehmt dies aus dunkelblauem Samt! Oder das Rote aus Brokat. Welches Haarfarbe hat denn die Liebste?«

»Rot«, antwortete Zelda flink und griff sich unwillkürlich an den Kopf, auf dem Gott sei Dank das Barett saß und ihr Haar verbarg.

»Nun, zu rotem Haar passt ein grünes Band.«

Die eifrige Händlerin holte alles, was sie an grünen Bändern hatte, herbei und breitete sie vor Zelda aus.

Zelda zögerte. Zu gern hätte sie ein neues Haarband gehabt. Doch was sollte sie auf ihrer Reise damit anfangen? Nun, dachte sie, ich kann es in die Satteltasche stecken. Wenn ich ein wenig aufpasse, so kommt es nicht zu schaden.«

Sie kaufte das grüne Band, fragte die Händlerin nach dem Weg zum Hafen und ging weiter.

An den Marktplatz schloss sich das Viertel der Metzger an. Überall hingen Schweine- und Rinderhälften, die meisten von schillernden Fliegen bedeckt. Es stank nach aasigem Fleisch und wimmelte von herrenlosen Hunden, die auf der Suche nach ein paar Knochen waren.

»Einen Penny, Sir. Nur einen Penny für einen armen Aussätzigen!«

Zelda erschrak, als sie plötzlich angesprochen wurde. Sie schaute hoch und sah in ein Gesicht, das von einer riesigen Kapuze überschattet war. Die Gestalt, von der sie nicht sagen konnte, ob es sich um eine Frau oder einen Mann handelte, trug einen bodenlangen Umhang trotz der Hitze. In der Hand hielt sie einen kräftigen Stock, an dem ein Glöckchen baumelte, das Zeichen der Aussätzigen.

Jetzt sah Zelda auch die ausgestreckte Hand, die von Geschwüren und eitrigen Wunden übersät war.

Schnell kramte sie ein Geldstück hervor und warf es in die Hand, jede Berührung vermeidend.

»Vergelt's Euch Gott«, sagte die Gestalt und ging klingelnd und ihr Sprüchlein aufsagend weiter.

Endlich hatte Zelda den Hafen erreicht.

Zwei mächtige Karavellen mit großen Segeln hatten an der Pier festgemacht. Hafenarbeiter rollten große Fässer über ein schmales Brett von einem der Schiffe herunter.

Ein Hafenmeister stand daneben und notierte, was ein anderer Mann neben ihm aufsagte: »Dreißig Fässer Wein aus dem Burgund. Zwanzig Ballen Tuch aus Mailand, zwei Kisten Glas aus Böhmen, waidgefärbtes Leinen aus Augsburg.«

Zelda wäre gern stehen geblieben und hätte noch etwas länger zugeschaut, doch sie hatte keine Zeit.

Sie musste das Kontor eines Schiffseigners finden, dessen Karavelle als Nächstes nach Frankreich und auf den Kontinent fuhr.

Sie fragte einige Hafenarbeiter und wurde schließlich an ein Kontor verwiesen, das am Ende des Hafens lag und von weitem ein wenig heruntergekommen aussah.

Zelda lief an Speichern vorbei, passierte eine Stelle, an der die Fischer Dundees ihre Netze und Kähne liegen hatten, und kam schließlich an den letzten Speicher des Hafens.

Er war bis auf den letzten Platz mit Säcken, Ballen und Fässern gefüllt. Es dauerte eine ganze Weile, bis Zelda sich an die darin herrschende Dunkelheit gewöhnt hatte und den kleinen Verschlag fand, in dem ein dürrer Mann mit verfilztem Bart hinter einem großen

Holztisch thronte und mit einer Schreibfeder in einem Kontorbuch herumkratzte.

Zelda reckte die Schultern und ging langsam näher.

»Gott zum Gruße, Sir«, sagte sie höflich.

Der Mann sah auf, betrachtete Zelda mürrisch, dann fragte er: »Was wollt Ihr?«

»Fragen wollt ich, wann das nächste Schiff nach Frankreich geht.«

Der Mann blätterte in seinem Buch, dann antwortete er: »Morgen bei Sonnenaufgang. Warum wollt Ihr das wissen?«

»Hat es Passagiere an Bord?«

Der mürrische Mann strich sich über den ungepflegten Bart. »Wollt Ihr buchen?«

Zelda schüttelte den Kopf. Sie überlegte, ob sie die Wahrheit sagen sollte, ob sie nach Joan fragen sollte. Doch der Mann im Verschlag sah verschlagen aus. Seine schlitzartigen Augen fixierten sie so prüfend, als hätte sie gefragt, ob sie auf einem seiner Schiffe Kapitän werden könne.

»Ich überlege, ob ich auf den Kontinent reisen soll«, sagte sie schließlich würdevoll und richtete sich sehr gerade auf. »Geschäfte mit den Franzosen sind sehr gefragt. Mir liegt ein Angebot vor, über das es sich nachzudenken lohnt.«

»Was für Geschäfte?«, fragte der Mann und sah noch misstrauischer drein.

»Dies und das«, erwiderte Zelda und machte eine Handbewegung, die den ganzen Speicher einschloss. »Die Manors, von denen ich komme, sind sehr reich. Wir haben Wolle zu verkaufen, gutes Tuch, aber auch Schmiedearbeiten.«

Der Mann schlug sein Kontorbuch mit einem heftigen Knall zu und legte beide Arme darüber, als befürchtete er, Zelda könne ihm dieses Buch entreißen.

»Wir machen keine Geschäfte dieser Art«, bestellte er ihr barsch. »Und Passagiere nehmen wir auch nicht an Bord. Sucht Euch einen anderen Eigner.«

Zelda ging ein Stück näher und sah dem Mann direkt in die Augen: »Nehmt Ihr nur mich nicht als Passagier, oder gilt diese Regelung allgemein?«, fragte sie.

Der Mann zuckte mit den Achseln. »Das geht Euch nichts an. Verschwindet von hier.«

Er wedelte mit den Armen, als wollte er Fliegen verscheuchen. Zelda sah sich noch einmal in aller Ruhe um, dann schlenderte sie aus dem Speicher, als hätte sie gerade eine gemütliche Plauderei mit dem Eigner beendet.

Sie setzte sich auf die Hafenmauer, überlegte und behielt dabei die Karavelle im Blick, die morgen in aller Frühe nach Frankreich auslaufen sollte. Einige Hafenarbeiter und Matrosen waren gerade dabei, das Schiff zu beladen.

Zelda reckte den Hals. Sie sah mit Pech verschmierte Fässer, die keinerlei Auskunft über ihren Inhalt gaben.

Als wäre sie ein Müßiggänger, der den ganzen Tag mit Spaziergängen verbrachte, schlenderte sie näher.

»Wohin geht die Fracht?«, fragte sie mit aller Unschuld.

Ein Matrose sah hoch: »Auf den Kontinent, Mylord.«

»Aha. Habt ihr auch Passagiere?«

Der Matrose zögerte mit einer Antwort und sah sich nach allen Seiten um.

»Ich weiß nichts darüber, Mylord.«

Zelda wunderte sich über das eigenartige Benehmen des Matrosen, aber auch über die abwehrende Haltung des Schiffseigners drüben im Speicher. Sie verstand nicht allzu viel von Geschäften, doch dass man einen jungen Mann mit einem gräflichen Ring am Finger abwies, war ganz und gar nicht gewöhnlich. Der Schiffseigner war barsch gewesen, hatte sie regelrecht verscheucht, und auch das Gebaren des Matrosen war ungewöhnlich. Irgendetwas ging hier vor, und Zelda war fest entschlossen herauszufinden, was hier faul war.

Sie hantierte an ihrer Geldkatze, die sie wie ein Mann am Gürtel trug, und entnahm dieser eine Münze. Sie warf sie dem Matrosen zu. »Fällt dir jetzt ein, ob ihr Passagiere an Bord nehmt?«

Der Matrose biss auf das Geldstück, um die Echtheit zu überprüfen, dann steckte er es blitzschnell in den Schaft seines einfachen, an einigen Stellen schon brüchigen Stiefels aus billigem Schweinsleder.

Er sah Zelda an und nickte leise: »Wenige nur. Diesmal sechs. Fünf Frauen und ein Mann.«

»Was sind das für Frauen? Wer ist der Mann?«

Der Matrose zog ein Gesicht, als litte er unerträgliche Schmerzen. »Ich kann es Euch nicht sagen, Mylord. Fragt im Gasthaus *Zum Blauen Anker* nach. Vielleicht weiß der Wirt mehr.«

Der Matrose wandte sich ab und sah zu, dass er auf das Schiff kam, denn der Schiffseigner stand breitbeinig vor dem Tor des Speichers und schaute argwöhnisch herüber.

Zelda fand, dass es nicht der geeignete Zeitpunkt war, dem Reeder noch länger vor der Nase herumzutanzen. Sie hob die Hand zum Gruß und ging davon.

Bald schon hatte sie den eigentlichen Hafen verlassen und kam in das Viertel, in dem die Fischer ihr Zuhause hatten.

Zwischen den engen, mit Stroh gedeckten Katen hingen Netze zum Trocknen, die Gasse selbst war mit Fischschuppen übersät, die in der Sonne wie Diamanten blitzten.

Eine Magd kam mit einem Korb voller Fischköpfe vorbei und betrachtete Zelda ausgiebig. Leute wie sie verirrten sich selten in diese Gasse.

»Sag, Mädchen, weißt du, wo ich das Gasthaus *Zum Blauen Anker* finde?«, fragte Zelda.

Die Magd sah sie neugierig von oben bis unten an. »Was will ein feiner Herr, ein Lord wie Ihr in dieser Spelunke?«, fragte sie wissbegierig.

»Geschäfte«, sagte Zelda.

Das Gesicht der Magd veränderte sich in rasender Eile, aus Neugier wurde Abscheu. Sie verzog die Mundwinkel verächtlich nach unten, reckte das Kinn, straffte die Schultern und erwiderte beinahe hochnäsig: »Verzeiht, Mylord, doch solche Art von Herbergen kenne ich nicht.«

Sie sagte dies in einem Ton, der nahe legte, dass Zeldas Frage einer Beleidigung gleichkam.

Zelda zuckte mit den Achseln, dann ging sie weiter, ohne zu bemerken, dass die Magd stehen geblieben war und ihr kopfschüttelnd nachschaute.

Es war inzwischen Abend geworden, und die Dämmerung hatte sich wie ein graues, dicht gewebtes Leinentuch über die Stadt gelegt.

Die braven Bürger saßen in ihren Häusern beim Abendbrot, doch das Gesindel der Stadt, die Huren, Taschendiebe, die Würfelspieler und Händelsucher kamen allmählich aus ihren Löchern gekrochen und schlichen im Schutz der Hauswände einher.

Zelda sah sich um. Eine junge Hure, ein Kind beinahe noch, kam ihr entgegen. Sie hatte das Mieder weit aufgeschnürt, sodass ihre Brüste fast wie Auslagen in einem Laden über dem Stoff ruhten.

Als sie mit Zelda auf gleicher Höhe war, schnalzte sie mit der Zunge. »Oh, was für ein feiner Herr Ihr seid. Und ganz allein in der Stadt? Soll ich Euch ein wenig Gesellschaft leisten?«, fragte sie.

Zelda schüttelte den Kopf. »Wissen möchte ich, wo es *Zum Blauen Anker* geht«, sagte sie mit fester Stimme.

Die junge Hure lachte. »Spart Euch den Weg, feiner Herr, wenn Ihr ein Mädchen sucht. Besser als die Dirnen im *Blauen Anker* bin ich allemal.«

»Ich bin in Geschäften unterwegs«, erklärte Zelda und fragte sich dabei, warum sie dem jungen Mädchen Rechenschaft ablegte. Doch die Reaktion der Magd hatte ihr gezeigt, dass es sich bei der angewiesenen Adresse wohl um eine üble Spelunke mit entsprechendem Ruf handeln musste.

Die Kleine zuckte mit den Achseln.

»Geht immer geradeaus. Wenn Ihr links um die nächste Ecke gebogen seid, dann müsst Ihr nur dem Lärm folgen. Ihr könnt den *Blauen Anker* nicht verfehlen.«

»Danke dir«, sagte Zelda, tippte mit dem Finger an ihr Barett und folgte den Anweisungen des Mädchens. Sie ging die Straße entlang bis zur nächsten Ecke und bog ab.

Schon von weitem hörte sie ein lautes Stimmengemisch. Leute redeten durcheinander, jemand lachte, eine Frauenstimme fluchte laut.

Langsam ging Zelda näher. Sie war noch nie in einem solchen Gasthaus gewesen und wusste demzufolge auch nicht, was sie erwartete.

Sie blieb stehen und tastete nach dem Messer in ihrem Stiefelschaft. Es beruhigte sie ein wenig, nicht ganz und gar schutzlos zu sein. Zögernd trat sie näher. Sie hatte beinahe den Ort des Lärmes erreicht, als gerade mal zehn Schritte vor ihr eine Tür aufflog und sich das Geschrei wie eine Welle schmutzigen Spülwassers auf die Straße ergoss. Dann sah sie nur noch einen Mann durch die Luft fliegen, den Kopf zuerst, der mit einem dumpfen Knall auf der Straße aufschlug und im Rinnstein zwischen den übel riechenden Abfällen der umliegenden Häuser liegen blieb.

Zelda sah einen vierschrötigen Kerl, der kurz auf die Straße trat, die Fäuste in die Hüften gestemmt nach dem Kerl im Rinnstein sah, einmal ausspuckte, sich dann grunzend umdrehte und zurück in den *Blauen Anker* ging.

Zelda sah nach dem Mann im Graben. Der hatte sich mit den Händen aufgestützt, schüttelte gerade seine wilde Haarpracht und wischte sich mit einer Hand stöhnend über das Gesicht. Unsicher stand er auf und torkelte die Straße herab.

Zelda stand im Schutz einer Mauer und überlegte. Sie hatte ein bisschen Angst. Doch wenn sie wissen wollte, ob Joan und Ian morgen früh an Bord der Karavelle nach Frankreich gingen und davonsegelten, musste sie wohl oder übel die Spelunke betreten.

Sie seufzte, rückte ihr Barett gerade, atmete einmal tief durch. Dann straffte sie die Schultern und betrat den *Blauen Anker*.

Der Lärm war ohrenbetäubend und traf sie wie eine Faust. Alle Anwesenden schienen sich ausschließlich durch Gebrüll zu verständigen. Sie sah Matrosen, wilde, unerschrockene Männer von abenteuerlichem Aussehen, die dem Tod wohl mehr als einmal ins Auge geblickt hatten und die nicht mehr viel schrecken konnte.

Sie sah blasse Huren, die sich mit roter Paste die Lippen so stark geschminkt hatten, dass der Mund wie eine reife Kirsche in der blassen Landschaft ihrer Gesichter glühte.

Sie sah Hafenarbeiter mit schwieligen Händen und breiten Brustkörben, die einen Krug Ale in einem einzigen Zug hinunterstürzten.

Zwischen den Menschen liefen ein paar Hunde umher.

Der Gestank verschlug Zelda schier den Atem. Die Gäste der Spelunke schienen allesamt zu Weihnachten das letzte Mal gebadet zu haben. Inzwischen war es Mai.

Es roch streng nach den Exkrementen der Hunde, sauer nach altem Ale, süßlich schwer nach verdorbenem Fleisch und ranzigem Fett, nach kalt gewordenem Rauch, und über all dem lag eine Mischung aus Männerschweiß und dem billigen Duftwasser der Huren.

Alle Tische waren besetzt. Schankmädchen eilten mit Krügen voller Ale und Starkbier von einem Tisch zum anderen, ließen sich in die Brusttücher greifen und an den Hintern packen und lachten kreischend.

In einer Ecke rührte ein Matrose mit einer schwarzen Klappe über dem linken Auge die Trommel ein, ein anderer schlug die Laute, und davor tanzte ein dickes, betrunkenes Weib und hob zur Freude der Umsitzenden die Röcke.

Auch Zelda erhaschte einen Blick auf die fetten, weißen Schenkel der abgetakelten Hure und sah, wie einer der Matrosen ihr ungeniert zwischen die Beine griff, sodass sie aufschrie. Dann lachte sie kreischend, drehte sich um, bückte sich und schlug die Röcke über ihrem prallen, nackten Gesäß nach oben.

»Der Mond ist aufgegangen«, brüllte einer, und die anderen lachten scheppernd.

»Bleib so«, schrie ein anderer. »Dann spart der Wirt an Lichtern.«

Dann holte er aus und drosch dem Weib seine Pranke auf das nackte Gesäß, sodass die Abdrücke aller fünf Finger zu sehen waren. Das Weib schrie auf und kippte nach vorn, wobei die Kleider zurückfielen und ihren Hintern bedeckten.

Zelda verzog angewidert den Mund und suchte nach einem abgelegen Platz, doch hier gab es keine stillen Ecken. Also quetschte sie sich neben zwei Hafenarbeiter, die zwar ebenso über die besoffene Hure lachten wie die anderen, aber ansonsten einigermaßen manierlich aussahen.

Zelda sah sich aufmerksam um, und tatsächlich entdeckte sie an einem Tisch, der etwas entfernt von den anderen stand, fünf Frauen und einen Mann, die sich von der allgemeinen Belustigung fern hielten. Die Frauen trugen Schleier über den Gesichtern, sodass man sie nicht erkennen konnte.

»Gute Stimmung, wie?«, fragte Zelda und wandte sich an einen der Hafenarbeiter.

»Ach«, winkte der ab. »In den letzten Tagen geht es hier eher ruhig zu.«

»Ruhig?«, fragte Zelda, welcher der Lärm fast das Trommelfell zerriss. »Ruhig? Was in Gottes Namen geschieht denn sonst noch hier?«

»Ihr seid keiner aus der Stadt«, stellte der Hafenarbeiter fest und betrachtete Zelda genauer. »Ganz grün hinter den Ohren seid Ihr wohl noch, was? Seid nach Dundee gekommen, um die Liebe zu kosten?«

Zelda lächelte, verkniff sich eine Antwort und hob fragend die Schultern.

Der Hafenarbeiter lachte. »Da seid Ihr zu spät dran, mein Freund.«

»Wieso?«, fragte Zelda. »Was habe ich denn verpasst?«

Der Hafenarbeiter beugte sich zu Zelda und blies ihr seinen sauren Atem ins Gesicht. Zelda zuckte mit keinem Muskel.

»Eine Razzia gab es vorige Woche«, flüsterte der Mann. »Der Wirt hier, Harry, hatte zu viele Pferdchen laufen, wenn Ihr versteht, was ich meine?«

Zelda guckte fragend. Sie hatte nicht die geringste Ahnung, wovon der Mann sprach.

»Nun, Pferdchen halt. Und hat an das Hurenhaus nur für zwei seine Steuergroschen bezahlt. Die anderen liefen umsonst.«

»Meinst du mit ›Pferdchen‹ die Huren?«, fragte Zelda naiv.

Der Mann lachte scheppernd. »Sag ich doch, aus der Stadt seid Ihr nicht. Wo kommt Ihr denn her? So dumm fragen ansonsten nur die Leute aus der Gegend hinter Inverness. Dort, wo sich Fuchs und Hase Gute Nacht sagen. Seid Ihr von dort?«

Zelda schüttelte den Kopf. »Ich komme aus den Highlands.«

»Aha. Und wollt die Liebe kennen lernen, nicht wahr? Ein letztes Mal eine Frau kosten, ehe Ihr Euch mit einer aus dem Wald verheiraten müsst, hä?«

Zelda schlug mit der Faust leicht auf den Tisch. »Du sagst es, guter Mann. Doch erzähl von der Razzia.«

Der Mann schaute gespielt ratlos in seinen leeren Krug, und Zelda verstand. Sie rief nach einem der Schankmädchen und bestellte frisches Ale.

Dann redete der Mann weiter. »Nun, der *Blaue Anker* ist in ganz England bekannt. Hier bestehen die Männer ihre Feuertaufe. Der Wirt lässt sich's gut lohnen. Selbst einige der Ratsherren verkehren hier.«

Zelda sah sich um, aber sie konnte beim besten Willen niemanden erkennen, der einem Ratsherrn auch nur im Entferntesten ähnlich sah.

»Nicht hier, Mylord. Die feinen Herren nehmen die Hintertreppe. Sie gehen sofort in die Zimmer der Mädchen, damit niemand sie sieht und sich darüber das Maul zerreißen kann. Nun, seit kurzem aber hat die Stadt einen neuen Coroner, einen Polizeichef. Wie sagt man doch gleich: Neue Besen kehren gut. Also wollte der Coroner Schluss machen mit der Unmoral und Sünde in der Stadt. Die Huren sollten aus den Herbergen verschwinden und sich unten am Hafen im Frauenhaus registrieren lassen. Außerdem sollten sie einen gelben Schleier am Hut tragen, damit jeder schon von weitem weiß, mit wem er es zu tun hat. Verheirateten Männern wollte der Coroner gar den Besuch des Frauenhauses verbieten. Aber das konnte er doch nicht machen, nicht mit den Männern aus Dundee! Und nicht mit den schottischen Mädchen! Die Huren blieben, wo sie waren, und um die Anweisungen des Coroners kümmerten sich alle einen Dreck. Nun, in der letzten Woche aber hat der Coroner einige Razzien in den Herbergen veranstaltet. Alle Huren, die er fand, ließ er ins Frauenhaus bringen, und die Wirte sollten so viel Strafe zahlen, dass so mancher von ihnen dabei seine Existenz verloren hätte. Die Huren liefen aus dem Frauenhaus davon und zurück in ihre Herbergen. Diesmal ließ der Coroner sie ins Gefängnis bringen. Hier im *Blauen Anker* fand er fünf Pferdchen, die nicht gemeldet waren. Im Gefängnis drohte er ihnen mit Folterstrafen. An den Daumen wollte er sie aufhängen, gaben sie ihr Gewerbe nicht auf. Doch wovon sollten sie leben? Sie hatten ja nur die Liebe gelernt! Also baten die Herbergsväter der

Stadt um Gnade. Der Coroner ließ sich erweichen und beschloss, die schlimmsten Huren nach Frankreich über den großen Teich zu bringen. Nun, da hinten in der Ecke sitzen sie und warten darauf, dass die Morgendämmerung kommt und sie zum Hafen gehen können.«

»Nette Geschichte«, sagte Zelda und stieß ihren Alekrug gegen den des Mannes. »Wo aber wenden sich Leute hin, die nicht aus England oder Schottland verstoßen wurden und in Geschäften als Passagiere auf einer Karavelle auf den Kontinent wollen?«

Der Hafenarbeiter lachte keckernd. »Ihr seid schon der Zweite in dieser Woche, der solch eine Frage stellt.«

»So? Bin ich das?«

Der Lärm hatte Zelda ermüdet, doch bei dieser Bemerkung wurde sie hellwach.

»Ja«, nickte der Mann. »Vor zwei Tagen kam ein Lord mit einer jungen Lady hier vorbei. Ich sah sie kurz mit einem der Schankmädchen sprechen. Dann setzte sich der Mann an den Tisch und schrieb mit einer Feder eine Nachricht auf ein Stück Pergament. Die Lady saß derweil blass und erschöpft in der Ecke, und wenn mich nicht alles täuschte, so weinte sie sogar. Der Mann gab die Nachricht Lizzy, der Wirtstochter, dann gingen sie.«

Zelda versuchte, einen gelangweilten Eindruck zu machen, damit der Hafenarbeiter keinen Verdacht schöpfte und sie am Ende noch für einen Spion des Coroners hielt. Sie trank einen Schluck Ale, wischte sich nach Art der Männer mit der Hand den Schaum von den Lippen und betrachtete die Schankmädchen. Ziellos zeigte sie auf eine davon, die ziemlich drall war, ein loses Mundwerk hatte und nicht aussah, als ließe sie sich von irgendjemand die Butter vom Brot nehmen.

»Ist das Lizzy?«, fragte Zelda arglos.

»Genau so ist es, Sir. Sie ist zwar die Tochter des Wirtes, doch einen jungen, feschen Mann, wie Ihr es seid, verschmäht auch sie nicht. Wenn Ihr etwas lernen wollt, so haltet Euch an sie.«

»Danke«, sagte Zelda, ließ dem Hafenarbeiter noch einen frischen Krug Ale bringen und beobachtete die weiteren Geschehnisse im *Blauen Anker.*

Es war inzwischen tief in der Nacht. Die Sperrstunde rückte immer näher. Als das Getümmel im Gasthaus für wenige Augenblicke nachließ, konnte Zelda sogar den Nachtwächter hören, der mit einer Fackel und dem Stundenglas durch die Gassen schritt und die Zeit verkündete: »Liebe Leute, lasst Euch sagen, die Uhr hat die neunte Stunden geschlagen. Beendet das Tagwerk und geht zur Ruh, auch die Engel im Himmel haben die Äuglein schon zu.«

Die ersten Gäste bereiten ihren Aufbruch vor. Der Wirt verschloss das Alefass und hieß die Mädchen, nichts mehr auszuschenken. Schneller als Zelda geglaubt hatte, leerte sich der *Blaue Anker.*

Auch der Hafenarbeiter knallte ein paar Geldstücke auf den fleckigen Holztisch und erhob sich. »Na dann, gutes Gelingen«, wünschte er, packte seinen Kumpan unter der Schulter, zog ihn hoch und verließ unter seiner Last schwankend die Schankstube.

Bald schon war Zelda allein. Sie wartete, bis Lizzy sie ansah, dann winkte sie das Mädchen herbei.

»Schön bist du«, sagte sie und bemühte sich um einen besonders männlichen Tonfall. »Viel zu schön für Dundee. Eine Frau wie du gehört nach Edinburgh oder gar nach London.«

»Gefalle ich Euch wirklich?«, kokettierte Lizzy und strich sich über das Haar, das nach einer Wäsche verlangte und fettig über ihre Schultern bis auf den Rücken fiel.

»Sehe ich aus wie ein Lügner?«, fragte Zelda und legte eine Hand auf die Stelle ihres Wamses, unter der das Herz schlug.

»Alle Männer sind Lügner«, kicherte Lizzy.

»Komm, trink noch einen Krug mit mir, meine Schöne«, schlug Zelda vor und blinzelte Lizzy zu. Die Wirtstochter, die schon kräftig dem Ale zugesprochen hatte, kicherte und sagte: »Es ist schon Sperrstunde. Die Gaststube muss leer sein, wenn gleich der Wächter seine Runde macht. Es ist Ausschankschluss.«

»Geht man in Dundee mit den Hühnern schlafen?«, fragte Zelda spöttisch, holte ein paar Geldstücke aus ihrer Katze und knallte sie auf den Tisch. In Lizzys Augen trat ein gieriges Funkeln.

Sie beugte sich über Zelda und flüsterte: »Ihr könnt mich auf meinem Zimmer besuchen, Sir. Dort habe ich noch mehrere Krüge mit Ale.«

»Nun«, Zelda tat, als ließe sie sich das Angebot durch den Kopf gehen. »Ich wollte sowieso hier übernachten. Macht mir ein Zimmer bereit und besucht mich dort. Bringt genügend Ale mit. Und wenn Ihr solchen habt, so wäre gegen ein bisschen Branntwein auch nichts einzuwenden.«

Lizzy kicherte erneut und nickte. Sie ging zu einem Brett, das an der Wand neben der Küchentür hing, und angelte einen Schlüssel herunter.

»Hier, Sir, ich gebe Euch das beste Zimmer.«

Zelda nickte, ließ sich den Weg beschreiben und ging die schmale Treppe hinauf in den ersten Stock, in dem die Gästezimmer und die Gemächer der Freudenmädchen lagen.

Sie musste nicht lange warten, da kam Lizzy. Sie hatte Wort gehalten und brachte einen vollen Krug Branntwein mit, dessen Geruch allein in Zelda Übelkeit hervorrief.

Sie goss dem Mädchen großzügig ein, trank selbst einen Schluck und spuckte den Branntwein, der ihr wie Feuer in der Kehle loderte und ihre Eingeweide zu verbrennen drohte, in einem unbeobachteten Moment in das Nachtgeschirr.

Lizzy dagegen trank das Zeug wie Wasser. Zelda goss ihr nach und wartete darauf, dass sie müde und redselig zugleich wurde. Sie musste nicht lange warten.

»Ihr, hicks, seid ein Gentleman, hicks«, lallte Lizzy recht bald und reckte ihre Brüste, die das Mieder fast zu sprengen drohten.

»Und du bist eine äußerst interessante Frau, die bestimmt schon viel erlebt hat und viel erzählen könnte.«

»Und ob«, kicherte Lizzy und trank weiter.

»Nun, ich bin noch nicht so weit in der Welt herumgekommen wie du, ich weiß nichts von den Schicksalen überall um uns herum. Aber du, schöne Lizzy, weißt bestimmt viel darüber, was einem in dieser Welt alles so passieren kann.«

Lizzy kicherte, nickte und hielt Zelda ihren leeren Becher hin, damit diese ihn aufs Neue mit Branntwein füllte.

Dann sprach sie weiter, sprach mit schwerer, ungelenker Zunge der Trunkenen, die sich jedoch ausgesprochen wohl in ihrer Haut fühlte. »Ja, hicks, Schicksale, hicks. Wenn Ihr wüsstet! Was wollt Ihr wissen, hicks?«

»Nun, wissen möchte ich vor allem, was einem jungen Lord wie mir so alles in der Stadt geschehen kann. Aber von den Lords weißt du wohl nicht so viel, nicht wahr?«

Lizzy zog einen Schmollmund. »Und ob ich von den

Lords und Ladys weiß! Glaubt Ihr, mein Vater führt eine Spelunke, hicks? Nein, nein! Bei uns verkehrt die ganze Gesellschaft. Vom Matrosen bis zum Bürgermeister.«

»Das glaube ich dir nicht. Gibt zu, du schneidest ein wenig auf. Heute Abend habe ich jedenfalls keinen anderen Lord gesehen, und ich bezweifle auch, ob jemals eine Lady den *Blauen Anker* von innen gesehen hat.«

»Pah!«, machte Lizzy. »Erst vor wenigen Tagen waren ein Lord und eine Lady hier bei uns!«

»Wirklich?«

»Wenn ich's doch sage!«

»Und was wollten die hier?«

Lizzy zuckte mit den Schultern. »Ich kümmere mich nicht um den Kram anderer Leute.«

Sie wirkte plötzlich ein wenig nüchterner, und Zelda beeilte sich, den Becher erneut mit Branntwein zu füllen.

»Wie sahen die beiden denn aus?«

Lizzy winkte ab. »An der Frau war nichts Besonderes. Ein schmales, zartes Ding mit blonden Haaren, einem blassen Gesicht und grauen Augen. Sie wirkte wie eine Klosterschülerin. Saß da mit im Schoß gefalteten Händen. Den Mann dagegen würde ich nicht von der Bettkante schubsen. Groß war er, mit breiten Schultern und glänzendem Haar, das wie poliertes Holz aussah.«

»Und was wollten diese Herrschaften?«

»Keine Ahnung, was der Lord und die Lady wollten, hicks. Dasselbe wie Ihr, vermute ich.«

»Und was will ich?«, fragte Zelda.

»Ihr seid gekommen, um Euch zu amüsieren. Das sieht man doch. Außerdem hättet Ihr mich sonst nicht auf Euer Zimmer bestellt.«

»Da hast du wohl Recht«, erwiderte Zelda und goss schnell noch ein wenig Branntwein nach. »Wie aber amüsiert sich denn eine Lady im *Blauen Anker?*«, fragte sie gespielt verwundert.

»Was weiß ich, hicks. Ich habe schon die komischsten Sachen erlebt. Frauen, die gekleidet waren wie Ladys, sich benommen haben wie Ladys, aber am Ende doch nur Huren waren, wenn auch Huren für die reichen Leute. Und wirkliche Ladys, denen ein Mädchenhändler so schöne Augen gemacht hat, dass sie bereit waren, ihr warmes heimisches Nest zu verlassen, um mit ihm in die Fremde zu gehen.

So manche von ihnen fand sich plötzlich in einem Hurenhaus wieder. Die Männer zahlen gut, wenn sie wissen, dass es eine Lady ist, die für Geld die Beine breit macht. Die wenigsten haben die Kraft und den Mut zu fliehen. Als entehrte Frau werden sie in ihrer Gesellschaft nicht mehr geduldet. Der Familienname, die Ehre und der Stolz sind für immer beschmutzt. Ich habe sogar gehört, dass ein paar der armen Ladys ins Wasser gegangen sind, um der Schande und Schmach zu entgehen. Einige werden allerdings auch nach Frankreich verkauft. Manche der dortigen Adligen hätten gern eine englische Lady zur Frau. Nur, dass die Ladys ihre Heimat niemals wiedersehen und auf irgendeiner dunklen, kalten Burg im Gebirge landen.«

»Der Lord und die Lady, die im *Blauen Anker* waren, könnten das ein Mädchenhändler und seine geraubte Beute gewesen sein?«, fragte Zelda, und bei diesem Gedanken zog sich ihr Herz schmerzhaft zusammen.

Lizzy hob die Augenbrauen. »Was weiß ich? Die beiden waren nur kurz hier. Haben gefragt nach einem, dessen Namen ich noch nie gehört habe.«

»Vielleicht nach mir? Welchen Namen haben sie denn genannt?«

»Habe ich vergessen. Kann mir, hicks, doch nicht alles merken. Hab genug zu tun, die Zeche im Kopf zu rechnen, dass mir kein Penny durch die Lappen geht.«

»Und die Lady? Was hat sie hier gemacht?«

»Dagesessen hat sie und geflennt wie ein Schlosshund. Wird wohl abgehauen sein. Armes Mädchen, hab ich gedacht. Sah nicht aus, hicks, als ob ihr die Reise Freude gemacht hätte, hicks.«

»Und dann hat der Lord eine Nachricht geschrieben?«

Lizzy nickte. Ihr Becher war schon wieder leer, und Zelda staunte insgeheim über das Fassungsvermögen des Mädchens, das nicht viel älter sein konnte als sie selbst. Hätte ich jemals im Leben so viel Branntwein getrunken, dachte Zelda, ich glaube, ich wäre daran gestorben.

»Eine Nachricht, ja«, lallte Lizzy, und Zelda hatte allmählich Mühe, die Worte zu verstehen, die ihr von einer verdrehten Zunge dargeboten wurden.

»Ja, eine Nachricht. Wichtig!« Lizzy hob den Zeigefinger, um diese Wichtigkeit zu unterstreichen. »Gleich am nächsten Tag abgeholt von einem, der auch aussah wie ein Lord. Ein Bauernlord.«

»Du weißt nicht zufällig, was in der Nachricht stand? Und wie der Lord und die Lady genau aussahen?«

»Ach, hicks, unwichtig, hicks«, lallte Lizzy, doch Zelda erkannte am Funkeln ihrer habgierigen Augen, dass die Wirtstochter sehr wohl wusste, was in der Nachricht stand.

Zum dritten Mal, seit sie in Dundee war, zückte sie ihre Geldkatze und warf Lizzy eine Münze hin, die das Mädchen gierig an sich nahm.

»Scheint ja wichtig zu sein, dass Ihr das wissen müsst«, lallte sie.

Zelda nickte. »Sehr wichtig sogar.«

»Dann holt Eure Geldkatze noch einmal hervor. Ich fürchte, ich habe vergessen, was in der Nachricht stand, hicks. Geld hat meiner Erinnerung schon immer auf die Sprünge geholfen.«

Seufzend fingerte Zelda eine weitere Münze aus ihrem ledernen Behältnis.

Lizzy grunzte zufrieden, dann kippte sie einfach nach hinten auf das Bett und schloss die Augen.

Zelda nahm sie bei den Schultern und schüttelte sie: »He, nicht einschlafen. Du bist mir noch eine Auskunft schuldig.«

Lizzy murrte, doch Zelda ließ nicht locker.

Endlich brabbelte sie trunken: »Nach Edinburgh wollten sie, der Lord und die Lady. Auf ein Schiff nach Frankreich. In Dundee haben sie keines gefunden, weil die Plätze alle von den Huren belegt waren.«

Mit diesen Worten rollte sich Lizzy auf die Seite und begann gleich darauf zu schnarchen.

7. Kapitel

Der Morgen war noch jung, als Zelda ihre Stute Rose aus dem Mietstall abholte und langsam aus dem Stadttor ritt.

Sie war hundemüde, denn nach Lizzys Erzählung war sie keineswegs zu Bett gegangen, sondern hatte die trunkene Wirtstochter in das eigene Gemach geschleppt, das Geld für Zimmer und Speisen auf ein kleines Schränkchen gelegt und war zum Hafen gegangen. Sie hatte sich eng im Schutz der Häuser und Katen gehalten, um den Nachtwächtern nicht in die Hände zu fallen …

In der Dunkelheit wirkten die Karavellen noch mächtiger als bei Tageslicht. Zelda setzte sich auf die Hafenmauer und betrachtete die Gegend. Der Mond, dessen silberne Sichel die Schwärze der Nacht durchschnitt, ließ das Meer glitzern wie flüssiges Silber. Wellen mit weißen Hauben aus Gischt schlugen murmelnd an die Hafenmauer. Manchmal brachten sie ein Stück Treibholz an Land, manchmal Teile verloren gegangener Ladung oder Abfälle, die von den Schiffen aus direkt in das Hafenbecken geschüttet worden waren. Es roch nach Tang und Fisch, ein leiser Wind strich Zelda wie ein Streicheln über das Gesicht.

Es war still im Hafen. Nur ein einzelner Hund heulte den Mond an. Ein paar Ratten huschten lautlos vorüber, auf der Suche nach etwas Fressbarem.

Auf der Karavelle, die im Morgengrauen mit Kurs auf Frankreich in See stechen wollte, brannten ein paar Fackeln. Zwei Matrosen standen an der Reling und beobachteten aufmerksam den Hafen.

Zelda hatte sich so gesetzt, dass sie von ihnen nicht bemerkt werden konnte.

Als der Morgen sich als schmales graues Band am Horizont ankündigte, sah Zelda zwei Bedienstete des Coroners, an ihren Uniformen zu erkennen, den schmalen Steg hinauf aufs Schiff gehen.

Sie reichten den Männern an Deck die Hand, dann stellten sie sich ebenfalls an die Reling und schauten auf das Hafengelände, als erwarteten sie etwas Besonderes.

Nach einer Weile hörte Zelda einen Karren über das Pflaster rollen. Es war ein einfacher Planwagen, der von zwei Pferden gezogen wurde.

Die Bediensteten verließen das Deck und stellten sich rechts und links neben den Planwagen. Der Kutscher stieg ab, löste die Verschnürungen an der Plane, und Zelda sah mehrere Frauen, die auf der Fläche saßen und sich gegenseitig umschlungen hielten. Einige weinten, andere wirkten versteinert, wieder andere trotzig.

Die Garde des Coroners trieb sie mit lauten Rufen vom Wagen und hinauf an Bord der Karavelle.

Eins, zwei, drei, vier, fünf Frauen zählte Zelda. Fünf Frauen, die den gelben Schleier, das Kennzeichen der Huren, an ihren Hüten trugen, dazu einen Mann. Es waren dieselben Leute, die sie gestern Abend im *Blauen Anker* gesehen hatte.

Zelda beugte sich weit nach vorn und versuchte, die einzelnen Frauen zu erkennen. Ihr Herz klopfte zum Zerspringen.

Obwohl in Lizzys Erzählungen nur wenig darauf hindeutete, dass Joan unter den Huren sein könnte, wollte Zelda doch keine Möglichkeit außen vor lassen.

Lizzy hatte mit dem, was sie nur angedeutet hatte, mehr verraten, als ihr wohl selbst bewusst gewesen war. Zelda war sich sicher, dass der *Blaue Anker* ein Umschlagplatz für Mädchenhändler war.

Wieder zog sich Zeldas Herz schmerzhaft zusammen, als sie eine Frau sah, die Joan ähnelte. Das gleiche blonde Haar, die gleiche aufrechte Haltung. Doch die Frau war fülliger als Zeldas kleine Schwester, der Mund breiter, die Brüste voller.

Sie atmete auf, als die letzte der Frauen an Bord der Karavelle gegangen und Joan nicht dabei gewesen war.

Die Angst um die Schwester war ihr so in die Glieder gefahren, dass Zelda sich noch einen Moment auf der Hafenmauer ausruhen musste und dem Schiff beim Auslaufen zusah.

Sie dachte an das Schicksal derer, die sich nicht freiwillig auf den Weg nach Frankreich begeben hatten. Vielleicht war auch unter ihnen eine junge Lady, eine Frau, für die die Eltern wohl ein anderes Leben geplant hatten.

So wie ihr Vater für Joan!

Nicht auszudenken, wenn auf ihre Schwester ein ähnliches Schicksal warten sollte! Zelda sah Joan, die in einem französischen Gasthaus schwere Krüge mit Rotwein an Tische schleppte, das Mieder zur Hälfte offen, die Lippen mit einer roten Paste beschmiert. Sie sah die freudlosen Augen vor sich, das müde Gesicht, sah sie zusammenzucken, wenn einer der Gäste seine Pranke auf ihrem Po niedersausen ließ oder gar mit gichtigen Fingern ihre zarten Brüste begrapschte.

Zelda schüttelte es bei diesem Gedanken. Sie wusste, Joan würde solch ein Leben nicht lange aushalten. Auch sie würde wohl eher den Tod wählen, als Tag für Tag Schmach, Elend, Erniedrigung und Schande hinzunehmen.

Sie schüttelte sich, schüttelte die dunklen Gedanken weg und stand auf. Nein, Joan würde keinesfalls als

Hure nach Frankreich verkauft werden, ganz gewiss nicht. Wäre es so, so wären sie nicht nach Edinburgh weitergereist.

Zelda hatte schon zu viele Stunden in Dundee vergeudet. Es wurde Zeit, allerhöchste Zeit, dass sie sich auf den Weg nach Edinburgh machte.

Wieder ritt sie weiter, ohne sich lange Pausen zu gönnen. Ihr Rücken schmerzte, wenn sie am Abend müde vom Pferd stieg und sich in einer Herberge am Wegesrand ein Nachtlager suchte. Ihre Schenkel waren auf den Innenseiten gerötet und brannten wie Feuer, auch das Sitzen im Sattel fiel Zelda schwer.

Dazu diese Hitze. Es war wirklich ein ungewöhnlich warmer Mai in diesem Jahr. Zelda konnte sich nicht erinnern, schon einmal einen so heißen Frühling erlebt zu haben.

Ihr Haar, das noch immer unter dem Verband dicht am Kopf klebte, begann zu jucken, weil sie schwitzte. Und Zelda wünschte sich nichts sehnlicher als ein Bad.

Als hätte eine überirdische Macht ihr dringendes Bedürfnis gespürt, schlängelte sich unversehens ein heller, sprudelnder Bach neben dem Weg entlang. Zelda atmete auf. Sie ritt noch ein kleines Stück weiter, bis sie zu einer Stelle kam, an der der Bach in einem kleinen Waldstück verschwand.

Zelda stieg von ihrer Stute, nahm sie fest beim Zügel und ließ sie trinken. Dann band sie Rose an einen Baum und sah sich in aller Ruhe um.

Zwei dichte Baumreihen trennten das Bächlein vom Weg, sodass Zelda vor den Blicken anderer Reisender geschützt war.

Sie nahm das Barett vom Kopf, wickelte den Verband

ab und genoss die Haarwäsche im kalten Wasser. Dann zog sie sich die Kleider aus und wusch sich den Reisestaub, die Angst und alle Sorgen und Kümmernisse vom Leib.

Anschließend nahm sie Rose die Satteltaschen ab, kleidete sich an und legte sich unter einen Baum ins Gras, um das Haar trocknen zu lassen. Wenige Augenblicke später war sie eingeschlafen.

Als sie nach Stunden erwachte, wusste sie im ersten Augenblick nicht, wo sie war. Zelda richtete sich auf und sah sich um. Die Dämmerung stieg von der Himmelsleiter und hüllte die Umgebung in ein graues Gewand. Der Bach murmelte leise vor sich hin, in den Blättern der Bäume raunte der Wind.

Sie stand auf, ging zum Bach und fand den gewaschenen Kopfverband, der in der Zwischenzeit getrocknet war. Sie wand ihn sich erneut um, dann nahm sie die Satteltaschen und ging zu der Stelle, an der sie Rose zurückgelassen hatte.

Aber der Baum, an den die Stute gebunden war, war verlassen.

Zelda sah sich um, rief nach Rose, doch alles blieb still, nur ihre eigene Stimme schallte durch die anbrechende Nacht.

Wo war Rose?

Zelda spürte, wie sich ihr Herzschlag beschleunigte. Sie ging zurück zum Baum und untersuchte ihn. Hatte Rose sich etwa losgerissen?

Sie bückte sich und suchte den Waldboden ab, doch nirgendwo fand sie auch nur das kleinste Stückchen Zaumzeug oder Zügel. Der Boden aber war zertreten, und Zelda erkannte im Moos deutlich die Abdrücke von schweren Stiefeln.

Jetzt stand fest: Rose war gestohlen worden.

Zelda sank auf den Boden und brach in Tränen aus. Sie weinte wie ein kleines Kind, unfähig, sich zu beruhigen, unfähig auch, einen klaren Gedanken zu fassen.

Sie fühlte sich so erschöpft, so gottverlassen und mutterseelenallein wie noch niemals zuvor in ihrem Leben. Ihr größter Wunsch war es, zu Hause auf den McLain-Manors zu sein, an der Brust ihres Vaters Trost zu suchen und ihre Erschöpfung in den weichen Kissen ihres Bettes abzulegen.

Doch die Manors lagen viele, viele Meilen von Zelda entfernt. Beinahe vierzehn Tagesritte.

Und auch Edinburgh lag nicht gerade vor der Haustüre.

Oh, Gott, worauf hatte sie sich bloß eingelassen! Die Gefährlichkeit ihres Unternehmens wurde ihr erst in diesem Augenblick vollständig bewusst. Sie war allein! Ganz allein! Noch nicht einmal mehr ein Pferd hatte sie!

Es gab niemanden, der sie angesichts einer Gefahr beschützen konnte. Sie war allen möglichen Dingen hoffnungslos ausgeliefert. Straßenräuber, von denen es im ganzen Land nur so wimmelte, konnten sie überfallen! Sie konnte stürzen, in eine Falle tappen und hilflos liegen bleiben! Sie konnte erneut beraubt werden und dabei ihrer Satteltaschen verlustig gehen. Sie war allein, und sie war eine Frau!

Doch alle Vorwürfe halfen nun nichts mehr. Egal, was passiert war, Zelda musste nach Edinburgh. Dort gab es eine Schwester ihres Vaters, Laetitia Dalrumple. Sie war die Nächste, bei der sie Schutz und Hilfe erwarten konnte. Und sie musste sich beeilen. Vielleicht traf sie unterwegs auf Leute, die sie ein Stückchen mitnehmen konnten. Vielleicht schaffte sie es wirklich noch rechtzeitig, den Hafen von Edinburgh zu erreichen, bevor Joan und Ian Laverty über das Meer verschwanden.

Zelda seufzte noch einmal tief auf, dann hängte sie sich die beiden Satteltaschen über die Schultern und lief los.

Sie kam an dunklen Wäldern vorbei, in denen es knackte und knarzte, sie kam an Dörfern vorüber, deren Fensterläden geschlossen waren, wo kein Laut zu hören war und nur die Hofhunde an der Kette den Mond anheulten.

Die Füße brannten ihr, die Schultern schmerzten von der Last der Satteltaschen, als sie endlich an einem Kloster vorbeikam.

Kurz entschlossen klopfte sie an die Pforte. Es dauerte eine ganze Weile, ehe eine hölzerne Klappe in der Tür geöffnet wurde und ein Mönch herausschaute.

»Gott zum Gruße, Bruder«, sagte Zelda mit vor Erschöpfung kleiner Stimme. »Habt Ihr ein Nachtlager für einen müden Wanderer?«

Der Mönch betrachtete sie von Kopf bis Fuß, und erst unter diesen Blicken wurde Zelda ihr Aussehen gewahr. Sie trug einen Verband um den Kopf, die Kleider eines Stallburschen, die obendrein noch von Staub bedeckt waren. Über der Schulter hingen zwei Satteltaschen, die mit dem Wappen der McLains versehen waren, doch sie führte kein Pferd bei sich.

Der Mönch runzelte die Stirn, und in seinen Blicken stand deutlich geschrieben, was er dachte: Hier steht ein Straßenräuber!

Zelda konnte ihm diesen Gedanken nicht übel nehmen. Wahrscheinlich hätte sie ebenso gedacht, wäre sie an seiner Stelle gewesen.

Mutlos ließ sie den Kopf sinken und verlagerte die Satteltaschen auf ihrer Schulter.

»Ich komme von weit her«, murmelte sie. »Mein Pferd wurde mir unterwegs gestohlen, während ich unter einem Baum geschlafen habe.«

»Euer Pferd? So, so«, erwiderte der Mönch, und das Misstrauen in seiner Stimme war nicht zu überhören.

»Ja, eine Apfelschimmelstute. Sie hört auf den Namen Rose.«

»Rose? So, so«, brummte der Mönch.

»Gebt mir einen Platz in der Scheune oder im Stall«, bat Zelda. »Und vielleicht noch einen Krug Wasser. Mehr brauche ich nicht. Habt Erbarmen mit einem müden Wanderer, der nichts will, als so schnell wie möglich nach Edinburgh zu gelangen.«

»Nach Edinburgh wollt Ihr, so, so«, brummte der Mönch erneut und machte noch immer keine Anstalten, die Pforte zu öffnen und Zelda hereinzubitten.

»Ich werde mit dem Vater Präzeptor reden müssen, ob er Euch bei uns Unterschlupf gewährt«, antwortete der Mönch schließlich mit sichtbarem Widerstreben.

Zelda nickte. »Ich werde so lange hier warten.«

Die Klappe knallte zu, und Zelda hörte, wie sich der Mönch ohne Eile entfernte.

Eine ganze Weile stand sie da wie ein Bettler und wartete. Wäre sie nicht so unendlich müde gewesen und hätten ihre Füße nicht derartig gebrannt, Zelda hätte diese demütigende Behandlung nicht erduldet und wäre lieber weitergegangen, als in diesem Kloster und von diesem Mönch wie ein Straßendieb, wie ein Beutelschneider oder Halunke behandelt zu werden. Doch sie konnte nicht mehr, sie konnte wirklich nicht mehr. Alles tat ihr weh, ihre Augen brannten vor Müdigkeit.

Fände sie hier keinen Unterschlupf, so würde sie sich ein Plätzchen im Wald suchen müssen und wahrscheinlich aus Furcht, erneut bestohlen zu werden, die ganze Nacht kein Auge zutun.

Endlich, Zelda hatte schon jegliche Hoffnung aufgegeben, öffnete sich die Klappe erneut. Diesmal schauten zwei Augenpaare sie an.

»Wer seid Ihr, woher kommt Ihr, und wo wollt Ihr hin?«, fragte ein Mann mit gütigen Augen, in dem Zelda den Präzeptor vermutete.

»Cedric Connery«, erwiderte Zelda. »Ich komme aus den Highlands. Die Manors meines Vaters befinden sich zwischen Dundee und Inverness. Nach Edinburgh will ich, eine Tante – Lady Laetitia Dalrumple – besuchen.«

»Connery heißt Ihr?«, fragte der Präzeptor streng.

Zelda nickte. »Ja, Cedric Connery.«

»Aus den Highlands?«

Wieder nickte Zelda.

»Und Eure Tante, sagt Ihr, sei Lady Dalrumple?«

»Ganz recht. Sie ist die Schwester meines Vaters.«

»Nun gut, dann kommt herein. Wir werden Euch einen Schlafplatz in einer Klosterzelle geben. Ein Kanten Brot und ein wenig Wasser wird sich für Euch auch noch finden.«

»Vielen Dank!« Zelda hätte bei diesen Worten vor Erleichterung beinahe geweint.

Sie schlüpfte durch die Tür und begrüßte die beiden Männer ehrerbietig.

Der Präzeptor schickte den Mönch, der die Klappe zuerst geöffnet hatte, zurück in ein kleines Torhäuschen, dann forderte er Zelda auf, ihm zu folgen.

Sie betraten den lang gestreckten Klosterbau, durchquerten einen Säulengang und kamen ins Refektorium, dem Speisesaal des Klosters.

Der Präzeptor holte eigenhändig ein wenig Brot, ein

altes Stück Käse mit trockenen Rändern und einen Becher Wasser. Als Zelda sich gestärkt hatte, führte er sie schließlich durch einen langen Gang, von dem rechts und links in geringen Abständen Türen abgingen.

Vor einer kleinen Tür ganz am Ende des Ganges blieb der Präzeptor stehen, holte einen schweren Schlüssel aus der Tasche seiner Kutte und schloss die Tür auf.

Zelda trat ein und fand sich in einem schmalen, gemauerten Gemach wieder.

Der Präzeptor klappte ein Brett von der Wand, das wohl als Schlafplatz dienen sollte, und wies sie an, es sich darauf bequem zu machen.

Zelda dankte noch einmal, dann verließ der Präzeptor die Zelle, und sie hörte mit einigem Erstaunen, dass er von außen die Tür abschloss.

Sofort sprang sie von dem Wandbrett herunter und wollte an der Tür rütteln, doch ihre Ohren hatten sie nicht getrogen, das Gemach war abgeschlossen und Zelda darin gefangen.

Sie hämmerte mit beiden Fäusten an die Tür.

»Aufmachen!« rief sie erbost. »Sofort aufmachen! Was soll das? Warum habt Ihr mich eingeschlossen?«

Doch niemand hörte ihr Rufen, niemand reagierte auf das Hämmern ihrer Fäuste gegen das massive Türblatt.

Irgendwann gab Zelda auf, legte sich auf das Brett und weinte sich leise in den Schlaf. Sie verstand nicht, was hier geschah, warum sie eingeschlossen worden war.

Der gesamte Tag war von misslichen Erlebnissen begleitet, und jetzt hatte sie nur noch einen einzigen Wunsch: in den Schlaf zu gleiten und diesen schlimmen Tag einfach hinter sich zu lassen.

8. Kapitel

Am nächsten Morgen erwachte sie mit zerschlagenen Gliedern. In ihrem Rücken schmerzte jeder Muskel, die Fäuste brannten noch immer von den festen Schlägen gegen die Tür.

Das Geräusch eines Schlüssels, der in einem Schloss herumgedreht wurde, hatte sie aus dem Schlaf gerissen.

Sie glitt hoch, setzte sich aufrecht hin, rückte das Barett auf ihrem bandagierten Kopf zurecht und war kaum damit fertig, als die Tür so heftig aufgestoßen wurde, dass sie innen mit einem lauten Knall gegen die Wand schlug.

Zwei Wachmannen, Bedienstete eines Coroners, stürmten herein, packten Zelda grob am Arm und zerrten sie hoch.

»He, was soll das?«, empörte sie sich.

»Seid Ihr Cedric Connery?«, fragte der eine barsch.

»Jawohl, der bin ich«, erwiderte Zelda nicht minder barsch. »Was wollt Ihr? Was soll das? Lasst mich sofort los!«

»Wir sind angewiesen, Euch zu dem für die Gegend zuständigen Coroner zu bringen«, erklärte nun der andere, dessen Stimme ein wenig freundlicher war.

Er schnappte sich die beiden Satteltaschen, und der andere band Zeldas Hände auf dem Rücken mit einem festen Strick zusammen, der ihr in die zarte Haut schnitt.

»Warum zum Coroner? Was habe ich getan?«, fragte sie und spürte, wie die Angst langsam ihren Rücken hoch kroch.

»Das erfahrt Ihr noch früh genug«, bellte der Erste. »Nutzt inzwischen die Gelegenheit, Euer Gewissen zu befragen. Ich bin sicher, Ihr werdet darin genügend

Gründe finden, die einen Besuch bei unserem guten Coroner rechtfertigen.«

Zelda biss die Zähne fest aufeinander, um ein Klappern zu vermeiden. Ihre Knie wurden weich.

Der Freundlichere der beiden stieß ihr sanft in den Rücken und fügte hinzu: »Wenn Ihr gesteht, so wird Euch das der Coroner hoch anrechnen. Die Strafe wird geringer ausfallen. Also seid nicht trotzig.«

»Aber ich weiß doch gar nicht, wessen ich beschuldigt werde! Wie kann ich etwas zugeben, von dem ich nichts weiß?«

»Seid ruhig jetzt. Wir sind nicht gekommen, um Debatten mit Euch zu führen, sondern Euch vor das Gericht zu bringen.«

»Gericht?« Zelda wurde beinahe schlecht. »Wieso vor das Gericht? Mein Gott, so redet doch! Wessen werde ich angeklagt?«

»Halt's Maul, verdammt«, fluchte der Bärbeißige und stieß Zelda so fest in den Rücken, dass sie beinahe taumelte.

Sie schritten durch den Gang und durchquerten das Refektorium, in dem zu dieser Stunde eine große Anzahl von Mönchen beim Frühstück saß, die Zelda sensationslustig betrachteten.

Der Präzeptor aber senkte bei Zeldas Anblick den Kopf und rührte mit dem Löffel in seiner Grütze herum, als gäbe es nichts Wichtigeres auf dieser Welt.

Die beiden Wachmänner brachten Zelda in den Klosterhof, der eine nahm sie vor sich auf sein Pferd, und sie preschten davon, in Richtung eines kleinen Städtchens, dessen Kirchturm sich weiß und scharfkantig vor dem strahlend blauen Himmel abhob.

Nach nicht einmal einer halben Stunde schnellen Rittes waren sie auf dem Marktplatz einer kleinen Stadt mit dem wunderschönen Namen Bluecastle angelangt.

Der Marktplatz war voller Menschen, die gekommen waren, um den öffentlichen Gerichtsverhandlungen beizuwohnen, die jede Woche hier abgehalten wurden.

Beinahe erinnerte die Veranstaltung an ein Jahrmarktsspektakel, denn am Rande des Platzes waren Bratküchen aufgebaut. Gaukler und Feuerschlucker, Wahrsager und Handleserinnen unterhielten die Menge bis zum Beginn der Verhandlungen. Ein Bader zog gerade mit einer eisernen Zange einem alten Mann einen vereiterten, schwarzen Zahn, zwei Gehilfen hielten ihn fest.

Als die Menge die Bediensteten zu Pferde sah, bildeten sie eine breite Gasse, um sie durchzulassen.

»Halunke«, schrie ein junges Weib mit schlechter Haut und spuckte in Zeldas Richtung.

»Dieb, Mordsgesindel«, schrien ein paar Handwerksburschen und warfen mit faulen Eiern nach ihr, denen sie glücklicherweise ausweichen konnte.

Die Männer ritten bis zum steinernen Portal des ehrwürdigen Rathauses, zerrten Zelda vom Pferd und führten sie direkt vor einen Tisch, hinter dem der Coroner Platz genommen hatte, ein feister Mann mit fettem Wanst und feuchten Lippen. Neben ihm saß ein Schreiber, zwei Stadtknechte standen hinter ihm, bereit, die verkündeten Urteile sofort zu vollstrecken.

Neben Zelda stand ein älteres Weib, das aussah, als könnte es keiner Menschenseele etwas zu Leide tun, daneben eine Frau in mittleren Jahren, deren sorgfältig gestärkte Haube von ihrem Stand als Ehefrau kündete.

Rechts von der Ehefrau stand ein zerlumpter Mann, dessen Fußknöchel in Eisen geschlagen waren. Eine Spur getrockneten Blutes zog sich von der Stirn durch sein Gesicht, und blutbefleckt war auch sein Hemd. Er stöhnte leise und leckte sich über die trockenen Lippen, doch niemand hatte Erbarmen mit ihm und reichte ihm ein wenig Wasser.

Der Coroner schlug mit einem Holzhammer auf den Tisch, und sogleich verstummte die Menge.

Die Gaukler und Feuerschlucker unterbrachen ihre Vorstellungen, die Wahrsager und Handleserinnen hörten auf zu orakeln, und der Bader ließ von der Behandlung seines nächsten Patienten ab.

»Ich eröffne die heutige Gerichtsverhandlung für Bluecastle und Umgebung«, rief der Coroner mit Donnerstimme und ließ den Hammer noch einmal auf den Holztisch krachen.

»Schreiber, rufe den ersten Fall auf.«

Der Schreiber nickte, blätterte in einem großen Buch und hielt die gespitzte Schreibfeder in der Hand.

»Als Erstes verhandelt das hohe Gericht den Fall der Wehfrau Elizabeth, die beschuldigt wird, das Neugeborene einer Handwerksgattin mit der Nabelschnur erdrosselt zu haben«, las der Schreiber vor.

»Tritt hervor, Wehfrau Elizabeth«, befahl der Coroner, und die ältere Frau taumelte mehr vor den Richtertisch, als dass sie lief.

»Bekennt Ihr Euch schuldig des Mordes an dem besagten Neugeborenen?«, fragte er.

Die Wehfrau schüttelte den Kopf, Tränen rannen ihr über das Gesicht. »Ich bin nicht schuldig. Eine jede Frau weiß, dass sich so mancher Säugling bereits im Mutterleib die Nabelschnur um den Hals wickelt und daran stirbt. Bei dem besagten Neugeborenen war es so. Der Säugling kam bereits tot zur Welt.«

»Könnt Ihr Zeugen dafür benennen?«

Die Wehfrau nickte. »Die Nachbarin war zugegen, und auch die Magd war dabei.«

Der Coroner sah zum Schreiber und forderte ihn auf: »Lasst die Zeugen herbeibringen. Wir wollen sie anhören und erst danach unser Urteil fällen. Bringt das Weib so lange ins Verlies.«

Der Schreiber nickte und gab den beiden Männern, die Zelda aus dem Kloster abgeholt hatten, entsprechende Anweisungen. Dann rief er den nächsten Fall zur Verhandlung.

»Das hohe Gericht wurde angehalten, das Urteil über die Leinwebersgattin Amanda zu fällen, die beschuldigt wird, unzüchtige Kleidung getragen und damit öffentlich fremde Männer zur Unzucht angestiftet zu haben. Amanda, tretet vor! Bekennt Ihr Euch schuldig?«

Die Frau tat, wie ihr geheißen. Sie hielt den Kopf schamhaft gesenkt, und ihre Finger kneteten den Stoff ihres Kleides.

»Ich bin schuldig!«, stammelte sie. »Ich gestehe, zwei Mal ohne Haube und mit unbedecktem Haar das Haus verlassen zu haben.«

»So, so«, machte der Coroner und sah die Frau einen Augenblick lang an. »Ich verurteile Euch zu zehn Rutenschlägen auf den nackten Hintern«, bestimmte er und gab den Stadtknechten ein Zeichen.

Ohne Widerstand ließ sich die Frau die Röcke über den Kopf schlagen, sodass ihr blanker Hintern für alle gut zu sehen war. Die Menge grölte und drängelte nach vorn.

Dann nahm einer der Knechte die Rute und ließ sie niedersausen. Ein langer roter Striemen erschien auf dem hellen, weichen Fleisch und wurde von der Menge beklatscht und bejubelt.

Die Frau stöhnte leise. Mit jedem Schlag wurde ihr Stöhnen lauter, und beim zehnten heulte sie laut auf.

»Schreiber, der nächste Fall«, bestimmte der Coroner und hieß den Mann mit den Fußfesseln vortreten.

»Alan, der Wilddieb, ist angeklagt, in den Wäldern des Earls of Bluecastle gewildert zu haben, und das nicht zum ersten Mal. Zweimal wurde er bereits von unserem Gericht verurteilt, doch schienen die Strafen nicht hoch genug gewesen zu sein«, las der Schreiber vor.

»Alan, gebt Ihr zu, gewildert und dabei zwei Hasen unrechtmäßig in Euren Besitz gebracht zu haben?«, fragte der Coroner streng.

»Ja, Herr, doch die Not trieb mich dazu. Meine Frau liegt krank darnieder, vier Kinder habe ich, deren Mäuler gestopft werden müssen. Ich bitte auch diesmal um Gnade. Wie soll ich sonst meine Familie ernähren? Die Ernte war schlecht, doch die Abgaben mussten wir trotzdem leisten. Bei der nächsten Ernte zahle ich alles mit Zins und Zinseszins zurück.«

»So habt Ihr auch die letzten beiden Male gesprochen, Alan. Diesmal kann Gnade nicht vor Recht ergehen. Das hohe Gericht verurteilt Euch zu einer gerechten Strafe. Stadtknechte, schlagt ihm mit dem Beil die rechte Hand ab.«

Alan heulte auf wie ein Wolf. Auch die Menschenmenge protestierte. Die Ernte war wahrhaft miserabel gewesen, und so manche unter ihnen hatten ebenfalls Zuflucht zum Wild des Earls of Bluecastle nehmen müssen, um nicht zu verhungern.

»Habt Erbarmen, Herr«, jammerte er. »Wie soll ich mit nur einer Hand das Feld bestellen? Habt Erbarmen!«

Doch der Coroner winkte nur gleichgültig ab und gab den Stadtknechten ein Zeichen, ihr Amt auszuüben.

Sie packten den armen Wilddieb und legten seine rechte Hand auf einen Richtblock. Einer der Stadtknechte hielt Alan fest, der andere schwang das Beil. Die Menge stöhnte laut auf, doch Alans grässlicher, lang gezogener Schrei übertönte den Lärm auf dem Marktplatz, fuhr den Menschen in die Glieder und ließ sie erschrocken verstummen.

Eine Frau schlug sich die Hand vor den Mund, als die abgeschlagene Hand vom Richtblock fiel und von einem hungrigen Straßenköter sofort zwischen die Zähne genommen und weggeschleppt wurde.

Ein anderer Köter leckte gewissenhaft das Blut auf, das um den Richtblock herumgespritzt war, und wagte sich sogar zu Alan, der am Boden lag und sich vor Schmerzen qualvoll krümmte.

Zelda vermochte den Blick nicht von dem armen Mann zu wenden. Ihr ganzes Mitgefühl galt ihm und seiner Familie. Doch sie konnte nichts für ihn tun, gar nichts. Die eigenen Sorgen lagen ihr wie eine steinerne Last auf den Schultern. Als Nächstes würde ihr Fall vor dem Gericht verhandelt werden. Und noch immer wusste sie nicht einmal, was ihr vorgeworfen wurde! Sie hatte nicht die leiseste Ahnung, was geschehen und welche Strafe sie erwarten würde.

Ihr Atem ging schnell, beinahe keuchend. Die Angst hatte ihren gesamten Körper ergriffen und drohte sie zu lähmen. Die Zähne klapperten in einem wilden Stakkato aufeinander, und die Knie wurden ihr so weich, dass sie glaubte, jeden Augenblick zu Boden zu sinken.

»Der nächste Fall«, befahl der Coroner, und Zelda schloss die Augen. Sie verspürte eine quälende Übelkeit, die von der Angst rührte und die sie kaum mehr unterdrücken konnte. Ihr Mund war trocken wie Zunder, und ihre Zunge schien auf die doppelte Größe angeschwollen zu sein und erstickte jeden Laut in ihrer Kehle.

Nun begann der Schreiber zu lesen: »Der nächste Fall beschäftigt sich mit Cedric Connery. Er hat angegeben, aus den Highlands zu stammen und auf dem Weg nach Edinburgh zu seiner Tante Lady Laetitia Dalrumple zu sein. Unterwegs sei ihm das Pferd gestohlen wurden. Doch die beiden Satteltaschen, die bei ihm gefunden wurden, tragen das Wappen der McLains aus den Highlands, die tatsächlich mit Lady Dalrumple verwandt sind.

Der Zufall wollte es, dass einige Stunden vor dem Eintreffen des Diebes Cedric Connery im Kloster *Zu unserer lieben Frau* der wahre Lord McLain dort eintraf und vom Diebstahl seiner Satteltaschen berichtete. Das Pferd, das er bei sich führte, eine Apfelschimmelstute, trug das Wappen auf dem Sattel.

Gebt Ihr, Cedric Connery, zu, die Satteltaschen gestohlen zu haben?«

Zelda hatte die Worte mit der größten Verblüffung gehört. Am liebsten hätte sie laut aufgelacht, so absurd erschien ihr die Beschuldigung.

Obwohl ihr Herz vor Angst zum Zerspringen schlug, nahm sie all ihren Verstand zusammen und sagte mit fester, klarer Stimme: »Nein, ich habe die Satteltaschen nicht gestohlen. Im Gegenteil. Ich bin der Bestohlene.«

»Wie wollt Ihr das beweisen?«, fragte der Coroner streng. Seiner Miene war anzusehen, dass er Zelda nicht glaubte.

»Nehmt das Pferd als Beweis«, schlug Zelda vor. »Die Stute kennt mich seit ihrer Geburt. Sie wird mich auch vor Euch wieder erkennen. Außerdem verfügt sie über Merkmale, die nur Eingeweihte wissen können.«

»Um welche Merkmale soll es sich dabei handeln?«, fragte der Coroner mit nicht zu überhörendem Argwohn.

Zelda lächelte. »Rose, so ist der Name der Stute, hat in der oberen Zahnreihe eine Lücke. Bei einem Sturz ist sie unglücklich gelandet und hat sich den Zahn ausgeschlagen. Außerdem mag sie im Gegensatz zu anderen Pferden keine Mohrrüben.«

»Hmm«, machte der Coroner und sah seinen Schreiber nachdenklich an. Doch der wusste auch keinen Rat.

»Ich verlange, bevor Ihr das Urteil über mich fällt, eine Gegenüberstellung mit demjenigen, der behauptet, das Pferd wäre sein und ich der Dieb der Satteltaschen. Lasst ihn beschreiben, was sich in den Satteltaschen befindet, achtet auf die Reaktionen der Stute. Kennt sie ihn nicht und weiß er nichts darüber, was sich in den Taschen befindet, so bin ich unschuldig.«

»Ein wahres Wort«, rief jemand aus der Menge, die noch immer aufgewühlt war vom Schicksal des armen Alan. Die Menschen hatten genug Blut gesehen, hatten sich ausgiebig am Unheil und Leid der anderen geweidet. Sie waren darin bestätigt, selbst gute, rechtschaffene Menschen zu sein, und hatten in ihrer Seele sogar noch ein kleines Plätzchen für Mitgefühl und Gerechtigkeit gefunden.

»Ja«, riefen nun auch die anderen. »Verurteilt ihn nicht, holt erst den anderen.«

Der Coroner, der durchaus auf das Wohlwollen der Menge angewiesen war, schwang sein Hämmerchen und verkündete: »So soll es sein. Die Bediensteten werden den suchen, der unseren Cedric Connery des Diebstahls beschuldigt hat, und danach wird eine Gegenüberstellung in genau einer Woche vor diesem Gericht stattfinden. Bis dahin verbleibt Cedric Connery im Verlies.«

Die Menge jubelte, doch Zelda wurde beinahe schwarz vor Augen. Eine ganze Woche Wartezeit! Wie sollte sie es unter diesen Umständen schaffen, rechtzeitig nach Edinburgh zu kommen? Und was würde geschehen, wenn sich der Dieb längst aus dem Staub gemacht hatte?

Sie hob die Hand zum Zeichen, dass sie etwas sagen wollte.

Der Coroner nickte ihr zu.

»Hohes Gericht«, setzte Zelda an. »Gesetzt den Fall, der andere ist nicht mehr aufzufinden, was geschieht dann? Ist es nicht ein Eingeständnis seiner Schuld, die beiden Satteltaschen hier zu lassen und ohne sein Eigentum das Weite zu suchen?«

»Hm«, machte der Coroner wieder und kratzte sich am Kinn.

»Wir werden sehen, was geschieht, und in einer Woche erneut darüber entscheiden«, verkündete er schließlich und schlug dreimal mit dem Hämmerchen auf den Tisch zum Zeichen, dass der Gerichtstag vorbei war.

Zelda wurde von den beiden Stadtknechten ins Verlies geführt, das sich im Keller des Rathauses befand. Ein kahler, dunkler Raum, in dem die Feuchtigkeit von den Wänden herunterlief, würde für eine Woche ihr neues Zuhause sein.

Der Stadtknecht schloss mit einem riesigen Schlüssel die vergitterte Tür auf und hieß Zelda eintreten. Als sie drin war, löste der andere die Stricke, mit denen ihre Handgelenke noch immer aneinander gefesselt waren. Dann schlossen sie die Tür hinter ihr ab und ließen Zelda allein.

Sie sah sich um. Knapp unter der Decke war eine Öffnung angebracht, durch die sie ein winziges Stück des noch immer blauen Himmels sehen konnte. War es draußen auf dem Marktplatz sehr warm gewesen, so herrschte hier im Verlies eine Grabeskälte.

Auf dem Boden lag in einer Ecke ein Bündel dreckiges Stroh, eine abgesplitterte Holzschüssel sollte wohl als Geschirr dienen, und für die Notdurft stand in einer anderen Ecke ein Holzeimer, den schon andere vor Zelda benutzt hatten. Es roch nach Angst, menschlichen Exkrementen und fauligem Stroh, nach Feuchtigkeit und Armut.

Von der Verhandlung aufs Neue erschöpft, ließ sich Zelda mit leisem Ekel auf das schmutzige Stroh fallen, schlang die Arme um die Knie und dachte nach.

Sie konnte unmöglich eine ganze Woche hier mit Warten und Nichtstun vertrödeln, während da draußen das Schicksal ihrer geliebten und geraubten Schwester Joan seinen furchtbaren Verlauf nahm. Sie musste unter allen Umständen diesen Kerker verlassen. Doch wie?

Hätte sie Geld, so würde es ihr möglicherweise gelingen, sich freizukaufen. Doch alles, was sie besaß, steckte in den Satteltaschen, und diese hatten ihr die Stadtknechte abgenommen.

Zelda stand auf und rüttelte mit aller Kraft an der vergitterten Tür, aber umsonst. Die Tür hielt ihr mit Leichtigkeit stand. Es gab keine Möglichkeit zu entfliehen. Auch die Luke war viel zu weit oben und die Wand viel zu nass und zu glitschig, um auf diesem Wege entkommen zu können. Überdies würde Zeldas kurviger Körper ohnehin nicht durch die winzige Öffnung passen.

Was also sollte sie tun? Einen Wachmann niederschlagen, wenn er ihr das Essen brachte, und fliehen?

Zelda war beileibe keine schwache, zimperliche Frau, doch hatte sie noch niemals einem anderen Menschen Gewalt angetan, und es widerstrebte ihr selbst in dieser Lage, einem Unschuldigen wehzutun. Abgesehen davon waren die Männer gewiss weder so dumm noch so schwach, um sich von ihr so einfach niederschlagen zu lassen. Und zum Dritten gab es hier als Waffe nur die zerschlissene, brüchige Holzschüssel oder den Eimer mit den Exkrementen ihrer Vorgänger.

Was also konnte sie tun? Darauf warten, dass ihr der Zufall zu Hilfe kam?

Sie ließ sich rückwärts ins Stroh sinken und schloss die Augen, um besser nachdenken zu können, doch keine fünf Minuten später war sie eingeschlafen. Die Anstrengungen und Aufregungen der letzten Tage waren zu mächtig.

Zelda wusste nicht, wie viele Stunden sie geschlafen hatte, doch als sie erwachte, war durch die winzige Luke kein blauer Himmel mehr zu sehen. Es war Nacht.

Sie hörte Stimmen, die vom Ende des Ganges, in dem das Verlies lag, zu kommen schienen. Zelda stand auf, ging an das Gitter und versuchte, in den Gang hineinzuspähen, um den Ort des Lärmes auszumachen. Doch vergeblich. Nicht eine einzige Pechfackel erleuchtete den Gang. Alles lag in tiefster Dunkelheit.

Sie trat einen Schritt zurück und stieß mit dem Fuß leicht gegen die Holzschüssel. Plötzlich spürte sie, wie hungrig sie war. Seit gestern Abend hatte sie nichts mehr gegessen. In ihrem Magen grummelte es, die Eingeweide zogen sich schmerzhaft zusammen. Außerdem hatte sie Durst. Namenlosen Durst. Ihre Kehle brannte, ihre Lippen fühlten sich trocken und rissig an.

Sie bückte sich und tastete in der Dunkelheit nach

der Holzschüssel. Sie war leer. Das hieß, dass niemand ihr bisher etwas zu essen oder zu trinken gebracht hatte.

Empört stieß Zelda die Luft aus. Sie war noch immer unschuldig, noch immer ohne Urteil. Sie war keine Gefangene, die eine Strafe abzusitzen hatte. Sie hatte ein Recht auf etwas zu essen und zu trinken. Oder hatte der Coroner unterdessen beschlossen, sie in diesem tristen Verlies elendiglich verhungern und verdursten zu lassen?

»He«, rief sie. »Hört mich hier jemand?«

Aus einiger Entfernung vernahm sie noch immer die Stimmen zweier Männer.

»Hallo, he! Ich brauche Wasser und Brot!«

»Seid ruhig, junger Mann!«

Die Stimme kam ganz aus der Nähe, und Zelda erkannte sie als die der Wehmutter, die ebenfalls hier im Verlies auf eine Zeugengegenüberstellung wartete.

»Wenn Ihr schreit, reagieren sie nicht.«

»Habt Ihr schon Wasser und Brot bekommen?«, fragte Zelda leise.

»Nein«, erwiderte die Wehfrau. »Aber ich habe gehört, dass sie in der Nacht kommen. Jetzt sitzen sie bei Würfelspiel und Ale und werden ärgerlich, wenn sie dabei gestört werden.«

»Wie lange spielen sie noch? Ich sterbe fast vor Hunger und Durst.«

Die alte Frau lachte leise: »Es wird nicht mehr lange dauern. Sie fangen schon an, sich zu streiten. Aber freut Euch nicht zu früh. Meist sind sie so betrunken, dass sie das Wasser unterwegs verschütten oder gar das Brot zu Boden fallen lassen, sodass es sich die Ratten holen, ehe wir auch nur das kleinste Stück davon gekostet haben.«

»Woher wisst Ihr das alles?«, fragte Zelda.

Wieder lachte die alte Frau leise: »Ich bin Wehmutter. Alle Frauen meines Berufes schließen früher oder später Bekanntschaft mit einem Verlies oder Kerker.«

»Wieso das?«, wunderte sich Zelda.

»Nun, oft wünschen sich die Leute stramme kräftige Jungen, die entweder später mitarbeiten oder wenigstens die Erbfolge antreten können, um den Namen zu wahren. Bringt die Frau aber mehrfach hintereinander nur Töchter zur Welt, die später eine teure Mitgift benötigen, um sie gut verheiraten zu können, so ist es manchem Vater lieber, die Tochter stürbe bei der Geburt. Ich habe schon so manches gesunde Mädchen zur Welt gebracht, das seine erste Nacht nicht überlebt hat. Wehmütter gelten als halbe Hexen. Es ist einfach, sie des Mordes oder der Unachtsamkeit mit Todesfolge zu beschuldigen.

Manchmal ist es aber auch so, dass Frauen Kinder zur Welt bringen, die nicht gesund sind. Welcher Vater ist schon stolz auf einen Sohn mit einem Wasserkopf, auf eine Tochter mit einer Hasenscharte oder einem Hinkefuß. Auch solche Kinder überleben oftmals die ersten Tage nicht. Die Wehmütter werden in solchen Fällen sogar manchmal des Bundes mit dem Teufel beschuldigt. Die Kinder seien verhext worden, heißt es dann. Viele Wehmütter, die ich kenne, sind schon aus diesem Grund auf dem Scheiterhaufen gelandet.

Andere Säuglinge erhängen sich während der Geburt an der Nabelschnur oder sind einfach zu schwach zum Leben. Auch daran gibt man uns meist die Schuld, denn wer gibt schon gerne zu, schlechte Erbanlagen zu haben?«

Zelda nickte, obwohl sie wusste, dass die alte Frau dieses Nicken nicht sehen konnte.

»Warum übt Ihr dann diese Tätigkeit aus, wenn sie Euch so viel Verdruss bereitet?«, fragte sie mit Verwunderung.

»Gott hat mir diese Aufgabe übertragen. Wer bin ich schwache Frau, dass ich mich dem Willen Gottes entziehe?«, fragte sie. »Die Wege unseres Herrn sind unerforschlich, und nur der Demütige und Dienende verdient sich zu Lebzeiten einen Platz im Himmel. Und ist es nicht auch ein schöner Lohn, einem gesunden, kräftigen Kind auf die Welt zu helfen?«

»Da mögt Ihr wohl Recht haben«, erwiderte Zelda und wurde urplötzlich so traurig, dass sie laut aufseufzte.

Sie dachte an ein Kind, ein kleines Kind, das warm und weich in ihrem Arm lag. Ein Kind der Liebe, das die besten Eigenschaften des Vaters und der Mutter in sich trug. So etwas hatte sie sich immer gewünscht, davon hatte sie geträumt.

Doch jetzt wusste sie, dass sie wohl nie ein Kind der Liebe zur Welt bringen würde. Der Mann, von dem sie geglaubt hatte, ihn zu lieben, hatte sie verraten, betrogen und belogen. Und den Mann, den sie wohl oder übel bald heiraten sollte, liebte sie nicht.

Die Traurigkeit übermannte Zelda schier, sodass sie die Arme um den Körper schlug und sich leise hin und her wiegte.

Verzweiflung stieg in ihr auf, eine schwere, schwarze Verzweiflung, die sich wie ein Schatten auf ihre Seele legte.

Wofür lebe ich?, dachte sie, und ihr fiel keine Antwort ein. Am liebsten wäre sie eingetaucht in die Schwärze ringsum, wäre gern darin versunken wie in einem langen, tiefen Schlaf, aus dem es kein Erwachen gab.

»He, Sir, seid Ihr noch da?«

Die Stimme der Wehfrau riss sie aus ihren Gedanken.

»Ja.«

»Hört Ihr, die Wachleute streiten jetzt. Das heißt, dass wir bald etwas zu essen bekommen.«

Der Lärm war tatsächlich angeschwollen. Die Wachleute brüllten inzwischen so laut, dass Zelda einzelne Worte verstehen konnte.

»He, Harry, du Lump! Du hast mich betrogen! Ich habe genau gesehen, dass du nur vier Augen gewürfelt hast, doch jetzt liegen sechs auf dem Tisch. Ein elender Falschspieler bist du, ein Betrüger!«

»Was??!! Du wagst es, mich einen Betrüger zu nennen? Mit der Faust werde ich dir zeigen, wer hier ein Betrüger ist ...«

»Langsam, langsam, Männer«, durchbrach eine ruhige Stimme das Geschrei. »Lasst uns jetzt das Essen austeilen. Dabei wird eure Wut verrauchen. Anschließend schlafen wir noch ein paar Stündchen. Es lohnt nicht, sich wegen eines Würfels die Zähne einzuschlagen.«

Die beiden anderen brummten, und kurz darauf hörte man das Geklapper von Kesseln.

»Ich werde den Gang links von dir nehmen, du bringst das Essen hinüber in den Schuldturm, und du, Harry, bringst dem alten Weib und dem jungen Dieb ihren Fraß.«

»Warum Harry? Warum nicht ich? Immer muss ich zum Schuldturm!«, beschwerte sich der andere.

»Reg dich nicht auf, Leland. Harry ist schon alt und hat Schmerzen in der Hüfte. Gönne ihm ein wenig Erholung.«

Wieder maulte einer der Wächter, doch die ruhige

Stimme des Mannes, der wohl das Kommando über die Wachen hatte, sorgte dafür, dass er sich in sein Schicksal fügte.

Gleich darauf hörte man erneut das Klappern, dann die Schritte zweier Männer im Gang, das Schließen einer Tür.

Nur Harry musste nun noch hier unten sein. Harry, der schon alt war und Probleme mit der Hüfte hatte.

Soll ich es wagen?, überlegte Zelda. Soll ich ihn angreifen, um entfliehen zu können? Ich muss es tun. Ich muss so schnell wie möglich nach Edinburgh und Joan finden.

Wieder wurden Schritte laut, die sich langsam dem Verlies näherten. Schwere, schleppende Schritte, die von einem Ächzen begleitet waren.

Zelda eilte auf leisen Sohlen zu ihrem Strohsack, legte sich darauf nieder und tat, als ob sie schliefe.

Sie hörte, wie ein Schlüssel in die vergitterte Tür gesteckt und im Schloss gedreht wurde. Mit einem Auge blinzelte sie und sah, dass der Wachmann Harry die Holzschüssel mit einer Kehle füllte.

»Ahhhh!«, stöhnte sie. »Ahhhh! Ohhhhh!«

Das Stöhnen klang ihr selbst in den eigenen Ohren beinahe unerträglich. Sie sah, wie der Wachmann in seiner Tätigkeit innehielt und zu ihr herübersah. Er hatte eine rußige Pechfackel mitgebracht, die er in einem Halter an der Wand gegenüber ihrer Zellentür befestigt hatte. Das Licht der Fackel warf schwarze Schatten auf die Wände, das Flackern bewirkte, dass die Schatten sich an der Wand zu bewegen schienen.

Es war noch immer dunkel im Kellerverlies, doch das Licht reichte gerade aus, dass Zelda erkennen konnte, was der Wachmann tat.

»Ahhhh! Ohhhhhh!«, jammerte sie erneut.

»Ist alles in Ordnung bei Euch?«, fragte der Wachmann, doch anstelle einer Antwort stöhnte Zelda nur so heftig sie konnte.

Sie blinzelte und sah durch die fast geschlossenen Augenlider, dass der Wachmann sich ihr langsam näherte.

Zwei Schritte von ihrem Lager blieb er stehen, sah auf sie herab und fragte: »Seid Ihr krank? Was ist mit Euch?«

»Ohhhh! Ahhh!«, stöhnte Zelda, als wäre sie nur noch halb bei Bewusstsein. Sie tat, als hätte sie Schüttelfrost, ließ ihre Zähne heftig klappern, zuckte mit Armen und Beinen.

»Durst!«, jammerte sie. »Ich habe Durst. Der Durst bringt mich beinahe um. Gebt mir einen Schluck Wasser. Einen einzigen, winzigen Schluck Wasser, damit ich mir die Lippen benetzen kann.«

Der Wachmann nickte. Dann drehte er sich um und lief aus dem Verlies und den Gang hinab. Aus einer Entfernung hörte Zelda das Klappern eines Wasserkruges, der gegen einen Becher schlug.

Schnell stand sie auf und huschte zur Tür. Dort presste sie sich so an die Wand, dass man sie im ersten Moment nicht sah und auch der Schein der Pechfackel nicht bis zu ihr drang.

Schon erklangen die Schritte des Wachmannes wieder im Gang. Zelda hielt den Atem an. Immer näher kam er, schon konnte sie seinen Schweiß riechen, sein Keuchen hören. Dicht presste sie sich gegen die Wand.

Der Mann kam, stürmte beinahe in die Zelle, den Wasserbecher mit beiden Händen haltend.

Als er in der Mitte des Verlieses angekommen war und sagte: »Wartet, ich habe Wasser für Euch«, schlüpfte

Zelda durch die offene Gittertür, schlug sie ins Schloss und drehte den schweren Schlüssel zweimal kräftig herum.

Jetzt saß der Wachmann im Verlies, und sie war frei. Als er begriffen hatte, was geschehen war, hob er ein großes Geschrei an, doch niemand hörte ihn, da seine beiden Kumpane anderswo beschäftigt waren.

»Entschuldigt, guter Mann«, sagte Zelda. »Ich wollte Euch gewiss keine Unannehmlichkeiten bereiten.«

Dann huschte sie zur Zelle der Wehmutter. »Kommt Ihr mit in die Freiheit?«, fragte sie. »Entscheidet schnell. Wir haben nicht viel Zeit.«

Die alte Frau stand schon neben der Tür.

»Ich hatte gehofft, dass Ihr mich mitnehmt«, sagte sie. »Ich bin bereit. Lasst uns gehen!«

Zelda lachte leise über den Wagemut der alten Frau, schloss mit dem Schlüssel des Wachmannes auch diese Zelle auf und eilte, die alte Frau an der Hand hinter sich herziehend, bis zum Ende des Ganges.

Am Fuße der steinernen Treppe, die hinauf ans Tageslicht führte, verharrten sie und lauschten in die Nacht. Nur das Geschrei des eingeschlossenen Wachmannes war zu hören.

»Kommt schnell, wir müssen uns beeilen, ehe die anderen zurückkommen oder jemand den Lärm hier unten hört«, flüsterte Zelda und zog die Wehmutter weiter.

Bald hatten sie das Innere des Rathauses erreicht. Das Gebäude lag vollkommen im Dunkeln, und es herrschte eine himmlische Ruhe darin.

Die beiden eilten durch ein Gewirr zahlloser Gänge, doch dank Zeldas gutem Orientierungssinn hatten sie bald den Dienstbotenausgang erreicht, der wie durch ein Wunder nicht verschlossen war.

Wahrscheinlich waren die Wächter hier etwas nachlässig gewesen. Sie schlüpften durch die Tür und hielten sich beim Überqueren des Wirtschaftshofes eng im Schatten der Mauern, um nicht zufällig von irgendwem gesehen zu werden.

Endlich fanden sie den Ausgang, der zur Straße führte, und ihnen endgültig die Freiheit bringen sollte. Doch dieser war nun tatsächlich verschlossen.

Hilflos standen Zelda und die Wehfrau vor der festen Tür, die mit Eisen beschlagen war und links und rechts von einer mannshohen Mauer begrenzt war.

»Was sollen wir tun?«, fragte Zelda. »Die Mauer ist zu hoch. Wir werden es nicht schaffen, darüber zu klettern.«

Die Alte lachte wieder dieses leise, dunkle Lachen. »Seid Ihr etwa kein ganzer Mann?«, fragte sie ein wenig anzüglich. »Seid Ihr als Kind niemals auf Bäume und Mauern geklettert?«

»Doch, natürlich bin ich das«, erwiderte Zelda im Flüsterton und sprach dabei die Wahrheit. Wie oft war sie von ihrem Vater diesbezüglich gescholten worden. »Also los. Ihr geht zuerst«, bestimmte sie.

Sie verschränkte die Finger beider Hände ineinander und hielt sie der Wehfrau hin, sodass diese ohne Mühe darauf steigen konnte.

Die Alte stützte sich auf Zeldas Kopf ab, fasste dann nach dem Rand der Mauer und schwang sich mit der Geschicklichkeit eines jungen Mädchens darüber. Kurz darauf hörte Zelda sie auf der anderen Seite hinunterplumpsen.

»So, jetzt Ihr«, rief die Wehmutter leise. »Beeilt Euch. Es ist niemand zu sehen. Wir müssen nicht warten, bis der Nachtwächter auf seiner Runde hier vorbeikommt.«

Zelda schätzte die Mauer kurz ab, nahm ein paar Schritte Anlauf, rannte darauf zu, stieß sich kräftig mit beiden Beinen vom Boden ab und bekam den rauen Mauerrand zu fassen. Sie biss die Zähne aufeinander, nahm all ihre Kraft zusammen und stemmte sich mit den Armen so weit nach oben, dass sie schließlich zuerst ein, dann das andere Bein über die Mauer schwingen konnte. Sie sprang auf der anderen Seite herunter und fiel dabei vornüber. Die Wehfrau zog sie an einer Hand hoch, dann sagte sie: »Wir müssen hier entlang. Ich kenne einen Durchschlupf, der uns sicher aus der Stadt bringt, ohne dass wir die öffentlichen Tore passieren müssen – die nachts ohnehin geschlossen sind.«

Sie huschte flink wie ein Wiesel davon, und Zelda folgte ihr.

Schweigend und immer im Schutz der Hausmauern hasteten sie durch nachtschlafende, stille Gassen, bis sie schließlich an ein kleines Wäldchen kamen, in dem die Stadtbewohner wohl ihre Schweine und Ziegen nach Futter suchen ließen.

»Auf, hier entlang. Gleich kommt der Durchschlupf.«

Die Alte winkte Zelda mit dem Finger und zeigte auf ein wackeliges Holztürchen in der Stadtmauer.

Sie öffnete das Brett, das in den Angeln zum Gotterbarmen quietschte, dann schlüpften sie hindurch, ließen sich ins Gras fallen und rangen keuchend nach Luft.

Nach einer Weile fragte Zelda: »Und was jetzt?«

Die Wehmutter zuckte mit den Achseln. »Ich muss weg von Bluecastle, muss auch aus der Gegend verschwinden. Unsere Flucht wird nicht lange unentdeckt bleiben. Man wird nach uns suchen, und wenn sie uns finden, so ist uns der Scheiterhaufen sicher. Doch wohin wollt Ihr?«

»Ich muss nach Edinburgh. Auf dem allerschnellsten Wege.«

Die Alte wiegte den Kopf hin und her. »Ein weiter Weg. Und nicht ungefährlich für einen zarten Jüngling wie Euch. Wir könnten zusammen gehen. Gemeinsam sind wir weniger gefährdet als allein. Oder schämt Ihr Euch mit einer alten Frau?«

Zelda schüttelte den Kopf. »Nein. Ich bin froh, dass Ihr mit mir kommt. Doch ich bin in großer Eile. Seid Ihr bereit, Euch ebenfalls zu sputen?«

»Aber natürlich! Auch ich möchte so schnell wie möglich eine recht große Strecke zwischen unsere Häscher und uns legen. Am besten aber wäre es, wir würden unser Aussehen verändern.«

Die Wehmutter stand auf, stellte sich vor Zelda, lächelte ein wenig und sagte: »Wollt Ihr nicht endlich Eure alberne Verkleidung ablegen? Man wird nach einer alten Frau und einem jungen Mann suchen. Eine Mutter, die ihre Tochter nach Edinburgh begleitet, wird dagegen niemandem auffallen.«

»Ihr wisst …?«, fragte Zelda fassungslos.

Die Alte winkte ab. »Natürlich, Kindchen. Ich kenne den Körper einer Frau wie keine andere. Mich könnt Ihr nicht täuschen.«

Jetzt lächelte auch Zelda. Sie nahm ihr Barett vom Kopf, löste den Verband und genoss das Gefühl der frischen Nachtluft in ihrem Haar und auf der Haut.

Sie schüttelte die langen, roten Locken und fuhr sich mit den gespreizten Fingern wie mit einem Kamm hindurch. Dann sah sie an sich herab.

»Ich trage Männerkleidung«, sagte sie. »Wird es den Leuten nicht merkwürdig vorkommen, eine Frau in Männerkleidung zu sehen?«

»Habt Ihr nichts anderes?«, fragte Elizabeth, die Wehmutter.

Zelda schüttelte den Kopf. »Nichts habe ich. Gar nichts. Meine beiden Satteltaschen, in denen ich ein wenig Wäsche und Geld hatte, sind noch immer im Rathaus. Der Schreiber des Coroners hat sie mitgenommen und wahrscheinlich irgendwo eingeschlossen. Ich besitze nur das, was ich auf dem Leib trage.«

»Dann werdet Ihr Euch wohl mit einem Kleid von mir behelfen müssen«, stellte Elizabeth gleichmütig fest.

»Wie wollt Ihr an Kleidung kommen? Soviel ich sehe, habt Ihr auch nur die Sachen dabei, die Ihr auf dem Leib tragt.«

»Ach, Kindchen. Ich habe Euch schon erklärt, dass Wehmutter ein gefährlicher Beruf ist. Die meisten von uns haben in einem Loch vor den Stadttoren ein bisschen was vergraben. Wir geraten zu schnell in Not, um ohne Vorsorge zu sein.«

Die Alte drehte sich um, betrachtete aufmerksam die Bäume, die hier standen, als suchte sie nach einem bestimmten. Dann schien sie gefunden zu haben, was sie suchte. Sie hob einen Finger, sagte laut »Aha«, wandte sich nach links, zählte laut zehn Schritte ab, wandte sich dann nach rechts, zählte noch einmal zehn Schritte ab und legte einen Stein auf diese Stelle. Dann bückte sie sich und wühlte in den Wurzeln eines Baumes, bis sie eine kleine, eiserne Schippe, wie sie die Abortkehrer benutzten, zu Tage förderte.

Sie nahm die Schippe und fing an zu graben.

»Gebt Acht, dass niemand kommt«, sagte sie, während die Erdbatzen links und rechts neben ihr aufflogen.

Zelda schaute sich aufmerksam um und lauschte in

die Nacht. Alles war still. Nicht einmal der Wind, der in Schottland fast immer als Brise vom nahen Meer herwehte, säuselte in den Bäumen. Nur aus der Ferne war das Schlagen einer Kirchturmuhr zu hören, die die dritte Stunde des Tages verkündete. Der Mond stand als silberne Scheibe am Himmel und sorgte dafür, dass man trotz der Dunkelheit recht gut sehen konnte.

Bald hatte die Alte ein in Ölpapier geschlagenes Paket an die Oberfläche befördert. Sie stand auf, schob mit den Füßen die ausgegrabene Erde nachlässig zurück in das Erdloch, dann wickelte sie das Päckchen aus und brachte ein Kleid und eine kleine Schatulle zum Vorschein.

Sie warf Zelda das Kleid zu. »Da, zieht es an. Und dann lassen wir besser die förmliche Anrede weg. Ich weiß zwar, dass es mir nicht zusteht, eine Lady zu duzen, aber wir würden wohl nicht glaubhaft Mutter und Tochter auf Reisen spielen können, täten wir es nicht. Ihr seid doch eine Lady?«

Zelda nickte, zog sich Beinkleider, Hemd und Wams aus und schlüpfte in das Kleid, das ihr viel zu weit, an den Armen aber zu kurz war.

Elizabeth zupfte ein wenig an ihr herum, doch besser wurde es dadurch nicht. »Nun, wir sehen aus, als wären wir arme Leute. Das ist gut so. Dann sieht man schon von weitem, dass es bei uns nichts zu stehlen gibt.«

Zelda nickte und lächelte Elizabeth dankbar an. »Woher wisst Ihr … nun, woher weißt du, dass ich eine Lady bin?«, fragte sie dann.

»Das ist nicht schwer zu erraten. Zum einen habe ich dir die Geschichte mit dem gestohlenen Pferd geglaubt. Wer ist schon so dumm und nimmt nur die Satteltaschen, lässt den Gaul aber, wo er ist? Zum anderen habe ich an deinen Händen erkannt, dass du keine schwere Arbeit verrichten musst. Und dann war da der Abdruck eines Ringes an deinem Finger. Nun, das Privileg, einen solchen Ring zu tragen, haben in Schottland nun einmal nur die Frauen der reichsten Kaufleute und die Adligen. Doch jetzt lass uns ein Stück gehen, ehe wir uns ein Nachtlager für die wenigen Stunden bis zur Morgendämmerung suchen. Vorher nenne mir bitte noch deinen Namen, denn Cedric heißt du ganz sicherlich nicht.«

»Zelda McLain«, erwiderte Zelda, erschrak im selben Augenblick und fasste nach ihrer Hand. Tatsächlich! Der Ring fehlte! Der Ring, der den Beweis ihrer gräflichen Würde darstellte, war verschwunden!

Doch jetzt war keine Zeit, um verlorene Dinge zu trauern. Sie musste nach Edinburgh, musste endlich Joan finden und sie sicher zurück nach Hause bringen.

Sie verließen das Waldstück und kamen bald auf eine Straße, in welche die Karren und Fuhrwerke, die täglich auf dem Weg in die Stadt waren, tiefe Rinnen gefurcht hatten.

Schweigend machten sie sich auf den Weg. Jede der beiden Frauen schien ihren eigenen Gedanken nachzuhängen und die Erlebnisse des vergangenen Tages zu bedenken.

Sie waren wohl an die zwei Stunden gelaufen, als sie an einen Weiher gerieten, der nahe neben der Straße lag.

»Wo ein Weiher ist, ist meist auch eine Hütte für die Fischer«, stellte Elizabeth fest. »Lass uns in diese Hütte gehen und dort ein wenig ausruhen. Es ist unnötig, dass wir unseren Häschern am helllichten Tag über den Weg laufen.«

Sie fanden eine Hütte, in der schon seit Jahren niemand mehr gewesen sein musste. Die Tür hing lose in den Angeln, die Fensterlöcher waren mit dichten Spinnweben übersät, Unrat lag auf dem Boden.

Sie stießen den Abfall mit den Füßen zur Seite, dann suchten sie sich eine halbwegs saubere und trockene Stelle, legten sich nieder und waren schon sehr bald eingeschlafen.

9. Kapitel

Beinahe gleichzeitig schraken die Frauen aus ihrem ohnehin nur leichten Schlaf.

Ein Donner hatte sie geweckt, ein Donner, der so laut war, als hätte der liebe Herrgott selbst die Trommel geschlagen. Gleich darauf folgte ein greller Blitz, der das ganze Elend der verlassenen Hütte in ein bizarres Licht mit kantigen Schatten tauchte.

Der Regen, der kurz darauf niederprasselte, erweckte in Zeldas Ohren ganz den Anschein, als wollte er eine zweite Sintflut hervorrufen. Besorgt sah sie zum Dach hinauf, das an manchen Stellen Lücken aufwies; dann faltete sie fromm wie ein Kind die Hände und betete.

»Lass den Unfug«, brummte die Wehmutter. »Ein Gewitter ist nichts Schlechtes. Die Felder brauchen Wasser, das weißt du besser als ich. Viel zu lange schon hat Trockenheit geherrscht. Du solltest dankbar sein für den Regen.«

Zelda ließ die Hände sinken. Elizabeth hatte Recht. Sie selbst wusste, dass auch die Felder und Weiden der McLains von Trockenheit bedroht waren.

Die Anstrengungen und Ängste der letzten Tage aber und die daraus folgende Erschöpfung ließen Zelda dieses Mal bedeutend ängstlicher sein als je zuvor. Es war kein Wunder, dass ihre Nerven blank lagen. Sie merkte selbst, dass sie zu zittern anfing.

»Komm her, Kindchen«, sagte Elizabeth und breitete die Arme aus. »Komm her, schmiege dich an mich und erzähle mir, wer du bist, woher du kommst und was du vorhast. Vor allem aber berichte, woher der traurige Glanz in deinen Augen rührt.«

Gehorsam schmiegte Zelda sich in Elizabeths Arme

und barg den Kopf an der Brust der Wehmutter. Jegliche Angst fiel von ihr ab, und sie fühlte sich so geborgen wie damals vor vielen, vielen Jahren, als ihre eigene Mutter noch lebte und ihr an langen, kalten Winterabenden im Schein des Kaminfeuers Geschichten erzählte.

Elizabeth strich Zelda sanft über die langen roten Locken. »Sprich dich aus, Kind. Es gibt für alle Probleme eine Lösung«, forderte sie, und ihre Stimme klang so freundlich und aufmunternd, dass Zelda zu erzählen begann.

Elizabeth unterbrach sie mit keinem Wort, erst, als sie von ihrer Begegnung mit Ian Laverty am Waldsee sprach und davon berichtete, wie sie im doppelten Wortsinn in eine Falle geraten war, klopfte ihr Elizabeth sanft auf die Schulter.

»Du bist ein tapferes Mädchen«, sagte die alte Frau, als Zelda geendet hatte. »Und du hast die Liebe kennen gelernt, wenn auch noch nicht in all ihrer Größe. Das ist mehr, als manchen Frauen im ganzen Leben geschenkt wird.«

»Ein Geschenk?«, fragte Zelda ungläubig. »Diese Liebe, so kurz sie auch währte, hat mir den größten Kummer und das größte Leid meines Lebens beschert. Es fällt mir schwer, dafür Dankbarkeit zu empfinden.«

»Das glaube ich dir gern, Zelda. Aber vergiss nicht, dass die meisten Menschen Liebe mit Glück gleichsetzen. Das aber ist nicht unbedingt so. Manche Menschen sind füreinander bestimmt, um miteinander unglücklich zu sein.«

»So wie Joan und Ian Laverty, falls ich Recht habe und die beiden sich wirklich lieben?«, fragte Zelda, noch immer ein wenig ungläubig.

»Ja, vielleicht.«

»Woran erkennt man die Liebe? Woher weiß man, dass der Mann, den man getroffen hat, der einzig Richtige ist?«, fragte sie.

Elizabeth strich ihr sanft über die Wange. »Hast du keine Mutter, die dir solche Fragen beantwortet hat?«, fragte sie leise.

Zelda schüttelte den Kopf. »Sie ist bald nach Joans Geburt gestorben. Ich erinnere mich nicht mehr an sie.«

Elizabeth seufzte. Dann fragte sie vorsichtig, wobei sie Zelda unter das Kinn fasste und ihren Kopf anhob, sodass das Mädchen der alten Frau in die Augen sehen musste: »Kann es möglich sein, dass du nur sehr wenig über die Liebe weißt? Ist es so, dass du nicht einmal ahnst, was genau in der Nacht zwischen Mann und Frau vor sich geht?«

Zelda versuchte, Elizabeths Blick auszuweichen, doch dann nickte sie stumm und spürte, wie die Scham ihr Gesicht rosig verfärbte. Sie hatte in der Scheune gesehen, was zwischen dem Mann und dem Schankmädchen geschehen war, doch sie wagte nicht, dies zuzugeben.

»Und du wirst bald heiraten, nicht wahr?«

Wieder nickte Zelda. »Ja, sobald ich meine Aufgabe in Edinburgh erfüllt und Joan wohlbehalten zurückgebracht habe, werde ich Allistair Kingsleys Frau werden.«

»Hm«, machte Elizabeth. Sie dachte eine Weile nach und fuhr dann entschlossen fort: »Nun, da ich dir für eine kurze Zeit die Mutter sein werde und dir überdies zum Dank für meine Befreiung aus dem Verlies verpflichtet bin, werde ich dir erzählen, was in der Nacht zwischen Mann und Frau geschieht. Möchtest du das?«

Zelda schluckte, doch dann erwiderte sie mutig: »Ich wäre dir sehr dankbar, wenn du mir alles erzählen würdest, was ich wissen muss.«

»Nun gut. Um es uns beiden etwas einfacher zu machen, werde ich dir einfach meine eigene Liebesgeschichte erzählen. Du kannst sie dir anhören und dir merken, was dir für dich selbst wichtig erscheint. Bist du bereit?«

Zelda nickte, kuschelte sich noch fester in die warmen, weichen Arme der Wehfrau, die in ihrem Leben schon alles gesehen zu haben schien, und schloss die Augen.

»Eines Tages«, begann Elizabeth, »ich war gerade siebzehn Jahre alt, fand in dem kleinen Dorf, aus dem ich stamme, ein Maitanz statt. Auch die Bewohner der umliegenden Dörfer kamen zu diesem Fest. Ich hatte mir hellgrüne Bänder ins Haar geflochten und trug ein dunkelgrünes Kleid. Es war das erste Mal, dass ich zu einem Tanz gehen durfte. Meine Mutter war Wehfrau wie ich, und ich habe ihr so manches Mal bei ihrer Arbeit zur Hand gehen müssen. Ich wusste also sehr gut, an welcher Stelle die Neugeborenen den Mutterleib verlassen, nicht aber, wie sie da hineingeraten.

Nun, die Stimmung war bald recht ausgelassen. Ich tanzte beinahe jeden Tanz, lachte und ließ mir die Scherzworte der Burschen gefallen. Einer aber war dabei, der sich abseits hielt. Er saß im Gras, kaute an einem Halm und sah mir beim Tanzen zu. Nicht einen Augenblick ließ er den Blick von mir, und manches Mal glaubte ich, in seinen Mundwinkeln ein leises Lächeln aufflackern zu sehen.

Als die Dämmerung das Fest beschirmte und die ersten Mägde sich mit den Knechten ins Heu machten, ging ich zu dem Burschen und setzte mich neben ihn ins Gras.

›Warum siehst du mich die ganze Zeit so an?‹, fragte ich.

›Weil du schön bist. Ich bewundere dich – dein Haar, das Strahlen deiner Augen und die Anmut, mit der du tanzt.‹

Noch nie zuvor hatte mir ein Mann solche Worte gesagt. Noch nie hatte mir überhaupt irgendjemand gesagt, dass ich schön bin. Und ich war es auch nicht. Mein Haar, das damals noch nicht ergraut war, hatte die Farbe von Asche. Meine Augen waren so gut wie die irgendeiner anderen, und mein Körper eher plump. Einzig meine Hände waren schlank und feingliedrig, wie geschaffen für den Beruf einer Wehmutter.

Ich sah den Burschen verwundert an, obgleich mir die Verlegenheit ins Gesicht geschrieben stand. Ich sah einen jungen Mann mit dunklem, fülligem Haar, das im Schein der Fackeln wie Ebenholz glänzte. Seine Augen erinnerten an blanke Kastanien, sein Mund war schön geschwungen. Der ganze Mann war wunderschön wie ein junger Gott, und ich fragte mich, wie ausgerechnet dieser Schönling Gefallen an einer wie mir finden konnte. Doch aus seinen Blicken sprachen weder Arg noch Lüge. Ich konnte in ihnen lesen wie in einem Buch. Ja, es hatte fast den Anschein, als könnte ich ihm bis auf den Grund seiner Seele blicken.

Wir saßen nebeneinander und unterhielten uns. Der Bursche berichtete von den Geschehnissen, die er auf seiner Wanderschaft als Schmiedegeselle erlebt hatte, und ich erzählte ihm im Gegenzug von meinem Leben. Die Zeit schien wie im Flug zu vergehen. Wir bemerkten nicht einmal, dass das Fest sich seinem Ende entgegenneigte und die meisten sich schon auf den Heimweg machten.

Irgendwann waren wir beide allein. Die Nacht war dunkelblau und samtig, der Wind streichelte über unsere Gesichter.

Der Bursche stand plötzlich auf und hielt mir seine Hand hin. ›Komm!‹, sagte er und zog mich hoch.

Ohne zu fragen, folgte ich ihm. Er führte mich in einen Heuschober, der noch vom letzten Herbst stehen geblieben und mit duftendem getrocknetem Gras gefüllt war.

Als er die ersten Schritte ging, sah ich, dass er hinkte.

›Was ist mit dir geschehen?‹, fragte ich neugierig.

›Nichts‹, erwiderte er und schüttelte so energisch den Kopf, dass ich nicht nachzufragen wagte.

Im Heuschober nahm er mein Gesicht zärtlich in seine Hände und sah mir tief in die Augen. ›Du gefällst mir‹, flüsterte er. ›Ich habe das Gefühl, dich schon ewig zu kennen.‹

Ich nickte. Mir erging es ebenso. Der Bursche, den ich nie zuvor gesehen hatte, war mir so vertraut, als hätte ich ihn vom ersten Tag meines Lebens an gekannt.

›Ich möchte dich gern zu meiner Frau nehmen‹, sagte er, und ich wunderte mich nicht einen einzigen Augenblick lang über diesen Satz, den man sich doch sonst erst sagt, wenn man sich schon etwas besser kennt.

Dann, noch immer mein Gesicht in seinen Händen bergend, beugte er sich zu mir herunter und legte seine weichen, warmen Lippen auf meine.

Ich war von der Zartheit seines Kusses so überrascht, dass ich die Augen schloss und die Berührung auskostete.

Seine Hände fuhren über meine Schultern, streichelten die Rundungen, glitten über das Mieder.

Er war der erste Mann, der mich geküsst hatte, der erste, der mich berührte. Ich hatte nicht die geringste Ahnung von der Liebe und staunte über meinen Körper, der instinktiv auf die Liebkosungen reagierte.

Ich spürte, wie sich die Spitzen meiner Brüste versteiften und gegen das Mieder drückten. Mein Leib presste sich wie von selbst gegen seinen Körper, bog sich seinen Händen entgegen.

Schon bald lagen wir im Heu. Der Bursche, er nannte sich übrigens Charles, ließ seine sanften Finger über meinen Bauch gleiten, dann öffnete er mein Mieder und schlug die Röcke meines Kleides nach oben.

Er streichelte die Innenseiten meiner Schenkel, und mit einem Mal schoss das Verlangen wie eine heiße Flamme in meinen Schoß. Ich wusste, dass wir im Begriff waren, eine Sünde zu begehen, wusste, dass ich meine Unschuld verlieren und zu einer entehrten Frau werden würde, hielt Charles nicht an seinem Eheversprechen fest.

Doch obwohl wir uns erst wenige Stunden kannten, wusste ich doch mit völliger Sicherheit, dass Charles der Mann war, nach dem ich immer gesucht hatte, mit dem ich den Rest meines Lebens verbringen wollte.

Mein Körper verlangte danach, sich ihm hinzugeben, und mein Verstand gab sein Einverständnis dazu.

Seine kundigen Finger versetzten mich in einen leidenschaftlichen Rausch. Wie von selbst öffneten sich meine Schenkel, bog sich mein Schoß seinen Fingern entgegen.

Behutsam strich er über meine Schamlippen und massierte mit der anderen Hand meinen Venushügel. Köstliche Gefühle durchströmten mich. Mein ganzer Körper prickelte, als liefen tausende von Ameisen darüber.

Ich hörte mich selbst stöhnen, warf den Kopf hin und her und verwandelte mich unter seinen Zärtlichkeiten in ein rasendes Weib, das nichts auf der Welt mehr begehrte, als von ihm geliebt zu werden.

Als er damit begann, die kleinen Schamlippen zu liebkosen, die sich am inneren Eingang zu meinem Schoß befinden, verlor ich vor Lust und Begehren beinahe den Verstand. Ich seufzte, stöhnte, mein Schoß schmiegte, nein, er presste sich gegen Charles, meine Schenkel öffneten sich so weit es überhaupt ging. Ich hatte den Kopf nach hinten gebogen, warf ihn hin und her, in seliger Raserei gefangen.

Ich dachte nicht, dass es noch eine Steigerung meiner Lust geben könnte, doch Charles begann damit, die kleine Knospe, den Sitz des Verlangens, sanft zu necken und zu massieren. Dann bewegte er seinen Finger kreisend darauf, und ich verging geradezu vor Begehren.

Ich wusste nicht, was ein Mann in seiner Schamkapsel verbirgt, hatte nur von den älteren Mägden erfahren, dass es erst dieser versteckten Männlichkeit, die sie Schaft nannten, gelingen sollte, eine Frau zur Erfüllung zu treiben.

Mit fliegenden Händen befreite ich nun diesen Schaft aus Charles' Beinkleidern. Prall und steif aufgerichtet stand er da.

Charles legte sich auf mich, küsste mich mit einer Leidenschaft, die die meine nur noch mehr anstachelte, dann stieß er seinen Schaft in meinen Schoß. Ein scharfer Schmerz schoss in mir hoch, Tränen traten mir in die Augen, doch Charles tröstete mich: »Es ist alles in Ordnung, Liebes, gleich vergeht der Schmerz. Gleich wird es noch schöner für dich.«

Zuerst ganz langsam, dann aber immer schneller bewegte er seinen Schaft in meinem Schoß, stieß ihn immer wieder tief in mein Inneres, sodass ich ganz und gar davon ausgefüllt war. Schon bald verging der Schmerz.

Die Lust glühte erneut in mir auf. Ich kam Charles' Bewegungen mit meinem Becken entgegen, passte mich seinem Rhythmus an, der immer schneller und schneller wurde, sodass ich vor Verlangen beinahe verging. Endlich trieb er mich auf den Gipfel der Lust. Vor meinen Augen tauchten orangerote Kreise auf, mein Leib schien in Flammen aufzugehen. Ich hörte, wie sich meine kleinen Lustschreie mit Charles' Stöhnen vermischten, und die Welt um mich herum versank in einem Feuerregen ...«

Elizabeth beendete ihre Erzählung und strich Zelda, die noch immer an ihre Brust geschmiegt lag, übers Haar.

»Es war sehr schön mit Charles. Bei ihm habe ich gelernt, was Liebe ist«, sagte sie schließlich.

Zelda schluckte. Elizabeths Bericht hatte sie erregt. Endlich wusste nun auch sie, was in der Nacht zwischen Männern und Frauen genau geschah. Das Liebespaar, das sie in der Scheune beobachtete hatte, hatte sich im Schutz der Dunkelheit der Lust hingegeben. Zelda hatte zwar die Hände des Mannes am Schoß der Frau gesehen, doch hatte sie mehr geahnt als gewusst, was genau seine Finger dort taten. Der Gedanke aber, diese Handlung mit Allistair Kingsley begehen zu müssen, kühlte ihr erhitztes Blut.

Wenn sie dagegen an Ian Laverty dachte, begann ihr Herz schneller zu schlagen, und sie fühlte Hitze in ihrem Schoß aufsteigen. Sie schluckte noch einmal, um ihre Erregung vor Elizabeth zu verbergen.

»Was ist aus dir und Charles geworden? Hat er sein Versprechen gehalten und dich geheiratet? Und welche Verletzung hatte er sich zugezogen, dass er hinken musste?«, fragte sie.

Elizabeth seufzte. »Ja, Charles hat sein Versprechen gehalten. Bereits am nächsten Tag hielt er bei meinem Vater um meine Hand an. Doch der war gegen eine Verbindung mit Charles.«

»Warum?«, fragte Zelda und richtete sich auf, um Elizabeth ins Gesicht sehen zu können.

Die Augen der alten Frau waren verschattet. Obwohl die Geschichte schon sehr lange zurückliegen musste, spürte Zelda deutlich, dass Elizabeth noch immer traurig war.

»Wie ging es weiter?«, fragte sie, gespannt auf den Fortgang der Geschichte.

»Charles war ein Schlitzohr. Deshalb verbot mein Vater uns die Heirat.«

»Ein Schlitzohr?«

»Ja. Weißt du nicht, was das ist?«

Zelda schüttelte den Kopf. »Wir leben recht abgeschieden in den Highlands. Nur selten verirren sich Fremde zu uns. Dinge, die für Euch Städter an der Tagesordnung stehen, kennen wir noch nicht einmal vom Hörensagen.«

»Nun, du weißt aber, dass Handwerksgesellen auf Wanderschaft gehen, nicht wahr?«

»Ja«, erwiderte Zelda. »Doch selbst Handwerker gibt es bei uns nicht viele. Und die, die wir haben, vererben ihre Werkstätten an ihre Söhne. Keiner hat Zeit, zwischendurch auf Wanderschaft zu gehen.«

»Bevor ein Geselle jedoch auf Wanderschaft geht, setzt er seine gesamte Barschaft in Gold um und lässt sich einen goldenen Ring für das Ohr fertigen. Auf diese Weise kann er sicher sein, dass er stets seine gesamte Habe am Leibe trägt, er sie nicht verlieren kann und auch nicht bestohlen wird. Die Barschaft aber muss er mitnehmen, falls er auf Wanderschaft in Bedrängnis gerät. Stirbt er unterwegs, so findet sich in den Kirchen und Klöstern oftmals eine mitfühlende Seele, die von dem Erlös aus dem goldenen Ohrring ein anständiges Begräbnis bezahlt und die Totenmesse lesen lässt.«

»Gut. Was aber ist nun ein Schlitzohr?«, fragte Zelda, die sich Elizabeths Ausflug in die Gebräuche des Handwerks kaum erklären konnte.

»Nun, manchmal kommt es vor, dass ein wandernder Handwerksgeselle nicht von reinem Charakter ist. Einige bezahlen ihre Herbergskosten nicht, andere bestehlen ihre Meister. Wird ein Geselle bei solch einem Vergehen erwischt, so wird ihm zur Strafe der goldene Ohrring aus dem Ohrläppchen gezogen, sodass dieses am unteren Ende geschlitzt ist. Ein Schlitzohr ist also ein wandernder Handwerksbursche, der bei Unredlichkeiten ertappt worden ist.

Er wird nirgends mehr Arbeit finden, denn jeder Handwerker im ganzen Königreich sieht einem Gesellen zuerst auf das Ohrläppchen.«

»Und Charles war ein Schlitzohr, und deshalb wollte dein Vater ihn nicht im Hause haben?«

»Genauso war es«, bestätigte Elizabeth.

»Was hatte er getan?«, fragte Zelda.

Elizabeth zuckte mit den Achseln. »Charles war ein Schmiedegeselle. Er kam hinzu, als der Meister den Lehrbuben mit dem schweren Eisenhammer erschlagen wollte. Der Kleine lag bereits blutend am Boden, doch der Meister war so voller Jähzorn, dass er sich durch nichts besänftigen ließ. Charles riss ihm den Hammer aus der Hand, um den Kleinen zu schützen. Doch das ließ sich der Meister nicht so ohne weiteres gefallen. Mit beiden Fäusten ging er auf Charles los und schlug ihm so heftig gegen die Brust, dass er ins Taumeln geriet und mit einem Bein ins Schmiedefeuer trat. Sofort schossen die Flammen an ihm hoch und verbrannten das Fleisch an seinem Bein. Deshalb hinkte er.« Elizabeth hielt inne, ihre Gedanken verloren sich in der Vergangenheit. Schließlich fuhr sie fort.

»Als der Meister sah, was er angerichtet hatte, rannte er blindlings aus der Werkstatt, ohne sich um die beiden Verletzten zu kümmern. Die alte Magd kam herbei, half dem Jungen und holte Lappen mit essigsaurer Tonerde für Charles' Bein. Unterdessen war der Meister in die Schmiedewirtschaft gerannt und hatte den anderen Schmieden von dem Unglück berichtet.

Er war durch seinen Jähzorn in eine schlimme Lage geraten. Zeigten ihn der Lehrbube und der Geselle an, so musste der Schmiedemeister sein Lebtag lang für ihren Unterhalt sorgen. Das wollte er natürlich auf gar keinen Fall, und so schmiedete er mit den anderen einen Plan.

In der Nacht, als Charles und der Lehrbub tief und fest vor Erschöpfung schliefen, schlich er sich in deren Kammer und deponierte dort einige silberne Gegenstände, die einen beträchtlichen Wert darstellten.

Als die beiden am nächsten Morgen erwachten, standen schon die Männer des Coroners in der Kammer und bezichtigten sie des heimtückischen Diebstahls. Niemand glaubte ihnen, dass sie zu Unrecht beschuldigt wurden, zumal die anderen Silberschmiede für ihren Handwerksmeisterkumpan ein gutes Leumundszeugnis ablegten. Es geschah, was immer geschieht, wenn ein Armer mit einem Reichen in einen Streit gerät: Der Reiche gewinnt. Das ist wie ein Gesetz.

Der Lehrbub erhielt zwanzig Stockschläge und zwei Wochen Arrest im Kerker, ehe er mit Schimpf und Schande davongejagt wurde.

Charles wurde der goldene Ring aus dem Ohr gezogen und zur Strafe das ohnehin verbrannte Bein noch zusätzlich gebrochen, ehe man auch ihn aus der Stadt jagte.

Seither war er ein Gezeichneter, der sich oftmals nur von den Beeren im Wald ernährte, weil er aufgrund des Schlitzohres keine neue Anstellung fand.« Elizabeth seufzte.

Und aus diesem Grund wollte mein Vater mich ihm nicht zum Weibe geben.«

»Und du? Was hast du gemacht, Elizabeth?«

Die alte Frau lachte leise. »Was sollte ich tun? Ich liebte Charles. In seinen Augen konnte ich seine Seele sehen und wusste daher, dass er die Wahrheit sprach. Weißt du, Zelda, die Dinge sind nicht immer so, wie sie sich uns auf den ersten Blick darstellen. Für alles gibt es Gründe.

Ich floh mit Charles, weil ich mir ein Leben ohne ihn nicht vorstellen konnte. Eher wollte ich hungern, als ohne ihn sein zu müssen. Wir flohen in der Nacht. Niemand sah uns, niemand suchte nach uns. Durch halb Schottland ging unsere Flucht. Bis hierher nach Bluecastle.

Ich hatte Glück und kam bei einer Wehfrau unter, sodass ich für Charles und mich sorgen konnte. Später, als die Wehfrau zu alt war, übernahm ich die gesamte Arbeit. Doch Charles hat wohl nie verwinden können, dass er als Schlitzohr gebrandmarkt war. Er war ein geschickter Silberschmied, aber die Schmiede in Bluecastle beschäftigten ihn immer nur für eine Zeit und wenn, dann heimlich.

Er starb nach zehn gemeinsamen Jahren.«

»Du liebst ihn noch immer, nicht wahr, Elizabeth?«

»Ja, das tue ich. Charles ist der Mann meines Lebens. Niemand auf der ganzen Welt kann ihn ersetzen.«

Eine kleine Weile schwiegen die beiden Frauen. Jede hing ihren eigenen Gedanken nach. Elizabeth erinnerte sich an früher, an ihre glücklichsten zehn Jahre mit Charles.

Und Zelda? Zelda dachte an Ian. Vielleicht war Joan tatsächlich mit ihm geflohen, weil ein Leben ohne ihn kein Leben für sie wäre.

Aber im Grunde glaubte Zelda nicht daran. Auch sie hatte das Gefühl gehabt, auf den Grund von Ians Seele blicken zu können. Sie hatte Liebe darin gesehen, eine tiefe, wenngleich auch noch sehr junge Liebe. Nein, sie konnte sich nicht getäuscht haben. Ob es möglich war, dass er aus Not zum Mädchenräuber geworden war? Konnte es sein, dass nicht die Habgier ihn getrieben hatte, sondern die pure Verzweiflung?

Zelda wünschte sich von ganzem Herzen, dass es sich so verhielt. Aber sie würde es niemals herausbekommen, wenn sie nicht bald in Edinburgh landete.

»Du hast mir die Geschichte deiner Liebe wegen Ian erzählt, nicht wahr?«, fragte Zelda.

Elizabeth nickte. »Verurteile ihn erst, wenn du mit ihm gesprochen hast. Dein Herz sagt Ja zu ihm. Noch immer. Deshalb habe ich dir diese Geschichte erzählt. Sieh immer hinter die Dinge, Zelda. Glaube niemals dem ersten Anschein.«

Zelda nickte. »Ich muss nach Edinburgh. So schnell es geht.«

Elizabeth stand auf und sah aus der zerbrochenen Fensterluke.

»Es dämmert gerade. Lass uns noch eine kleine Weile warten, ehe wir losgehen. Gewiss sucht man nach uns. Wir müssen die großen Straßen meiden. Die Häscher werden noch immer unterwegs sein.«

»Ich habe Hunger«, klagte Zelda und legte die Hand auf ihren Bauch, in dem es mächtig rumorte. »Seit zwei Tagen habe ich nichts mehr gegessen. Mir ist schon ganz schlecht. Ich weiß nicht, wie lange ich es noch aushalte, ohne eine richtige Mahlzeit zu mir zu nehmen.«

Elizabeth nickte. »Ich weiß. Du bist das Hungern nicht gewöhnt. Wir werden im Wald nach Beeren suchen.«

Im Schutz der Dämmerung verließen sie die Fischerhütte und liefen ein Stück in den Wald hinein. Es dauerte gar nicht lange, da hatte Elizabeth bereits eine Stelle auf einer Lichtung entdeckt, auf der köstliche Walderdbeeren wuchsen. Die beiden Frauen knieten sich auf den Boden. Mit beiden Händen riss Zelda an den Früchten. Sie stopfte sie gierig in den Mund, nahm sich kaum die Zeit zum Kauen, sondern schlang eine Erdbeere nach der anderen hinunter.

Und obwohl sie so hastig aß, schien es ihr, als hätte sie niemals etwas Köstlicheres gegessen.

Ein Stückchen weiter floss ein Bächlein, aus dem die Frauen tranken und sich den Kerkermief vom Leib wuschen.

Derart erfrischt und gestärkt, machten sie sich im Schutz der Bäume und abseits der Straße auf den Weg nach Edinburgh.

10. Kapitel

Sie liefen, bis ihnen die Füße brannten. Gegen Abend waren sie völlig erschöpft, denn die Flucht war anstrengend gewesen und der kurze Schlaf in der Fischerhütte nur ein leichter, aus dem sie beide immer wieder erwacht waren.

Die Straße lag verlassen. Kein Mensch, kein Fuhrwerk, kein Pferd waren zu sehen. Auch der Wald lag still und verträumt im Schein des silbernen Mondes, der den schmalen Pfad, den Elizabeth und Zelda gewählt hatten, spärlich beleuchtete.

»Die Häscher haben die Suche eingestellt«, vermutete Zelda.

»Ja«, erwiderte Elizabeth. »Sie haben deine Satteltaschen als Pfand. Das wird ihnen wohl zunächst ausreichen.«

»Ob wir es wagen sollten, in einer Herberge um ein Nachtlager und eine Schüssel Graupen zu bitten?«, fragte Zelda.

»Das wäre wohl das Beste. Wir müssen ausgeruht und gestärkt sein, um bis zu den Stadttoren von Edinburgh zu gelangen.«

Im Schutz der Bäume tasteten sie sich zur Straße vor, und tatsächlich: In der Ferne blinkte ein Licht. Das eiserne Wirtshausschild klapperte im Wind.

Der alte Wirt stand hinter einer einfachen Holztheke und wischte mit einem dreckigen Lappen ein paar Becher aus.

»Gott zum Gruße, guter Mann«, wünschte Elizabeth, als sie die Herberge betraten.

»Gott zum Gruße«, knurrte der Wirt.

»Habt Ihr ein Nachtlager und eine Schüssel Grütze

für uns? Dazu einen Kanten Brot und einen Becher Wasser«, bat Elizabeth.

»Hmmm«, knurrte der Wirt und sah die beiden missmutig an.

»Das Feuer ist längst aus. Habe nicht mehr mit so späten Gästen gerechnet.«

Er betrachtete die ärmliche Kleidung der beiden, dann rieb er Daumen und Zeigefinger aneinander. »Könnt Ihr auch zahlen?«

Zelda wollte sogleich empört aufbegehren und den Mann zur Rechenschaft für diese Beleidigung ziehen, doch Elizabeth legte ihr beruhigend eine Hand auf den Arm. Dann fingerte sie an ihrer Rocktasche herum, holte ein Geldstück hervor und warf es vor den Wirt auf die Holztheke.

»Reicht das?«, fragte sie und sah dem Mann direkt in die Augen. »Oder bringt Ihr es über Euch, eine arme alte Frau und ihre Tochter bei Nacht wie Hunde vor die Tür zu jagen?«

Der Wirt schaute noch immer misstrauisch, doch dann nahm er flink das Geldstück an sich, biss darauf, steckte es befriedigt in die Geldkatze, die er am Gürtel trug, und wies mit einer Handbewegung zu einem der Tische.

»Ihr könnt in der Scheune schlafen. Für eine Kammer mit einem ordentlichen Bett reicht Euer Geld nicht aus. Ich werde sehen, ob ich noch etwas Brot und Käse finde. Einen Becher Milch werde ich auch noch haben. Setzt Euch, ich komme gleich.«

Darauf drehte er sich um und verschwand hinter einer Tür, hinter der die beiden Frauen die Küche vermuteten. Dankbar ließen sich die beiden Frauen auf die Bank sinken. Es dauerte gar nicht lange, da kam er wieder, knallte eine Schüssel mit kalter Hafergrütze auf den Tisch und dazu ein einfaches Holzbrett, auf dem ein Kanten Brot lag, das an einer Ecke schon ein wenig angeschimmelt war, sowie ein trockenes Stück Käse.

Er verschwand erneut und schleppte dann zwei Becher herbei, die tatsächlich mit Milch gefüllt waren.

Hungrig griffen die Frauen zu, löffelten die Grütze mit dem erstarrten Fett am Rand, bissen in das Brot und mümmelten sogar die vertrockneten Käseecken, bis nicht ein einziges Krümmelchen mehr übrig war.

Sie waren gerade fertig, als sie plötzlich Lärm vor der Tür hörten.

Zwei Reiter mussten es sein, die da ihre Pferde an den Pfahl vor dem Wirtshaus banden. Wenig später polterten sie auch schon zur Tür herein.

»He, Wirt«, riefen sie und sahen sich im Schankraum um. Als sie bemerkten, dass außer den beiden Frauen niemand anwesend war, nickten sie Zelda und Elizabeth einen Gruß zu, warfen die Mützen auf den Tisch und ließen sich auf die abgesessenen Holzbänke fallen.

Plötzlich ganz diensteifrig, eilte der Wirt herbei. »Was wünschen die Herren?«, fragte er beflissen. »Ich habe geschlachtet. Ein gutes Schwein, ein fettes Schwein. Der Schinken ist frisch geräuchert und wird Euch bestimmt munden. Meine Frau hat Brot gebacken. Ganz frisch ist es und duftend. Dazu ein Stück vom besten Käse und ein Krug würziges Ale?«

»Bring her, was du hast«, bestimmte einer der Reiter, der an seiner Kleidung als Gehilfe eines Coroners zu erkennen war.

Zelda und Elizabeth hielten den Atem an und machten sich so klein wie möglich auf ihrer Bank.

»Wir suchen uns besser jetzt einen Platz in der Scheune«, flüsterte Elizabeth, und Zelda nickte.

Die Frauen standen auf und wollten sich davonmachen, als die Stimme des einen Reiters sie zurückhielten.

»He, da, Ihr Weibsleute. Woher kommt Ihr?«

»Oh, guter Mann. Von weit her kommen wir. Aus Aberdeen. Seit vielen Tagen schon sind wir unterwegs.«

»Und wohin?«, fragte er streng.

»Zur Taufe meiner Schwestertochter. Sie lebt nicht weit hinter Edinburgh in einem kleinen Weiler. Der Schwagerbruder ist kürzlich verwitwet, lebt nun allein mit zwei kleinen Kindern. Nun wollen wir sehen, ob meine Tochter nicht die richtige Ehefrau für ihn ist.«

Der Reiter winkte gelangweilt ab. Die Geschichte der beiden Weiber interessierte ihn nicht.

»Habt Ihr wen getroffen auf Euerm Weg?«, fragte er.

»Aber sicher, Sir«, erwiderte Elizabeth leutselig. »Einen Mönch trafen wir, der auf der Suche nach einer Reliquie für sein Kloster war. Auch einem Gerber sind wir begegnet. Kurz hinter Bluecastle muss das gewesen sein. Sein Fuhrwerk war voller gegerbter Felle. Es stank zum Himmel, kann ich Euch sagen. Zwei Gesellen auf der Wanderschaft begegneten uns gegen Mittag. Sie waren unterwegs, einen neuen Meister zu suchen. Und dann ...«

»Ist gut, Weib. Das reicht. Behaltet Eure Geschichte für Euch. Wissen will ich nur, ob Euch ein junger Lord mit weibischem Gesicht und ein altes Weib, so eines, wie Ihr es seid, begegnet sind.«

Zelda zuckte zusammen und machte sich hinter Elizabeths Rücken ganz klein. Doch der alten Wehfrau schienen die Fragen nichts auszumachen.

»Wie sahen sie aus, das alte Weib und der junge Lord?«, wollte sie wissen.

»Wie schon?! Wie solche Leute halt aussehen. Ein braunes Kleid trug die Alte, so ähnlich geschnitten wie das Eurer Tochter. Der Mann hatte ein weißes Hemd an. Feines Leinen, aber darüber ein Wams, das seine besten Tage schon hinter sich hatte. Grün war es, das Wams. Und die Hose sah aus wie die eines Stallknechtes. Nur die Stiefel waren aus feinem weichem Leder. Habt Ihr sie gesehen?«

»Lasst mich überlegen«, erwiderte Elizabeth und legte den Zeigefinger an ihr Kinn, um das Nachdenken zu untersteichen.

»Was wollt Ihr von ihnen? Warum sucht Ihr sie?«, fragte sie mit unschuldiger Neugier.

»Schwerverbrecher sind das. Geflohen aus dem Verlies zu Bluecastle.« Er schlug sich vor die Brust. »Wir sind die Männer des Coroners und angehalten, die Halunken zu suchen, damit der Henker sie am Stadtgalgen aufknüpfen kann.«

»Oh, oh, die Welt ist schlecht. Es wimmelt nur so von Gaunern und Halunken«, zeterte Elizabeth.

Sie legte den Zeigefinger erneut unter das Kinn und sah mit zusammengekniffenen Augen in die Ferne.

»Wartet!«, sagte sie plötzlich. »Ich glaube, wir haben diese Verbrecher tatsächlich gesehen.«

Der Körper des Coronergehilfen spannte sich.

»Wo?«

»Lasst mich nachdenken. Eine alte Frau wie ich braucht etwas Zeit, um sich zu erinnern.«

»Macht schon, sage ich. Spannt uns nicht auf die Folter. Und wisset: Wenn Ihr mir Lügen auftischen wollt, so werdet auch Ihr bestraft werden. Jeder, der einem Verbrecher hilft, ist selbst einer und muss sich vor der Gerichtsbarkeit verantworten.«

»Ja, ja. Ich weiß. Aber wie soll ich mich erinnern, wenn Ihr mich dauernd unterbrecht? Haltet kurz den Mund, dann wird es mir schon einfallen.«

Der Wirt brachte die Speisen und sorgte somit dafür, dass Elizabeth tatsächlich eine kleine Verschnaufpause erhielt.

Zelda stieß ihr von hinten leicht gegen den Rücken. »Komm, lass uns von hier verschwinden«, raunte sie der Wehfrau ins Ohr. Ihre Stimme zitterte leicht dabei.

Doch Elizabeth schüttelte unmerklich den Kopf. Sie wartete, bis der Wirt den Reitern ihr Mahl serviert hatte, dann sagte sie: »Ich glaube, jetzt erinnere ich mich wieder. Wir sahen sie wenige Meilen vor Bluecastle. Sie folgten der Straße in Richtung Dundee. Eine Alte im braunen Kleid, nicht wahr? Mit verschlagenem Blick? Ist es nicht so? Und der Lord sah einem Vagabunden ähnlicher als einem anständigen Mann. Trug er nicht ein Barett auf dem Kopf? Doch, jetzt, wo Ihr es sagt, erinnere ich mich. Ja, ja, kurz vor Bluecastle in Richtung Dundee sahen wir sie. Sie hatten ein böses Funkeln in den Augen, und bei ihrem Anblick lief es mir sogleich kalt den Rücken herunter. Oh, man sah ihnen ihre Schlechtigkeit schon von weitem an. ›Schau‹, habe ich zu meiner Tochter hier gesagt. ›Schau, so sehen Menschen aus, die Böses im Schilde führen. Was haben sie wohl getan, die beiden Halunken?‹«

Elizabeth trat ganz nah an den Tisch der beiden Männer heran und stützte sogar die Arme auf die abgewetzte, aber sauber gescheuerte Platte. Sensationslüstern beugte sie sich nach vorn.

»Guter Mann, sagt es mir. Schließlich waren wir ihnen für einen Augenblick so nahe, dass wir selbst in Gefahr waren. Ich bewundere Euch für Euren Mut, solche gefährlichen Verbrecher zu fangen. Habt Ihr nicht Angst um Euer Leben dabei?«

»Halt den Mund, Alte, und lass uns essen«, sagte derjenige der Reiter, der bisher geschwiegen hatte.

Doch der andere fühlte sich in seiner wichtigen Rolle als Verbrechensjäger überaus wohl. Die Neugier der Alten schmeichelte ihm.

»Ein Kind hat die Alte getötet. Zeugen haben es bestätigt. Eine Magd hat ausgesagt, dass die Alte dem Kind bei der Geburt einen Strick um den Hals gelegt und zugezogen hätte. Gezogen, so kräftig sie nur konnte. Ganz blau sei das Kind gewesen, die Magd hat es mit eigenen Augen gesehen.«

»Oh!«, machte Elizabeth und schlug sich die Hand vor den Mund. »Ist die Alte eine Wehfrau, eine Kräuterhexe gar?«

»Wehfrau, ja, das ist sie.«

»Und der junge Lord? Hatte er Schulden beim Spiel?«

»Nun, wenn Ihr mich fragt, so war er kein Lord. Lügner und Betrüger passt da schon eher. Einem redlichen Bürger hat er die Satteltaschen vom Pferd gestohlen.«

»Während der brave Mann auf dem Gaul saß?«, fragte Elizabeth dümmlich und machte große Augen. »Wie konnte so etwas nur geschehen?«

»Ihr seid ein dummes Weib ohne Verstand«, schimpfte der Wichtige. »Jetzt macht Euch davon und stört uns nicht länger beim Essen.«

Eilfertig stand Elizabeth auf, grüßte höflich, dann ging sie mit kleinen Trippelschritten aus der Wirtsstube, und Zelda folgte ihr auf den Fuß.

In der Scheune fanden sie einen Platz, der trocken und warm war. Erst, als sie sich zum Schlafen niedergelegt hatten, fragte Zelda: »Was machen wir nun?«

»Nichts«, sagte Elizabeth. »Wir legen uns hin und schlafen, und im Morgengrauen machen wir uns auf den Weg nach Edinburgh.«

»Und die Häscher? Du hast sie in die falsche Richtung geschickt, nicht wahr?«

Elizabeth nickte: »Uns halten sie für ein wenig dümmlich. Ich glaube, sie würden uns nicht einmal verhaften, wenn wir behaupteten, die Gesuchten zu sein.«

Die Frauen lachten leise.

Nach einer ganzen Weile des Schweigens sagte Zelda mit vom Schlaf schwerer Stimme: »Ich bin froh, dass ich dich getroffen habe, Elizabeth.«

»Auch ich bin froh, dich zu kennen«, erwiderte die Wehmutter. »Doch nun lass uns schlafen.«

Am nächsten Morgen machten sie sich bei Tagesanbruch auf den Weg. Die Luft war noch kühl und klar, am Wegrain glitzerten Tautropfen im jungen Gras.

Die Vögel sangen und begrüßten jubelnd den neuen Tag.

Hinter den Hügeln, die wie Perlen an einer Schnur nebeneinander aufgereiht am Horizont zu sehen waren, stieg die Sonne als glutroter Feuerball aus ihrem Bett und strebte dem Himmel zu.

Zelda und Elizabeth schritten leichtfüßig einher. Sie waren gut erholt. Im Wirtshaus hatten sie sich mit warmer Hafergrütze gestärkt, den beiden Reitern des Coroners von Bluecastle noch einen schönen Tag und viel Erfolg bei der Suche nach den beiden Haderlumpen gewünscht und waren aufgebrochen, um der Straße in Richtung Edinburgh zu folgen.

Auf ihrem Weg freuten sie sich an der Schönheit der schottischen Landschaft. An die Hänge der begrünten Hügel schmiegten sich kleine Dörfer, die Weiden waren fett, das Vieh stand gut im Futter. Es roch nach frischem Gras, nach Erde und – ja, einfach nach Heimat.

Als die Sonne gegen Mittag ihren höchsten Stand erreicht hatte, war die Hitze so drückend geworden, dass Elizabeth und Zelda jeder Schritt schwer fiel. Ihre Hände und Füße waren geschwollen, der Durst klebte in ihren Kehlen, die Kleidung war staubig, das Haar fing in schweißfeuchten Strähnen um ihre Köpfe.

Hatten sie zu Beginn ihres Weges noch gehofft, ein Fuhrwerk zu treffen, das sie ein Stück mitnehmen konnte, so sahen sie jetzt ein, dass diese Hoffnung vergebens war. Nur Reiter kreuzten ihren Weg, Wanderburschen und ein paar Bauern, die jedoch nur kurze Wegstrecken zurücklegten und keinerlei Interesse daran hatten, die beiden Frauen mitzunehmen.

Erschöpft ließ sich Zelda unter einen Baum am Wegrand fallen. Sie lehnte sich mit dem Rücken an den kühlen Stamm, schloss die Augen und fragte Elizabeth, die neben ihr wie ein reifer Apfel zu Boden geplumpst war: »Wie weit ist es denn noch bis Edinburgh?«

Elizabeth überlegte einen Moment, bevor sie antwortete: »Vier Tagesmärsche, wenn wir straff gehen und nur wenige Pausen machen. Finden wir allerdings jemanden, der uns mitnimmt, so könnten wir bereits morgen in Edinburgh sein.«

Ohne große Hoffnung öffnete Zelda die Augen und blickte zur Straße, in die Richtung, aus der sie gekommen waren. Plötzlich meinte sie ein Geräusch wie von einem Fuhrwerk zu hören. Und tatsächlich: Hinter einer Wegbiegung tauchte eines auf!

Sofort rappelte Zelda sich auf, wartete am Wegrand

und winkte dem Mann, der das Fuhrwerk lenkte, das von zwei Pferden gezogen wurde.

»He, guter Mann!«, rief sie, als das Fuhrwerk an ihr vorbeirumpelte. »Wartet einen Augenblick. Wir möchten nach Edinburgh und wollten fragen, ob Ihr uns nicht ein Stück des Weges mitnehmen könntet.«

Der Mann zügelte die Pferde, das Fuhrwerk kam zum Stehen.

»An mir soll es nicht liegen«, sagte er, und seine helle, beinahe piepsige Stimme stand in starkem Kontrast zu seinem wettergegerbten Gesicht und den breiten Schultern, die den Anschein erweckten, der Mann könne gut einen Kampf mit einem Ochsen aufnehmen.

»Steigt auf, wenn Ihr Euch traut.«

Er grinste und sah die beiden Frauen ein wenig spöttisch an.

Elizabeth und Zelda schnappten sich ihre kargen Bündel und kletterten auf das Fuhrwerk.

Es war voll geladen und von Myriaden von Fliegen umschwirrt, doch die Ladung selbst verbarg sich unter einer Plane.

»Was transportiert Ihr da?«, wollte Zelda wissen, doch der Mann lachte nur meckernd.

»Wirst es noch früh genug merken und anfangen zu schreien«, sagte er, knallte mit der Peitsche, und das Fuhrwerk setzte sich in Bewegung.

Elizabeth und Zelda suchten sich einen Platz auf einem kleinen Stück der Ladefläche, das frei und nicht von der Plane bedeckt war.

Mit beiden Händen verscheuchten sie die Fliegen, die wirklich überaus lästig waren, aber es war immer noch besser, als weiterhin zu Fuß zu gehen.

Sie waren noch nicht weit gefahren und der Baum,

unter dem sie Rast gemacht hatten, gerade erst hinter einer Wegbiegung verschwunden, als das Fuhrwerk in ein Schlagloch geriet und ein wenig schwankte, sodass die Ladung verrutschte und gegen Zeldas Arm stieß.

Sie stieß einen Schrei aus, der so ohrenbetäubend war, dass die Pferde zu scheuen begannen, sich aufbäumten und die Ladung dadurch noch mehr ins Wanken brachten.

Auch Elizabeth hatte die Augen vor Entsetzen weit aufgerissen, doch ihr Schrei blieb in der Kehle stecken.

Unter der Plane verbargen sich Kadaver: rote Hunde mit verdrehten Gliedern, Katzen mit gebrochenem Genick, Hühner, den man die Köpfe abgeschlagen hatte, unzählige Ratten und sogar zwei Leichen, die von einem Galgen abgenommen worden waren und den Strick noch um den Hals trugen.

Zeldas Schrei verklang, doch das Echo hallte nach, auch in den Seelen der Frauen. Der Mann lachte.

»Hab ich nicht gesagt, Ihr werdet schreien? Und nun? Wollt Ihr absteigen? Gehört auch Ihr zu den abergläubischen Weibsbildern, die denken, wenn einer mit einem Toten in Berührung kommt, dann gehen alle Eigenschaften des Toten auf ihn über?«

Wieder lachte er keckernd.

Zelda schluckte. Sie brachte vor Entsetzen kein Wort hervor. Ja, sie kannte den Aberglauben. Alle in ihrem Manor und den umliegenden Gebieten kannten ihn. Berühre niemals einen Toten, den du nicht kennst, sonst übertragen sich alle schlechten Eigenschaften seiner Seele auf die deine. Wie oft hatten die Mägde und Ammen darüber gesprochen. Oh, Zelda erinnerte sich noch gut an den Tag, an dem eine der Mägde heulend und zitternd nach Hause gekommen war.

Sie war auf dem Friedhof gewesen, um das Grab ihrer Mutter zu pflegen, so, wie es sich gehörte.

Der Henkersknecht war gerade dabei gewesen, einen Landstreicher zu verscharren, den man tot im Wald gefunden hatte. Genau in dem Augenblick, als er die Leiche von seinem Karren schubste, ging die Magd an ihm vorbei. Die Hand des Toten griff nach ihr, verhakte sich in ihrem Rock, der Tote fiel in die Grube, doch die Hand hing am Rock der Magd fest. Erst der Henkersknecht hatte die schreiende Frau schließlich befreit.

Von diesem Tag an hatte sie sich verändert. Die Seele des toten Landstreichers war in sie geschlüpft. Wortkarg war sie geworden, und das Lachen der einstmals so fröhlichen Frau erstorben.

Am Schluss war sie ins Wasser gegangen.

Die Köchin hatte zu berichten gewusst, dass sie ein Kind unter dem Herzen getragen hatte und deshalb sterben wollte, doch die alten Weiber im Dorf hatten es besser gewusst: Die Magd war ins Wasser gegangen, weil die Seele des Toten es ihr befohlen hatte.

Und jetzt saß Zelda selbst inmitten von Kadavern. Der nackte Fuß eines der Gehängten war gegen ihren Stiefel gestoßen.

Was war, wenn die Alten Recht hatten und die schlechten Eigenschaften des Gehängten durch das Stiefelleder und hinein in ihre Seele gelangten?

Zelda schluckte und suchte mühsam nach Worten. »Weshalb ist der da gehängt worden?«, fragte sie. Ihre Stimme klang rau und zitterte.

Der Mann zuckte mit den Achseln. »Weiß Gott, was sich der arme Teufel hat zu Schulden kommen lassen? Am Galgen landet man schneller, als man gucken kann.«

Er drehte sich um und sah in Zeldas kalkweißes Gesicht. Sein Grinsen erstarb beim Anblick der entsetzten Frauen.

»Nun mal langsam«, brummte er. »Lasst Euch nicht von den Albernheiten der alten Weiber ins Bockshorn jagen. Ihr braucht Euch nicht zu fürchten. Ich habe schon mehr Leichen berührt, als ich zählen kann. Mörder waren darunter, Gotteslästerer und Unzüchtige aller Art. Stimmte der Aberglaube, so müsste ich nun mit lästerlichen Reden Unzucht treiben und anschließend meine Opfer ermorden. Aber das habe ich nie getan und werde es auch nicht tun.«

Er lachte wieder. »Stellt Euch nur vor, wie viele Menschen es danach verlangt, einen toten König zu berühren. Hat man jemals gehört, dass diese danach selbst Könige wurden?«

Er drehte sich wieder um, gab den Pferden die Peitsche, und der Karren rumpelte weiter.

Allmählich beruhigte sich Zeldas Herzschlag. Sie griff nach Elizabeths Hand und sah die alte Frau an.

»Glaubst du auch, dass die Seelen der Toten von uns Besitz ergreifen?«, fragte sie. »Oder hat der Mann auf dem Bock Recht?«

Elizabeth sah Zelda aufmerksam an, ehe sie antwortete: »Ich glaube, unser Mann hier, der selbst Henker zu sein scheint, hat Recht. Die Seelen der Menschen gehören Gott. Die guten wie die schlechten. Du brauchst dir keine Sorgen zu machen.«

Schweigend rollte das Fuhrwerk weiter. Plötzlich verdunkelte sich der Himmel. Wolken zogen auf, jagten wie junge Pferde über die Hügelketten hinweg. Der Wind frischte auf und blies bald so heftig, dass die Blätter nicht mehr leise säuselten, sondern einen Klagegesang anstimmten.

Der Mann schaute zum Himmel, leckte sich den Zeigefinger und hielt ihn prüfend in die Luft. Dann schnalzte er mit der Zunge, trieb die Pferde zur Eile an und sang dabei ein Lied:

»Es geht eine dunkle Wolk' herein,
mich deucht, es wird ein Regen sein,
ein Regen aus den Wolken,
wohl in das grüne Gras.
Und scheint die liebe Sonn' nicht bald,
so welken all die Blumen im Wald,
und auch die vielen Tiere,
die haben frühen Tod.«

Elizabeth summte zuerst mit, doch dann stimmte sie in den Gesang ein, leise erst, dann immer lauter, und zum Schluss sangen alle drei das alte schottische Lied.

Singend gelangten sie zu einem kleinen Gehöft, welches in einiger Entfernung zum nächsten Weiler lag. Der Mann hielt das Fuhrwerk an und half den Frauen beim Absteigen.

»Ihr solltet hier bei mir bleiben, bis das Unwetter vorübergezogen ist. Es wird gewiss nicht lange dauern, dann klart es auf, und wir können weiterziehen.«

Elizabeth dankte dem Mann. Schon im nächsten Augenblick ging ein Sturzbach zur Erde nieder und verwandelte binnen kurzem die staubige Straße und den Boden rings um das Gehöft in einen einzigen Morast.

Das Fuhrwerk sank in den rasch aufgeweichten Boden, und der Mann zog die Plane so gut es ging über die Ladung, dann rief er: »Kommt!«, und rannte zu einer kleinen Hütte, die aus Bruchsteinen gemauert war.

Drinnen reichte er den beiden Frauen Tücher aus

grobem Leinen, mit denen sie sich Gesicht und Haar trocknen konnten.

Die beiden sahen sich um. Die Hütte bestand aus einem einzigen Raum. In einer Ecke gab es eine gemauerte Feuerstelle, über der ein blinkender Kessel aus Kupfer hing.

In einer anderen Ecke lag sauberes Stroh auf dem Boden, dazu eine alte, aber ebenfalls saubere Pferdedecke.

Der Holztisch war frisch gescheuert, die Bank mit schlichten Schaffellen belegt. Der Boden war aus gestampftem Lehm und mit Binsen bestreut.

»Ihr wohnt hier?«, fragte Elizabeth und nickte anerkennend.

»Ja, das tue ich. Die Abdecker und Henker dürfen nicht innerhalb der Stadtmauern oder der Dorfbegrenzung leben. Der nächste Weiler liegt eine halbe Meile von hier entfernt.«

Elizabeth nickte. »Ist es nicht recht einsam hier draußen?«, fragte sie.

Der Henker winkte ab. »Man kann auch unter Menschen einsam sein. Das ist noch schlimmer.«

Er bot den Frauen frisches Quellwasser gegen den Durst an und schnitt mit einem Dolch dicke Scheiben von einem frischen Brotlaib.

Als das Unwetter vorüber war und die Frauen gerade aufbrechen wollten, klopfte es an die Tür.

Der Mann öffnete, und davor stand eine Frau in bunten Röcken, die sich ein Tuch kunstvoll um das dunkelhäutige Gesicht geschlungen hatte. An ihren Armen klimperten unzählige Reifen aus einfachem Blech, in den Ohren trug sie große Ringe.

Der Mann begrüßte die Frau mit großer Freundlichkeit und bat sie in das Innere seiner Hütte: »Esmeralda, wie schön, Euch zu sehen.« Dann machte er die Frau, die eindeutig zum fahrenden Volk gehörte, mit Zelda und Elizabeth bekannt.

Esmeralda kramte aus einem Beutel mehrere Hände voller Kräuter hervor, nahm sich eine Holzschüssel vom Wandbord und weichte die Kräuter in Wasser ein. Sie bewegte sich mit der Ungezwungenheit derjenigen, die sich hier sehr gut auskannte.

»Esmeralda ist eine Kräuterkundige. Sie bringt mir Kräuter, mit denen ich mich vom Leichengift säubern kann. Auch auf das Handlesen versteht sie sich«, erklärte der Mann, und Esmeralda nickte und lächelte freundlich.

»Ja, ich gehöre zu einem Trupp fahrender Gaukler und Händler. Wir ziehen durch die Städtchen und Dörfer der Gegend. Einmal im Laufe jeden Mondes komme ich hierher und besuche meinen Freund, den Henker. Doch heute kann ich nicht lange bleiben. Unsere Truppe will nach Edinburgh. In drei Tagen beginnt dort der Jahrmarkt. Wir hoffen, dort einiges Geld zu verdienen, das wir für den Winter aufsparen können«, erklärte sie.

Der Henker wandte sich an Elizabeth und Zelda. »Ihr seid auch auf dem Weg nach Edinburgh, nicht wahr? Wie wäre es, wenn Ihr Euch den Fahrenden anschließt? Ihr wäret weniger gefährdet.«

Er schwieg und musterte Zelda und Elizabeth noch einmal sehr aufmerksam.

»Könnte sein, dass ich gehört habe, man suche nach einer alten Frau und einem jungen, fast weiblich wirkenden Mann«, brummte er. »In der Dunkelheit wäret Ihr leicht mit diesen zu verwechseln.«

Elizabeth hielt dem Blick des Mannes stand und nickte ernsthaft. »Da könntet Ihr Recht haben. Auch wir sind schon den Häschern begegnet.« Dann wandte sie sich an Esmeralda: »Hättet Ihr etwas dagegen, wenn wir uns Euch anschließen?«

Esmeralda antwortete mit der Freundlichkeit und Offenheit einer Frau, die in ihrem Leben schon vielen Menschen unterschiedlichster Art begegnet war und der nichts auf dieser Welt fremd schien. Sie lächelte, breitete die Arme aus und sagte: »Seid uns herzlich willkommen. Doch wisset, wer mit uns reist, wer mit uns isst und das Nachtlager teilt, der muss auch mit uns arbeiten.«

»Was sollen wir tun?«, fragte Zelda.

Esmeralda musterte die junge Frau mit derselben Aufmerksamkeit wie vorhin der Mann. »Ihr seid sehr schön«, sagte sie schließlich. »Würdet Ihr mit einer Kappe herumgehen, während wir unsere Darbietungen feilbieten, so wären die Leute, besonders die Männer, sicherlich bereit, ein paar Kupfermünzen zu geben.«

Der alte Mann mischte sich ein: »Ich weiß nicht, ob es klug wäre, wenn sich die beiden in aller Öffentlichkeit zeigten. Die Einbildungskraft der Schotten und die Sensationsgier sind über alle Grenzen hinaus bekannt. Natürlich auch der Geiz, das ist schon wahr. Trotzdem würde ich vorschlagen, dass die Junge etwas anderes zu tun bekommt.«

Esmeralda nickte. »Was könnt Ihr?«, fragte sie schließlich.

Zelda zögerte: »Ich weiß nicht. Ich kann reiten, verstehe es auch, ein Schwert zu führen. Doch in den Gauklerkünsten bin ich völlig unerfahren.«

»Gut, so werdet Ihr den Menschen aus der Hand lesen. Ich werde Euch ein Tuch um den Kopf binden und ein weiteres um Eure Schultern legen.«

»Aus der Hand das Schicksal lesen? Aber das ist eine Kunst, die nur sehr wenige beherrschen. Ich gehöre ganz bestimmt nicht dazu.«

Esmeralda lachte. »Es ist leichter, als Ihr denkt. Seht den Menschen ins Gesicht. Studiert Ihre Kleidung und ihre Züge. Daran werdet Ihr ihre Wünsche erkennen.«

»Wie das?«

Esmeralda kam näher und sah Zelda aufmerksam ins Gesicht. Dann nahm sie ihre Hand, fuhr mit dem Finger einige Linien darin nach und sagte: »Euer Leben ist an einem Wendepunkt. Wenn Ihr tapfer seid und den richtigen Weg nicht verfehlt, so wird Euch am Ende das Glück winken. Ihr wartet auf die Liebe, doch Euer Glaube daran ist schwankend. Verliert ihr ihn, so verliert Ihr auch die Liebe. Doch Ihr seid mutig, wisst, wie Ihr Eure Furcht überwinden könnt.«

Verblüfft hatte Zelda zugehört. »Woher wisst Ihr das alles?«

Esmeralda lachte: »Es stimmt, die Linien in Eurer Hand haben eine Bedeutung. Doch darauf ist im Allgemeinen kein Verlass. An Euren Augen habe ich erkannt, dass Ihr unglücklich verliebt seid. Der Ausdruck darin wechselt zwischen Freude und Verzweiflung. Ihr kommt von weit her, wollt nach Edinburgh, doch Ihr sprecht, wie die Menschen in den tiefsten Highlands sprechen. Eine solch weite Reise macht man nicht jeden Tag. Deshalb bin ich sicher, dass Euer Leben an einem Wendepunkt steht. Und wäret Ihr ängstlich, so wäret Ihr meinem lieben Henkersfreund nicht in sein Haus gefolgt. Ihr seht also, es ist ganz einfach. Tut so, als wäret Ihr die stille, blanke Oberfläche eines Sees, in dem sich der

Mensch, der vor Euch steht, spiegelt. Mehr wollen sie nicht wissen.«

»Aber ... ist das nicht Betrug?«, fragte Zelda leise.

»Nein. Wieso? Wer außer einem Wahrsager oder einer Handleserin sagt den Menschen, wie sie sind? Niemand. Wir sind die Hofnarren der Armen, und wir schaden niemandem. Wir lügen nicht, wir sagen nur, was wir sehen. Allein damit haben wir schon so manchen vor dem Unglück bewahrt.«

Noch immer zögerte Zelda, doch Elizabeth sagte nun ebenfalls: »Die Zigeunerin hat Recht. Es gibt wenige Menschen, die einem wirklich sagen, was sie über einen denken. Es braucht viel Einfühlungsvermögen und Menschenliebe dazu. Über beides verfügst du, wenn es dir auch an Erfahrung mangelt. Versuchen solltest du es aber auf jeden Fall.«

Sie nickte Zelda aufmunternd zu, dann wandte sie sich an Esmeralda. »Und ich? Was könnte ich für Euch tun?«

»Ihr seid eine kluge Frau«, antwortete die Zigeunerin. »Sagt mir, über welche Fähigkeiten Ihr verfügt, und ich werde Euch entsprechend Arbeit geben.«

»Ich bin eine Wehfrau, kenne den weiblichen Körper bis in den letzten Winkel und verstehe mich ein wenig auf Kräuter und Heilkunde.«

Esmeralda klatschte in die Hände. »Wunderbar. Auch ich bin eine Heilkundige. Wir werden uns die Arbeit teilen. Ihr werdet für die Frauen zuständig sein, ich für die Männer.«

Von draußen waren Geräusche zu hören. Mehrere Planwagen rollten auf das Gehöft. Männer riefen Scherzworte, Frauen lachten, Kinder plapperten fröhlich vor sich hin. Jemand schlug eine Laute, ein junges Mädchen mit heller Sopranstimme sang eine wehmütige Melodie.

»Das sind meine Leute«, sagte Esmeralda. »Sie haben sich vor dem Unwetter im Wald in Sicherheit gebracht. Doch nun strahlt der Himmel im hellsten Blau, und es wird Zeit, dass wir uns auf den Weg machen.«

Sie umarmte den Henker, der ihr ein wenig gerührt auf die Schulter klopfte, dann winkte sie Elizabeth und Zelda, ihr zu folgen.

Dankbar verabschiedeten sich die beiden Frauen von dem Henker, der sich als so freundlich erwiesen hatte, und verließen die karge Hütte.

11. Kapitel

Zwei Stunden später geriet die kleine Kolonne auf einen Dorfplatz. Eines der Kinder, die dazugehörten, ein Junge von vielleicht sieben Jahren mit dunklen, lockigen Haaren und beinahe schwarzen Augen, nahm eine große Glocke aus poliertem Messing, wohl das Kostbarste, was der kleine Trupp besaß, und rannte klingelnd und rufend durch die beiden Straßen, aus denen das Dorf bestand.

»Kommt heraus, Ihr Männer und Frauen, die Gaukler haben begonnen, die Bühne zu bauen. Gleich gibt es ein lustiges Spiel. Kommt heraus, amüsiert Euch und bezahlt dann recht viel.«

Es war, als hätten die Dorfbewohner nur auf ein solches Ereignis gewartet. In Gruppen strömten sie auf den Marktplatz: Bauern und Bäuerinnen, Knechte und Mägde, Krämersleute, ein paar einfache Weber und andere Handwerker. In dichten Trauben umringten sie die Planwagen und hielten Maulaffen feil, während die Gaukler noch damit beschäftigt waren, aus ein paar Brettern eine kleine Bühne zu zimmern.

Andere legten ihre Waren, geflochtene Weidenkörbe und Schalen, geschnitzte Löffel und buntes Garn vor sich auf einer Decke auf den Boden.

»Haltet Euch etwas abseits«, wies Esmeralda Zelda an. »Ich schicke Euch gleich die ersten Leute. Die Bauern haben nicht viel Abwechslung hier, und ich glaube, Ihr werdet reichlich zu tun haben.«

»He, Zigeunerin«, rief ein alter Mann und presste eine Hand auf seine dick geschwollene Wange. »Versteht Ihr Euch auf das Zähneziehen?«

»Ja«, erwiderte Esmeralda. »Wir haben einen Barbier dabei. Folgt mir, und Ihr werdet sogleich von Eurem Schmerz befreit.«

Ein junges Mädchen hielt Esmeralda am Arm fest: »Lest Ihr auch aus der Hand, gute Frau?«

Esmeralda wies auf Zelda. »Da, meine Schwester versteht sich auf diese Kunst. Geht zu ihr!«

Die junge Frau näherte sich zögernd der Decke, auf der Zelda Platz genommen hatte, ein buntes Tuch nach Zigeunermanier um den Kopf geschlungen.

Zelda lächelte ihr aufmunternd zu und betrachtete sie dabei ausgiebig.

»Kommt ruhig näher, ich beiße nicht«, sagte sie freundlich. »Was wollt Ihr wissen? Wollt Ihr in die Zukunft schauen? Wollt Ihr wissen, wie es in Liebesdingen um Euch steht? Oder begehrt es Euch nach Ruhm und Reichtum?«

Die junge Frau kniete sich auf die Decke und sah Zelda nur flüchtig an. Die Scham stand ihr ins Gesicht geschrieben.

»Ich möchte Euch nach den Liebesdingen fragen. Sagt mir, was dazu in meiner Hand steht.«

Zelda lächelte. Etwas Ähnliches hatte sie schon erwartet. Sie griff nach der Hand der jungen Frau, die sich vor Aufregung leicht verschwitzt anfühlte, und strich beruhigend darüber.

»Nun, die Liebe ist Euch begegnet, sagt mir Eure Hand. Doch seid Ihr Euch des Liebsten nicht sicher.«

»Das stimmt«, erwiderte die Frau erstaunt. »Könnt Ihr mir sagen, ob er meine Liebe erwidert?«

Zelda schüttelte lächelnd den Kopf. »Aber nein, das kann ich nicht. Dazu müsste ich in seiner Hand lesen. Nur Euer Schicksal kann ich erkennen, nicht das eines anderen.«

»Und was sagt mein Schicksal?« Die junge Frau seufzte, ihr Atem ging hastig, die Brust hob sich in raschen Zügen. Sie hatte den Mund vor Aufregung leicht geöffnet, ihre Unterlippe zitterte.

Zelda nickte und fuhr mit dem Finger über die Handlinien ihres Gegenübers.

»Ihr seid ein wenig schüchtern, sagt mir Eure Hand. Nun, Ihr müsst dem Burschen schon Eure Liebe zeigen, denn er weiß nicht, dass Ihr ihn begehrt. Lächelt ihn an, wenn Ihr ihn seht, streicht Euch über das Haar, richtet Euer Kleid. An diesen Zeichen wird er erkennen, dass Euch an ihm gelegen ist.«

»Steht denn in meiner Hand, ob er der Richtige ist?«, wollte die junge Frau wissen.

Zelda schüttelte den Kopf. »In Eurer Hand stehen keine Namen. Doch hier, dies ist die Liebeslinie. Seht Ihr sie? Ich kann erkennen, dass Ihr Euren Liebsten schon kennt. Ihr müsst ihm bereits begegnet sein. Bald werdet Ihr ein Paar werden.«

Dia Frau holte tief Luft und seufzte auf. »Seht Ihr auch Kinder in meiner Hand?«

Zelda betrachtete die vollen, runden Brüste, die sich unter dem engen Mieder abzeichneten, die kräftigen Hüften, die festen Schenkel der jungen Frau.

»Ihr seid wie geschaffen dafür, Kinder zu bekommen. Einen reichen Segen werdet Ihr erhalten.«

»Und werden wir die Kinder auch ernähren können?«, fragte die andere weiter. »Schaut nach, was dazu in meiner Hand geschrieben steht.«

Zelda betrachtete die Hände der jungen Frau. Die Fingernägel waren kurz und brüchig. Die Hände selbst waren rau und an manchen Stellen ein wenig entzündet. Es waren die Hände einer Wäscherin.

»Wenn Ihr fleißig arbeitet, so werdet Ihr immer satt zu essen haben«, erklärte Zelda und strich noch einmal über die Hand der jungen Frau.

»Doch seht Euch vor, wenn Ihr ein Kind unter dem Herzen tragt. Lasst die Männer die schweren Zuber schleppen, denn von dieser Seite droht dem ungeborenen Kind Gefahr.«

Zelda dachte nicht lange über ihre Worte nach. Sie erkannte, dass Esmeralda Recht gehabt hatte. Es war wirklich nicht schwierig, jemandem aus der Hand zu lesen. Auch das Mädchen hatte mit der Art, in der es seine Fragen stellte, bereits sehr viel über sich verraten. Mehr wohl, als ihm selbst bewusst war.

Zelda sah noch einmal in das Gesicht ihr gegenüber. Und jetzt entdeckte sie auch die Narbe über der rechten Augenbraue. Es war eine Narbe, die von einem Schlag herrührte. Unruhig begannen die Augen des Mädchens unter Zeldas Blick zu flackern.

Zelda erkannte Angst darin.

Sie senkte den Kopf und beugte sich wieder über die Hand der jungen Frau. »Es gibt da jemanden, der Euch Übles will. Ein Mann ist es, so glaube ich.«

Das Mädchen nickte.

»Es könnte Euer Vater oder aber Euer Dienstherr sein. Er behandelt Euch schlecht. In Eurer Hand steht geschrieben, dass Ihr sehr mutig und tapfer seid. Ihr solltet Euch wehren, wenn Euch wieder einmal ein Unrecht angetan wird.«

»Es ist mein Stiefvater«, flüsterte sie. »Er nennt mich einen Tölpel. Für jeden Fehler, den ich mache, prügelt er mich. Kaum ist er in meiner Nähe, so werde ich ungeschickt. Eine Schüssel fällt mir zu Boden, oder ich stoße den Wasserkrug um, dass er sich über den Tisch ergießt.«

Zelda empfand Mitleid. Sie hätte sich eine solche Behandlung bestimmt nicht gefallen lassen. Doch dieses Mädchen war anders als sie. Es war nicht geschaffen, um sich zu wehren.

Krampfhaft überlegte Zelda nach einer Möglichkeit, der jungen Frau trotzdem zu helfen.

»In Eurer Hand lese ich«, sagte sie schließlich und verstieß schon bei ihrer ersten Kundin gegen die ungeschriebenen Regeln der Handleser, die besagten, dass niemandem etwas Schlechtes prophezeit werden durfte, »dass es in Eurer Familie bald einen Verlust geben wird. Der Tod kündigt sich an. Doch er betrifft niemanden, den Ihr liebt. Aber jemanden, dem Ihr Respekt zu schulden glaubt.«

Die junge Frau erschrak und riss die Augen weit auf.

»Gibt es etwas, was man dagegen tun kann?«, fragte sie aufgeregt.

Zelda zuckte mit den Achseln. »Ich müsste die Hand desjenigen lesen, dann könnte ich Euch eine Antwort geben. Wisst Ihr denn, um wen es sich handeln könnte? Ich sagte ja schon, in der Hand stehen keine Namen geschrieben.«

»Mein Stiefvater!«

»Schickt ihn zu mir. Vielleicht kann ich ihm helfen«, erwiderte Zelda und war ein kleines bisschen stolz auf ihre List, denn in der Hand des Mädchens hatte natürlich nichts dergleichen gestanden.

»Gleich gehe ich und hole ihn«, versprach die junge Frau, holte zwei Kupfermünzen aus ihrer Rocktasche und legte sie vor Zelda auf die Decke.

Es vergingen nur wenige Minuten, da stürmte ein grobschlächtiger Mann mit rot geädertem Gesicht und den blutunterlaufenen Augen eines Säufers zu ihr.

»Aus der Hand sollt Ihr mir lesen«, forderte er barsch.

Zelda sah hoch und blickte den Mann ruhig an. Sie las Angst in seinen Augen, das Mädchen musste wohl geplappert haben.

»Schickt Euch wer, oder kommt Ihr aus eigenem Antrieb?«, fragte sie, um ganz sicher zu sein, dass es sich tatsächlich um den Stiefvater des Mädchens handelte.

»Die Dirne da hat mich geschickt. Der Tod lauert nach mir, hat sie gesagt.«

Er streckte Zelda seine Hand hin, die abgearbeitet war, mit schwarzen Furchen und gekrümmten Fingern, die an abgestorbene Zweige erinnerten.

Zelda nahm die Hand und betrachtete sie. Dabei zog sie ein sorgenvolles Gesicht.

»Was lest Ihr? Los, Weib, redet!«

»Nun, ich sehe Unheil. Die dunklen Seiten Eurer Seele ergreifen allmählich die Macht über Euren Körper und über Euren Geist. Aber noch ist es Zeit, dem Unheil auszuweichen.«

»Wie? Sagt mir, wie ich das anstellen kann, die bösen Geister zu vertreiben!«, forderte er mit einer Stimme, die es gewohnt war, Befehle zu erteilen, die ohne Widerspruch befolgt wurden.

»Die dunklen Seiten Eurer Seele haben nur dann Macht über Euch, wenn Ihr zu viel vom Ale trinkt. Am Morgen leuchtet Eure Seele weiß und unschuldig. Doch mit jedem Becher verfärbt sie sich dunkler und dunkler. Und am Abend wisst Ihr oft nicht mehr, was Ihr tut. So, als steckte ein böser Geist in Euch.«

»Das stimmt«, gab der Mann zu, froh darüber, dass er im Grunde nichts für seine Sünden konnte.

»Der Teufel, der von Euch Besitz ergreift, steckt im

Alekrug. Meidet dieses Getränk, hütet Euch auch vor starkem Met und vor allem vor dem Branntwein. Dann hat der Teufel keine Macht über Euch.«

Der Mann kratzte sich am Kinn.

»Kann schon ein einziger Becher Schaden bringen?«, fragte er, plötzlich kleinlaut geworden.

»Einen Mond lang solltet Ihr nur Wasser trinken, damit Eure Seele gereinigt wird. Danach kann ein Becher Ale nicht schaden. Aber nur, wenn es bei einem Becher bleibt und Ihr den Branntwein ganz meidet.«

»Hm«, knurrte der Mann. »Und wenn nicht? Was geschieht, wenn ich doch einmal mehr trinke? Ich bin Bauer, die Arbeit macht durstig. Den ganzen Tag die schwere Arbeit auf dem Feld und immer an der trockenen Luft ... Versteht Ihr?«

Zelda lächelte. »Trinkt Wasser«, riet sie. »Und vergesst nicht: Mit jedem Becher Ale verfärbt sich Eure Seele. Ein einziger Schluck Branntwein reicht aus, um den Teufel in Euch zum Leben zu erwecken.«

Der Bauer nickte und schaute betreten zu Boden. Zelda wartete einen Augenblick, dann fügte sie hinzu: »Wenn es jemanden gibt, an dem Ihr Euch schuldig gemacht habt, so bittet ihn um Verzeihung. Dadurch könnt Ihr Eure Seele reinigen.«

Auf dem Gesicht des Bauern erschien ein kleines Lächeln. Er legte Zelda mehrere Kupfermünzen hin, mehr, als sie verlangt hatte, dann drehte er sich um und ging entschlossenen Schrittes davon.

An ihrem ersten Tag hatte Zelda insgesamt noch vier Besucher. Am späten Nachmittag, als die Vorstellung vorüber, die Schauspieler sich umgezogen und abgeschminkt, die Feuerschlucker sich den Ruß aus dem Gesicht gewaschen und die Krämer ihre Waren zusammengepackt hatten, brachte Zelda Esmeralda ihre Einnahmen.

Die Zigeunerin war es zufrieden. »Elizabeth und Ihr seid wirklich ein Gewinn für unsere Truppe. Wollt Ihr nicht für immer bei uns bleiben?«

Zelda schüttelte lächelnd den Kopf. »Ich habe bereits ein Leben, dessen Verpflichtungen auf mich warten. Wäre ich frei, so würde ich sicherlich gern eine Zeit lang bei Euch bleiben.«

»Kommt zu uns, wann immer Ihr wollt. Hier gibt es stets einen Platz für eine so geschickte Handleserin, wie Ihr es seid.«

Auch Elizabeth war zufrieden. Einer jungen Frau, die von einer Krankheit geschwächt war, hatte sie geraten, zur Stärkung jeden Tag einen Becher Rotwein zu trinken, in den ein Eigelb und Honig gequirlt waren. Einer anderen, die schon vierzehn Kinder hatte und keinen Wunsch nach weiteren Schwangerschaften verspürte, hatte sie geraten, ihren Mann davon zu überzeugen, künftig einen Schafsdarm zu benutzen, damit sein Samen sich nicht in ihren Schoß ergießen konnte.

Dann waren schließlich alle Planwagen gepackt, und die Kolonne fuhr bis zum Anbruch der Nacht, ehe sie sich einen Platz zum Schlafen unter freiem Himmel suchte.

Sie fanden einen guten Platz auf einer Lichtung. Die Wagen wurden im Kreis aufgestellt, dann gingen die Männer in den Wald, um Holz für das Feuer zu schlagen.

Esmeralda und eine andere Frau, die zu den Schauspielern gehörte, fertigten einen Teig aus Mehl, Wasser und ein wenig Fett, die Kinder tollten auf der Lichtung herum, eine andere Frau holte Schüsseln und legte eine Feuerstelle inmitten der Lichtung an.

Wenig später saßen alle einschließlich Zelda und Elizabeth um das flackernde Feuer und hielten Äste, um deren Ende der Teig gewickelt war, in die Glut.

Ein junger Mann saß Zelda gegenüber. Immer wieder begegnete sie seinem Blick aus unergründlichen schwarzen Augen, die in der Nacht wie Kohlestücke glühten. Der Blick des Mannes war fordernd. Er hatte ein schmales, fein geschnittenes Gesicht, eine wohlgeformte Nase, doch der Mund und die weißen, blitzenden Zähne hatten etwas Gieriges. Zelda hatte den Eindruck, dass er imstande wäre, damit ganze Fleischbatzen aus einem Stück zu reißen. Der Mann machte ihr ein wenig Angst. Sie fühlte sich unbehaglich unter seinem Blick, mit dem er sie schier auszuziehen schien. Zelda dachte an Ian, dachte daran, dass sein Blick wie ein sanftes Streicheln über ihren Körper gefahren war.

Nach dem Essen holte einer die Laute hervor und schlug sie mit großem Geschick, während die anderen schwermütige Lieder dazu sangen.

Esmeralda, die neben Zelda saß, erklärte: »Ihr müsst wissen, wir sind ein melancholisches Volk. Die Zigeuner wurden vor vielen hundert Jahren aus ihrer Heimat Indien vertrieben. Seither irren wir durch die Welt und finden doch nirgendwo ein Zuhause. Überall begegnet man uns mit Misstrauen. Wir würden lügen, betrügen und stehlen, heißt es über uns. Wir wären faul und unsere Männer so triebhaft, dass kein Weib vor ihnen sicher wäre.

Aber das stimmt nicht. Wir sind nicht besser und nicht schlechter als alle anderen Menschen auch. Unter uns gibt es nicht mehr Betrüger als unter Euch, unsere Männer sind nicht triebhafter als Eure, wir sind nicht weniger fleißig als die Bauern und Schafzüchter Schottlands. Ja, wir glauben sogar an denselben Gott wie Ihr. Zigeuner sind Christen wie Ihr, haben die Bibel als Buch des Lebens anerkannt. Und doch sind wir nirgends wohlgelitten. Wir sind Fremde, wo immer wir auch hinkommen, und alles, was den Leuten fremd ist, was sie nicht von Kindesbeinen an kennen und gewohnt sind, das erschreckt sie und macht ihnen Angst. Deshalb mögen sie uns nicht, deshalb sind wir heimatlos, ein fahrendes Volk mit traurigen Liedern.«

Zelda hatte aufmerksam zugehört und lauschte den wehmütigen Gesängen mit neuem Verständnis. Doch plötzlich änderte die Laute ihren Rhythmus, aus Moll wurde Dur, und eine junge Frau aus der Schauspielertruppe stand auf und begann zu tanzen.

Ihr langes, seidig glänzendes Haar wehte wie ein schwarzer Schleier um ihren Kopf, als sie sich drehte. Jetzt raffte sie die Röcke bis zu den Knien, stampfte mit dem rechten Fuß kräftig auf den Boden und wiegte sich dabei in den Hüften. Nun begannen die anderen, in die Hände zu klatschen. Die junge Schönheit mit der olivbraunen Haut warf den Kopf nach hinten, sodass ihre großen Ohrringe schaukelten, und fing an, mit dem Becken zu kreisen. Dabei hob sie die Arme über den Kopf, passte ihre Bewegungen den Klängen der Laute an, drehte und schmiegte sich den Tönen entgegen und verschmolz mit ihnen. Ihr Leib wurde zum Lied, ihre Bewegungen zum Rhythmus. Immer schneller klatschten die anderen in die Hände, immer schneller bewegte sich die junge Frau, geriet beinahe in eine Art Raserei, bis die Laute plötzlich abbrach und die Tänzerin atemlos aus ihren Fängen ließ.

Die Zigeuner klatschten und zollten der jungen Frau ihren Beifall. Zelda hatte dabeigesessen, hatte ebenfalls geklatscht, doch das Lied hatte ihre Seele berührt. Ohne es zu wollen, wurde sie von einer plötzlichen Wehmut ergriffen. Sie dachte an Joan und an Ian, an die zauberhaften Stunden, die sie mit diesem Mann verbracht hatte. Ihr Herz wurde schwer.

Doch schon wurde das Feuer gelöscht, die Zigeuner wickelten sich in Decken und suchten sich im Schutz der Bäume einen Schlafplatz. Zelda legte sich neben Elizabeth unter die schützende Krone eines Baumes. Der Boden war noch warm vom Tag und duftete. Sie war müde, doch der Schlaf wollte nicht kommen.

Sie hörte die gleichmäßigen, tiefen Atemzüge Elizabeths neben sich. Ein Mann schnarchte ganz in ihrer Nähe, jemand anderes wälzte sich unruhig im Schlaf hin und her.

Leise und ganz vorsichtig, um Elizabeth nicht zu wecken, stand Zelda auf und lief ein Stück von der Lichtung in den Wald hinein.

Der Mond hatte sich hinter einer Wolke verkrochen, sodass Zelda nichts mehr erkennen konnte. Die Nacht, eben noch sternenklar und vom silbernen Mondschein erhellt, war mit einem Mal so schwarz, dass sie die Hand vor Augen nicht mehr erkennen konnte.

Doch Zelda kannte keine Angst. Der Wald war von Kindesbeinen an ihr Zuhause gewesen, und selbst in rabenschwarzer Dunkelheit fühlte sie sich zwischen den hohen Bäumen sicher und geborgen.

Ja, sie war sogar oft in der Nacht in den Garten der McLain-Manors gegangen, hatte sich dort auf eine kleine Bank gesetzt und nachgedacht. Die Gedanken schienen heller, wenn es draußen dunkel war, glaubte sie.

Doch da erklang der Schrei eines Käuzchens: »Kuwitt, kuwitt.«

Zelda schauderte. »Wenn ein Käuzchen schreit, stirbt ein Mensch«, flüsterte sie leise vor sich hin. Sie war nicht wirklich abergläubisch, doch der Schrei des Waldvogels klang so geheimnisvoll, so grausig, dass sie sich ein wenig schüttelte.

»Sei still«, flüsterte sie, ohne Hoffnung, dass der Vogel sie verstand. »Sei still. Flieg woanders hin, und verkünde dort deine Botschaft.«

Sie streckte die Hand aus und tastete sich so bis zum nächsten Baum. Sie fühlte den harten, knochigen Stamm unter ihren Fingern, glitt daran zu Boden und setzte sich so, dass sie mit dem Rücken am Baum lehnte.

Plötzlich fuhr sie hoch. Ein leises, dunkles Lachen neben ihr hatte sie erschreckt.

»Habt keine Angst«, hörte sie eine Stimme, in der sie sofort den jungen Mann mit den glühenden Kohleaugen erkannte. »Ich bin es nur, Banda.«

Der Mond riss sich ein Guckloch in die Wolken und schickte seine silbernen Strahlen auf die Erde. Zelda sah, dass Banda sich ausgerechnet denselben Baum ausgesucht hatte wie sie. Sie wäre gern aufgestanden und hätte sich einen neuen Platz gesucht, doch dieses Verhalten erschien ihr zu unhöflich.

»Warum schlaft Ihr nicht?«, fragte Zelda. »Seid Ihr nicht müde?«

»Nein, ich liebe die Nacht. Nur in der Dunkelheit kann ich so sein, wie ich wirklich bin. Der Tag verlangt nach einer Maske.«

»Ich weiß, was Ihr meint«, erwiderte Zelda. »Auch ich sitze oft in der Nacht und versuche, Klarheit in meine Gedanken zu bringen.«

»Und woran denkt Ihr so allein in der Nacht? An Euren Liebsten?«

Zelda schluckte. Sie wollte dem fremden Banda nicht ihre geheimen Wünsche und Sehnsüchte anvertrauen.

»Ich habe keinen Liebsten«, sagte sie deshalb und hatte im Grunde noch nicht einmal gelogen.

»Ein so prachtvolles Weib wie Ihr hat keinen Liebsten?«

Banda lachte. »Das glaubt Ihr wohl selbst nicht! Ihr seid wie geschaffen für die Liebe. Gott hat Euch nicht umsonst rotes Haar verliehen. Lange, rote Locken, die im Schein des Feuers wie Gold glänzen. Ihr wisst doch, dass sie ein Zeichen für Leidenschaft sind, oder?«

»Ich weiß nichts von Leidenschaft«, erwiderte Zelda knapp und hätte das Gespräch am liebsten beendet. »Ich werde bald heiraten.«

»Aber Ihr liebt den Mann nicht, den Ihr heiraten sollt, habe ich Recht?«, fragte Banda hartnäckig weiter.

»Es gibt wichtigere Dinge als die Liebe.«

Banda lachte laut auf, aber es steckte keine Fröhlichkeit in diesem Lachen. »Was sollen das für Dinge sein, die wichtiger sind als die Liebe?«, fragte er, und Zelda spürte, wie sich seine Hand langsam ihrem Knie näherte.

Als sie die Wärme seiner Haut durch den Stoff ihres Kleides spürte, rückte sie ein Stück von ihm ab.

Banda lachte.

»Frieden«, antwortete Zelda. »Der Frieden einer ganzen Region ist wichtiger als die Liebe eines Einzelnen.«

»Oho!«, spottete Banda. »Seid Ihr etwa eine Heilige?«

»Nein«, erwiderte Zelda. »Ich bin eine Frau, die weiß, was ihre Aufgabe ist.«

Der Mann warf die Arme in die Luft und sagte in gespielter Verzweiflung: »Oh, ihr Götter der Liebe, hört an, was diese Frau zu sagen hat, und weint mit mir über die Verschwendung eines so schönen Leibes, der von euch, ihr Götter, geschaffen wurde, um zu lieben.«

Dann drehte er sich halb um und sah Zelda tief in die Augen: »Es wäre wirklich eine Schande, wenn Ihr niemals von der Liebe kosten würdet. Ihr seid schön wie die Sünde. Seit ich Euch gesehen habe, steht mein Herz in Flammen. Auf Händen würde ich Euch tragen, wenn Ihr mir es nur erlauben wolltet. Preisen würde ich Eure Schönheit bei Tag und bei Nacht.«

»Hört auf, so zu reden. Ich bin für die Liebe nicht geschaffen. Ihr täuscht Euch, Eure Götter haben anderes mit mir vor.«

Er nahm ihre Hand, streichelte behutsam darüber und lachte leise, als Zelda ihm die Hand entzog.

»Wisst Ihr«, sagte er mit leiser, schmeichelnder Stimme, »dass ich mich in Euch verliebt habe? Ja, es war Liebe auf den ersten Blick. Wenn Ihr nur wolltet, würde ich mich noch heute mit Euch von jedem Priester dieser Welt trauen lassen. Und ein Kuss von Euch bedeutete mir das Himmelreich.«

In der Ferne ertönte erneut der Ruf des Käuzchens, und Zelda erschauerte. Banda nahm sein Wams ab und legte es Zelda fürsorglich über die Schulter.

»Sorgen möchte ich für Euch«, sprach er weiter. »Euch verwöhnen und Tag und Nacht in kostbaren Ölen baden. Ich möchte Euch mit Kleidern und Schmuck überschütten. Ihr sollt in den prächtigsten Kissen schlafen, das größte Haus bewohnen, die fügsamsten Mägde haben. Nur gebratene Täubchen solltet Ihr essen und Honigmilch trinken.«

Er rückte ein Stück näher an sie heran, doch Zelda wich ihm aus, rückte wieder ein Stück weg, zog sogar das Wams von den Schultern und legte es zwischen sich und den Mann.

»Wollt Ihr etwa mit mir fliehen?«, fragte sie lachend und hoffte, wenn sie seinen Reden den Ernst nähme, würde er schon verstehen, dass bei ihr nichts zu machen war.

Doch der Mann nickte ernsthaft, kam wieder näher, nahm diesmal ihre beiden Hände in seine und sagte mit drängender Stimme: »Ja, schöne, wilde Zelda, lasst uns gemeinsam fliehen. Wir könnten nach Edinburgh gehen und von dort ein Schiff nehmen, das uns nach Frankreich bringt.«

Zelda lachte gezwungen und schüttelte den Kopf.

»Nein, nein. Ich fühle mich recht wohl in Schottland, mache mir nichts aus Honigmilch und glaube sogar, dass mir gebratene Täubchen, tagein, tagaus serviert, recht bald über würden. Überdies, dessen bin ich sicher, hat der Gott, an den ich glaube, anderes mit mir vor. Er will mich verheiratet sehen und womöglich sogar als Mutter vieler kleiner rothaariger Highlander. Ihr müsst Euch wohl eine andere suchen, die mit Euch nach Frankreich geht und dort gebratene Täubchen isst.«

In Bandes Augen glomm ein gefährliches Licht, doch Zelda übersah es. Seine Gesichtszüge verspannten sich, bekamen etwas Rohes, Gewaltbereites, doch auch das erkannte Zelda nicht. Es war zu dunkel, der Mann war zu fremd, sie selbst zu unerfahren im Angesicht einer drohenden Gefahr. Das Käuzchen, das mit seinem Ruf den Tod herbeilockte, ängstigte sie weit mehr als der Mann.

»Dann wisst Ihr sicher, dass in der Bibel steht, die Frau sei dem Manne untertan«, sagte Banda nun, und seine Stimme klang ein wenig drohend und sehr ernst.

»Nun«, erwiderte Zelda hochmütig. »Ich bin bereit, meinem Mann zu gehorchen, jedoch nicht jedem Fremden, nur weil er als Mann geboren wurde.«

»Dann müsst Ihr noch viel lernen, meine Liebe. In einer Predigt habe ich den Bischof von Canterbury sagen hören: ›Frauen sind schwach, sie führen andere in Versuchung, sind zänkisch, herrisch und stets bemüht, den Mann zu unterjochen und ihn jeder Lebensfreude zu berauben. Frauen sind für den Mann erschaffen und haben sich ihm deshalb zu unterwerfen. Von Natur aus minderwertig, sind sie dem Mann körperlich und geistig unterlegen.‹«

»So?«, fragte Zelda, die sich langsam über die Worte des Mannes ärgerte. »Ihr macht mir nicht den Eindruck, als würdet Ihr Euch von einer Frau unterjochen lassen. Und wie soll das denn im Übrigen gehen, da wir Euch doch körperlich und vor allem geistig unterlegen sind?«

Banda lachte dunkel und keineswegs fröhlich. »Ich liebe eigensinnige, widerspenstige Frauen. Es gibt nichts Aufregenderes, als ihnen zu zeigen, wer der Herr im Hause ist.«

»Das ist nicht Euer Haus, und Ihr seid nicht mein Herr.«

Zelda spürte schon wieder, wie sich seine warme Hand ihrem Knie näherte. Sie rückte noch ein Stück weg, doch die Hand folgte ihr, krallte sich dieses Mal beinahe in ihre Haut, quetschte und drückte sie, dass es schmerzte. Der Stimmungsumschwung, den sie mit einem Mal bei dem Mann bemerkte, erschreckte sie, doch sie konnte ihn nicht einordnen.

»Lasst Eure Hände bei Euch!«, zischte sie und wäre am liebsten aufgestanden und zu den anderen gelaufen, um bei ihnen Schutz zu finden. Doch sie blieb wie festgenagelt sitzen.

Der junge Mann lachte. »Gebt doch zu, dass es Euch gefällt. Oder wie sagte der bereits erwähnte Bischof von Canterbury noch? ›Die Schönheit des Körpers einer Frau besteht allein in der Haut. Denn wenn die Menschen sehen, was unter der Haut ist ... wenn sie so das Innenwendige sehen könnten, würden sie sich vor dem Anblick der Frauen ekeln. Ihre Anmut besteht aus Schleim und Blut, aus Feuchtigkeit und Galle ...‹«

»Das habt Ihr Euch ja fein gemerkt!«, fauchte Zelda, der es allmählich zu viel wurde mit Banda. Ihre unbestimmte Angst verwandelte sich allmählich in Zorn und Ärger. »Also nehmt Eure Pfoten von meinem Knie, und preiset Euch glücklich, dass Ihr inwendig ganz aus Gold zu bestehen scheint.«

Sie schlug die fremde Hand von ihrem Knie, und im Schein des Mondes, der soeben wieder durch die Wolken brach, schleuderten ihre Augen giftgrüne Blitze in Bandas Richtung.

Der lachte, hielt ihre Hände fest und sagte mit heiserer Stimme: »Ich liebe widerspenstige Frauen! Sagte ich das nicht schon? Doch ganz besonders liebe ich Wildkatzen, wie Ihr es eine zu sein scheint.«

Er beugte sich nach vorn, und sein Blick glitt über ihren Körper. Gern hätte sich Zelda vor diesem Blick versteckt, der wie ein Feuer auf ihrer Haut brannte und Blasen zu hinterlassen schien.

Banda spürte Zeldas Unbehagen und tat alles, um es noch zu verstärken. »Der Bischof von Canterbury hat Recht. Seht Euch doch an! Eure Augen haben die Farbe von Schlamm, Euer Haar glänzt im Schein des

Mondes wie das Feuer der Hölle. Euer Mund ist groß, die Lippen breit.« Er lachte wieder. »Großmäulig seid Ihr. Ja, das ist es.«

Er starrte auf ihre Brüste und fuhr in seiner widerlichen Beschreibung fort: »Eure Brüste erinnern an die Höcker der Kamele, an krankhafte Beulen, aus deren Spitzen Schleim fließt. Eure Hände erinnern an Klauen, Eure Haut fühlt sich an wie verdorbener Quark und verströmt denselben säuerlichen Geruch.«

»Seid still! Wenn Ihr mich so ekelhaft und abstoßend findet, dann lasst mich einfach gehen.«

Zelda versuchte, sich aus dem Griff seiner Hände, die plötzlich wie Eisenklammern um ihre Gelenke lagen, zu befreien. Doch Bandas Griff war so fest, dass schon die geringste Gegenwehr Schmerzen bereitete.

»Wenn Ihr nur sehen könntet, wie hässlich Ihr Euer Gesicht verzieht. Eine Fratze tragt Ihr, eine Fratze, bösartig und von abstoßender Hässlichkeit. Ja, schließt nur die Augen, macht sie zu, versteckt Eure Blicke. Ich habe schon längst die Bosheit und Falschheit einer Schlange darin gesehen. Und genau diese Bosheit und Falschheit werde ich Euch austreiben. Meint Ihr, Ihr könnt einen braven Mann einfach mit Eurer Lüsternheit überfallen? Habt Ihr mir nicht am Lagerfeuer eindeutige Blicke zugeworfen? Gebt Ihr zu, mich gelockt zu haben, indem Ihr die Brüste recktet, den Hals nach hinten beugtet, um mir Eure Kehle darzubieten wie eine Hündin? Habt Ihr nicht den Rock gelüpft, damit ich einen Blick darunter werfen kann?«

»Nein«, stammelte Zelda. »Nichts von alldem, was Ihr mir vorwerft, habe ich getan. Ich habe mich gewiss nicht unanständig und kokett betragen. Ihr wart es, der mich mit seinen Blicken belästigt hat.«

In Bandas Augen glommen unbändiger Hass und ohnmächtige Wut, er vergaß sich nun vollends.

»Du sprichst mit der Falschheit einer Schlange, du Hure. Aber ich werde dich lehren, wie sich eine Frau einem Mann gegenüber zu verhalten hat. Bestrafen werde ich dich für deine Sündigkeit, die in mir alle männlichen Triebe gegen meinen Willen geweckt hat. Ich werde dir die Lust vergellen, die du in mir angestachelt hast.«

Schon beugte sich der Mann über sie und betrachtete mit gierigen Blicken und halb offenem Mund Zeldas Brüste, die sich unter dem engen Mieder in raschen Atemstößen hoben und senkten.

Dann näherte sich sein wilder, triebhafter Mund ihren Lippen. Seine Zunge drängte sich brutal in ihren Mund, sodass Zelda das Gefühl hatte, ersticken zu müssen.

Sie versuchte, den Kopf hin und her zu drehen, aber der Mann war so viel stärker als sie. Sie strampelte mit den Beinen, doch schon zwang Banda ihre Beine zwischen seine starken Schenkel, sodass sie sich nicht mehr rühren konnte. Sie versuchte zu schreien, doch die fremde Zunge in ihrem Mund, die sich anfühlte wie ein dreckiger Lappen, versagte ihr jeden Ton.

Er hatte ihre Arme nach oben gerissen und hielt ihre beiden Handgelenke mit eiserner Faust umklammert. Mit der anderen versuchte er, ihre Röcke nach oben zu schieben. Er keuchte dabei vor Anstrengung und musste seine Lippen von Zeldas Mund lösen.

Zelda nutzte den Augenblick sofort: »Hilfe!« schrie sie wie am Spieß. »Hilfe, Ihr Leute, so helft mir doch!«

Eine kräftige Maulschelle raubte ihr für einen Moment fast die Besinnung. Bunte Sterne kreisten vor ihren Augen, der Atem stockte in ihrer Brust.

»Halt's Maul, du Dirne«, keuchte Banda. »Denkst du, ich weiß nicht, dass man nach euch sucht? Ich rate dir in deinem eigenen Interesse, keinen Lärm zu machen und ein bisschen nett zu mir zu sein. Erst gestern waren wir in einem kleinen Städtchen, wo die Stadtschreiber euch an jeder Ecke ausrufen ließen. Sogar eine Belohnung ist auf euch ausgesetzt. Ein Pferd bekommt derjenige, der dich und deine Gevatterin der Obrigkeit ausliefert.«

Zelda erschrak bis ins Mark. Doch um keinen Preis der Welt hätte sie sich davon etwas anmerken lassen. »Ich habe keine Ahnung, wovon Ihr redet. Lasst mich sofort los! Auf der Stelle, sage ich, denn sonst schreie ich den ganzen Trupp zusammen.«

Banda presste eine Hand auf ihren Mund, sodass sie keinen Ton herausbrachte.

»Schrei nur!«, flüsterte er und lachte dreckig. »Ich weiß, was ich weiß. Ihr seid flüchtige Verbrecher. Und wenn du mir nicht ein bisschen zu Willen bist, dann verdiene ich mir den Gaul.«

In seinem Blick lauerten Bosheit und die Bereitschaft, sich mit Gewalt zu nehmen, was Zelda ihm um nichts in der Welt freiwillig geben würde. Sie wand sich wie eine Schlange unter der Last seines Körpers. Der Geruch seiner Hand bereitete ihr Übelkeit, doch die Angst verlieh ihr Bärenkräfte.

Mit allergrößter Anstrengung gelang es ihr, ihr Gesicht ein wenig zur Seite zu bewegen. Sofort schnappte sie wie ein tollwütiger Hund nach Bandas Hand und biss mit aller Kraft hinein.

Sein Schmerzenslaut klang durch den Wald. Gleich darauf schlug er ihr erneut mit Nachdruck ins Gesicht, sodass ihr Kopf zur Seite gerissen wurde.

»Mach das nie wieder!«, sagte er mit vor Wut heiserer Stimme.

Zeldas Wange brannte so schmerzhaft, dass ihr die Tränen in die Augen schossen. Gleichzeitig spürte sie jedoch, dass die Bedrohung, die von dem jungen Mann ausging, stärker geworden war. Ob er mich umbringen wird?, dachte sie, und das Käuzchen, dass vorhin den Tod eines Menschen verkündet hatte, fiel ihr schlagartig wieder ein.

Schon hatte Banda beide Hände um ihren Hals gelegt und drückte fest zu. Zelda bekam keine Luft mehr. Sie riss den Mund auf, versuchte, sich aus dem Klammergriff zu befreien, doch je mehr sie sich bewegte, umso fester drückte Banda auf ihre Kehle, die höllisch brannte.

»Na, wirst du mir jetzt gehorchen?«, fragte er, und sein gieriger Mund näherte sich schon wieder ihren Lippen. »Wirst du jetzt tun, was ich von dir verlange?«

Zeldas Atemnot wurde immer größer. Sie hatte die Augen weit aufgerissen und starrte dem Mann ins Gesicht. Sie wollte nicht sterben. Nein, wirklich nicht. Sie war doch noch so jung und hatte noch so viel vor. Tränen quollen aus ihren Augen, rannen über ihre Wangen und hinterließen eine feuchte Spur auf ihrem Gesicht, ehe sie seitlich in Richtung Ohren flossen. Schon tanzten schwarze Kreise vor ihren Augen. Ihr wurde plötzlich leicht, alles ringsum versank in einem Nebel. So muss der Tod sein, war das Letzte, was Zelda dachte.

Doch ebenso plötzlich, wie Banda ihre Kehle gepackt hatte, ließ er sie los. Ein schriller Schrei, vor Überraschung und Entsetzen viel zu hell, tönte in Zeldas Ohren und ließ sie aus dem weichen Nebel zurück an die Oberfläche ihres Bewusstseins kehren.

Sie spürte mehr, als dass sie es sah, wie starke Arme nach Banda griffen und ihn von ihrem Körper zogen. Im nächsten Augenblick erkannte sie Elizabeth, die neben ihr auf dem Boden kauerte.

»Ist alles in Ordnung, meine Liebe? Hat er dir etwas angetan?«

Zelda schüttelte den Kopf und ließ sich von Elizabeth zum Sitzen emporziehen.

Sie sah Esmeralda und zwei der Feuerschlucker, die Banda festhielten. Esmeralda stand vor ihm und traktierte sein Gesicht mit kräftigen Ohrfeigen.

»Du elender Hurensohn«, schimpfte sie dabei. »Wie kannst du es wagen, einen unserer Gäste zu behelligen? Wie kannst du es wagen, einer Frau Gewalt anzutun? Haben wir dich nicht als Findelkind, das niemand haben wollte, zu uns genommen? Waren wir dir nicht Vater, Mutter, Brüder und Schwestern? Hast du nichts gelernt bei uns?«

Ihre Wut und ihre Enttäuschung waren so groß, dass sie nicht aufhören konnte, Banda zu verprügeln. Ihre Fäuste trommelten auf seine Brust, ihre Füße traten gegen sein Schienbein.

Endlich, als Banda längst das Blut von der aufgesprungenen Lippe über das Kinn rann und die beiden Feuerschlucker beruhigend auf Esmeralda einredeten, ließ sie von ihm ab.

Sie wischte sich die Hände an ihrem Kleid ab und spuckte ihm vor die Füße. Dann sagte sie im Ton einer Gutsherrin, der niemand zu widersprechen wagte: »Verschwinde, und lass dich niemals wieder bei uns blicken! Ab heute gehörst du nicht mehr zu uns. Die Familie Lakatos, deren Mitglied du bis eben warst, verstößt dich. Geh hin, wo du hergekommen bist. Du bist nicht als Zigeuner geboren und hast dich nicht würdig erwiesen, einer zu sein. Unseren Namen, unsere ganze Sippe, ja, unser ganzes Volk hast du mit Schande überhäuft. Geh, ehe wir dich töten!«

Esmeraldas Augen blitzten. Ihr Blick lag voller Verachtung auf Banda, der wie ein nasses Wäschestück zwischen den beiden kräftigen Feuerschluckern hing. Banda hatte den Blick auf den Boden gerichtet. Als er Esmeraldas Worte vernahm, wurde er bleich.

»Verzeih, Esmeralda. Verzeih mir, die du mir so viele Jahre lang die Mutter ersetzt hast. Die Triebe müssen mit mir durchgegangen sein. Ich bin ein junger Mann, weiß nicht, wohin mit meinem Saft und meiner Kraft. Bitte, verzeih mir, und verstoße mich nicht.«

Esmeralda schüttelte unnachgiebig den Kopf, sodass ihre großen Ohrringe leise klimperten. »Du hast einer Frau Gewalt angetan. Deine Reue kommt zu spät. Geh, du gehörst nicht mehr zu uns. Das ist mein letztes Wort.«

Die Feuerschlucker ließen Banda los, drehten ihn an den Schultern herum. Der eine versetzte ihm einen kräftigen Tritt in den Hintern, sodass Banda ins Stolpern geriet.

Er lief in den Wald hinein, und die anderen sahen ihm nach. Doch nach wenigen Schritten drehte er sich noch einmal um, schüttelte die erhobene Faust und drohte: »Ich weiß, wer diese Weiber wirklich sind, die du mir vorziehst. Und ich werde dafür sorgen, dass sie ihre gerechte Strafe bekommen. Ich lasse es mir nicht gefallen, dass du mich verstößt, nur weil ich einem Rabenaas, wie sie es ist, einen Kuss gegeben habe.«

Esmeralda stemmte die Fäuste in die Hüften und rief ihm zu: »Lass es sein, Banda. Stürz dich nicht noch mehr ins Unglück. Du weißt so gut wie wir, dass diese

Frauen nichts Unrechtes getan haben. Geschieht ihnen durch deine Schuld auch nur das geringste Leid, so bist du deines Lebens nicht mehr sicher.«

Dann drehte sich Esmeralda um und wandte sich an Zelda, die schluchzend vor Erleichterung und ausgestandener Angst in Elizabeths Armen lag.

Vorsichtig strich Esmeralda ihr über die Schulter.

»Hat er Euch etwas angetan? Hat er Euch mehr geraubt als einen einzigen Kuss?«, fragte sie besorgt.

Zelda schüttelte den Kopf. »Es ist alles in Ordnung«, flüsterte sie mit noch immer schmerzender Kehle. »Er hat mir nichts getan.«

Esmeralda betrachtete im Schein einer Fackel, die sie vom Lager mitgebracht hatte, Zeldas Hals, an dem man die Fingerspuren Bandas noch gut erkennen konnte. Dann strich sie sanft über Zeldas Haar und sagte: »Ihr braucht keine Angst mehr zu haben. Wir schützen Euch. Bis wir in Edinburgh sind, wird Euch nichts geschehen. Das verspreche ich Euch.«

12. Kapitel

Nur schwer fand Zelda in einen unruhigen Schlummer. Die bösen Geister drangen in ihre Träume und plagten sie mit Ängsten und Schlaflosigkeit. Zelda lag dicht an Elizabeth geschmiegt, tröstete sich an der Wärme ihrer Haut und konnte doch nicht vergessen, was Banda ihr angetan hatte. Sie fühlte sich dreckig, beschmutzt an Körper und Seele.

Ihr größter Wunsch war es, sich diesen Schmutz abzuwaschen und damit auch die Erinnerung an die schrecklichen Erlebnisse der Nacht zu vernichten.

Die Sonne hatte sich am nächsten Morgen kaum aus ihrem Bett erhoben und nur schlaftrunken auf die Erde geblinzelt, als Zelda sich bereits erhob. Elizabeth erwachte mit ihr.

»Wo willst du hin?«, fragte sie. »Es ist noch früh. Komm, leg dich wieder hin, und schlafe noch eine kleine Weile.«

Zelda schüttelte den Kopf.

»Ich fühle mich schmutzig, möchte nichts lieber, als einen Teich oder einen Bach finden, um mich zu waschen.«

Elizabeth nickte und sah Zelda liebevoll an.

»Ich verstehe dich. Möchtest du vielleicht, dass ich dich begleite? Es könnte sein, dass sich Banda noch immer in der Gegend herumtreibt.«

»Das wäre wirklich nett, Elizabeth. Mir wäre wohler in meiner Haut, wenn du mitkämst.«

Sie reichte Elizabeth die Hand und half ihr beim Aufstehen. Dann schlichen sie leise, um die anderen nicht zu wecken, aus dem Lager und gingen ein ziemlich weites Stück in den Wald hinein, ehe sie an einen

Bachlauf kamen, der sich über einen großen Felsen ergoss.

Elizabeth setzte sich an das Ufer und hielt die Füße ins Wasser.

Zelda aber entledigte sich zögerlich ihrer Kleidung und stellte sich dann unter den Felsen, sodass das klare, kalte Wasser sich wie aus Kübeln auf sie ergoss.

Sie wusch ihr Haar, wusch auch ihren Leib. Sie hatte eine Bürste mitgenommen und ein wenig Seife und schrubbte sich die Haut, bis sie sich rot verfärbte. Elizabeth betrachtete ihr Tun voller Sorge. Schließlich, als Zeldas Haut feuerrot war und den Anschein erweckte, sie müsse brennen, stand Elizabeth auf und ging zu ihr.

»Hör auf, dich zu quälen«, sagte sie mit energischer Stimme. »Du hast Bandas Spuren längst von deinem Körper gewaschen. Es ist nichts mehr, was dich jetzt noch beschmutzt.«

Zelda drehte sich um, und Elizabeth sah, dass ihr Gesicht von Tränen überströmt war. »Ich fühle mich noch immer schmutzig«, erwiderte sie mit großer Traurigkeit und Verzweiflung in der Stimme. »Ich bürste und bürste, doch der Dreck geht nicht ab. Es ist, als ob er unter der Haut säße und wollte von innen an mir fressen.«

Elizabeth streckte die Hand nach Zelda aus. »Komm her!«, forderte sie erneut. »Komm raus aus dem Wasser, sonst wirst du noch krank. Wir müssen nach Edinburgh. Hast du das vergessen? Joan braucht dich. Du hast keine Zeit, dich jetzt mit dir zu beschäftigen.«

Zelda nickte. »Ja, du hast Recht.«

Sie stieg aus dem Bach, ließ sich von Elizabeth abtrocknen, dann zog sie ihre Kleider wieder an.

»Ich glaube, ich habe mich verändert«, sagte sie dann leise.

»Unfug«, widersprach Elizabeth. »Du siehst genauso schön aus wie gestern Abend, bist genauso liebenswert. Rede dir nichts ein. Banda wird längst über alle Berge sein. Er kann dir nichts mehr tun. Nie mehr.«

»Ich fühle mich hässlich«, flüsterte Zelda, und ihre Stimme zitterte merklich. »Er hat mich, hat uns Frauen allesamt in den Dreck gezogen. Wir bestünden aus Schleim, Blut, Feuchtigkeit und Galle.«

Elizabeth nickte. »Banda hat Recht. Es ist so: Der Mensch besteht aus sehr viel Wasser, etwas Schleim, Blut und Galle. Jeder Mensch. Männer und Frauen.«

»Aber aus seinem Mund klang es ... ekelhaft. Ich hatte das Gefühl, auch äußerlich voller Schleim zu sein.«

Elizabeth zeigte auf eine kleine Bucht im Bachlauf, in der das Wasser glatt wie ein Spiegel war.

»Da!«, sagte sie. »Betrachte dich darin, und sieh selbst, dass du heute nicht anders bist, nicht anders aussiehst als gestern.«

Zelda tat, was Elizabeth ihr aufgetragen hatte. Sie ging zu der kleinen Bucht, beugte sich über die glatte Wasserfläche und betrachtete sich. Sie dachte kurz an Ians Worte, mit denen er ihre Schönheit beschrieben hatte. Und sie erinnerte sich an die Nacht in ihrem Gemach, als sie diese Schönheit für sich entdeckt und ein zärtliches Gefühl dabei empfunden hatte.

Doch jetzt sah sie sich mit Bandas Augen. Und auf einmal fand Zelda sich abstoßend, sah in ihren Augen dreckigen, Blasen werfenden Schlamm, Haar, das wie Höllenfeuer loderte und einen großmäuligen Mund, der rot wie eine blutende Wunde aus einer bleichen Fratze von Übelkeit erregender Hässlichkeit hervorstach.

Zögernd betastete sie mit einem Finger die roten, vollen Lippen, die sich unter ihrer Berührung rissig und von Hautfetzen bedeckt anfühlten.

Voller Widerwillen über ihr Spiegelbild schloss Zelda die Augen. Hatte sie sich tatsächlich jemals schön gefunden? Hatte sie jemals ein zärtliches Gefühl für sich verspürt?

Sie lachte bitter auf, ohne sich dessen bewusst zu sein. Schön, ha! Kostbar, pah! Sie war von abstoßendem Äußeren. Nicht wert, von einem Mann geliebt zu werden.

Wie hatte sie nur jemals einen einzigen Augenblick lang glauben können, Ian sei es mit seinen Worten ernst gewesen? Wie hatte sie nur annehmen können, dass er sie liebte!

Kein Mann dieser Welt war in der Lage, eine Frau wie sie zu lieben. War es ein Wunder, dass er Joan geraubt und mit ihr geflohen war?

Nein, wahrlich nicht. Sie, Zelda, war es, die lebenslang hinter dicke Klostermauern gesperrt gehörte. Banda erst hatte ihr die Augen geöffnet. Sie würde Joan in das Gutshaus zurückbringen und an ihrer Stelle dorthin gehen, wo sie hingehörte: in eine karge Zelle, die Gestalt mit einer unförmigen Kutte verhüllt.

Zelda straffte die Schultern, warf ihr Haar lieblos auf den Rücken und knotete einen derben Strick hinein, um sie aus dem Gesicht zu halten. Dann schöpfte sie noch einmal mit den bloßen Händen das kalte Wasser des Baches, schüttete es sich ins Gesicht, sodass es in den Augen brannte, und rubbelte derb die zarte Haut ihrer Wangen.

Als Elizabeth sah, was Zelda mit sich anstellte, zog sich ihr Herz vor Schmerz zusammen. Banda, was hast du ihr nur angetan?, dachte sie und nahm sich vor, dafür zu sorgen, dass Zelda auf schnellstem Wege wieder die Alte wurde, dass die Narbe auf ihrer Seele heilte und sie ihre Unbeschwertheit zurückerhielt.

Zwei Tage später passierte die kleine Kolonne die Stadttore Edinburghs.

Zelda hatte auf ihrem Weg in die Stadt den Leuten in den kleinen Dörfern und Gehöften aus der Hand gelesen, hatte abends am Lagerfeuer gesessen und gesungen, doch alle Lebensfreude schien aus ihr gewichen zu sein.

Mehrmals noch hatte Elizabeth die junge Frau aus den Highlands erwischt, wie sie ihre Haut an den Bächen, an denen sie vorübergekommen waren, geschrubbt hatte, bis sie ganz rot geworden war.

Ihre Hände hatten bereits gelitten, sie waren rissig und rau. Auch die Lippen hatten sich ein wenig entzündet. Sie wirkten trocken, die Haut löste sich in kleinen Fetzen ab. Zelda bürstete ihr Haar nicht mehr, sondern schlang es zu einem unordentlichen Knoten, der die wilde Mähne nicht halten konnte, oder sie band einen einfachen Kälberstrick hinein.

Nicht einmal die Aussicht, in die große Stadt Edinburgh zu kommen, bewog Zelda, sich ein wenig schön zu machen.

Auf dem Marktplatz verabschiedeten sich Elizabeth und Zelda von den Zigeunern. Es war ein tränenreicher Abschied, der von zahlreichen Umarmungen begleitet war.

»Ich werde für Euch beten«, versprach Esmeralda. »Und vergesst nicht, Ihr seid jederzeit gern bei uns gesehen. Eine so gute Handleserin und eine so gute Wehfrau hatten wir noch nie. Lebt wohl, und schütze Euch Gott.«

Elizabeth und Zelda erwiderten die Umarmungen und die guten Wünsche und trennten sich schweren Herzens von ihren neuen Freunden.

Die Größe der Stadt war für die junge Frau aus den Highlands und die alte Frau aus dem kleinen Marktflecken Bluecastle schier überwältigend.

Sie schauten fasziniert auf das Gewirr der vielen Gassen, Treppen und gepflasterten Straßen. Die Baumeister Edinburghs hatten sich den Gegebenheiten des Felsgesteins angepasst und der Stadt mit scharfen Kurven, graziösen Biegungen und einem schier endlosen Auf und Ab an bebauten Flächen einen einzigartigen Reiz verliehen.

Edinburgh Castle, der Sitz der schottischen Herrscher, war hoch oben auf einem Felsen gelegen und blickte mit seinen majestätischen Bauten hoheitsvoll auf das Getümmel der vielen Menschen herab.

Etwas unterhalb der herrschaftlichen Burg begann die Altstadt mit einem Gewirr aus zahlreichen Gassen, verwinkelten Höfen und schmalen, hohen Häusern, die zum großen Teil aus Stein erbaut waren und von denen manche sogar richtige Butzenscheiben in den Fenstern hatten. Handwerker lebten hier, Krämersleute, Händler und Bürger.

In der Mitte der Gasse zog sich eine Rinne, in der sich der Abfall aus den umliegenden Häusern sammelte. Hühner liefen herum, auf der Suche nach ein paar Körnchen, herrenlose Hunden durchstreiften wie Wolfsrudel die Gassen, Katzen lagen träge auf den Haustürschwellen, Mägde lüfteten die Wohnungen, schüttelten Kissen und Decken aus und riefen sich über die Gassen hinweg Scherzworte zu.

Ein Scherenschleifer bog mit seinem Karren in die Gasse und pries lauthals seine Dienste an, Handwerksburschen trugen Körbe und Kisten hin und her. Bürgerinnen schlenderten mit geflochtenen Weidenkörben am Arm in Richtung Marktplatz, um Zutaten für das Mittagessen zu kaufen.

Bis zur Holyrood Abbey erstreckte sich dieses Viertel, doch am Fuß des Bergkamms, der sich vom Schloss bis hinunter zum Meer zog, entstand gerade die prachtvolle Royal Mile, in der die Adligen und Ratsherren ihr Zuhause hatten.

Die Häuser waren bis zu drei Stockwerke hoch und sehr schmal gebaut, Blumenkästen zierten die Fassaden.

Unsicher schlenderten Elizabeth und Zelda durch die Royal Mile auf der Suche nach dem Weg zum Hafen.

Sie gelangten schließlich auf einen großen Platz, auf dem gerade Markt abgehalten wurde, doch sie hatten keine Zeit, die feilgebotenen Waren zu bewundern. Zelda lief schnellen Schrittes an den zahlreichen Ständen vorbei, ohne den bunten, fein gewebten Stoffen, den Kämmen aus Horn, den Haarbändern, Hauben, Tüchern und Lederwaren auch nur einen Blick zu gönnen.

Elizabeth hastete hinter ihr her, doch sie konnte nicht anders und warf ab und an einen Blick auf die Auslagen. Als sie schließlich die Stände der Spezereienhändler erreichten, blieb sie sogar stehen und wollte mit einer alten Krämersfrau ein Fachgespräch beginnen. »Gibt es Alraune bei Euch zu kaufen? Wie steht es mit Mutterkorn? Habt Ihr Waidpflanzen da?«

Die Krämersfrau winkte ab. »Was wollt Ihr noch mit

Waidpflanzen, gute Frau? Um Stoffe blau einzufärben, gibt es jetzt Indigo. Die Händler aus Arabien haben diese Farbe mitgebracht. Sie ist billiger als Waid und leichter zu fertigen. Aber Alraune habe ich da. Wie viel möchtet Ihr? Mutterkorn gibt es nur noch in der Apotheke. Es ist äußerst giftig und wird von den Engelmacherinnen gekauft. Seid Ihr eine solche?«

Elizabeth schüttelte den Kopf und lächelte die neugierige Krämersfrau freundlich an. »Wehmutter bin ich«, erklärte sie. »Und benutze ein winziges bisschen Mutterkorn, wenn das Kind so gar nicht kommen will.«

Die Krämerin nickte und zeigte auf ihre Ware, doch Zelda, die bemerkt hatte, dass Elizabeth zurückgeblieben war, kam und zog die Wehmutter am Ärmel weiter.

»Lass uns erst zum Hafen gehen und nach den Schiffen fragen. Wir werden sicherlich nachher noch genügend Zeit haben, um jeden Stand einzeln zu besuchen.«

Elizabeth warf einen letzten sehnsüchtigen Blick auf einen Stand mit feinen Spitzen aus Brüssel, doch sie ließ sich von Zelda zur Eile antreiben.

Wenig später hatten sie den Hafen erreicht.

Elizabeth staunte beim Anblick der großen Segelschiffe, die am Kai festgemacht hatten, doch Zelda duldete keinerlei Aufenthalt.

Sie ließ sich von einem Hafenarbeiter das Kontor des Hafenmeisters zeigen und hastete zielstrebig zwischen Männern mit nackten Oberkörpern hindurch, die schwere, mit Pech versiegelte Fässer, große Kisten oder mächtige Stoffballen schleppten.

Endlich klopfte sie an die Tür des Hafenmeisterkontors. Ein Mann in mittleren Jahren, dessen Bauch so dick wie eine Tonne war und ihm über den Gürtel quoll, ließ sie ein.

»Was kann ich für Euch tun, Madam?«, fragte er freundlich und bot Zelda sogar einen Platz auf einem Schemel an.

»Wann ging das letzte Schiff mit Passagieren nach Frankreich?«, fragte Zelda, die vor Aufregung ein wenig atemlos war. »Und wann legt die nächste Karavelle mit Kurs auf den Kontinent ab?«

Der Hafenmeister ging zu einer Luke und zeigte hinaus aufs offene Meer.

Zelda stand auf und stellte sich neben ihn.

»Seht Ihr das Schiff am Horizont? Wenn Ihr gute Augen habt, dann müsstet Ihr es erkennen.«

»Ja, ich sehe es. Was ist damit?«, fragte Zelda.

»Nun«, erwiderte der Hafenmeister. »Dies ist das Schiff, das heute Morgen von hier ausgelaufen ist und in wenigen Tagen den französischen Hafen Calais anlaufen wird. Der Segler wird sich an der englischen Küste halten und erst in Höhe von Dover aufs offene Meer hinaus und hinüber nach Frankreich segeln.«

»Legt er noch einmal an einem schottischen oder englischen Hafen an?«, fragte Zelda mit vor Aufregung feuchten Händen.

»Nein, Madam, es gibt keinen Aufenthalt mehr. Warum wollt Ihr das wissen?«

Zelda ging nicht auf die Frage des Hafenmeisters ein, sondern fragte ihrerseits: »Waren Passagiere an Bord?«

Der Hafenmeister nickte. »Natürlich, Madam. Doch im Gegensatz zum Hafen von Dundee lassen wir nur ordentliche Gäste an Bord.«

»Ich möchte Einblick in die Passagierlisten nehmen.«

Der Hafenmeister schüttelte den Kopf und hob abwehrend die Hände. »Aber Madam, das ist verboten. Da könnte ja jeder kommen. Warum, in aller Welt, wollt Ihr die Listen sehen?«

Zelda zögerte einen Augenblick, doch dann entschied sie sich für die Wahrheit.

»Ich befürchte, dass meine Schwester geraubt wurde und sich jetzt auf diesem Segler befindet.«

»Hm«, machte der Hafenmeister und legte eine Hand auf ein schweres Buch. »Ich sagte schon, es ist verboten. Ich würde Ärger mit dem Reeder bekommen. Die Schiffseigner mögen es gar nicht, wenn Unbefugte ihre Nase in Dinge stecken, die sie nichts angehen.

Andererseits verstehe ich Eure Not. Doch was geschieht, wenn ich wegen Euch meine Arbeit verliere?«

Zelda hatte verstanden und nickte. »Wie viel wollt Ihr?«

»Nun, ich muss auch leben und an meine Zukunft denken. Für mich steht einiges auf dem Spiel, wenn ich Euch helfe.«

»Wie viel?« wiederholte Zelda und sah dem Mann gerade in die Augen.

»Nun, ein paar Golddukaten müsst Ihr schon locker machen.«

Zelda wollte aus alter Gewohnheit nach ihrem Gürtel fassen, an dem sie die Geldkatze trug, doch da fiel ihr ein, dass sie im Augenblick nicht über eine einzige Kupfermünze verfügte.

Und dass Elizabeth Golddukaten bei sich hatte, war ebenfalls nicht zu vermuten.

»Hört mir zu«, wandte sich Zelda erneut an den Mann. »Ich habe kein Geld bei mir. Doch ich bin die Nichte von Lady Dalrumple. Lasst mich jetzt in die Listen schauen, und ich verspreche Euch bei meiner Ehre, dass Ihr Euren Lohn bis spätestens morgen Mittag bekommt.«

Der Hafenmeister betrachtete Zelda mehr als misstrauisch. Sein Blick glitt über ihr Haar, das mit einem einfachen Kälberstrick zusammengebunden war, über ihr von Elizabeth geliehenes Kleid aus grobem Stoff und mit einem Schnitt, den Mägde und Bäuerinnen trugen, bis hinunter zu den Stiefeln, die ganz und gar unpassend und obendrein vom Staub der Landstraße grau gefärbt waren.

Der Mann grinste, leckte sich die Lippen und sagte ohne Bosheit: »Ich kenne zwar keine Lady Dalrumple hier in Edinburgh, aber das ist auch egal. Ihr seht nämlich nicht aus wie die Nichte einer Lady, wisst Ihr? Ich glaube eher, dass Ihr eine einfache Bäuerin aus den Highlands oder eine ihrem Dienstherrn entflohene Magd seid.«

Zelda nickte. Sie hatte Verständnis für die Auffassung des Mannes.

Der griff jetzt nach dem Kontorbuch, legte es in eine flache Truhe, die unter dem Fenster stand, schloss zweimal mit einen großen eisernen Schlüssel ab und hängte sich diesen mit allem Nachdruck an seinen Gürtel.

Zelda sah sich gehetzt um. Dann fasste sie den Hafenmeister am Ärmel und bat mit flehentlicher Stimme: »Bitte, so sagt mir wenigstens, ob sich eine junge blonde Frau und ein gut aussehender Mann in ihrer Begleitung an Bord des Schiffes befanden.«

Der Hafenmeister schüttelte den Kopf. »Madam, ich kann Euch wirklich nichts sagen. Natürlich befand sich unter den Passagieren mit Sicherheit eine junge Frau mit blondem Haar, die selbstverständlich nicht ohne männliche Begleitung reist. Ich bin mir sogar sicher, dass es sich so verhält, aber ob Eure Schwester eine dieser Frauen war, vermag ich beim besten Willen nicht zu sagen. Dazu müsste ich tatsächlich in die Passagierlisten schauen.«

Mutlos wand sich Zelda ab.

Der Hafenmeister aber schien Mitleid mit ihr zu haben, denn er rief ihr hinterher: »Ihr findet mich heute bis zum Sonnenuntergang hier in diesem Kontor. Ich meine, falls Eure Geschichte, dass Ihr die Nichte von Lady Dalrumple seid, nicht doch erfunden ist oder Ihr das Geld auf andere Weise aufbringen könnt.«

Zelda nickte, dann fiel ihr etwas ein: »Wann geht das nächste Schiff nach Frankreich?«

Der Hafenmeister runzelte nachdenklich die Augenbrauen. »In vier Tagen. Gleich morgens bei Sonnenaufgang werden die Anker gelichtet.«

»Gibt es auch dazu schon Passagierlisten?«, fragte Zelda.

Der Hafenmeister nickte. »Bringt das Geld, dann werdet Ihr alles erfahren, was auch ich weiß. Vielleicht habe ich ja Nachrichten, die Euch erfreuen werden.«

Zelda sah den Mann aufmerksam an, dann grüßte sie und verließ verzagt das Kontor des Hafenmeisters.

Draußen saß Elizabeth auf einem steinernen Poller und hielt das Gesicht in die warme Maisonne. Es roch nach Tang, Fisch und Meer, der Wind trug eine warme, leichte Brise heran, und die Sonne strahlte mit aller Kraft vom Himmel. Es war ein wunderschöner Tag, doch Zelda erschien er dunkel, trüb und kalt.

Sie berichtete von ihren Erlebnissen im Kontor des Hafenmeisters und fügte ohne jede Hoffnung hinzu: »Ich glaube, ich habe meine Schwester verloren. Sicher ist sie auf dem Segler, der gerade dabei ist, am Horizont zu verschwinden.«

»Jetzt lass den Mut nicht sinken, Zelda. Du bist nicht den langen Weg aus den Highlands bis nach Edinburgh gekommen, um so kurz vor dem Ziel aufzugeben. Lass uns das Haus deiner Tante suchen. Ich bin sicher, auch sie hat ein großes Interesse daran, dass Joan wohlbehalten auf die McLain-Manors zurückkehren kann. Sie wird dir helfen und das Geld für den Hafenmeister beschaffen.« Elizabeth sah Zelda aufmunternd an. Dann stand sie auf, breitete die Arme aus und sagte mit gespielter Fröhlichkeit: »Wer sagt denn, dass Joan und Ian tatsächlich auf der Karavelle sind, die du gerade am Horizont gesehen hast? Ist es nicht genauso gut möglich, dass sie erst mit dem nächsten Segler nach Frankreich aufbrechen?«

»Du hast Recht«, erwiderte Zelda und straffte die Schultern. »Wir werden jetzt zum Haus meiner Tante gehen, uns etwas frisch machen und dann erneut den Hafenmeister aufsuchen.«

Wenig später klopften sie an die Tür eines prachtvollen Stadthauses in der Royal Mile. Schon von außen konnte man erkennen, dass die Bewohner des vierstöckigen Hauses gewiss nicht unter Geldnot litten.

Das Haus war aus geraden Steinen gemauert und ordentlich mit einer dicken Schicht weißem Kalk verputzt. Schmal und herrschaftlich überragte es die beiden Gebäude, die sich links und rechts anschlossen. Die Fenster waren aus Bleiglas, die Läden davor aus edlem Holz und der Türklopfer aus poliertem Messing.

Eine Magd öffnete, betrachtete die beiden Frauen, verzog dann das Gesicht und erwiderte mit schnippischer Stimme: »Was wollt ihr? Wir kaufen nichts.«

Zelda zog die Schultern nach hinten, reckte das Kinn

und betrachtete die vorlaute Magd mit kühlem Blick. »Meldet Lady Dalrumple die Ankunft ihrer Nichte Lady Zelda McLain. Und schnell, wenn ich bitten darf.«

Das Mädchen errötete, knickste ordentlich und bat die beiden Besucherinnen mit beinahe unterwürfiger Höflichkeit hinein. Sie bat sie, in der Halle Platz zu nehmen, dann eilte sie mit gerafften Röcken eine der beiden Treppen hinauf, die sich links und rechts von der Halle nach oben in den ersten Stock wanden.

Zelda und Elizabeth sahen sich um. Obwohl Zelda selbst nicht am Rande der Armut leben musste, war sie von der Pracht im Haus ihrer Tante geblendet.

Die Wände waren von kostbaren, bestickten Behängen bedeckt, bequeme Stühle mit dicken Polstern aus feinstem Samt umstanden einen Kamin, das Holz der Möbel war edel und glänzte wie frisch polierte Kastanien. In einem Wandschrank schimmerte fein ziseliertes Zinngeschirr, auf einer kleinen Anrichte standen mehrere Flaschen aus bestem Kristall aus dem fernen Murano.

Zelda sah an sich herab und bemerkte die Schäbigkeit ihres Aufzuges. Kaum wagte sie, es sich in einem der weichen Polsterstühle bequem zu machen.

Auch Elizabeth trat unbehaglich von einem Bein auf das andere. »War es wirklich eine gute Idee, hierher zu kommen?«, raunte sie.

Zelda legte ihr beruhigend eine Hand auf den Arm. »Meine Tante ist eine herzensgute Frau. Du brauchst dich nicht zu beunruhigen«, erwiderte sie leise und sah nach oben. Eine Tür klappte, und gleich darauf waren eilige Schritte zu hören.

Zelda zerrte an dem derben Kälberstrick, mit dem sie ihre Haare zusammengebunden hatte, und schüttelte ihre Mähne, doch an ihrem Aufzug änderte das nicht viel.

Lady Dalrumple, eine vornehme Frau von vielleicht fünfunddreißig Jahren, kam mit einem offenen Lächeln und ausgebreiteten Armen die Treppe herunter.

»Zelda, meine Liebe«, zwitscherte sie. »Wie lange haben wir uns nicht mehr gesehen? Es muss Jahre her sein. Damals warst du noch ein kleines Mädchen. Und jetzt, ich kann es kaum glauben, ist aus dem kleinen Mädchen eine wunderschöne Frau geworden.«

Ganz Lady, ignorierte sie die Schäbigkeit von Zeldas Aufzug, die im grellen Gegensatz zu ihrer eigenen Kleidung stand.

Lady Laetitia Dalrumple trug ein bodenlanges Kleid aus Mailänder Samt, das am Oberkörper eng anlag und die vollen Brüste betonte, an der Hüfte aber weiter wurde und nach der neuesten Mode in lockeren Falten bis zum Boden reichte. Ihr Oberkleid war aus Brokat und mit goldenen Stickereien versehen. Auf dem Haar trug sie, wie es sich für eine verheiratete Frau geziemte, eine Haube, die mit einer Perlenstickerei versehen war.

Lady Dalrumple zog Zelda in ihre Arme und küsste sie auf beide Wangen, dann wandte sie sich an Elizabeth und sagte: »Ihr habt meine Nichte sicherlich auf ihrer Reise aus den Highlands begleitet. Seid auch Ihr mir herzlich in meinem Hause willkommen.«

Sie bat die beiden Frauen, in der Kaminecke Platz zu nehmen, und klingelte sehr vornehm mit einer kleinen Glocke nach der Magd. »Bring ein paar Erfrischungen, und mache ein leichtes Mahl zurecht. Meine Nichte und ihre Begleiterin kommen von weit her. Sie müssen hungrig sein.«

Wenig später brachte die Magd ein Tablett, das sich unter der Last verschiedener Kuchen und Gebäckstücke bog.

Hungrig griffen Zelda und Elizabeth zu, und Lady Dalrumple beobachtete lächelnd den großen Appetit der beiden. Erst als sie sich gestärkt hatten, fragte sie: »Nun, Zelda, was führt dich nach Edinburgh? Du kommst überraschend. Dein Vater, mein lieber Bruder, hat keinen Boten geschickt, der dein Kommen angekündigt hat.«

Zelda nickte. »Vater weiß nicht, dass ich hier bin. Aber es wäre wohl besser, wenn er es wüsste.«

Lady Dalrumple nickte. »Bist du weggelaufen? Etwa durchgebrannt?« Dann winkte sie ab und fügte hinzu: »Gleichgültig, wie und warum du hierher gekommen bist, ich freue mich jedenfalls über deinen Besuch. Doch du hast Recht, wir sollten deinen Vater nicht ängstigen. Ich schicke gleich einen Boten zu den McLain-Manors. Doch nun berichte.«

Lady Dalrumple lehnte sich bequem zurück und sah Zelda auffordernd an.

Die junge Lady berichtete in allen Einzelheiten, was in den letzten Tagen und Wochen geschehen war. Sie begann mit Lord McLains Beschluss, sie mit Allistair Kingsley zu verheiraten und Joan in ein Kloster zu geben, und erwähnte ihre Begegnung am See, ohne jedoch Ian Lavertys Namen zu nennen. Dann berichtete sie, wie Joan des Nachts geraubt worden war und sie sich am folgenden Tag aufgemacht hatte, ihre Schwester zu finden. Zelda verschwieg auch nicht, dass sie glaubte, der Mann vom See und Joan seien ein Liebespaar, die vorhätten, gemeinsam nach Frankreich zu gehen, um dort miteinander leben zu können.

»Vielleicht ist dieser Mann aber auch ein Mädchenhändler, der Joan geraubt hat, um sie verkaufen zu können«, teilte Zelda ihrer Tante ihre zweite Vermutung mit.

Lady Dalrumples Gesicht verzog sich mitleidig. »Willst du damit sagen, dass der Mann, in den du dich verliebt hast, entweder deine Schwester liebt oder aber ein Verbrecher ist?«, fragte sie, indem sie sich nach vorn beugte und ihre Hand auf Zeldas legte.

Sogleich füllten sich Zeldas Augen mit Tränen. »Ja, es sieht wohl so aus. Alles deutet darauf hin. Aber ehrlich gesagt, ich weiß nichts Genaues. Es gibt so viele Anhaltspunkte und so wenige Fakten. Im Grunde weiß ich nur, dass Joan eines Nachts aus ihrer Kammer verschwunden ist und unweit ihres offenen Fensters eine Mantelschließe mit den Initialen des Mannes lag, den ich liebe.«

»Hm«, machte Lady Dalrumple nachdenklich. »Eine verzwickte Angelegenheit. Doch jetzt berichte mir den Rest.«

Zelda erzählte, wie ihr das Pferd gestohlen worden war und sie unter falschen Verdächtigungen ins Verlies geriet. Sie berichtete von der Bekanntschaft mit Elizabeth, ihrer gemeinsamen Flucht und den Abenteuern unterwegs. Nur die Nacht, in der sie um ein Haar vergewaltigt worden wäre, verschwieg sie. Noch immer fühlte sich Zelda durch Banda beschmutzt. So sehr beschmutzt, dass sie sich am liebsten ständig gewaschen hätte.

Am Ende berichtete sie noch in aller Ausführlichkeit von ihrer Begegnung mit dem Hafenmeister und seinen Forderungen.

»Du bekommst natürlich das Geld von mir. Sag mir,

was immer du brauchst, und du sollst es haben«, sagte Lady Dalrumple. Dann wandte sie sich an Elizabeth. »Dasselbe gilt auch für Euch. Ich bin sehr froh und dankbar, dass Ihr Euch um meine Nichte gekümmert habt. Also nehmt kein Blatt vor den Mund, und lasst mich Eure Wünsche wissen. Doch zunächst werde ich Euch ein Bad richten lassen und frische Kleidung herauslegen.«

Sie sah um Zustimmung heischend zu den beiden Frauen, und als diese nickten, klingelte sie erneut nach der Magd und trug ihr auf, zwei Gästezimmer herzurichten und für Zelda und Elizabeth ein Bad zu bereiten.

Köstlich war es, im heißen Wasser zu liegen, sich mit duftender Seife zu waschen und anschließend frische Kleidung anziehen zu können. So wohl wie in diesem Augenblick hatte sich Zelda lange nicht mehr gefühlt. Auch der Gedanke an den Schmutz, den Banda auf ihrem Körper hinterlassen hatte, war ein wenig in den Hintergrund gerückt.

Eine Stunde nach der Ankunft im Haus ihrer Tante saß Zelda frisch und duftend in der Halle und scharrte ungeduldig mit den Füßen auf dem Marmorboden herum.

Auch Elizabeth hatte nicht die notwendige Ruhe für eine ausführliche Pflege gehabt. Kurz nach Zelda kam auch sie in die Halle, angetan mit einem sehr vorteilhaften Kleid aus burgunderrotem Tuch und einem Überkleid aus grauem Samt.

Erstaunt sah Zelda auf. Elizabeth hatte plötzlich keinerlei Ähnlichkeit mehr mit einer Wehmutter, die sich nur mit Mühe und Not durchs Leben schlug. Nein, in diesen Sachen wirkte sie wie eine gut gestellte Bürgersfrau oder eine bescheidene Lady.

Aber genau wie Zelda staunte auch Elizabeth über die Verwandlung, die mit ihrer jungen Freundin geschehen war.

Zelda trug ein lindgrünes Kleid, das ausgesprochen gut zu ihrer frisch gewaschenen roten Mähne passte, die mit dunkelgrünen Haarbändern in Ordnung gehalten wurde.

»Jetzt siehst du wirklich aus wie eine Lady McLain«, sagte Elizabeth voller Bewunderung. »Ich glaube nicht, dass der Hafenmeister es noch einmal wagt, dich fortzuschicken und deinem Wort zu misstrauen, wenn er dich in diesem Aufzug sieht.«

Auch Zelda machte Elizabeth ein Kompliment, doch Elizabeth lachte nur. »Kleider machen Leute, wusstest du das nicht? Die Menschen beurteilen einander nicht nach ihrem Charakter, sondern nach dem, was sie am Leib tragen. Deshalb werden aus armen Schluckern schnell Verbrecher, die aus geringfügigem Anlass im Kerker enden, während andere, die in Samt und Seide gekleidet gehen, allzu oft davonkommen.«

Elizabeth hatte die Worte kaum ausgesprochen, als sie sich erschrocken die Hand vor den Mund schlug. Die beiden Frauen hatten nicht bemerkt, dass Lady Dalrumple ebenfalls in die Halle gekommen war.

»Verzeiht, Lady, meine vorlauten Worte«, entschuldigte sich Elizabeth.

Laetitia Dalrumple winkte ab. »Es gibt keinen Grund, dass Ihr Euch entschuldigen müsst. Ihr habt Recht. Niemand weiß das besser als ich.«

Sie hatte eine kleine Schatulle bei sich, die sie jetzt auf das Tischchen stellte und mit einem kleinen Schlüssel öffnete. Die Schatulle war bis zum Rand mit Geldstücken gefüllt.

Lady Dalrumple nahm zwei kleine Lederbeutelchen, füllte sie großzügig mit Münzen und reichte je einen davon Zelda und Elizabeth.

»Nein, Mylady«, wies Elizabeth das Geschenk zurück. »Ich kann Eure Großzügigkeit nicht annehmen.«

»Ach, hört auf mit dem Gerede. Ihr habt mit meiner Nichte geteilt, was Ihr besitzt. Ich kann Euch gar nicht genug dafür danken. Menschen wie Euch gibt es nicht oft. Ich wäre froh und glücklich, hätte ich eine Freundin wie Euch.«

Elizabeth lächelte. »Auch Ihr seid mir von Herzen sympathisch, Lady Dalrumple, und auch ich würde mich glücklich schätzen, mit Euch befreundet zu sein.«

Die beiden Frauen lächelten sich an, dann reichten sie einander die Hand und kamen überein, sich in Zukunft zu duzen, genau, wie es unter Freundinnen üblich ist.

Doch dann drängte Zelda, die ihrer Freundin und ihrer Tante mit leiser Rührung zugesehen hatte, zum Aufbruch. Sie wollte jetzt so schnell wie möglich zum Hafenmeister und endlich erfahren, welche Passagiere auf den Listen standen.

Laetitia Dalrumple hielt Zelda zurück: »Ich halte es für besser, wenn du wartest, bis mein Mann von seinen Geschäften im Rathaus zurückgekehrt ist. Er verfügt über viel Einfluss, und ich glaube nicht, dass der Hafenmeister es wagen würde, dem Ratsherrn Dalrumple den Wunsch zu verweigern, Einblick in die Passagierlisten zu nehmen.«

Zelda, die ihren Onkel erst ein einziges Mal gesehen hatte, winkte ab. »Versteh bitte, Tante Laetitia, dass es mich drängt, zum Hafen zu gehen. Ich weiß sehr gut, dass Onkel William sehr beschäftigt ist und nicht gerade darauf wartet, seine angeheirateten Nichten vor Unheil zu bewahren.«

Laetitia lachte. »Vielleicht hast du Recht. Versuche es selbst, und wenn du keinen Erfolg haben solltest, so kann Lord William Dalrumple noch immer in den Lauf der Dinge eingreifen.«

13. Kapitel

Die Dämmerung war bereits hereingebrochen, als sich Zelda gemeinsam mit Elizabeth erneut zum Hafen begab.

Sie eilten durch die engen Gassen der Handwerker, die gerade dabei waren, ihre Auslagen aus den offenen Fenstern zu räumen und die Läden zu schließen.

Aus den geöffneten Haustüren drangen verschiedene Essensgerüche. Während es in der Royal Mile nach gebratenem Fleisch roch, herrschte in den Gassen der Handwerker der Geruch nach Kohlsuppe oder Hafergrütze vor.

Die Fischbratküchen, die sich in der Nähe des Hafens befanden, schlossen ebenfalls gerade, doch der Geruch nach ranzigem Fett und Fisch hing wie eine Glocke über der Gegend.

Auch der Hafen lag verlassen da. Die angetäuten Schiffe wiegten sich majestätisch auf den leisen Wellen. Ein paar Arbeiter standen mit nacktem Oberkörper am Kai und unterhielten sich. Andere machten sich auf den Weg in das nächste Pub, um ihren Schlummertrunk zu nehmen, ehe sie heim in ihre kümmerlichen Behausungen gingen.

Zielstrebig eilte Zelda, gefolgt von Elizabeth, zum Kontor des Hafenmeisters, klopfte energisch an die Tür und trat schwungvoll ein. Der Hafenmeister saß hinter seinem großen Schreibtisch aus einfachem Holz. Er hatte das Kontorbuch aufgeschlagen, und Schreibfeder, Tinte und Löschsand lagen in Bereitschaft.

Als er die junge Frau sah, stand er auf und kam höflich hinter seinem Tisch hervor. Es war eindeutig, dass er in Zelda nicht die abgerissene Gestalt vom Vormittag wieder erkannte.

»Was kann ich für Euch tun, Mylady?«, fragte er beflissen.

Zelda reckte das Kinn und richtete sich kerzengerade auf.

»Ich bin die Nichte des Ratsherrn Lord William Dalrumple«, sagte sie hoheitsvoll. »und gekommen, um Einblick in die Passagierlisten des letzten Schiffs nach Frankreich zu nehmen. Ich wünsche in Erfahrung zu bringen, wer mit dem nächsten Schiff auf den Kontinent reisen wird.«

Der Hafenmeister kratzte sich am Kinn. »Merkwürdig«, sagte er. »Ihr seid schon die zweite Frau, die heute danach fragt.«

Ohne dass der Hafenmeister noch etwas sagen musste, griff Zelda in ihren kleinen Lederbeutel, den Laetitia Dalrumple gut gefüllt hatte, und legte einige Golddukaten auf den Tisch.

»Dies ist für Eure Mühe«, sagte sie.

»Aber nicht doch«, zierte sich der Hafenmeister. »Ich bin Euch stets zu Diensten. Es ist mir eine Freude, Euch behilflich sein zu können.«

Zelda wechselte einen Blick mit Elizabeth, in deren Augen der Spott glomm.

Der Hafenmeister nahm unterdessen das große Kontorbuch, bat Zelda und Elizabeth, auf einer kleinen Wandbank Platz zu nehmen, und reichte es ihnen.

Sogleich beugten sich die beiden Frauen darüber und lasen Zeile für Zeile die Eintragungen.

Mit jeder neuen Zeile wurde Zelda niedergeschlagener.

»Ich kann Joans Namen nicht finden«, klagte sie.

»Warte ab, noch sind wir nicht fertig«, tröstete Elizabeth, doch als sie am Ende der Listen angekommen waren, hatten sie noch immer nicht gefunden, wonach sie suchten.

Plötzlich schlug sich Zelda mit der Hand vor die Stirn: »Wie dumm ich doch bin«, sagte sie. »Wie konnte ich nur glauben, dass Joan unter ihrem richtigen Namen reist? Sie ist auf der Flucht. Natürlich muss sie sich anders nennen. Warum bin ich nur nicht gleich darauf gekommen?«

»Ist alles in Ordnung?«, erkundigte sich der Hafenmeister.

»Wer betreut die Passagiere? Wer geleitet sie an Bord?«, wollte Zelda wissen.

»Nun, meist bin ich dafür zuständig. Könnt Ihr die Leute beschreiben, um die es sich handelt? Könnt Ihr mir Namen nennen? Wenn Sie auch nicht unter ihren richtigen Namen auf den Listen verzeichnet sind, so ist es doch möglich, dass ich gehört habe, dass sie sich gegenseitig riefen.«

»Meine Schwester, die ich suche, heißt Lady Joan McLain. Sie ist von eher zierlicher Gestalt, mit blassem Gesicht und hellem Haar. Ihre Schönheit ist auffallend, besonders, weil sie eher aussieht wie eine Frau aus den Nordländern. Begleitet wird sie von einem groß gewachsenen Mann mit mahagoniroten Haaren. Er hat graublaue Augen, sehr breite Schultern und ist wie ein Lord gekleidet. Ian Laverty ist sein Name.«

»Was sagt Ihr da? Ian Laverty?«

Der Hafenmeister war plötzlich sehr aufmerksam geworden. Sein Körper straffte sich, und beinahe hatte es den Anschein, als wolle er Haltung annehmen.

»Ian Laverty?«, fragte er noch einmal nach und strich sich glättend über sein Wams.

»Ganz recht. Habt Ihr ihn gesehen?«

Der Hafenmeister warf sich in die Brust. »Natürlich habe ich das! Erst vor kurzem noch war er hier.«

Er zeigte auf einen kleinen Platz vor seinem Fenster.

»Genau dort hat er gestanden. Wie er leibt und lebt. Ich sehe ihn oft. Fast jeden Tag ist er hier im Hafen. Jeder kennt ihn hier.«

Die Stimme des Hafenmeisters klang voller Überzeugung.

Zelda hörte ihm ungläubig zu, fasste nach Elizabeths Hand und drückte sie vor Aufregung.

»Meint Ihr wirklich Ian Laverty aus Edinburgh?«, fragte sie noch einmal nach, weil sie ihren Ohren kaum zu trauen wagte.

»Wenn ich es Euch doch sage«, erwiderte der Hafenmeister in gespielter Entrüstung. »Vor höchstens einer Stunde stand er noch hier draußen. Und wenn ich mich recht besinne, so war tatsächlich eine junge Frau bei ihm. Schlank und schmal, sagtet Ihr? Mit feinen blonden Haaren und dem blassen Gesicht einer Nordländerin. Ja, eine solche Frau war in seiner Begleitung. Ich dachte noch: Oh, das arme Ding, welches Ian Laverty da am Arm hat. Sie sah aus, als hätte sie geweint, wisst Ihr? Ganz rot waren ihre Augen und auch die Nasenspitze. Fleckig vor Tränen das Gesicht. Mir ist sogar, als hätte sie die Hände gerungen.«

»Und weiter? Was habt Ihr noch gesehen?«

Der Hafenmeister zuckte mit den Achseln.

»Nicht viel. Nichts Besonderes. Ian Laverty sprach mit einem Mann, der plötzlich wie aus dem Nichts auftauchte. Ein großer Mann mit einem ernsten Gesicht und breiten Schultern. Wie ein Holzfäller aus den Highlands sah er aus. Ganz von Staub bedeckt war er, und sein Umhang, den er lässig über die Schulter gelegt hatte, trug in der Mitte einen langen Riss.«

»Und dann? Was geschah weiter?«

Zelda war aufgestanden und auf den Hafenmeister zugegangen. Es hätte nicht viel gefehlt, und sie hätte ihn am Wams gepackt und alles, was er wusste, aus ihm herausgeschüttelt.

»So redet endlich!«

»Nun, ich will kein falsches Zeugnis ablegen wider meinem Nächsten«, schwatzte der Hafenmeister, zog ein gottesfürchtiges Gesicht und faltete fromm die Hände vor seinem dicken Bauch.

Zelda verstand. Wieder griff sie nach ihrem ledernen Beutel und holte ein Goldstück daraus hervor. Mit leiser Abscheu warf sie es auf den Tisch. Der Hafenmeister griff sofort danach, betrachtete es von allen Seiten und ließ es in Windeseile in der Tasche seines schlichten Wamses verschwinden.

»Also? Was ist? So redet doch!«

»Nun, mir schien es so, als übergäbe Ian Laverty die traurige junge Frau an den wild aussehenden Gesellen. Zumindest fasste er sie am Ellbogen und schob sie ein kleines Stück in seine Richtung.«

»Hat sich die Frau gewehrt?«

Der Hafenmeister schüttelte den Kopf.

»Nein, bestimmt nicht. Sie wirkte eher wie erstarrt, wenn Ihr wisst, was ich meine.«

»Nein, ich habe keine Ahnung, wovon Ihr sprecht. Erklärt Euch genauer. Was habt Ihr gesehen?«

»Die kleine Lady weinte. Ihre Schultern bebten, und der andere Mann nahm sie an der Hand und tätschelte ihr den Arm, aber daraufhin weinte sie noch mehr. Schließlich traten die Männer einen Schritt zur Seite, und der fremde Geselle holte eine Geldkatze aus einer Art Satteltasche hervor und übergab sie an Ian Laverty. Dann reichten sich die beiden Männer die Hand, als hätten sie gerade ein Geschäft besiegelt. Der Fremde nahm die Frau am Arm und zog sie mit sich. Laverty sah ihnen nach, dann wurde er von zwei Hafenarbeitern angesprochen und gingen mit ihnen in die entgegengesetzte Richtung davon. Er ist übrigens beinahe jeden Abend am Kai zu finden. Und fast immer bespricht er sich mit den Arbeitern vom Hafen.«

Wie betäubt stand Zelda auf, dankte dem Hafenmeister und verließ das Kontor. Elizabeth folgte ihr.

Als sie so weit vom Kontor entfernt waren, dass der neugierige Hafenmeister beim besten Willen nicht verstehen konnte, was die beiden Frauen sprachen, blieb Zelda stehen und sagte zu Elizabeth: »Es ist schlimmer, als ich befürchtet habe. Ian Laverty ist kein Ehrenmann, und er ist auch nicht der Geliebte Joans, für den sie die Heimat verlassen hat, um mit ihm in Frankreich leben zu können. Du hast mit eigenen Ohren gehört, was der Hafenmeister gesagt hat. Es kann nicht anders sein: Ian Laverty hat meine kleine Schwester Joan an einen geheimnisvollen Fremden verkauft. Er ist ein Mädchenräuber, ein Entführer, ein skrupelloser Verbrecher.«

Die letzten Worte schrie Zelda beinahe heraus.

Elizabeth legten einen Finger auf ihren Mund, die andere Hand auf Zeldas Arm, »Pst«, flüsterte sie. »Hör auf zu schreien, sonst hört uns am Ende noch jemand. Lass uns lieber überlegen, was zu tun ist. Wir haben schließlich nicht nur schlechte Nachrichten bekommen. Joan ist in der Stadt, und wir müssen nichts anderes tun, als sie zu finden.«

»Aber wie? Und vor allem: Wo sollen wir sie suchen?

Sollen wir alle Gasthäuser und Herbergen in Edinburgh absuchen? Noch bevor wir mit der Hälfte davon fertig sind, ist Joan längst mit dem Fremden über alle Meere.«

»Nein, das wäre der falsche Weg.« Elizabeth schüttelte den Kopf. »Es gibt eine einfachere Lösung. Wir müssen Ian Laverty finden. Nur er kann uns sagen, wo Joan steckt und was der Fremde mit ihr im Schilde führt.«

Zelda sah sich um und breitete die Arme aus. »Aber wo wollen wir Laverty suchen? Es gibt unzählige Pubs in der Nähe des Hafens. Überdies ist uns der Zutritt zu den Gasthäusern ohne männliche Begleitung verboten, ganz zu schweigen davon, dass sich solch ein Verhalten für eine Lady unmöglich schickt.«

Elizabeth lachte trotz des Ernstes der Lage laut auf. »Seit wann kümmerst du dich darum, was sich schickt und was nicht? Wir sollten bedenken, ob es nicht besser wäre, deinen Onkel um Hilfe zu bitten.«

»Um Gottes willen.«

Zelda riss erschrocken die Augen auf. »Nein, das können wir unmöglich tun. Du hast selbst gehört, mit welchem Gesindel sich Laverty hier im Hafen herumtreibt. Hafenarbeiter und Matrosen sind berüchtigt für ihren schlechten Lebenswandel. Die meisten von ihnen sind übel beleumundet. Ich kann Laetitia und William, die noch nicht allzu lange in dieser Stadt leben, nicht zumuten, mit einem Verbrecher, wie Ian Laverty einer ist, in Verbindung gebracht zu werden.«

»Nun«, erwiderte Elizabeth. »Dann bleibt uns nur noch eine Möglichkeit. Wir müssen morgen Abend wieder zum Hafen kommen und auf Laverty warten. Vielleicht haben wir Glück. Es ist unsere einzige Möglichkeit herauszufinden, wo Joan sich aufhält.«

Obwohl Laetitia Dalrumple mehrmals nachfragte, was sich am Hafen ergeben habe, erhielt sie nur vage Auskünfte von Zelda und Elizabeth.

»Joan ist noch in der Stadt«, war alles, was ihre Nichte von ihrem Besuch beim Hafenmeister zu berichten hatte. »Vielleicht gelingt es uns, morgen einen Mann zu treffen, der sich oft im Hafen aufhält und möglicherweise weiß, wo Joan sich befindet.«

Laetitia sah ihre Nichte aufmerksam an, entdeckte die unterdrückte Wut und die Traurigkeit in ihren Augen und verzichtete darauf, weitere Fragen zu stellen.

Lady Dalrumple war eine kluge, lebenserfahrene Frau. Sie wusste, dass in Zeldas Herzen eine Narbe aufgebrochen war, und sie hatte nicht vor, weiteres Salz in diese Wunde zu streuen.

Stattdessen plauderte sie mit den beiden Frauen über Belanglosigkeiten, erzählte von ihrem Leben in der Stadt und schlug Elizabeth vor, sie am nächsten Morgen auf den Markt zu begleiten.

Sie genoss Elizabeths Anwesenheit sehr und hatte schnell Vertrauen zu der erfahrenen Frau gefasst. Und in ihrem Herzen – oder besser gesagt, unter ihrem Herzen – trug sie ein noch ziemlich frisches Geheimnis, bei dem ihr Elizabeth eine große Hilfe sein konnte.

Lady Dalrumple lächelte bei diesem Gedanken und strich sich mit der Hand zärtlich über den Bauch.

Der nächste Abend war noch jung, als sich Zelda aufmachte, um zum Hafen zu gehen. Sie trug heute ein einfaches weißes Kleid, das ihre Figur umschmeichelte, und ließ das Haar offen im Wind wehen.

Mit hastigen Schritten eilte sie die Straße hinab, doch je näher sie dem Hafen kam, umso zögernder setzte sie einen Fuß vor den anderen. Das Herz klopfte ihr bis zum Hals, und ihr Puls galoppierte wohl schneller als ein Rennpferd.

Sie fürchtete sich vor der Begegnung mit Ian Laverty, den sie mehr als sonst jemanden auf der Welt hasste, weil er ihr so wehgetan hatte wie noch nie zuvor ein Mensch. Und den sie gleichzeitig liebte, obwohl sie sich mit der ganzen Kraft ihres Verstandes gegen diese Liebe wehrte.

Doch was immer sie auch tat, sie konnte Ian und die wundervollen Stunden mit ihm am See einfach nicht vergessen.

Und jetzt sollte sie vor ihn treten! Musste alle Demütigungen und Kränkungen, die er ihr angetan hatte, vergessen und so tun, als begegnete sie ihm rein zufällig.

Oh, Zelda hatte Angst. Doch es war keine Angst vor dem Mann, der noch immer ihre Träume beherrschte. Nein, wenn sie ganz ehrlich war, so hatte sie Angst vor sich selbst. Vor dem Ansturm ihrer Gefühle, die sie wie eine Welle zu überrollen drohten und den Verstand einfach auszublenden vermochten. Nicht ihr Hirn würde ihre Begegnung bestimmen, sondern ihr Herz.

Zelda seufzte. Sie sah bereits die riesigen Schiffe im Hafen liegen, roch das Meer, den Tang und die Fische. Gleich würde sie unten am Kai sein, und sehr bald schon würde sie auf Ian treffen.

Sie wusste nicht, ob sie sich wünschte, den Mann ihres Herzens, ihre Liebe und ihr Leid zu sehen. Doch es war müßig, darüber nachzudenken, denn jetzt ging es einzig und allein um Joan. Sie musste gerettet werden, alles andere hatte keine Bedeutung.

Zelda lief zögernd durch den Hafen, sah sich immer wieder nach allen Seiten um und atmete vor Erleichterung auf, als sie in die Nähe des Hafenmeisterkontors geriet.

Sie setzte sich auf eine große Kiste, die neben dem Kontor stand, kreuzte die Füße, legte die Hände in den Schoß und wartete.

Während sie dort saß, beobachtete sie die Geschehnisse im Hafen. Zwei Fischer brachten einen alten, verschlissenen Kahn an Land und holten mehrere Weidenkörbe ein, die mit silbrig glänzenden Fischen gefüllt waren. Ein alter Mann, dessen Hände von der rauen See rot und zerschunden aussahen, versuchte ungeschickt ein Netz zu flicken, zwei Katzen stritten sich um ein paar Fischköpfe, und über allem kreisten die Möwen und stießen schrille Schreie aus.

Hafenarbeiter trugen Säcke auf den Schultern und ächzten unter der Last, ein Schiffsjunge kippte einen Eimer mit Abfällen ins Meer und sah belustigt zu, wie die Möwen sich in reicher Anzahl darauf stürzten.

Ein gut gekleideter Herr inspizierte, die Hände säuberlich auf dem Rücken verschränkt, eine Ladung, die soeben von einem Schiff gebracht wurde, und bestimmte dann zwei Männer, eben diese Ware in sein Handelskontor unweit der Royal Mile zu bringen.

Zelda war fasziniert von dem, was im Hafen vor sich ging. Unzählige Menschen, die allesamt überaus beschäftigt wirkten, hasteten, eilten, sprangen durch den Hafen. Rufe ertönten, Anweisungen wurden erteilt, Pferdefuhrwerke warteten an den Schiffsrampen darauf, beladen zu werden, Schreiber schleppten dicke Kontorbücher herum und hatten sich eine Schreibfeder hinter ein Ohr geklemmt.

Jetzt, als die Sonne langsam dem Horizont entgegenfiel und einen goldenen Schleier über das Meer breitete, erschienen auch die ersten Dirnen am Hafen. Zelda erkannte sie an dem gelben Zeichen, das sie an ihrer Kleidung tragen mussten.

Selbstbewusst schritten sie über das Gelände, hielten hier und da inne und sprachen einen Mann an. Zelda sah, wie eine bereits ältere Dirne, deren Brüste beinahe vollständig aus dem Mieder krochen, sich bei einem Matrosen unterhakte und mit ihm lachend und scherzend im nächsten Pub verschwand, wo wohl auch einige Zimmer stundenweise vermietet wurden.

Die Hafenarbeiter, die Packer und Träger stellten ihre Arbeiten ein und eilten ebenfalls dem nächsten Pub entgegen. Bald leerte sich das Gelände.

Immer wieder sah sich Zelda nach allen Richtungen um, doch von Ian Laverty war ringsum nichts zu sehen. Sie seufzte und hörte auf das Schlagen der Turmuhr, die bereits die achte Stunde verkündete.

Es ziemte sich nicht für eine junge Frau, wie sie es war, um diese Zeit noch ohne Begleitung auf offener Straße gesehen zu werden. Und noch weniger gehörte sich ihre Anwesenheit im Hafen.

Ein letztes Mal sah sie sich um, doch als der Hafenwächter mit einer Pechfackel in der Hand zu seiner ersten Kontrollrunde antrat, da erhob sie sich und ging enttäuscht und bange um Joans Schicksal langsam an der steinernen Kaimauer entlang. Am Ende der Hafengebäude bog sie um eine Ecke und betrat eine Gasse, die vom Hafen weg und hinauf zur Stadt führte.

Sie hatte ihren Fuß gerade in die Gasse gesetzt, da stieß sie mit einem Entgegenkommenden zusammen.

»Oh, verzeiht vielmals«, sagte der Mann, gegen den Zelda gerannt war – und den sie sofort erkannte. Sein Geruch stieg ihr in die Nase, seine Stimme fuhr wie

Balsam in ihre Seele und legte sich schützend über die Narben.

»Aber … aber«, stotterte der Mann. »Da ist ja meine Waldfee! Oh, wie sehr ich mich nach dir gesehnt habe.«

Er hielt sie am Arm, sah ihr in die Augen, und wieder meinte Zelda, darin Liebe und große Zärtlichkeit zu entdecken. Ihr Herz wollte dahinschmelzen, ihr Körper wollte sich an seinen pressen, ihr Mund strebte nach seinen Lippen, doch Zelda hielt sich zurück. Er ist ein Verbrecher, dachte sie wieder und wieder, als betete sie in Gedanken das Vaterunser oder den Rosenkranz. Ich darf ihm nicht erneut verfallen.

»Auch ich freue mich, Euch, Ian Laverty, wieder zu sehen.«

»Liebste, wie kommst du hierher nach Edinburgh? Oh, ich bin ganz durcheinander vor lauter Freude, dich endlich wieder in meiner Nähe zu haben. Sag, hast du wohl Zeit für einen kleinen Spaziergang? Jetzt, wo ich dich endlich wieder gefunden habe, bin ich nicht bereit, dich gleich wieder gehen zu lassen.«

»Nun, ich hatte nicht den Eindruck, dass Ihr inständig nach mir gesucht habt«, erwiderte Zelda mit aller Kühle, die sie aufzubringen imstande war. Ihr Herz trommelte zum Zerspringen, und ihr Busen bebte wie nach einem schnellen Lauf. Die Aufregung hatte ihr eine zarte Röte in die Wangen getrieben und Ian Laverty fiel es sichtlich schwer, sich von ihrem zauberhaften Anblick loszureißen.

Doch ihre Worte, aus denen Schmerz klang, wollte er nicht übergehen.

»Entschuldige bitte. Aber ich sagte dir doch, dass ich noch einen Auftrag zu erledigen hätte. Doch jetzt ist alles, wie es sein soll, und ich plante bereits, morgen in die

Highlands aufzubrechen und an unserem Ufer des Verlangens so lange zu warten, bis ich dich eines Tages wiedersehen würde. Doch der Zufall hat dich mir heute über den Weg geschickt, und ich schwöre dir, meine Waldfee, dass er mir damit das schönste Geschenk gemacht hat, das ich jemals bekommen habe.«

Er hob die Hand und strich Zelda zart über die Wange. Sie erbebte unter der Berührung, doch sie wollte sich nichts von ihrer Erregung anmerken lassen.

»Was tust du in Edinburgh?«, fragte Ian Laverty nun.

»Genauso gut könnte ich Euch fragen, welchen Auftrag Ihr hier zu erledigen hattet.«

Ian lachte. »Ich sehe schon, du bist mir böse. Und du hast Recht. Wäre es nicht mein bester Freund gewesen, der mich um einen Gefallen bat, ich wäre bei dir geblieben, und keine Macht der Welt hätte mich jemals wieder von deiner Seite gebracht.«

Neugierig beugte sich Zelda ein wenig nach vorn und zwang sich zu einem Lächeln.

»Was war das für ein geheimnisvoller Auftrag, um den Ihr ein solches Aufheben macht?«

Ian Laverty sah Zelda ernst an, dann antwortete er: »Es tut mir Leid, noch kann ich dir nichts darüber erzählen. In vier Tagen aber darfst du mich alles fragen, was du wissen möchtest.«

Zelda zuckte gespielt gleichgültig die Achseln, um nicht zu neugierig zu wirken. »Wie Ihr wollt«, sagte sie.

Sie durfte kein allzu großes Interesse bekunden, denn Ian Laverty ahnte ja nicht im Mindesten, dass Joan, die er geraubt und verkauft hatte, ihre über alles geliebte kleine Schwester war. Für Ian Laverty war sie eine fremde Waldfee, die er zweimal in seinem ganzen Leben getroffen hatte. Nichts wusste er von ihr, kannte weder ihren Namen noch ihre Herkunft, und sie gedachte, ihn so lange wie nur möglich in Unwissenheit zu halten.

»Du hast mir noch immer nicht gesagt, was du hier in der Stadt tust.«

Er betrachtete sie von oben bis unten mit bewundernden Blicken. »Du siehst sehr schön aus. Das Kleid steht dir hervorragend. Und soviel ich davon verstehe, ist es von einem der besten Gewandschneider und nach der allerneuesten Florentiner Mode gefertigt.«

»Ich bin zu Besuch bei meiner Tante«, erklärte Zelda knapp.

Ian nickte.

Hoffentlich fragt er mich jetzt nicht, was ich am Hafen zu suchen habe, dachte Zelda und lächelte ihn an, um ihn von diesem Gedanken abzulenken. Beinahe im selben Augenblick bog ein Grüppchen wild aussehender Seemänner um die Ecke in die Gasse und nahm Kurs auf den Pub *Zum Wilden Mann,* der nur wenige Schritte entfernt lag und aus dessen offener Tür ein ohrenbetäubender Lärm drang.

Als die Männer Ian Laverty erkannten, grüßten sie ihn respektvoll und machten, dass sie davonkamen, sodass Zelda in ihrer Annahme, Ian Laverty sei ein gefährlicher Mädchenhändler, nur noch bestärkt wurde.

Wenn schon die Seemänner, die weder Tod noch Teufel fürchteten und bestimmt die gefährlichsten Abenteuer auf ihren Fahrten über die sieben Meere erlebt hatten, Ian mit Respekt, ja, beinahe mit Furcht oder gar Ehrfurcht begrüßten, so musste Laverty in der Unterwelt der Hafenstadt Edinburgh eine große und bekannte Rolle spielen.

Ian sah den Männern nach, bis sie in dem Pub verschwunden waren, dann griff er Zelda behutsam am Ellbogen und sagte: »Lass uns ein wenig am Meer spazieren gehen. Diese Gegend ist nichts für ein junges, unschuldiges Mädchen aus den Highlands.«

Zelda lächelte zaghaft und folgte ihm gehorsam.

Warum habe ich eigentlich keine Angst vor ihm?, dachte sie plötzlich. Warum fühle ich mich bei diesem Mann so geborgen und beschützt, als läge ich zu Hause im Gutshaus im weichen Bett meiner Kammer? Sie wusste keine Antwort darauf.

Wenig später hatten sie den Hafen hinter sich gelassen und waren an ein Stück Strand gekommen. Das Meer glitzerte im Mondschein wie eine Platte aus flüssigem Silber, die Wellen trugen ihre Kämme stolz wie junge Bräute ihre Hauben mit Spitzenbesatz. Eine leichte Brise kam vom Meer, strich sanft durch Zeldas Haar und kühlte ihre heißen Wangen.

Sie war verwirrt. Ians Nähe nahm sie völlig gefangen. Sein männlich-herber Duft kroch in ihre Nase, die Wärme seiner Haut strahlte auf sie ab.

In seinen Armen zu liegen, war alles, was ihr Herz wünschte. Doch ihr Hirn mahnte sie zur Vorsicht, wünschte das Gegenteil.

Wortlos schlenderten sie am Strand entlang. Ian griff nach Zeldas Hand, hauchte einen Kuss auf ihren Puls, der sich dadurch selbstverständlich nicht beruhigte, sondern noch heftiger das Blut durch ihren Körper trieb.

Irgendwann blieben sie stehen. Ian nahm ihr Gesicht vorsichtig zwischen seine beiden Hände und sah Zelda tief in die Augen.

Wieder fand sie weder Lug noch Trug in seinen Blicken, im Gegenteil, sie hatte das Gefühl, bis auf den tiefsten Grund seiner Seele schauen zu können. Einer Seele, die weiß und rein wie frisch gefallener Schnee war.

»Du bist so schön«, sagte er, doch Zelda schüttelte heftig den Kopf. Ohne es zu wollen, musste sie in diesem Augenblick an Banda denken. An Banda, seine Gewalttätigkeit und die schmerzenden, grässlichen Worte, die er zu ihr gesagt hatte.

Unwillig machte sie sich los.

»Was ist mit dir?«, fragte Ian.

Ein beinahe ohnmächtiges Bedürfnis, ihm zu erzählen, was ihr in dieser Nacht nahe dem Zigeunerlager widerfahren war, bemächtigte sich ihrer. Tränen stiegen in ihr auf, drängten mit aller Macht in ihre Augen.

Hier, im Schutz und in der Geborgenheit Ians, löste sich der eiserne Ring, der sich seit der missglückten Vergewaltigung um ihr Herz geschlossen hatte.

Doch Ian war nicht der, für den sie ihn hielt. Warum, o Gott, warum nur konnte Ian Laverty nicht der sein, den sie sich wünschte? Ein rechtschaffener Mann, der sie liebte und begehrte und den sie von Herzen lieben und begehren konnte ...

Das Schicksal schien sich gegen sie verschworen zu haben.

»Was ist?«, fragte er noch einmal, nahm ihr Gesicht wieder in die Hände und zwang Zelda, ihn anzusehen.

Sie schloss die Augen und seufzte, während er mit dem Daumen behutsam über ihre Brauen strich.

»Findest du mich wirklich schön?«, fragte sie, und Ian hörte die Verwundung in ihrer Stimme.

»Ja«, sagte er mit Nachdruck. »Du bist die schönste Frau, die ich je gesehen habe. Du trägst die Reinheit einer Heiligen im Blick, deine Wangen erinnern an frisch erblühte Rosen, dein Mund gleicht einer reifen Kirsche, und deine Haut fühlt sich an wie frisch geschlagene Sahne. Meine Hände wünschen sich, in deinem Haar ein Nest zu bauen, meine Lippen wollen nichts, als sich auf deine legen.«

Zelda seufzte. »Wirklich?«

»Wer hat dir wehgetan?«, fragte Ian zurück.

Und plötzlich war es mit Zeldas Beherrschung vorbei. Alle Sorgen, Anspannungen, Verletzungen und Ängste lösten sich und verschafften sich in einem Tränenstrom Erleichterung, der ungehindert aus ihren Augen floss.

Ian drückte ihren Kopf an seine Brust, strich ihr sanft übers Haar wie einem Kind und sagte leise: »Weine nicht. Es wird alles gut. Was immer auch geschehen ist, alles wird gut.«

Und während er mit zärtlicher Stimme Zelda zu beruhigen versuchte, ballte sich sein Herz zu einer Faust zusammen und drohte demjenigen, der Zelda diesen Schmerz zugefügt hatte.

Es dauerte lange, bis die junge Highlanderin sich wieder beruhigte. Schüchtern ließ sie sich von Ian die Tränen aus den Augenwinkeln küssen, doch als sein Mund ihre salzigen Lippen berührte, schmolz ihr Widerstand dahin wie Butter in der Sonne.

Mit wilder Leidenschaft erwiderte sie seinen Kuss, ihre Münder verschmolzen zu einem einzigen, und ihr Atem vermischte sich, wurde zu einer einzigen Lebensquelle, die gut für sie beide ausreichte.

Als sie danach weiter am Strand entlangspazierten, legte Ian schützend seinen Arm um Zeldas Schulter und zog sie eng an sich.

»Willst du mir nicht sagen, wer du bist und wie du heißt?«, fragte er leise. »Ich möchte dich niemals wieder verlieren, doch dazu muss ich wissen, wer du bist.«

Zelda zögerte. Alles in ihr drängte danach, sich ihm zu offenbaren. Doch Joans Schicksal war wichtiger als ihre eigenen Bedürfnisse. Im Übrigen dachte sie nicht daran, ihm Auskunft über ihre Person zu geben, solange sie nicht wusste, wo ihre Schwester war. Die Liebe hatte sie vielleicht blind gemacht, aber nicht dumm und leichtsinnig.

»An dem Tag, an dem du mir von deinem geheimnisvollen Auftrag erzählst, werde ich dir erzählen, wer ich bin und woher ich komme«, erwiderte sie mit einer solchen Entschlossenheit, dass Ian in Lachen ausbrach.

»Wie du mir, so ich dir?«, fragte er, doch Zelda antwortete nicht.

Ian nickte. Er hatte verstanden. Auch Zelda trug ein Geheimnis in sich. Und erst, wenn dieses Geheimnis gelüftet war, würde es für sie vielleicht eine Zukunft geben. Er beschloss, nicht weiter in sie zu dringen und den Dingen ihren Lauf zu lassen. Jetzt war er einfach nur glücklich, mit ihr zusammen sein zu dürfen. Er genoss ihre Gegenwart, berauschte sich an dem Duft, der ihrem Haar entströmte, ließ sich durch die Zartheit ihrer Haut besänftigen und kostete von ihrem Mund, der wie reife Walderdbeeren schmeckte.

In Zeldas Kopf dagegen herrscht ein heilloses Durcheinander. Die Gedanken sausten wie Bienenschwärme durch ihren Kopf, ihr Herz war in Aufruhr. So zwiegespalten hatte sie sich noch nie gefühlt.

Sie liebte Ian Laverty – und wünschte sich doch, ihn zu hassen. Wütend wollte sie auf ihn sein, aber seine Ausstrahlung war so stark, dass ihre Wut in seiner Gegenwart einfach in sich zusammensackte.

Zelda hasste sich für ihre Schwäche. Und gleichzeitig benötigte sie alle Kraft, die sie aufbringen konnte, um nicht mit Fäusten auf ihn loszugehen.

Am liebsten hätte sie gegen seine Brust geschlagen,

hätte den Aufenthaltsort Joans aus ihm herausgeprügelt, ihn mit Schimpf und Schande überhäuft. Dieser Mann hatte ihre Schwester geraubt, um sie nach Frankreich zu verkaufen. Dieser Mann hatte das Schicksal einer unschuldigen jungen Frau in seine Hände genommen und zum Schlechtesten verwandelt. Sie hasste diesen Mann.

Und gleichzeitig liebte sie ihn. Liebte ihn mehr, als sie je einen anderen geliebt hatte.

»Ich habe dich gestern am Hafen gesehen«, berichtete sie.

»Ja, das ist möglich. Ich bin beinahe täglich dort«, antwortete Ian, ohne im Geringsten beunruhigt zu sein.

»Eine junge Frau war in deiner Begleitung. Sie hat geweint.«

Wieder nickte Ian.

»Stimmt. Eine zarte Person mit wunderbarem seidigem Haar.«

»Du hast sie einem Mann übergeben.«

»So war es ausgemacht.«

Ian ließ sich durch Zeldas Fragen nicht aus der Ruhe bringen.

»Und du hast von ihm einen kleinen Lederbeutel in Empfang genommen.«

Jetzt lachte er.

»Du hast Augen wie ein Adler«, sagte er und stupste Zelda mit dem Zeigefinger auf die Nasenspitze.

»Was waren das für Leute?«, fragte Zelda mit einer Stimme, die verriet, dass sie nicht bereit war, locker zu lassen.

»Warum interessieren dich diese Leute so?«, fragte Ian und sah Zelda prüfend an. »Sie haben nichts mit uns zu tun, sie sind für uns und unsere Zukunft nicht wichtig.«

Oh, doch, dachte Zelda. Wenn du wüsstest, wie wichtig mir zumindest die Frau ist, dann würdest nicht so ruhig hier neben mir hergehen.

»Nun, die Frau wirkte so traurig. Ich habe Mitleid mit ihr bekommen«, erwiderte sie. »Wo ist sie jetzt? Was hat der Mann mit ihr vor?«

Ian zuckte mit den Achseln.

»Ich weiß nicht, wo die beiden jetzt sind. Meine Aufgabe in dieser Sache ist erfüllt und abgeschlossen. Ich habe auch keine Ahnung, was die beiden miteinander vorhaben.«

Irgendetwas in seiner Stimme sagte Zelda, dass er log.

»Ich muss nach Hause«, fiel Zelda plötzlich ein. »Meine Tante wird schon auf mich warten.«

»Wann sehe ich dich wieder? Wo kann ich dich treffen?«, fragte Ian drängend.

Zelda wandte sich um, doch Ian hielt sie an der Hand fest. »Bitte, sag mir, wo ich dich finde. Wie ist der Name deiner Tante? In welcher von Edinburghs zahlreichen Gassen wohnt sie?«

Doch Zelda schüttelte nur den Kopf, dass die roten Locken um ihren Kopf wehten, riss sich los und lief davon.

Ian sah ihr nach, dann rief er: »Ich werde jeden Abend hier an dieser Stelle auf dich warten.«

Doch Zelda rannte weiter, ohne sich noch einmal nach dem Mann umzusehen.

Ratlos lief Ian die wenigen Schritte zum Strand und beruhigte seine aufgewühlten Gefühle, indem er auf die Wellen starrte.

14. Kapitel

Fröhliches Lachen schallte ihr entgegen, als Zelda das Haus ihrer Tante in der Royal Mile betrat.

Die Halle war von echten Wachslichtern erhellt, die in den zahlreichen silbernen Leuchtern steckten. Im Kamin brannte ein kleines Feuer aus Birkenscheiten, denn die Nächte waren im Mai doch noch empfindlich kühl.

Am Kamin saß Laetitia, die Wangen vom Lachen gerötet. Ihre Augen blitzten, und sie winkte ihrer Nichte fröhlich zu. Neben ihr hatte Lord William Dalrumple Platz genommen, ein meist recht ernst dreinblickender Mann, der heute jedoch ganz gegen seine Gewohnheit über alle Backen strahlte.

Auch Elizabeth wirkte fröhlich und gelöst.

»Einen guten Abend wünsche ich«, sagte Zelda.

»Guten Abend, komm, meine Liebe, setz dich zu uns. Es gibt Neuigkeiten«, erklärte Laetitia und schlug mit der Hand auf das Polster des Lehnstuhles neben sich.

»Was möchtest du trinken? William hat zur Feier des Tages einen Rotwein aus Italien geöffnet. »Ich hätte da einen Chianti, der sehr zu empfehlen ist.«

Zelda setzte sich und nickte. »Einen Becher Wein kann ich jetzt gut gebrauchen.«

Doch Laetitia hatte den Wein bereits vergessen. Sie wirkte, als befände sie sich in einer anderen Welt, in einer Welt des Glücks, in der irdische Dinge wenig Bedeutung hatten. Sie beugte sich zu ihrem Mann herüber und küsste ihn mit unerwarteter Zärtlichkeit auf die Wange.

Elizabeth aber sah zu Zelda, erkannte ihre Verwirrung. Zeldas Wangen waren gerötet, ihre Augen glänzten, und ihre Bewegungen waren fahrig.

»Du musst mir alles erzählen«, flüsterte sie.

Zelda nickte. »Später, wenn die anderen schlafen.«

Laut wandte sie sich an das turtelnde Ehepaar: »Nun, was sind das für Neuigkeiten, die ihr zu berichten habt? Ich bin sehr gespannt. Lasst mich nicht vor Neugier sterben«, bat sie und lächelte erst ihren Onkel, dann ihre Tante freundlich an.

Laetitia rief nun doch nach der Magd und ließ sie den Weinschlauch mit dem Chianti bringen.

Als alle Becher auf dem Tisch gefüllt waren, stand Laetitia feierlich auf, hob auch den Becher und sagte mit bewegter Stimme: »Ich trinke auf den zukünftigen Erben des Namens Dalrumple.«

Ihre Augen strahlten wie kleine Sonnen, ihr Gesicht sah um Jahre verjüngt aus, und ihr Mund schien gar nicht mehr mit Lächeln aufhören zu können.

»Ist das wahr?«, fragte Zelda begeistert. »Heißt das, ihr beide bekommt Nachwuchs?«

Laetitia strahlte William an und nickte. »Ja, ich trage ein Kind unter meinem Herzen. Elizabeth sagt, es wird im September zur Welt kommen.«

Sie strich sich mit der Hand über den Bauch, und Zelda entging die Geste keineswegs. Sie freute sich sehr für ihre Tante und konnte doch das leise Bedauern darüber, dass ihr solch ein Glück wohl verwehrt war, nicht ganz unterdrücken.

»Oh, kann es sein, dass man schon eine leichte Wölbung sieht?«, erkundigte sie sich.

Laetitia nickte stolz: »Ja. Ich dachte erst, ich hätte zugenommen. So viele Jahre schon wünschen wir uns ein Kind. Doch als es immer und immer wieder nicht klappte, hatten William und ich die Hoffnung schon fast aufgegeben. Erst Elizabeth hat mir heute meinen

Verdacht bestätigt. Auf die wunderbarste Wehmutter, die es gibt.«

Laetitia hob erneut ihren Becher und trank auf Elizabeth.

»Herzlichen Glückwunsch euch beiden«, sagte Zelda. Sie stand auf, trat zuerst zu ihrer Tante und dann zu ihrem Onkel und küsste beide herzhaft auf die Wangen.

»Ich freue mich so für Euch«, erklärte sie.

»Und weißt du was?«, plapperte Laetitia schwelgend im Glück fröhlich weiter. »Es gibt noch mehr Neuigkeiten.«

»Oh, wie aufregend.« Zelda lächelte. »Willst du mir etwa sagen, dass auch Onkel William ein Kind erwartet?«

Gelächter ertönte, und Laetitia strich ihrem Mann zärtlich über den doch beträchtlichen Bauch, mit dem sie es wohl bald würde aufnehmen können.

»Nein. Aber ich habe Elizabeth dazu überreden können, mir in der Zeit der Schwangerschaft zur Seite zu stehen und die Geburt zu begleiten. Anschließend wird sie dem neugeborenen Dalrumple die Kinderfrau sein. So habe ich stets eine Freundin im Haus, und Elizabeth muss sich nicht länger um ihre Zukunft sorgen.«

»Das freut mich von Herzen«, sagte Zelda mit Überzeugung und küsste Elizabeth auf beide Wangen. Dann fügte sie hinzu: »Obwohl ich mir bereits ausgemalt hatte, Elizabeth mit in die Highlands zu nehmen.«

Schließlich besann sich Laetitia darauf, dass Zelda heute Abend eine Mission am Hafen zu erledigen gehabt hatte.

»Nun zu dir«, sagte sie. »Warst du erfolgreich?«

Zelda schüttelte den Kopf. »Ich weiß zwar, dass Joan

noch immer in der Stadt ist, aber ich habe leider keine Ahnung, wo ich sie finden kann. Und ihr Entführer war leider auch nicht so dumm, mir den Aufenthaltsort zu verraten.«

Lord William Dalrumple lehnte sich bequem zurück. »Wie wäre es, wenn ihr mich morgen zu einem Empfang anlässlich der Verlobung von Sir Halberrys Tochter begleitet? Viele Ohren hören viel. Ich hätte das große Glück und die überaus große Ehre, von drei der schönsten Frauen begleitet zu werden, und du, Zelda, hättest Gelegenheit, mit den größten Klatschbasen von ganz Edinburgh Bekanntschaft zu schließen.«

»Oh, ja«, stimmte Laetitia ein. »Lasst uns morgen Abend gemeinsam zu den Halberrys gehen.«

»Eine gute Idee«, stimmte Zelda zu und stand auf. »Doch jetzt bin ich hundemüde. Bitte entschuldigt mich, aber ich möchte heute früh zu Bett gehen. Der Tag war anstrengend.«

»Geh nur, meine Liebe«, antwortete Laetitia. »Der Schlaf heilt so manche Wunde. Ich wünsche dir eine gute Nacht und wunderbare Träume.«

Auch Elizabeth stand auf und schloss sich Zelda an.

Gemeinsam gingen sie die Treppe zu den Gästezimmern im zweiten Stockwerk herauf.

Elizabeth zog Zelda mit in ihre Kammer und deutete mit der Hand auf das Bett, damit ihre Freundin sich darauf niederlassen konnte.

»Erzähl«, bat sie. »Berichte von Anfang an, und lass nicht ein einziges Wort aus. Ich sehe, dass du sehr aufgewühlt bist.«

»Du hast Recht«, nickte Zelda. »Die Gedanken streichen durch mein Hirn wie hungrige Wolfsrudel.«

»Du hast Laverty getroffen?«

»Ja, in der Gasse, die vom Hafen in die Stadt führt, stießen wir aufeinander.«

»Und?«

Zelda seufzte.

»Er war mir sofort wieder so vertraut, als kennte ich ihn seit meiner Kindheit und als wären wir nie auch nur einen Tag lang getrennt gewesen. Ich habe ihn auf der Stelle an seinem Geruch erkannt. Seine Stimme drang wie Balsam in meine Seele.«

Sie hatte den Kopf gesenkt und blickte auf ihre Hände, die den Stoff ihres Kleides zerknüllten. Dann sah sie auf und sagte: »Oh, Elizabeth, ich möchte ihn so gern hassen für das, was er Joan angetan hat, aber ich kann es nicht.«

»Du liebst ihn«, stellte Elizabeth fest. »Es ist nicht deine Schuld. Niemand kann sich aussuchen, in wen er sich verliebt. Solche Dinge geschehen, und meist offenbart sich der tiefere Sinn erst später. Aber sprich weiter. Was genau ist geschehen?«

»Nun, wir stießen zusammen, erkannten uns sofort wieder. Er fragte, wie ich nach Edinburgh gelangt sei, und ich erzählte etwas von einem Besuch bei meiner Tante.«

»Hast du Laetitias Namen genannt?«

»Nein, genauso wenig, wie er mir verraten hat, was es mit seiner Begegnung mit der jungen blassen Frau, hinter der wir Joan vermuten, und dem unbekannten Fremden auf sich hat.«

»Damit war zu rechnen«, stellte Elizabeth fest. »Und wie ging es weiter? Worüber habt ihr gesprochen?«

Zelda senkte erneut den Blick und schluckte. Mit sehr leiser Stimme fuhr sie fort: »Er hat mir Komplimente für mein Aussehen gemacht. Seine Augen blickten dabei offen in meine.«

»Und wie hast du dich dabei gefühlt?«

Zelda zuckte mit den Achseln. »Seit der Nacht mit Banda fühle ich mich beschmutzt und hässlich. Doch Ians Worte legten sich wie Balsam auf meine Seele. Ich habe ihm glauben können, Elizabeth. Verstehst du? Und gleichzeitig hatte ich ein wenig Angst vor ihm.«

Elizabeth lachte leise. »Ja, du liebst ihn, Zelda. Und es wird Zeit, dass du es dir eingestehst. Er macht dir Angst. Gut. Aber das kann er nur, weil er dir so viel bedeutet. Wäre er dir gleichgültig, hättest du keine Angst. Und im Übrigen hast du keine Angst vor Ian, sondern vor der Macht deiner Gefühle.«

Sie hielt einen Moment inne und strich Zelda wie einem Kind über das Haar. »Du denkst noch oft an die Nacht beim Zigeunerlager, nicht wahr?«

Zelda antwortete nicht und wich sogar Elizabeths Blick aus.

»Es war schrecklich«, flüsterte sie. »Ich sehe mich seither mit anderen Augen. Immer öfter kommt mir der Gedanke, dass ich wohl selbst Schuld daran trage, was mir geschehen ist. Vielleicht habe ich Banda mit meinen Blicken ermutigt. Vielleicht trug ich das falsche Kleid, vielleicht habe ich zu laut gelacht. Vielleicht geschah mir dies aber auch nur, weil ich des Nachts allein im Wald gewesen bin. Es ziemt sich nicht für eine junge Frau. Die Strafe folgte auf dem Fuß.«

Erschrocken griff Elizabeth nach Zeldas Hand. »Um Gottes willen, Mädchen, was denkst du da? Du trägst keine Schuld. Nicht im Geringsten. Banda hat einen Übergriff gewagt. Er allein ist schuldig. Und ich hoffe und wünsche, dass du sehr bald schon begreifst, dass du nicht weniger schön und nicht weniger liebenswert bist als vor jener Nacht.«

»Ich glaube nicht, dass es jemals wieder so sein wird wie vorher«, flüsterte Zelda, und Elizabeth sah, wie ihre Unterlippe zitterte.

»Hab keine Angst, Kind. Die Liebe wird dich heilen. Eines Tages wird ein Mann dir Dinge sagen, die Bandas Worte und Handlungen vergessen machen. Nur die Liebe hat diese Macht. Nichts sonst. Sie ist die Essenz unseres Lebens.«

Zelda nickte. »Ja, so ist es wohl. Die Liebe ist eine Macht, die sich nicht beherrschen lässt.«

Elizabeth schien es nun an der Zeit, das Thema zu wechseln, um Zelda auf andere Gedanken zu bringen.

»Hast du etwas über Joan erfahren können?«, fragte sie.

Zelda schüttelte den Kopf. »Ich befürchte jedoch das Schlimmste. Als wir in der Gasse standen, kam eine Gruppe von Seeleuten vorüber. Sie grüßten Ian Laverty beinahe mit Ehrfurcht. Oh, Elizabeth, ich werde noch verrückt. Der Mann, den ich liebe, ist allem Anschein nach der gefürchtete Anführer einer Bande von Mädchenräubern, dem selbst die erfahrensten Seebären mit Respekt begegnen.«

Jetzt seufzte auch Elizabeth. »Ich fürchte, es wird uns nichts anderes übrig bleiben, als Augen und Ohren offen zu halten. Schlimmstenfalls werden wir beim Auslaufen des nächsten Schiffes nach Frankreich am Hafen sein und Joan, wenn es sein muss, mit Gewalt aus den Händen ihrer Räuber befreien.«

»Wie mag es ihr wohl gehen?«, fragte Zelda. »Ist sie allein? Fürchtet sie sich? Hat sie Heimweh? Ist der Mann freundlich zu ihr? Oh, wenn ich nur daran denke, was er ihr alles antun könnte, so habe ich keine ruhige Minute mehr.«

»Alles wird sich finden. Wir werden beten, Zelda. Das ist das Einzige, das wir tun können.«

Zelda befolgte Elizabeths Rat. Gleich nach dem Frühstück machte sie sich auf in die Kathedrale von Edinburgh zur Morgenmesse.

Als sie das Gebäude betrat, fand sie kaum noch Platz in den Reihen. Beinahe jeder Sitz war besetzt.

Zelda sah Fischersfrauen, Alte und Arme in den letzten Reihen, brave Handwerksfrauen und Krämerinnen in der Mitte. In den vorderen Bankreihen hatten dagegen die Frauen der Ratsherren und reichen Handelsleute Platz genommen. Ganz vorn aber, in den ersten beiden Reihen, waren die Plätze der Adligen.

Zelda überlegte einen Augenblick, ob sie die Bank mit dem Namensschild der Dalrumples suchen und sich dorthin setzen sollte, doch dann entschied sie sich anders und zwängte sich in die Mitte zu den Bürgerinnen.

Es wunderte sie nicht, dass die meisten Besucher dieses Gottesdienstes Frauen waren. Nicht nur in Edinburgh war es üblich, dass die Aufgabe, den Herrn zu loben und zu preisen, meist der Hausfrau zufiel, während die Männer sich noch in den Kissen wälzten oder aber bereits bei der Arbeit waren.

Gern hätte Zelda der Predigt des Bischofs von Edinburgh gelauscht, kannte sie doch bisher nur die sich stets wiederholenden Worte des Priesters, der einmal wöchentlich eine Messe in der Kapelle des Gutshauses abhielt; doch dann zog etwas anderes ihre Aufmerksamkeit in den Bann.

In der Bankreihe vor ihr unterhielten sich zwei Frauen. Als der Name Ian Laverty fiel, rückte Zelda auf ihrem Sitz nach vorn und beugte sogar den Oberkörper, sodass ihr kein Wort entgehen konnte.

»Ich habe gehört, er ist zurück«, berichtete die eine der Frauen.

Die andere sagte: »Ja, das habe ich auch gehört. Doch niemand weiß, was er in den Highlands gemacht hat.«

»Merkwürdig. Wirklich merkwürdig. Die Nachbarin erzählte, er wolle sich eine Braut von dort holen. Eine unschuldige Highlanderin aus gutem Hause, die wenig Ahnung vom Leben in der größten Hafenstadt Englands und Schottlands hat.«

»Ja, das würde gut zu Ian Laverty passen. Doch soviel ich weiß, ist er ohne eine Braut zurückgekehrt.«

»Oh, bei ihm weiß man nie, woran man ist. Vielleicht kommt die Auserwählte später nach? Jedenfalls herrscht Ruhe und Ordnung im Hafen, seit er wieder da ist.«

»Was Recht ist, muss auch Recht bleiben. Mag er sein, wie er will, eines steht fest: Im Hafen hat er das Sagen. Und er hat seine Leute fest im Griff. Niemand würde es wagen, sich seinen Anweisungen zu widersetzen.«

Die andere kicherte: »Recht hast du! Wie der Vater, so der Sohn. Nur mit den Frauen hält es Ian anders. Der alte Laverty war im Ganzen wohl fünfmal verheiratet. Aber der Junge geht schon beinahe in das achtundzwanzigste Jahr und hat noch immer keine Braut vor den Altar gestellt.«

»Er wird wählerisch sein. Halb Edinburgh liegt ihm zu Füßen. Kein Wunder, dass er sich bisher noch für keine entschieden hat.«

Eine andere Frau zischte und bat um Ruhe, sodass das Gespräch verstummte.

Aber Zelda hatte genug gehört. »Im Hafen hat er das Sagen. Und er hat seine Leute fest im Griff.«

Das konnte doch wirklich nur heißen, dass Ian Laverty der Kopf einer Bande war, die die Geschäfte im Hafen kontrollierte. Oh, Zelda hatte genug Fantasie, um sich vorzustellen, was das für Geschäfte waren! Mädchenhandel natürlich. Aber vielleicht auch der Verkauf gestohlener Waren, der Ankauf von Gütern aus fernen Ländern, die in Edinburgh um ein Vielfaches des Einkaufspreises angeboten wurden. Ja, möglicherweise war Ian Laverty sogar der Kopf einer Piratenbande, die Handelsschiffe überfiel, ausraubte und sich wenig um das Schicksal der Besatzung kümmerte.

Doch die Frauen hatten mit Achtung und Respekt von Laverty gesprochen. War er vielleicht ein »guter« Räuber?

Ein Verbrecher mit edler Gesinnung wie Robin Hood?

Zelda erinnerte sich an die Geschichte des Hauptmanns vom Sherwood Forrest, die ihr Margaret früher immer erzählt hatte: Robin Hood wurde in einem Dorf in Nottinghamshire geboren. Sein Vater war Förster, und er hatte einen reichen alten Onkel, den Gutsherrn Gamewell, der war ein Bruder seiner Mutter und wohnte etwa zwanzig Meilen weit entfernt.

Als Robin Hood ungefähr dreizehn Jahre alt war, wurde beschlossen, dass er zu Weihnachten seinen Onkel besuchen sollte. Zu Pferd machte er sich auf den Weg, und seine Mutter saß hinter ihm. Als sie auf Gut Gamewell ankamen, hieß sie der Gutsherr herzlich willkommen. Er hatte eine große Gesellschaft in seinem Haus, und sie verbrachten den Tag mit viel lustiger Unterhaltung. Hier war es, wo sich Robin mit Little John anfreundete, nach welchem sein Onkel gesandt hatte, auf dass er die Gesellschaft mit seinen spaßigen Possen unterhalte. Aber wie erstaunt waren die Gäste, als

Robin aufstand und ihm alle Kniffe nachmachte, und dazu noch besser als er! Der Gutsherr war von seinem Neffen so entzückt, das er versprach, ihn zu seinem Erben einzusetzen, wenn er auf Gamewell bleiben wollte.

Einmal, als Robin fort war, um seinen Vater zu besuchen, da wurde der Gutsherr plötzlich krank, und man sandte einen Boten, der ihn eiligst heimholen sollte. Inzwischen fühlte der Gutsherr, dass er sterben müsste, und schickte nach einem Mönch, damit er mit dem Himmel seinen Frieden machen konnte. Und dieser Mönch brachte ihn dazu, ein Dokument zu unterzeichnen, womit er alles, was er besaß, der Kirche übereignete. Als Robin auf dem Gut ankam, war sein Onkel tot, und die Mönche, die das Haus in Besitz genommen hatten, schlossen ihm die Tür vor der Nase und wollten ihm gar nichts geben. Das war ein schwerer Schlag für den armen Robin, denn er war als Edelmann erzogen worden, hatte kein Handwerk gelernt und war nicht imstande, sich seinen Unterhalt zu verdienen. Wie einen Hund jagte man ihn vom Gut, doch vor dem Tor traf er Little John, der auf ihn gewartet hatte. Sie entschlossen sich, ihr Glück gemeinsam zu suchen, und kamen überein, in den Sherwood Forrest zu gehen und dort von dem zu leben, was sie sich mit ihren Bogen beschaffen konnten. Da sie geschickt waren, erbeuteten sie oft mehr, als sie selbst verzehren mochten, und gaben den Armen und Kranken, den Bettlern und Hilfsbedürftigen ab, was immer sie entbehren konnten. Bald schon sprach man in der Gegend des Sherwood Forrest von nichts anderem mehr, und der neu erworbene Ruhm Robin Hoods zog eine Anzahl junger Männer an, die sich ihm und Little John anschlossen.

Doch nicht alles, was es überreich im Wald und am gedeckten Tisch von Mutter Natur gab, reichte aus, um den Armen, Kranken und Hilfsbedürftigen zu geben, was sie am Nötigsten brauchten. Viele von ihnen waren krank, brauchten einen Arzt, Medizin, warme Kleidung im Winter, Stroh, um die Dächer der Katen zu decken, oder ein wenig Saatgut, um Vorsorge für die nächste Ernte zu treffen.

Die Leute um Robin Hood brauchten Geld.

Und da es Mönche waren, die Robin um seinen Besitz gebracht hatten, forderte er von jedem Geistlichen, der des Weges kam, eine Abgabe.

Eines Tages traf er am Rande des Waldes zwei wohl berittene, dickbäuchige Priester, denen man das gute Leben schon von weitem ansah. Robin selbst brauchte ein Pferd und beschloss beim Anblick der fetten, feisten Geistlichen, denen die Nächstenliebe fern wie der Mond war, sie zu berauben. Er packte die Zügel ihrer ebenfalls wohlgenährten Pferde und befahl den Männern abzusteigen. Aber der eine hieb wild mit dem Peitschengriff nach Robin und traf ihn schmerzhaft an der Schulter. Robin fing den nächsten Schlag mit seinem Stock auf und brachte den Priester rasch zu Boden.

Als sich die beiden Geistlichen schließlich mehreren Männern gegenübersahen, baten sie um Gnade, bestritten aber, dass sie Geld bei sich trügen. Robin Hood glaubte ihnen nicht und befahl ihnen, sogleich auf die Knie zu fallen und um die Summe zu beten, die er verlangte. Vor lauter Furcht weigerten sie sich nicht, seinem Befehl nachzukommen. Und als sie gebetet hatten und noch kein Geld zum Vorschein gekommen war, durchsuchte Robin Hood die beiden und fand in ihren Taschen fünfzig Goldstücke. Er nahm das Geld, verteilte es an die Armen und Kranken und vergaß auch die Witwen und Waisen nicht.

Zelda lächelte, als ihr Margarets Erzählungen über Robin Hood einfielen. Als Kind war sie eine begeisterte Anhängerin des Herrschers über den Sherwood Forrest gewesen, und als Mädchen hatte sie sich gewünscht, einmal ebenso stark und mutig, so unerschrocken und gut zu sein wie Robin Hood. Und noch etwas später hatte sie sogar davon geträumt, ihn zum Manne zu nehmen.

Wäre Ian Laverty ein neuer Robin Hood vom Edinburgher Hafen, sie, Zelda, könnte sich gut vorstellen, mit ihm für den Rest ihres Lebens in einem dunklen Wald zu wohnen. Ein Ian, dessen Verbrechen allein darin bestand, dass er den Reichen nahm und den Armen und Bedürftigen gab, erschien ihr nicht unedler als der Edelste unter den Edelmännern. Doch wie passte die Mädchenräuberei zu diesem Rächer der Armen und Schwachen?

Nein! Zelda schüttelte den Kopf. Ian Laverty war wohl doch kein Held, sondern einfach ein Halunke, dem die beiden braven Bürgersfrauen aus reinem Unwissen Respekt entgegenbrachten.

15. Kapitel

Als der Gottesdienst vorüber war, schlenderte Zelda durch die Gassen der Stadt. Sie lief langsam, blieb häufig an den Auslagen in den geöffneten Fenstern der Handwerker stehen, befühlte Stoffe, betrachtete Kämme und Spitzen. Sie wirkte wie eine junge Frau, die viel Zeit hat und mit sich und der Welt im Reinen ist, einzig bestrebt, sich mit den schönen Dingen des Lebens zu beschäftigen. Doch dieser Schein trog.

Zelda war angespannt bis in die Zehenspitzen. Ihre Gedanken flogen wie Möwenschwärme durch ihren Kopf.

Wie kann ich Joan finden?

Einzig um diese Frage drehte sich ihr Denken. Zelda hatte nicht die leiseste Ahnung, wo sie mit ihrer Suche beginnen sollte. Und sie war sich sicher, dass Ian Laverty ihr nicht den kleinsten Hinweis geben würde.

Gestern hatte er gesagt, in vier Tagen wolle er ihr Antworten auf all ihre Fragen geben.

Lange hatte Zelda über diesen Satz nachgedacht und war zu dem Schluss gekommen, dass Joan und der Unbekannte sicherlich an diesem Tag ein Schiff nach Frankreich nehmen und aus Schottland verschwinden würden. Doch wo war Joan in der Zwischenzeit? Und wer war der geheimnisvolle Fremde?

Wo sollte Zelda nach ihr suchen? In den Herbergen der Stadt? Konnte man eine kluge Frau wie Joan vier Tage in einer Herberge verstecken und sie dort gegen ihren Willen festhalten? Wohl kaum. Sie würde an die Türen hämmern, durch Rufe und Schreien auf sich aufmerksam machen, nach Hilfe suchen.

Und dass sie gegen ihren Willen festgehalten wurde,

das stand für Zelda fest, seit sie erfahren hatte, dass Ian Laverty Joan einem Mann übergeben und dafür Geld erhalten hatte.

Wo also war sie?

Zelda geriet in eine Gasse, in der Barbiere, Wahrsager, Sterndeuter und Zahnzieher, Kartenleger, Hebammen, Kräuterkundige und Handleser ihre kleinen Häuser hatten.

Zu gern hätte sie jemanden zurate gezogen, doch seit sie von Esmeralda gezeigt bekommen hatte, wie das Handlesen funktionierte, wusste sie, dass kein Sterndeuter und kein Wahrsager ihr helfen konnte.

Sie seufzte, doch plötzlich blieb sie wie angewurzelt mitten auf der Gasse stehen, sodass ein kleiner Straßenjunge mit Rotznase ungebremst gegen sie prallte.

Fast hätte sie sich mit der Hand gegen die Stirn geschlagen! Natürlich! Das war es! Wieso war sie nicht gleich darauf gekommen!

Sie, Zelda, konnte selbstverständlich nicht in die Herbergen der Stadt laufen und dort nach Joan fragen. Zum einen befürchtete sie zu Recht, dass sie von den Herbergsvätern und -müttern keine Antwort bekäme, zum anderen gehörte es sich auch nicht für eine Lady wie sie, in den übelsten Spelunken der Stadt gesehen zu werden.

Es war nicht so, dass es Zelda etwas ausgemacht hätte, schief angesehen zu werden und möglicherweise sogar für eine Frau gehalten zu werden, die sie bei Gott nicht war. Nein, sie kümmerte sich wirklich nicht um die Meinung der anderen, was sie selbst anging. Doch sie fürchtete, dass ihr Auftauchen und ihre Nachfragen Joan schaden oder die Dalrumples in Verruf bringen würden.

Solange man nicht nach Joan suchte, konnte sie dort,

wo immer sie gerade war, ziemlich sicher sein. Forschte man aber offen nach ihr, indem man in den Herbergen nach ihr fragte, so konnte das ihren Entführer oder Käufer leicht in Aufregung versetzen.

Wenn nun aber nicht sie, sondern ein kleiner Zigeunerjunge in den Herbergen seine Dienste anbot und dabei Augen und Ohren offen hielt, so bestünde zumindest eine geringe Möglichkeit, etwas über Joans Aufenthaltsort zu erfahren.

Zelda lächelte und machte sich auf den Weg zum Marktplatz. Sie hoffte und betete mit aller Kraft, dass Esmeralda und ihre Truppe sich noch in Edinburgh aufhielten und ihr helfen würden.

Zielstrebig schritt sie die schmalen, verwinkelten Gasse in Richtung Marktplatz entlang. Sie hatte nun keinen Blick mehr für die Auslagen der Handwerker, achtete weder auf Menschen noch auf Tiere und war schon bald vor dem Rathaus der Stadt angelangt.

Ein Fähnchen über dem Torbogen verkündete, dass das Markrecht noch geboten war. Sie schlängelte sich zwischen den Mägden und Hausfrauen hindurch, die ihre Weidenkörbe wie Waffen trugen, um zum Rand des Platzes zu gelangen, an dem die Gaukler und wandernden Schauspieler ihre Vorführungen darboten.

Doch plötzlich geriet sie in eine erregte Menschenmenge, stand eingekeilt zwischen einer dicken Bauersfrau mit roten Wangen und einem dürren Mönch in weiter Kutte und kam weder vor noch zurück.

Die dicke Bäuerin stellte sich auf die Zehenspitzen, um einen Blick auf die Geschehnisse vor dem Rathaus zu erhaschen.

»Was ist los?«, fragte Zelda. »Warum versammeln sich die Leute hier?«

Die Bauersfrau sah sie an. »Wisst Ihr es nicht?«

Zelda schüttelte den Kopf. Die Bäuerin betrachtete Zelda von oben bis unten und stellte anschließend fest: »Ihr könnt nicht aus der Stadt sein, sonst wüsstet Ihr, was heute geschieht.«

»Erzählt es mir!«, bat Zelda noch einmal.

Die Bauersfrau stellte den Weidenkorb zwischen ihre Füße und verschränkte die Arme vor der Brust.

»Also«, begann sie. »Wie Ihr vielleicht wisst, gibt es mehrere Banden von Mädchenräubern, die brave Töchter über das Meer nach Frankreich verkaufen. Oft trifft es Mädchen aus den Highlands, die sich in einen unbekannten Fremden verlieben, der ihnen so lange schön tut, bis sie bereit sind, mit ihm zu fliehen. Die armen Dinger landen meist schneller, als sie glauben, im Haus eines alten Franzosen, der mit ihnen die schrecklichsten Dinge anstellt. Nun, vor zwei Tagen ist der Kopf einer dieser Mädchenbanden im nahen Wald bei Edinburgh geschnappt wurden. Und heute sitzt der Rat über den Halunken zu Gericht. Das Urteil wird sofort vollstreckt. Deshalb die vielen Menschen.«

»Ach so«, staunte Zelda. »Und was geschieht mit den Mädchen, während sie in einem der schottischen Häfen auf die Verschiffung warten?«

Die Bäuerin zuckte mit den Achseln. »Das weiß ich nicht, Mylady. Wahrscheinlich hat jede Bande dieser Halunken ihr ganz eigenes Versteck.«

Sie sah sich vorsichtig nach allen Seiten um, dann sprach sie weiter: »Man erzählt sich, dass manche noch in Schottland aus ihren rosaroten Träumen erwacht sind und zurück in ihr Vaterhaus oder in ein Kloster gehen wollten. Diese aber hat man in ein Hafenbordell gesteckt! Stellt Euch das vor! Die armen Mädchen! Sie sind zu bedauern!!! Und die meisten davon stammen aus gutem Hause!«

Sie seufzte und sah Zelda noch einmal nachdenklich an. »Ihr seid auf Besuch in der Stadt?«

Zelda hätte beinahe laut aufgelacht. Zu deutlich standen der Bäuerin ihre vermeintlich geheimen Gedanken auf der Stirn geschrieben: Bist du etwa auch eine von den armen Dingern? Bist du auch bei Nacht und Nebel mit einem, der tat, als würde er dich lieben, geflohen und sitzt nun hier im Elend?

»Ihr müsst nämlich wissen, dass Mädchenraub nicht das einzige Verbrechen ist, dessen der Halunke beschuldigt wird. Nicht jede ist seinem Charme erlegen und ihm und seinen Kumpanen vertrauensvoll gefolgt. Nein, es gab andere, die klüger und bedachter waren und sich der heuchlerischen Avancen erwehrt haben. Nun, diesen ging es besonders schlimm. Vergewaltigt worden sollen sie sein. Nur wenige, denen die Flucht gelungen ist, sind danach ins Wasser gegangen, weil sie mit dieser Schande nicht leben konnten. Anderen gelang es, sich anschließend in einem Kloster einzuleben, fernab von jedem Mann. Die meisten aber landeten ebenfalls in Hafenbordellen. Nach Hause trauten sie sich nicht mehr, hatten sie doch Schande über die Familie gebracht. Als Ehefrau wollte sie niemand mehr. Allein und ohne ein einziges Pfund in der Tasche blieb ihnen meist nichts anderes übrig als das Dirnenleben, wollten sie nicht Hungers sterben.«

Die Erzählungen der Bäuerin hatten Zelda bis ins tiefste Mark hinein erschüttert. Joan steckte womöglich in einem Bordell! Oder noch schlimmer: Sie war vergewaltigt und geschändet worden und war nun den Männern mit der ungeheuerlichsten Fantasie ausgesetzt!

Eiskalt lief es ihr den Rücken herunter.

»Wenn Ihr genau wissen wollt, was es mit den Mädchenbanden auf sich hat, so hört die Anklage, die der Richter gleich verlesen wird. Darin erfahrt Ihr alles«, teilte die gesprächige Bäuerin mit.

Zelda sah sich um. Die Menschenmenge war inzwischen noch weiter angewachsen. Von allen Seiten strömten Leute herbei, drängten sich vor dem Rathaustor, sodass Zelda mitten in ihnen eingequetscht stand und selbst, wenn sie gewollt hätte, nur mit allergrößter Mühe aus dem Gedränge gekommen wäre.

Die neu Hinzugekommenen schoben und drückten von hinten, sodass Zelda, ohne sich darum bemüht zu haben, sehr bald schon nahe dem Rathaustor stand.

Eben kamen zwei Fanfarenbläser aus dem Haus, stellten sich links und rechts neben dem großen, mit Eisen beschlagenen Tor auf und bliesen nach Leibeskräften das Signal für die Eröffnung der Gerichtsverhandlung.

Wieder öffnete sich die Rathaustür, und ein Mann mit bloßem Oberkörper, an Händen und Füßen mit starken Seilen gefesselt, wurde von zwei Wachen herausgeführt.

Plötzlich erschrak Zelda bis in die letzte Faser ihrer Seele. Der gefesselte Mann sah auf, blickte ihr direkt ins Gesicht und grinste sie an. Zelda schüttelte sich und schloss die Augen. Übelkeit stieg wie eine Welle in ihr auf. Sie presste eine Hand auf die Brust, die andere auf den Magen und versuchte, sich durch bewusst regelmäßige Atmung zu beruhigen. Doch ihr Herz galoppierte wie ein junges Pferd in ihrer Brust, ihre Knie waren weich, und ihre Hände zitterten.

Der Mann, der als Kopf einer Mädchenräuberbande galt und sie hämisch angegrinst hatte, war niemand anderes als Banda!

Selbst im Angesicht des Gerichtes wirkte er hämisch und trat auf, als wäre er sich keinerlei Schuld bewusst.

Zelda dachte daran, was er ihr von den Frauen erzählt hatte. Sie wusste, dass er an seine Worte glaubte, dass Frauen für ihn nichts weiter als Dreck waren, im besten Fall geeignet, um sie zu verkaufen.

Schon führten die Schergen des Rates Banda zur Seite und schlugen ihn in ein Halseisen. Sie gingen grob mit ihm um, ließen keine Gelegenheit aus, ihn zu stoßen und zu knuffen.

Die Menge wurde allmählich laut. Schimpfworte waren zu hören: »Hurenknecht!«, schrie einer, »Halunke!«, ein anderer.

Eine Frau warf mit faulen Eiern. Eines davon traf Banda an der Stirn, und die Flüssigkeit lief ihm in die Augen und über das ganze Gesicht.

Fliegen kamen herbei, setzten sich auf das Eigelb.

Zelda sah ihn an, und einen Augenblick lang bedauerte sie ihn. Sie sah, dass die Fliegen ihn quälten, doch seine gefesselten Hände hinderten ihn daran, sie zu verscheuchen.

Was ging wohl in seinem Kopf vor, wenn er die Mädchen leiden sah?, dachte sie. Gab es wirklich einen Menschen, der keinerlei Mitgefühl für andere aufbrachte?

Das Mitleid verging ihr rasch, als der Richter die Anklage verlas.

»Banda Hall ist angeklagt der Vergewaltigung, des Raubes und Menschenhandels«, las der Richter vor. Dann kam er zu den Einzelheiten. Zelda hörte zu, und mit jedem Wort wurde ihr banger. Sie hatte Glück gehabt, mehr als Glück. Sie war einem Mörder und Schänder entkommen, doch leicht hätte sie auch ein anderes Schicksal treffen können.

Sie hörte von der 17-jährigen Anne, die Banda am See Lochness kennen gelernt und gegen ihren Willen verschleppt hatte. Das junge Mädchen wurde vergewaltigt, und als sie kurze Zeit später feststellte, dass sie schwanger war, ging sie ins Wasser. Sie und das Kind in ihrem Leib starben in den kalten Fluten von Lochness.

Und Zelda hörte von Mary, einer jungen, mutterlosen Lady, die von ihrem Vater sehr streng gehalten wurde. Auch ihr hatte Banda ein Leben in Frankreich versprochen, hatte die streng Erzogene mit Honigmilch und gebratenen Täubchen gelockt. Heute lebte sie in Calais bei einem steinalten Mann, dem sie als Pflegerin dienen musste.

Die Geschichte des nächsten Mädchens ließ Zeldas Blut in den Adern stocken. Joan hieß sie, Joan wie ihre geliebte kleine Schwester.

Sie war die jüngste Tochter einer kinderreichen Familie, von klein auf dazu bestimmt, in ein Kloster zu gehen. Doch Joan war zu lebenslustig. Sie verliebte sich in den Mädchenräuber, ging mit ihm und landete schließlich in einem Bordell. Doch sie hatte Glück im Unglück. Ihre Familie scherte sich nicht um die Schande, sondern holte das Kind zurück in den Schoß der Familie.

»Wenn ich könnte, würde ich dich umbringen«, schrie ein älterer Herr, an seiner Kleidung als ein Angehöriger des niederen schottischen Adels zu erkennen. »Meine Joan lacht nicht mehr, seit sie dich getroffen hat. Du hast ihr die Lebensfreude genommen, Lump, verfluchter.«

Zelda drehte sich um und sah den Lord mit Bewunderung an. Auch ihr Vater, das wusste sie, hätte um sie gekämpft. Ja, sie war sich ganz sicher, dass, was immer auch geschehen wäre, er sie oder Joan niemals verstoßen hätte.

Joan! Wo war sie? Immer wenn Zelda an sie dachte, raste ihr Herz. Sie fühlte, dass die Zeit ihr zwischen den Fingern zerrann, doch noch immer wusste sie nicht, was sie tun sollte.

Plötzlich hatte sie einen Einfall. Sie drängelte sich zu dem älteren Lord herüber und zupfte ihn sanft am Ärmel.

»Entschuldigt, Sir«, sagte sie höflich. »Ich verstehe Euren Schmerz und bitte Euch um Hilfe. Meine Schwester, die denselben Namen trägt wie Eure Tochter, ist verschwunden. Ich vermute, auch sie ist einem Mädchenräuber in die Hände gefallen. Könnt Ihr mir genau erzählen, was mit Eurem Kind geschehen ist?«

Der alte Herr sah sie ein wenig misstrauisch an. »Ihr seht nicht aus, als würdet Ihr Euch die Butter vom Brot nehmen lassen«, sagte er.

Zelda nickte. »Da habt Ihr vielleicht Recht, doch meine Schwester war ebenfalls für ein Leben im Kloster bestimmt. Sanft ist sie und freundlich zu jedermann, sieht in keinem Menschen etwas Böses. Es ist leicht möglich, dass ihr Ähnliches widerfahren ist wie Eurer Tochter. Deshalb bitte ich Euch noch einmal inständig, mir zu helfen.«

Der alte Mann nickte. Etwas Müdes haftete seinen Bewegungen an. Er hob kraftlos den Arm und zeigte auf die Ratsstube.

»Vielleicht ist dort der richtige Ort, um miteinander zu reden«, sagte er. »In einer Ratsstube sind junge Frauen wie Ihr an einem guten Platz. Doch vorher möchte ich den Lumpen da vorn hängen sehen.«

Zelda nickte. »Ich verstehe Euer Bedürfnis nach Rache sehr gut. Auch ich kenne den Kerl, und wenn ich ihm auch nicht den Tod wünsche, so wünsche ich ihm alles andere als das Glück auf Erden.«

Der Richter war unterdessen mit der Verlesung seiner Anklage fertig. Die Menge tobte. Von allen Seiten prasselten Beschimpfungen auf Banda hernieder. Doch dieser sah mit einer Mischung aus Hochmut und Trotz in die Menge und rief zurück: »Ihr Weiber seid Dreck, eine wie die andere. Gerade gut genug, für einen Mann die Beine breit zu machen. Gerade gut genug, um uns zu dienen.«

Eine Flut von faulen Eiern, madigen Äpfeln und verdorbenen Kohlstücken flog heran, und Banda versuchte vergeblich, den Geschossen auszuweichen.

Ein junges Mädchen, das unweit von Zelda stand, brach in Tränen aus. Männer drohten mit der Faust, Frauen keiften.

Nur mit großer Mühe gelang es dem Gericht, für Ruhe zu sorgen.

Im Angesicht der aufgebrachten Menschen entschied der Richter, kurzen Prozess zu machen.

»Ich verzichte darauf, die Zeugen zu hören, denn die Beweise gegen Banda Hall sind erdrückend. Im Namen des Königs von Schottland ergeht folgendes Urteil: Banda Hall wird wegen Menschenraubes und Vergewaltigung in zahlreichen Fällen mit dem Tod durch das Schwert bestraft. Der Henker ist angehalten, das Urteil sofort und vor den Augen der Bürger und Bürgerinnen von Edinburgh zu vollstrecken.«

Die Menge jubelte und klatschte. Hochrufe auf den Richter schallten über den Marktplatz. Es war nicht nur die Sensationsgier, welche die Edinburgher heute hergeführt hatte. Nein, was sich jetzt hier entlud, war der gemeine Volkszorn.

Jeder Dieb, jede Ehebrecherin, jeder Gotteslästerer und jeder Betrüger konnten sich trotz ihrer Vergehen einer gewissen Anteilnahme des gemeinen Volkes erfreuen. Wenn es aber darum ging, Menschen nicht wieder gutzumachenden Schaden zuzufügen oder sich an Wehrlosen, Armen, Kranken, Kindern und Frauen zu vergreifen, da kochte die Volksseele über.

Die ersten Zuschauer begannen nun damit, Steine nach Banda zu werfen. Schon traf der erste ihn an der Stirn, und Blut lief neben dem Rinnsal aus Eidotter und Eiweiß über sein Gesicht. Doch nichts, aber auch rein gar nichts schien dem Halunken die Häme aus dem Gesicht wischen zu können. Noch immer wirkte er hochmütig und trotzig, und aus seinen Augen sprach die Niedertracht.

Der Richter klopfte mit einem Holzhämmerchen auf den Tisch und versuchte, die aufgebrachte Menge zu beruhigen. Doch vergebens.

Schließlich stand er auf, ging zu Banda und sagte so laut, dass die Umstehenden ihn einigermaßen gut verstehen konnten: »Möchtest du vor deinem Tod die Beichte ablegen?«

Gleichzeitig winkte er einem Priester, der im schwarzen Talar ganz in der Nähe des Richtertisches stand, bereit, dem Todeskandidaten in seinen letzten Minuten beizustehen.

»Bist du bereit für die letzte Ölung?«, fügte der Richter an.

Doch Banda lachte ihm frech ins Gesicht, warf den Kopf zurück, sah hinauf zu dem wolkenlosen, strahlend blauen Himmel, den er so nicht noch einmal sehen würde, und antwortete schließlich, ohne dem Richter und dem Priester mit der nötigen Achtung zu begegnen: »Euer Gott kann mir den Buckel herunterrutschen. Ich glaube an den Gott der Nacht, den Gott der Dunkelheit.«

Kaum hatte er die Worte ausgesprochen, schlug der

Priester ein Kreuzzeichen und besprengte den Todeskandidaten mit ein wenig Weihwasser. Doch Banda kannte kein Einsehen. Er spuckte nach dem Priester, spuckte auch nach dem Richter und ließ dem ein dröhnendes Gelächter folgen, bei dem es den Zuschauern kalt den Rücken herunterlief.

Die Schergen entließen ihn aus dem Halseisen, der Richtblock wurde herbeigeschafft, der Henker nahte.

Bandas Grinsen wurde ein wenig ängstlicher, doch noch immer wirkte er von der Richtigkeit seiner vergangenen Taten überzeugt. Die Schergen zwangen ihn vor dem Richtblock auf die Knie, die Hände und Füße noch immer mit dicken Stricken gefesselt.

Der Henker mit der schwarzen Kapuze über dem Kopf näherte sich mit harten Schritten, als wäre er der Erzengel mit dem flammenden Schwert. Und eben zog er auch sein Schwert aus der Scheide, ließ es im Sonnenlicht blinken und prüfte mit dem Daumen, ob es auch ausreichend scharf war.

»Habt Ihr noch einen letzten Wunsch?«, fragte er mit einer Stimme, die über den gesamten Platz donnerte, an ein mächtiges Gewitter gemahnte und den Menschen die Sprache verschlug. Hatte irgendjemand bisher noch glauben können, alles ginge gut aus, so wurde durch die Anwesenheit des Henkers mit der schwarzen Kapuze und dem blinkendem Schwert auch dem Letzten klar, dass es hier nun ernst wurde, dass es um Leben und Tod ging.

»Habt Ihr noch einen letzten Wunsch?«

Banda sah hoch und schluckte so heftig, dass sein Adamsapfel auf und nieder hüpfte. Er öffnete den Mund, doch er schien keine Worte mehr zu haben. Sein Blick war nun flehentlich, alles Trotzige, Niederträchtige, Hämische war daraus verschwunden. Wieder schluckte er, rang nach Worten, wieder waren seine Bemühungen vergebens. Schließlich resignierte er und schüttelte den Kopf.

Es war diese kleine Begebenheit, die Zelda ins Herz schnitt: die Verwandlung Bandas vom frechen Verbrecher zum hilflosen, flehenden Bündel Mensch. Nichts Bedrohliches ging von ihm mehr aus. Er war ebenso schwach und ohnmächtig ausgeliefert wie einst seine Opfer.

Zelda hatte ihn übermächtig erlebt, hatte geglaubt, er verfüge mit Worten und Muskeln über Riesenkräfte, die ihm gestatteten, sie klein zu machen, zu beschmutzen. Doch nun, im Angesicht von Bandas Selbsterniedrigung, schrumpfte der Mann in ihren Augen vom Riesen zum jämmerlichen Zwerg. Zelda spürte, wie Verachtung für Banda in ihr aufstieg. Und dieses Gefühl bewirkte, dass sie sich weniger beschmutzt fühlte.

Fast hätte Zelda gelächelt, als der Henker schließlich sein Schwert hob und es in einem gewaltigen Hieb auf den freigelegten Nacken Bandas niedersausen ließ. Das Schwert trennte mit einem einzigen Schnitt den Kopf vom Rumpf. Der Kopf rollte vom Richtblock und kullerte den zuvorderst Stehenden vor die Füße. Ein Aufschrei des Entsetzens hallte über den Marktplatz, die Menschen bekreuzigten sich und murmelten Gebete, während die toten Augen des einzelnen Kopfes starr zum Himmel gerichtet waren.

Der Anblick war unerträglich. Und während der Henker den enthaupteten Leib mit der Spitze seines blank geputzten Stiefels vom Richtblock stieß, sodass er mit verrenkten Gliedern auf dem Boden zu liegen kam und die beiden Schergen herbeieilten, ihn auf einen bereit stehenden Karren zu transportieren, wandten die meisten die Augen ab, um sich dem Gefühl der eigenen Vergänglichkeit und Zerbrechlichkeit zu entziehen.

Nur Zelda starrte wie gebannt auf den kleinen Jungen, der vorsichtig näher trat, zuerst mit seinem kleinen Fuß gegen das Kinn des Hauptes stieß, sich dann niederbückte und mit seiner kleinen Hand einmal flüchtig über die Wange des toten, bleichen Hauptes fuhr, aus dem das Blut wie ein Lebensquell hervorsprudelte.

Die Bäuerin, die neben Zelda stand, atmete schwer und hatte eine Hand auf ihren wogenden Busen gedrückt.

Auch wenn sie dem Lump noch vor wenigen Augenblicken den Tod gewünscht hatte, so war ihr nun doch unwohl im Angesicht dessen, was sie herbeigesehnt hatte.

»Ich werde eine Kerze für seine arme, verlorene Seele anzünden«, versprach sie sich oder dem Gott, an den sie glaubte. Dann nahm sie ihren Weidenkorb auf und eilte, die Hand noch immer auf den Busen pressend, von dannen.

Zelda sah ihr nachdenklich hinterher. Es war das erste Mal, dass sie auf eine solche Art und Weise mit dem Tod in Berührung gekommen war. Sie empfand keine Befriedigung, war aber ebenso weit von reiner Bestürzung entfernt.

Zelda sah sich auf eine ruhige Art und Weise Gottes Gerechtigkeit gegenüber, die auch für ihr Handeln und Tun den Maßstab setzte.

16. Kapitel

Langsam zerstreute sich die Menge, und Zelda gelangte im Menschenstrom zum Rand des Marktplatzes. Sie hielt Ausschau nach dem Vater der armen Joan, doch er schien sie vergessen zu haben. Hilflos strebte er mit der Menge, seine Schultern zuckten. Zelda wusste, dass er weinte, und so sehr sie auch weitere Auskünfte herbeisehnte, um Joan endlich zu finden, so verbot es ihr der Anstand, dem Weinenden nachzugehen und seinen Schmerz und seine Trauer zu stören.

Ihre Blicke flogen von rechts nach links auf der Suche nach Esmeralda und ihrer Truppe. Es dauerte nicht lange, da entdeckte sie die Zigeunerin, rief ihren Namen und winkte ihr zu.

»Gott zum Gruß, Esmeralda«, sagte Zelda und ließ sich in den Arm nehmen.

»Habt Ihr der Gerichtsverhandlung beigewohnt?«, fragte die Zigeunerin.

»Ja«, erwiderte Zelda. »Doch ich wusste nicht, dass es sich bei dem Angeklagten um Banda handelte.«

Esmeralda seufzte. »Ich konnte nicht zusehen, wie er enthauptet wurde. Er hat so lange bei uns und mit uns gelebt. Und wir haben nichts von seinen Machenschaften bemerkt. Nun, hin und wieder verschwand er für ein paar Tage, doch nach spätestens zwei Wochen stieß er regelmäßig wieder zu uns und reiste mit uns durch Schottland. Ich mache mir Vorwürfe. Hätte ich mehr auf ihn geachtet, so wäre wohl so manchem Mädchen die Schande erspart geblieben.«

Zelda legte Esmeralda eine Hand auf den Arm. »Macht Euch keine Vorwürfe. Banda war alt genug, um allein für seine Taten einzustehen. Ihr hättet es nicht verhindern können. Vielleicht wart Ihr sein einziger Halt, und es wäre noch viel mehr Unheil geschehen, hättet Ihr ihm das Zuhause verweigert, das er bei Euch hatte.«

»Ihr habt wohl Recht, Zelda. Ich danke Euch für Eure Worte und auch für Euren Besuch. Habt Ihr ein Anliegen? Gibt es etwas, bei dem ich Euch behilflich sein kann?«

Esmeralda fasste Zelda am Arm und zog sie zu einem der Planwagen, die am äußersten Rand des Marktplatzes standen. Dort bot sie der jungen Lady einen Becher Wasser an.

»Was kann ich für Euch tun?«, fragte sie noch einmal.

Zelda lächelte ihr dankbar zu: »Ich bin auf der Suche nach meiner Schwester Joan und vermute, auch sie ist in die Hände einer Mädchenräuberbande gefallen. Man erzählt sich in Edinburgh, dass diese geraubten Mädchen bis zu ihrer Überfahrt nach Frankreich in Herbergen versteckt gehalten werden oder – im allerschlimmsten Fall – in den Hafenbordellen landen. Ich kann mich leider nicht in diese Häuser begeben, und selbst, wenn ich es könnte, so ist doch nicht damit zu rechnen, dass man mir mit Auskünften diente. Deshalb bitte ich Euch von ganzem Herzen, einen Eurer Leute zu schicken, die ihre Dienste in diesen Häusern anbieten könnten und dabei Augen und Ohren offen halten.«

Esmeralda nickte und sah Zelda voller Mitgefühl an. »Natürlich tun wir das. Ich werde höchstpersönlich alle Herbergen und Bordelle der Stadt abklappern und als Wahrsagerin und Handleserin meine Dienste anbieten. Wir sind es Euch schuldig, Lady Zelda.«

Zelda schüttelte den Kopf. »Ihr seid mir nichts schuldig. Für Bandas Übergriff seid Ihr nicht verantwortlich. Ihr habt Elizabeth und mich aufgenommen, als wir

Hilfe brauchten, und dafür sind wir Euch zu Dank verpflichtet.«

Die beiden Frauen sahen sich an und erkannten in den Blicken der anderen die gegenseitige Zuneigung.

»Kommt heute Abend bei Einbruch der Nacht zum Hafen. Ich denke, bis dahin werde ich vielleicht ein paar Neuigkeiten für Euch haben.«

Zelda bedankte sich noch einmal und beschrieb dann in aller Ausführlichkeit Joans Aussehen. Esmeralda hörte gut zu, dann raffte sie ein paar Dinge zusammen, die sie für ihre Arbeit brauchte, und machte sich sogleich auf den Weg.

Am Abend, auf dem Empfang im Stadthaus von Lord Hallberry, war Zelda noch immer in Gedanken versunken.

Sie betrachtete die prächtigen Räumlichkeiten, ohne wirklich etwas zu sehen. In einem sehr großen Raum war in der Mitte eine Tafel aufgebaut, die sich unter den verschiedensten Köstlichkeiten bog. Gebratene Hühner, ein ganzes Lamm und ein Spanferkel, Schweinskopfsülzen, die zu den unterschiedlichsten Skulpturen aufgebaut waren, verschiedene Fischarten, Pasteten, köstliche Kuchen und Süßspeisen reihten sich aneinander.

Das Geschirr war aus feinstem Silber. In den ziselierten Pokalen brach sich das Licht der unzähligen Leuchter.

Ungefähr fünfzig Gäste, die Spitze der Edinburgher Gesellschaft, hatte sich heute versammelt, um die Verlobung der Tochter des Hauses zu feiern. Gwendolin Hallberry, so hatte Laetitia ihr heute beim Nachmittagstee vertraulich mitgeteilt, war die jüngste Tochter Lord Hallberrys und einzige Erbin, nachdem ihre ältere

Schwester nach einer unglücklichen Liebe ins Wasser gegangen war.

Die Verlobung mit Sir Christopher Temple heute geschah keineswegs aus gegenseitiger Zuneigung, sondern war das Ergebnis rein wirtschaftlicher Überlegungen.

Lord Hallberry war Reeder und Kaufmann zugleich. Er besaß einige große Segelschiffe, die zumeist deutsche Häfen anliefen. Er machte gute Geschäfte mit der Hanse, aber auch in Amsterdam war er ein gern gesehener Handelspartner.

Seine Macht und sein Einfluss in Edinburgh waren schon immer recht groß, doch nun hatte er sich – wie Laetitia zu berichten wusste – sogar in den Rat gekauft, und die Gerüchteküche brodelte.

Gwendolin, so hieß es, müsse den heiraten, der die besten geschäftlichen Verbindungen mit in diese Ehe brächte. Der Ehrgeiz Lord Hallberrys kannte kein Maß und keine Schranken. Es hieß, er ginge über Leichen, wenn seine wirtschaftlichen Interessen auf dem Spiel standen, und Laetitia ließ anklingen, dass seine älteste Tochter eine dieser Leichen war.

Hallberry beabsichtigte, in nächster Zeit zum königlichen Hofreeder der Stuarts zu werden. Aus diesem Grund gab er seine Tochter dem höchsten Hofmarschall zur Frau. Es störte Lord Hallberry wenig, dass dieser fast vierzig Jahre älter war als seine Tochter, dazu kränklich und verbittert.

Auch jetzt saß der Hofmarschall mit Leichenbittermiene am Tisch, hatte die Mundwinkel gekränkt nach unten gezogen und beklagte sich quer über den Tisch über die fetten Speisen, die seinem empfindlichen Magen mit Sicherheit nicht gut bekommen würden.

Hin und wieder warf er seiner Braut, der gerade 20-

jährigen Gwendolin, einen mürrischen Blick zu und schnaubte verächtlich, wenn sie sich seiner Ansicht nach nicht wie eine ernsthafte Braut benahm.

Gwendolin trug ein weißes Kleid mit hoch geschnürtem Mieder, das ihre zarten festen Brüste wie zwei frische Sommeräpfel wirken ließ. Das helle Haar hatte sie mit Bändern in Form gebracht, ihre Wangen glühten im zartesten Rosa, die blauen Augen blickten neugierig und erlebnishungrig in die Welt, und der kleine Mund, der stets bereit zum Lächeln schien, wurde durch ein niedliches Grübchen am Kinn betont. Obwohl Zelda ein wenig jünger als Gwendolin war, fühlte sie sich um vieles älter. Alles an der Hallberry-Erbin erinnerte an ein kleines Mädchen, das viel zu jung schien, um einen Hausstand zu gründen und Kinder in die Welt zu setzen.

Ein Hund kam herbei, und Gwendolin spielte arglos mit dem Tier, hielt ihm ein Stück Stoff hin, nach dem der Hund schnappte und daran zu Gwendolins großem Vergnügen riss. Sie lachte laut auf, dann warf sie den Stoffstreifen von sich und betrachtete sichtlich amüsiert den kleinen Hund, der hinterherlief, den Stoff zwischen die Zähne nahm und ihn hin und her schüttelte.

Christopher Temple verfolgte das Geschehen mit säuerlichen Blicken. Jedes Mal, wenn Gwendolins helles Lachen erklang, kniff er die Augen zusammen, runzelte die Augenbrauen und zog die Stirn in Falten.

»Ist denn hier niemand, der diesen widerlichen Köter vor die Tür setzt?«, rief er beleidigt und sah sich empört nach den Bediensteten um. »Muss ich selbst den Knüppel holen und das Tier verjagen?«

Mühsam rappelte er sich hoch, um seine Drohung wahr zu machen, doch Gwendolin nahm den kleinen Hund geschwind auf den Arm, drückte ihn an ihre

Brust und erwiderte: »Blacky ist kein Köter. Er ist mein Spielgefährte, und ich wünsche nicht, dass er wie ein Hofhund vor die Tür gejagt wird.«

»Ach so?«, grollte Temple und stemmte die mageren Ärmchen in die Hüften. »Ihr wünscht es nicht? Nun, dann nehmt zur Kenntnis, dass eine erwachsene Frau, die bald in den heiligen Stand der Ehe treten wird, kein Spielzeug mehr braucht. Ich gebe Euch bis zu unserer Hochzeit die Gelegenheit, den Köter zu verabschieden, denn ansonsten werde ich dafür sorgen, dass er dorthin verwiesen wird, wo er hingehört: zum Abdecker.«

Gwendolins Augen füllten sich mit Tränen. Sie presste das Hündchen noch fester an sich und sah voller Abneigung auf Temple.

Jeder konnte sehen, dass sie, müsste sie sich zwischen ihrem Bräutigam und dem Hund entscheiden, nicht lange überlegen würde, um die richtige Wahl zu treffen.

»Lasst Ihr doch den Hund«, mischte sich nun auch Zelda ein. »Ihr seid ein viel beschäftigter Mann, verbringt den Tag auf dem Castle des Königs. Gönnt Eurer Frau das bisschen Zerstreuung, wenn Ihr abwesend seid, sonst wird sie vor lauter Langeweile noch übellaunig.«

Temple knurrte, doch als er sah, dass die Gäste allesamt verstummt waren und auf seine Antwort warteten, während der kleinen Gwendolin noch immer die Tränen über die Wangen liefen, nickte er schließlich und bemerkte säuerlich: »Weiber sind wie Kinder. Unfähig, sich selbst eine vernünftige Beschäftigung zu suchen, unfähig, selbstständig zu denken und zu handeln.«

Er seufzte und machte eine gönnerhafte Bewegung mit der Hand in Gwendolins Richtung: »Gut, sollt Ihr also den Köter behalten. Doch wehe, er läuft mir einmal über den Weg und stört mich bei meinem Tagewerk. Richtet ihn ab, oder er ist des Teufels.«

Das Mädchen trocknete die Tränen und sorgte für den Rest des Abends dafür, dass sich der kleine Hund immer in ihrer unmittelbaren Nähe aufhielt.

Laetitia, die neben Zelda saß, beugte sich zu ihr herüber und raunte ihr ins Ohr: »Das arme Ding kann einem nur Leid tun. Die beste Zeit ihres Lebens liegt bereits hinter ihr. Alles, was jetzt noch kommt, ist Überdruss, Langeweile und ein stets nörgelnder alter Mann. Zu wünschen ist ihr, dass sie recht bald in den Witwenstand gerät.«

Zelda nickte und dachte an ihre bevorstehende Hochzeit mit Allistair Kingsley.

Ich habe es nicht so schlecht getroffen, dachte sie. Selbst wenn ich keine Liebe für Allistair empfinden kann und auch er mich nicht von Herzen liebt, so werden wir es doch gut miteinander haben und ein Leben führen, das so ruhig und harmonisch ist wie eine grüne Bergwiese in den Highlands.

Lord Hallberry aber beobachtete seine Tochter ebenfalls mit Missmut. »Reiß dich zusammen«, raunte er ihr zu und griff so derb nach ihrem Arm, dass seine Finger darauf Abdrücke hinterließen. »Ich dulde es nicht, dass du dich deinem zukünftigen Manne widersetzt. Deine Schwester hat mir schon mehr als genug Ärger und Verdruss bereitet. Ihr Selbstmord hat den Geschäften sehr geschadet.«

Gwendolin schluckte, ihre blauen Augen füllten sich erneut mit Tränen. »Sie hat Euch nicht schaden wollen, Vater«, flüsterte sie. »Es war die Liebe, die dazu geführt hat, dass sie ins Wasser ging.«

»Die Liebe, pah! Ein Gefühl, das niemand beschreiben kann … Ein Kribbeln im Bauch, das ebenso gut von Blähungen herrühren mag!«

Er lachte und sagte nun so laut, dass es die ganze Gesellschaft hören konnte: »Liebe? Was ist das schon? Kann man sich davon etwas kaufen?«

Er sah Beifall heischend in die Runde, und einige der Männer von Rang und Namen stimmten ihm mit einem Kopfnicken zu.

Laetitia fasste nach der Hand ihres Mannes, Lord William Dalrumple, und der verstand die Aufforderung seiner Frau, tätschelte sanft ihren Arm und erwiderte: »Doch könnt Ihr nicht verhehlen, lieber Lord Hallberry, dass die Liebe uns reicher machen kann. Allerdings, da habt Ihr wohl Recht, füllt sie keine Kontorbücher und Geldladen.«

»Reicher? Dass ich nicht lache!«, begehrte Lord Hallberry auf. »Ruiniert hätte mich die Liebe meiner Tochter, so ist es.«

Die Gesellschaft atmete hörbar ein, doch Lord Hallberry fühlte sich so mächtig, dass er glaubte, den Unwillen der Gäste ignorieren zu können.

»Ja«, fuhr er fort. »Ruiniert hätte mich das Weib aufgrund eines diffusen Gefühls, das flüchtiger ist als der Nebel am Morgen. Hätte ich ihrer Heirat zugestimmt, so stünde ich nun mit dem Bettelstab am Hafen. Der Verstand der Frauen sitzt zwischen den Beinen, und jeder Mann ist gut beraten, wenn er weibliche Gefühlsduseleien ignoriert.«

Die Worte Hallberrys kamen einem Skandal gleich! Einige Frauen stöhnten auf und griffen nach ihren Duftkapseln, hielten sie sich unter die Nase und taten, als wären sie einer Ohnmacht nahe.

Es war natürlich kein Geheimnis, dass man den Frauen

keinen Verstand zuschrieb, doch dies öffentlich zu äußern, war eine andere Sache, war ein Affront gegen die anwesenden Frauen. Nicht wirklich wichtig, da ihre Meinung ohnehin nichts galt, aber eben doch recht unhöflich.

In Zelda aber war die Neugier erwacht. Sie wartete, bis die Tafel aufgehoben war und sich die Männer in kleinen Grüppchen versammelten, um über Geschäfte zu reden, während die Frauen in der entgegengesetzten Ecke des Saales miteinander den neuesten Klatsch besprachen.

Elizabeth, Laetitia und Zelda gesellten sich in die Runde. Nachdem alle miteinander bekannt gemacht worden waren, wagte es Zelda, eine Frage zu stellen: »Was geschah mit der ältesten Tochter von Lord Hallberry?«

Eine überaus dicke Frau, deren Brüste beinahe aus dem Mieder quollen, fächelte sich mit einer Hand ein wenig Kühlung zu, ehe sie antwortete: »Gwyneth, die Ältere, war in den größten Konkurrenten Hallberrys verliebt. Und dieser – nämlich der Sohn des Reeders, der die gesamte Schifffahrt von Schottland nach Frankreich bestimmte – liebte auch Gwyneth. Doch eine Heirat kam für Hallberry nicht infrage. Die Mitgift, die er Gwyneth hätte zugestehen müssen, wäre der Konkurrenz zugefallen und hätte deren Vormachtstellung im Bereich der Reederei noch ausgebaut. Also entschied Lord Hallberry, dass diese Hochzeit nicht stattfinden würde. Stattdessen wollte er auch schon Gwyneth mit Christopher Temple verheiraten. Aber eine Frau, die von ganzem Herzen liebt, kennt keine Kompromisse. Also ging Gwyneth am Vorabend ihrer Verlobung ins Wasser. Der Tod in den kalten Fluten des Meeres schien ihr verlockender als ein Leben an der Seite Temples.

Doch Temple hatte wohl Gefallen an dem frischen Fleisch der Hallberry-Töchter gefunden. Kaum war

Gwyneth außerhalb des Friedhofs in ein einfaches Grab gelegt, so bat er Lord Hallberry um Gwendolins Hand. Nun, das Ergebnis seiner Bemühungen feiern wir heute Abend.«

»Und wie hat Gwyneths Liebster reagiert?«

Die dicke Ratsherrengattin zuckte mit den Schultern. »Es ist eine Tragödie, wenn zwei Menschen, die sich lieben, gewaltsam getrennt werden. Manche empfinden diese Tragödie schlimmer als den Tod. Nun, Gwyneths Liebster stürzte sich in die Arbeit und schwor sich, Hallberry zu vernichten, um ihn für den Tod des Mädchens zu bestrafen. Er stürzte sich in die Arbeit, baute die Reederei weiter aus und tat alles, um den Einfluss Lord Hallberrys zu schwächen. Doch dann, als es ihm beinahe gelungen war, verschwand er plötzlich für viele Wochen. Man sagte, er sei in die Highlands gegangen, doch niemand wusste, aus welchem Grund.«

Zelda hörte gespannt zu. »Und wie ging es weiter?«, fragte sie neugierig.

»Gar nicht«, erwiderte die Dicke. »So plötzlich, wie er verschwunden war, tauchte er wieder auf. Er führt die Reederei, als wäre niemals etwas vorgefallen. Es scheint, als hätte er alle Rachegelüste gegen Lord Hallberry aufgegeben.«

Wieder beugte sie sich vertraulich nach vorn und verdeckte einen Teil ihres Mundes mit der Hand. »Man sagt«, raunte sie, »er habe sich neu verliebt und sei deshalb nicht mehr daran interessiert, Hallberry an seiner empfindlichsten Stelle zu treffen, an seiner Geldkatze nämlich. Doch Dorothy, eine unserer Bediensteten, war heute Morgen auf dem Friedhof. Rote Rosen sollen auf dem Grab von Gwyneth gelegen haben, wusste sie zu berichten.«

Die Dicke schüttelte verständnislos den Kopf, doch Zelda lächelte. Wer immer der Liebste der armen Gwyneth auch sein mochte, Zelda fand sein Benehmen ausgesprochen edel.

Es war gleichgültig, ob er sich eine neue Braut gesucht hatte oder nicht. Bemerkenswert war daran, dass die eventuelle neue Liebe seinen Rachedurst gestillt, Gwyneth wohl aber für immer in seinem Herzen einen Platz gefunden hatte, von dem sie auch keine neue Liebe vertreiben konnte.

Zelda sah versonnen aus dem Fenster und dachte mit Wehmut an diesen Liebsten und daran, dass es wohl niemanden gäbe, der rote Rosen auf ihr Grab legen würde. Die Sonne versank und färbte das Himmelsstück, welches durch die gelben Butzenscheiben nur unzureichend auszumachen war, in einen rosaroten See.

Da fiel ihr Esmeralda ein. »Kommt heute Abend bei Einbruch der Nacht zum Hafen. Ich denke, bis dahin werde ich vielleicht ein paar Neuigkeiten für Euch haben«, hatte sie gesagt.

Nun, jetzt war es beinahe so weit. Mit der Bemerkung, es sei ein reizender Abend gewesen, doch sie hätte sich noch immer nicht von den Strapazen der langen Reise aus den Highlands bis nach Edinburgh erholt, verabschiedete sich Zelda von den Hallberrys und Mister Temple. Dann winkte sie Laetitia, Lord William und Elizabeth zu, die als Einzige wusste, was Zelda vorhatte, und verließ das prächtige Stadthaus der Hallberrys.

Diesmal eilte sie direkt zum Hafen. Sie hielt sich dicht an den Hauswänden, um möglichst unentdeckt zu bleiben. Jetzt, wo die halbe Edinburgher Gesellschaft ihr Gesicht und ihren Namen kannte, hätte ihr Aufenthalt im Hafen zu nächtlicher Stunde gewiss für Verwunderung gesorgt, die auch auf die Dalrumples abgefärbt hätte. Doch Zelda wollte Laetitia in ihrem Zustand der frohen Erwartung jegliche Aufregung ersparen.

Sie lief schnell und war ein wenig außer Atem, als sie schließlich das Hafengelände betrat.

Esmeralda wartete schon auf sie. Sie stand im Schutz der Dunkelheit an die Wand einer Lagerhalle gelehnt und sah hinaus auf das Meer.

Leise näherte sich Zelda, jedoch nicht, ohne sich vorher nach allen Seiten umzusehen. Das Gelände lag leer und verlassen da. Kein Mensch war zu sehen, nur die Möwen zogen kreischend ihre Kreise über dem Ufer.

»Gott zum Gruße, Esmeralda«, raunte Zelda und legte der Zigeunerin kurz eine Hand auf die Schultern, damit sie nicht erschrak.

Esmeralda wandte sich um. Ihr Gesicht wirkte grau vor Erschöpfung, die Mundwinkel waren sorgenvoll nach unten gezogen.

»Ich fürchte, ich habe keine guten Nachrichten für Euch«, erwiderte sie, ohne auf Zeldas Begrüßung einzugehen.

Zelda erschrak. »Was habt Ihr erfahren?«

Esmeralda seufzte. »Nun, zuerst habe ich in den Herbergen unauffällig nach einer Frau gefragt, auf die Joans Beschreibung passt. Selbst in den heruntergekommensten Pensionen bin ich gewesen, habe mir meinen Weg durch schmutzige Kammern gebahnt und mit jedem gesprochen, den ich angetroffen habe. Doch niemand wusste auch nur die geringste Neuigkeit von Joan.

Schließlich bin ich in die Bordelle gegangen. Es ist bekannt, dass sich die Freudenmädchen gern die Zukunft voraussagen lassen, denn eine jede von ihnen hofft wohl, dem Leben zu entfliehen, das sie zu führen gezwungen ist. Ich kenne ein paar der Mädchen schon seit Jahren. Die meisten haben Vertrauen zu mir und haben auch mit Auskünften nicht gegeizt.«

»Und? Was habt Ihr von ihnen erfahren?«

»Nun, es gibt da ein Mädchen, auf das Joans Beschreibung passt. Allerdings arbeitet sie nicht als Freudenmädchen, im Gegenteil. Es heißt, sie verstecke sich mit ihrem Liebhaber, bis das nächste Schiff nach Frankreich ausläuft, um ihn dort heiraten zu können. Wie es den Anschein hat, liebt sie den Mann aufrichtig und er sie auch. Die Flucht geschieht wohl nur, weil eine Heirat in Schottland den beiden nicht möglich ist. Aus welchem Grunde aber, das weiß ich nicht.«

»Hmm«, machte Zelda und wiegte nachdenklich den Kopf hin und her. »Hat die junge Frau einen Namen? Ist vielleicht bekannt, woher sie stammt? Gibt es etwas über ihren Liebsten zu erfahren?«

Esmeralda schüttelte den Kopf. »Ich fürchte, mit mehr kann ich Euch nicht dienen. Die Beschreibung, die Ihr mir von Eurer Schwester gegeben habt, trifft auf das Mädchen zu. Ihren Namen kennt allerdings niemand. Zwar nannte der Mann, als er das Zimmer anmietete, das sich über einem Bordell befindet und von demselben Hausbesitzer gehalten wird, einen Namen, doch glaube ich nicht, dass dieser der richtige ist. Das Mädchen allerdings reist nur als seine Begleiterin.«

»Wisst Ihr den Namen des Mannes?«, fragte Zelda ohne viel Hoffnung.

Esmeralda nickte wieder. »Ja. Er nennt sich Brian Laverty. Aber jeder Edinburgher weiß, dass er kein Laverty ist.«

»Brian Laverty?«, fragte Zelda mit großer Verblüffung. »Habt Ihr wirklich Brian Laverty gesagt?«

»Was erscheint Euch daran merkwürdig? Was erschreckt Euch daran so, Zelda? Ihr seid ja ganz blass geworden. Kennt Ihr Brian Laverty?«

Zelda schüttelte den Kopf. »Nein, lediglich den Namen Ian Laverty habe ich schon gehört.«

Esmeralda lachte auf. »Wer kennt Ian Laverty nicht? Sein Name ist in aller Munde.«

»Das scheint mir auch so«, erwiderte Zelda und schüttelte noch einmal, doch jetzt mit aller Entschiedenheit, den Kopf. »Ich weiß nicht genau, was in dieser Stadt vorgeht. Doch in einem bin ich mir ganz sicher: Meine Schwester Joan kann unmöglich mit ihrem Liebsten auf der Flucht nach Frankreich sein, um ihn dort zu heiraten.«

»Warum seid Ihr Euch da so sicher?«, fragte Esmeralda.

»Ich kenne Joan besser als jeder andere Mensch auf dieser Erde. Hätte sie einen Liebsten, so wüsste ich davon. Aber sie hat niemals etwas in dieser Richtung verlauten lassen. Wir wohnen in den Highlands. Wo soll sie in Gottes Namen denn einen Liebsten kennen gelernt haben? Die Fremden, die in den letzten Jahren durch unsere Ländereien gekommen sind, kann ich an zwei Händen abzählen. Nein, nein. Die junge Frau, von der Ihr sprecht, ist ganz gewiss nicht meine Schwester.« Zelda brach ab und scharrte mit der Spitze ihres Schuhs über den Boden.

Sie wirkt ein wenig unsicher, dachte Esmeralda und sagte: »Zelda, man weiß niemals alles über einen anderen Menschen. Jeder von uns trägt Geheimnisse in sich. Überlegt selbst, ob Joan alles von und über Euch weiß.«

Zelda sah erschrocken hoch. Sie wirkte ertappt, eine leichte Röte überzog ihre Wangen. »Joan ist anders als ich. Ihr Leben, ihr Denken und Handeln gleichen einem ruhigen Fluss, während meine Gedanken wie ein Bergbach umherspringen.«

»Es gibt ein Sprichwort, Zelda: Stille Wasser gründen tief.«

»Aber Joan war für ein Leben im Kloster bestimmt. Sie schien sich nicht daran zu stören. Jeder war der Meinung, dass die Weltabgeschiedenheit ihrem Wesen entspricht.«

»Nun, Weltabgeschiedenheit und Abgeschiedenheit von der Liebe sind zwei Paar Schuhe, Zelda. Ich möchte Euch nicht beunruhigen, doch solltet Ihr nicht versäumen, in alle Richtungen zu denken, wenn Ihr Joan finden wollt.«

Zelda sah auf. In Esmeraldas Gesicht waren Verständnis und Freundlichkeit zu lesen.

»In welchem Bordell habt Ihr von Ihr gehört?«, fragte sie die Zigeunerin. »Wo befindet sich die Frau, die meiner Schwester so gleicht?«

»Sie ist in der *Roten Laterne* gesehen worden, doch Frauen haben keinen Zutritt zu diesem Haus.«

Zelda zögerte, und Esmeralda sah deutlich, dass die junge Lady noch etwas auf dem Herzen hatte. Schließlich schluckte sie und sprach es aus: »Ob ich Euch wohl bitten dürfte, noch einmal den Weg in die *Rote Laterne* auf Euch zu nehmen?«

»Und was soll ich dort?«

»Vielleicht gelingt es Euch, die Doppelgängerin meiner Schwester zu sprechen.«

»Aber was soll ich Ihr sagen?«

Noch einmal seufzte Zelda aus der tiefsten Tiefe ihres

Herzens auf. Einen winzigen Moment zögerte sie, dann sah sie Esmeralda mit klarem Blick in die Augen und sprach: »Wenn die Frau tatsächlich Joan sein sollte – was ich nach wie vor bezweifle, aber ich möchte mir niemals vorwerfen müssen, eine Möglichkeit nicht genutzt zu haben … Nun, wenn es tatsächlich so sein sollte, dass sie jemanden so sehr liebt, dass sie mit ihm nach Frankreich fliehen möchte und Vater und Schwester in großer Sorge zurücklässt, so sagt ihr …« Zelda musste noch einmal ganz tief Luft holen, ehe ihr die folgenden Worte über die Lippen kamen. »… dass ich ihrer Liebe nicht im Wege stehen möchte. Ich verzichte auf das Recht der Älteren und stelle ihr meine Mitgift zur Verfügung. Vielleicht nimmt mich Allistair Kingsley auch ohne Mitgift zur Frau, weil ihm am Frieden in den Highlands eben so viel gelegen ist wie mir. Tut er es nicht, nun, so muss eine andere Lösung gefunden werden. Ich jedenfalls bin bereit, an Joans Stelle ins Kloster zu gehen.«

»Warum ins Kloster? Ich glaube nicht, dass Ihr für ein solches Leben geschaffen seid.«

»Da habt Ihr wohl Recht. Doch meine Schwester bedeutet mir alles. Wenn sie tatsächlich einen Mann mit dieser Kraft liebt, dann hat niemand das Recht, sich dieser Liebe in den Weg zu stellen.«

Esmeralda nickte, dann trat sie spontan auf Zelda zu und umarmte sie. »Ihr seid eine bemerkenswerte junge Frau, wisst Ihr das?«, fragte sie. »Ich bewundere Eure Tapferkeit und Eure Bereitschaft, für das Glück anderer auf das eigene zu verzichten.«

Zelda zuckte mit den Schultern. »Es gibt nichts zu bewundern. Ich liebe meine Schwester und könnte niemals glücklich werden, wenn sie es nicht auch ist.«

Die Glocken der nahen Hafenkirche verkündeten mit

zehn Schlägen, dass es längst an der Zeit war, nach Hause zurückzukehren.

»Lebt wohl, Zelda. Ich werde morgen noch einmal in die *Rote Laterne* gehen. Trefft mich gegen Mittag am Rand des Marktplatzes. Jetzt muss ich gehen.«

»Ich danke Euch, Esmeralda. Ihr habt viel für mich getan. Kommt sicher nach Hause! Gott schütze Euch.«

Esmeralda lächelte Zelda noch einmal an, dann entfernte sie sich auf leisen Sohlen und war nach wenigen Metern bereits mit der Dunkelheit verschmolzen.

Zelda stand ein wenig unschlüssig am Hafen und sah hinaus auf das Meer. Sie war verstört und wusste nicht, was sie Elizabeth erzählen sollte, die im Haus ihrer Tante sicherlich auf ihre Heimkehr wartete. Zelda war sich noch immer sicher, dass Joan nicht mit einem heimlichen Liebsten geflohen war. Nein, das Mädchen in der *Roten Laterne* musste eine andere sein.

Aber was war mit Joan geschehen? Noch einmal rief sich Zelda alle Ereignisse ins Gedächtnis zurück.

Wenige Tage vor ihrer Verlobung mit Allistair Kingsley hatte sie am Bachelor-See einen Fremden getroffen, der sich Ian Laverty nannte. Sie hatte sich in ihn verliebt, doch der Frieden in den Highlands erforderte es, dass der alte Lord McLain sie, Zelda, dem ältesten Sohn des verfeindeten Clans der Kingsleys zur Frau gab. Joan, so ward beschlossen, sollte in einem Kloster eine neue Heimat finden, da die Mittel der McLains nicht ausreichten, beide Töchter mit einer Mitgift auszustatten.

In der Nacht vor Zeldas Verlobung verschwand Joan unbemerkt aus ihrem Gemach. Zelda fand eine Mantelschließe mit den Initialen I und L in Joans Zimmer.

So weit die Tatsachen.

Nichts deutete auf eine gewaltsame Entführung hin, da Joan weder um Hilfe gerufen noch sich sonst irgendwie bemerkbar gemacht hatte. War Ian Laverty an Joans Verschwinden beteiligt? Es gab keine andere Lösung, die Mantelschließe verwies eindeutig auf ihn, den Fremden, der niemals zuvor in den Highlands gesehen worden war.

Doch welches war der Zusammenhang zwischen Joan und Ian?

Dass sie ein heimliches Liebespaar waren, war schlicht unmöglich. Wo, in Gottes Namen, sollten sie sich kennen gelernt haben? Und wieso hatte Joan Zelda nichts von ihm erzählt?

Es gab nur eine Erklärung dafür: Joan kannte Ian Laverty nicht. Zumindest nicht bis zu ihrer Entführung.

Doch wenn sie ihn nicht kannte, warum war sie dann ohne Protest mit ihm gegangen?

Zelda überlegte hin und her, doch sie kam zu keiner Entscheidung. Nur eines stand für sie felsenfest: Die Frau in der *Roten Laterne,* die mit ihrem Liebsten auf die Passage nach Frankreich wartete, konnte nicht Joan sein.

»Guten Abend, Waldfee«, erklang plötzlich hinter ihr eine Stimme, die Zelda sofort erkannte. Wie der Blitz fuhr sie herum und funkelte Ian Laverty mit großen grünen Augen an.

»Spioniert Ihr mir nach?«, fragte sie schnippisch, doch ihr Herz klopfte vor Freude, ihn wieder zusehen.

Ian lachte.

»Planst du, meine Liebste, so gefährliche Dinge, dass es sich lohnt, dir nachzuspionieren?«, fragte er zurück und ließ seinen Blick über ihre Gestalt schweifen.

Das taubenblaue Kleid stand Zelda ausgesprochen

gut. Laetitia hatte es extra für Gwendolin Hallberrys Verlobung anfertigen lassen.

Zelda strich nervös über den Stoff. Sie wusste, dass ihr feierlicher Aufzug im Hafen besonders befremdlich wirkte.

Und schon sagte auch Ian Laverty: »Hast du auf dem Weg zu einem Ball im Castle einen Abstecher zum Hafen gemacht? Oder bist du gekommen, weil du wusstest, ich würde auf dich warten und von deinem blauen Kleid ganz verzaubert sein?«

»Pah!«, machte Zelda und blies sich eine vorwitzige Haarsträhne aus der Stirn.

»Ich hatte im Hafen zu tun. Genau wie Ihr, nehme ich an«, sagte sie, und ihre Stimme war die eines trotzigen kleinen Mädchens.

Ian nickte. Er trat auf sie zu und drückte seine warme Hand ganz leicht gegen Zeldas Wange.

»Ich habe jeden Abend hier auf dich gewartet, Waldfee. Gewartet vom achten Schlag des Kirchturmes bis zum Morgengrauen. Wo warst du? Wer bist du? Ich kann nicht leben, ohne zu wissen, wo ich dich finde.«

Seine Stimme wurde drängend, flehend beinahe. Er hob die andere Hand, hielt Zeldas Gesicht in den Händen wie eine zerbrechliche Kostbarkeit. »Ich liebe dich«, raunte er. »Mehr, als ich mir je vorstellen konnte zu lieben.«

Zelda spürte die Wärme seiner Haut, sein Atem streifte ihr Gesicht, und der betörend männliche Duft drang in ihre Nase. Sie schloss die Augen und schmiegte ihr Gesicht für einen Moment in seine Hände. Wieder hätte sie sich am liebsten an seine Brust gelehnt, alle Sorgen vergessen und nur für diese Liebe gelebt, die sie wie eine warme Welle überrollte. An seiner Hand wollte sie durchs Leben gehen, einen größeren Wunsch hatte sie nicht in diesem Augenblick. Und doch öffnete sie die Augen und suchte seinen Blick, um darin zu lesen, was er von Joan wusste.

Die widersprüchlichen Gefühle, die in ihrem Innern tobten, spiegelten sich in ihrem Gesicht wider, sodass in ihren Augen die Glut der Liebe leuchtete, ihr Mund aber Worte sprach, welche die Augen Lügen straften.

»Wie könnt Ihr mich lieben, ohne mich zu kennen?«, fragte sie ebenso schnippisch wie zuvor. Und obwohl ihr Ton spöttisch war, wünschte sie eine Antwort. Ja, sie wollte wissen, warum dieser Mann, der ihr Leben so verändert hatte, der auch ihre Gedanken und Gefühle so verändert hatte, sie liebte. Was liebte er an ihr? Warum liebte er genau diese Dinge an ihr? Was unterschied sie von den anderen Frauen? Was war das Besondere an ihr?

Genau wie alle Mädchen, die zum ersten Mal liebten, wollte sie alles über die Gedanken und Gefühle des Mannes wissen. Doch dafür war keine Zeit. Zelda rief sich zur Ordnung. Es ging um Joan, und ihre Liebe, wenn es denn eine war, musste warten. Nein, nicht warten. Sie musste vergessen werden, sobald Joan gefunden war. In den Highlands wartete Allistair Kingsley darauf, sie zu heiraten und den Krieg zwischen den Clans zu beenden.

Ian sah sie irritiert an. Auch ihm war nicht entgangen, dass Zelda zwischen den unterschiedlichsten Empfindungen hin und her gerissen wurde, dass sie Ian liebte und hasste zugleich.

»Was ist mit dir?«, fragte er. »Erzähl es mir. Ich möchte wissen, was in dir vorgeht!«

Zelda schüttelte den Kopf und begehrte ihrerseits etwas zu wissen. Erst musste sie eine Reihe von Dingen in Erfahrung bringen, ehe sie fähig war, Ian etwas zu erklären. Ohne auf seine Frage einzugehen, fragte sie wieder: »Was habt Ihr in den Highlands gemacht?«

Ian zog verwundert die Augenbrauen in die Höhe.

»Waldfee, warum in aller Welt möchtest du das so unbedingt wissen? Ich sehe dir an, dass du mehr ahnst, vermutest, vielleicht sogar weißt, als du sagen willst. Warum ist es so wichtig für dich zu wissen, was ich in deiner Heimat getan habe?«

Wieder umfasste er Zeldas Gesicht mit den Händen, als wollte er ihr damit eine Höhle bauen, in der sie Schutz suchen konnte. Wovor Schutz? Vor dem Widerstreit der Gefühle in ihr? Vor sich selbst gar?

»In meine Heimat kommen nicht viele Fremde«, erklärte Zelda vage. »Und diejenigen, die in redlicher Absicht kommen, kennt man in den Manors. Sie werden vorgestellt, ihre Geschäfte werden offen besprochen. Ihr aber seid heimlich gekommen. Niemand hat Euch gesehen, mit keinem habt Ihr Geschäfte gemacht.«

Sie sah ihm tief in die Augen, als wollte sie darin die Wahrheit lesen, und fügte hinzu: »Ihr habt Eure Redlichkeit nicht unter Beweis gestellt. Im Gegenteil: Was immer Ihr dort getan habt, scheut das Licht der Öffentlichkeit.«

Ian schaute verwundert drein. »Denkst du so, Waldfee? Ist das wirklich deine Meinung? Du sorgst dich um meine Redlichkeit? Befürchtest gar, ich hätte Übles getan in den Highlands?«

Sein Blick suchte den ihren. Zelda schlug die Augen nieder. Plötzlich schämte sie sich, Ian der Unredlichkeit bezichtigt zu haben. Doch der Mann griff unter ihr Kinn, hob es an, sodass sie gar nicht anders konnte, als in seine Augen zu sehen.

Was sie darin las, verwirrte sie noch mehr. Traurigkeit stand darin, eine leise Enttäuschung, Wehmut und – Liebe. Eine ehrliche, tiefe Liebe, die im Grunde zu groß war für einen einzelnen Menschen. So groß, als dass er gar nicht anders konnte, als diese Liebe mit einem anderen zu teilen.

Ian hatte geglaubt, gehofft, gewünscht, diese Liebe mit Zelda teilen zu können. Doch nun unterstellte sie ihm, Böses getan zu haben. Er war verletzt, doch gleichzeitig verstand er seine Waldfee.

»Du bist so rein und klar«, sagte er. »Und ich wette, du hast in deinem ganzen Leben noch nie auch nur einer Fliege etwas zu Leide getan. Doch das ist nicht allein nur dein Verdienst. Eine Menge Glück ist dabei. Es ist leicht, von Redlichkeit zu sprechen und sie einzuklagen, wenn immer offensichtlich und eindeutig ist, was gut ist und was böse. Doch so einfach macht es uns das Leben nicht, Waldfee. Zuweilen gerät man in Situationen, in denen man jemanden verletzen muss, um einen anderen vor noch größeren Verletzungen zu schützen. Manchmal geht es nicht anders, als sich zwischen zwei Übeln zu entscheiden. Glücklich derjenige, der niemals in eine solche Lage kommt.«

Zelda war bestürzt. Seine Worte hatten sie getroffen, auch wenn sie nicht genau verstand, was er damit meinte, welchen Zusammenhang sie mit Joan haben könnten.

»Dann sag mir doch, was du in meiner Heimat getan hast, welchen Geschäften du dort nachgegangen bist. Hast du mit den Kingsleys um den See verhandelt? Ging es um die Fang- und Fischrechte? Wie kannst du erwarten, dass ich dir vertraue, wenn du mir etwas verheimlichst? Ich kenne dich so gut wie überhaupt nicht, Ian Laverty.«

Zelda hatte nicht bemerkt, dass sie Ian plötzlich duzte, als wären sie miteinander verwandt oder einander seit Jahren vertraut. Doch der Mann bemerkte alles an Zelda. Keine noch so geringe Veränderung im Ausdruck ihres Gesichts, im Klang ihrer Stimme oder in der Haltung ihres Körpers übersah er.

Jetzt schüttelte er den Kopf. »Auch du verschweigst mir etwas, Waldfee.«

Zelda schüttelte den Kopf. »Nein, ich habe nichts, das unentdeckt bleiben muss.«

»Warum bist du nach Edinburgh gekommen? Was tust du bei deiner Tante? Und warum fragst du nach meinem Aufenthalt in den Highlands? Warum verrätst du mir deinen Namen nicht? Welches Geheimnis verbirgst du vor mir? Nennst du das Redlichkeit?«

Zelda schluckte. Zu gern hätte sie Ian alles erzählt, hätte sich ihm vorbehaltlos anvertraut, doch die Angst um Joan, ihre Verantwortung der kleinen Schwester gegenüber und, wenn sie ganz ehrlich war, der Glaube, eine Mitschuld an Joans Verschwinden zu haben, weil sie den Entführer kannte, der die Mantelschließe mit den Initialen I und L in Joans Gemach verloren hatte, und trotz allem das Unglück nicht verhindern konnte, versiegelten ihre Lippen.

»Ich muss gehen«, sagte sie leise und wollte sich losmachen. Doch Ian hielt sie fest, legte seine Lippen samtweich auf ihre. Sein Kuss war nicht mehr als die Berührung eines Schmetterlingsflügels, und doch erbebte Zelda, und die Sehnsucht nach etwas, das sie nicht genau benennen konnte, durchflutete ihr Herz.

»Ich muss gehen«, wiederholte sie. Ian nickte. Dann wies er mit dem Finger auf eine prächtige Karavelle, die mit geblähten Segeln an Kai lag und sagte: »Dieses Schiff geht übermorgen bei Sonnenaufgang nach Frankreich. Am liebsten würde ich mit dir an Bord gehen und drüben, auf dem Kontinent, ein neues Leben mit dir beginnen. Ein Leben, in denen Fragen nach Redlichkeit und Geheimnisse voreinander der Vergangenheit angehören. Ein Leben, das nur auf Liebe, Achtung und Vertrauen basiert.«

Als Zelda diese Worte hörte, kniff sie die Augen zu zwei schmalen Schlitzen zusammen und musterte Ian. Wut stieg in ihr auf, eine so ungeheuerliche Wut, dass sie ausholte und ihm eine Ohrfeige versetzte.

Erschrocken griff der Mann nach seiner Wange und befühlte sie. Die Abdrücke von Zeldas Fingern waren selbst in der Dunkelheit der Nacht gut zu erkennen.

Brüsk drehte sie sich um und floh beinahe vor ihm in den Schutz der nächtlichen Gassen. Die Tränen liefen ihr über das Gesicht, rollten in wahren Sturzbächen über ihre Wangen. Sie hätte es niemals für möglich gehalten! Die Enttäuschung lag ihr wie ein schwerer Wackerstein auf der Seele, drückte ihre Schultern nieder.

Nein, niemals hätte sie geglaubt, dass Ian Laverty auch sie nach Frankreich entführen wollte!

Seine Liebe war eine einzige Lüge!

17. Kapitel

Als Zelda im Hause ihrer Tante eintraf, hatte sie sich noch immer nicht beruhigen können. Ihre Augen waren vom Weinen geschwollen, rote Flecken zierten ihr Gesicht.

»Was ist geschehen?«, fragte Elizabeth besorgt. »Hatte Esmeralda schlechte Nachrichten für dich?«

Zelda schüttelte den Kopf, dann nickte sie und ließ sich schwer auf einen gepolsterten Lehnstuhl sinken.

»Ach, Elizabeth«, schluchzte sie. »Es ist alles viel schlimmer, als ich vermutet habe.«

Elizabeth setzte sich halb auf die Lehne des Stuhles, zog Zeldas Kopf an ihre Brust und streichelte ihr Haar, während die junge Frau weinte. Erst als sie sich beruhigt hatte, sah Elizabeth auffordernd zu ihr: »Erzähle genau, was geschehen ist.«

»Esmeralda hat erfahren, dass eine Frau, auf die Joans Beschreibung passt, in einem Zimmer über dem Bordell namens *Rote Laterne* wohnt. Ein Mann soll bei ihr sein, mit dem sie nach Frankreich fliehen will, um ihn dort zu heiraten, da eine Verbindung zwischen den beiden in Schottland nicht möglich ist. Ich glaube nicht daran, dass Joan einen heimlichen Liebhaber hat, aber ich habe Esmeralda gebeten, noch einmal in dieses Haus zu gehen und ihr zu sagen, dass ich darauf verzichte, Allistair Kingsley zu heiraten, wenn ich Joan dadurch in Schottland und in unserem Manor halten kann. Dann aber, ich war schon beinahe auf dem Heimweg, traf ich Ian Laverty. Nun, wir redeten ein wenig, dann schlug er mir vor, mit ihm nach Frankreich zu gehen und dort ein neues Leben zu beginnen.«

Bei diesen Sätzen quollen ihr erneut Tränen aus den

Augen, und ihr Körper bebte vor unterdrückten Schluchzern.

»Verstehst du, Elizabeth? Er wollte mit mir dasselbe machen, was er wohl mit Joan und mit wer weiß wem noch vorhat: Große Liebe schwören und uns dann auf den Kontinent verschleppen, um uns zu verkaufen.«

»Hat er das gesagt, Zelda?«

Sie schüttelte den Kopf. »Er mag ein Lump sein, doch dumm ist er nicht.«

»Hm«, machte Elizabeth und betrachtete nachdenklich die Wachskerze, die in einem Leuchter brannte und das Gemach in ein heimeliges Licht hüllte.

»Was wirst du jetzt tun? Übermorgen sticht das Schiff in See.«

»Ich weiß«, erwiderte Zelda. »Ich werde morgen Mittag zu Esmeralda gehen und hören, ob sie noch etwas über die Frau, die Joan so ähnelt, in Erfahrung bringen konnte. Nun, und dann werde ich entscheiden, was zu tun ist. Schlimmstenfalls werde ich mir ebenfalls eine Schiffspassage nach Frankreich kaufen und mit Joan reisen. Irgendetwas wird sich unterwegs schon ergeben. Und zumindest kann ich versuchen, auf dem Kontinent ihren Verkauf zu verhindern.«

Zelda schlief schlecht in dieser Nacht. Selbst im Schlaf kreisten ihre Gedanken noch immer um Joan und deren Schicksal.

Als der Morgen erwachte und die ersten blaugrauen Schatten in das Gemach fielen, drehte sie sich von einer Seite auf die andere, ohne Ruhe oder gar Erholung gefunden zu haben.

Trotzdem war Zelda die Letzte, die am Frühstückstisch erschien. Sie löffelte nachdenklich ihre Hafergrütze, antwortete nur einsilbig auf die Bemerkungen Laetitias nach der gestrigen Verlobungsfeier bei den Hallberrys und stand bereits als Erste wieder auf, kaum, dass die anderen ihre Mahlzeit beendet hatten.

Den Rest des Vormittags verbrachte Zelda in ihrem Zimmer. Unruhig schritt sie auf und ab, setzte sich für ein paar Augenblicke auf den Bettrand, stand auf, um mit ihrer Wanderung fortzufahren, setzte sich erneut.

Laetitia kam herein, erkundigte sich nach ihrem Befinden und fragte nach Fortschritten bei ihrer Suche nach Joan. Zelda betrachtete ihre Tante, sah, dass sich ihr Kleid bereits in Höhe des Nabels wölbte, und versicherte, dass alles seine Ordnung habe.

»Ich habe einige Informanten ausgeschickt«, berichtete sie und achtete sorgsam auf die Wahl ihrer Worte. Um nichts in der Welt wollte sie Laetitia in Aufregung versetzen und womöglich dem Ungeborenen in ihrem Leib Schaden zufügen. »Am Mittag werde ich möglicherweise Neuigkeiten erfahren. Ich hoffe nicht, dass es notwendig sein wird, selbst nach Frankreich zu fahren.«

Laetitia seufzte und strich sich über den Bauch. »Was immer du brauchst, Zelda, scheue dich nicht, es zu sagen. Das Wohl meiner beiden Nichten liegt mir sehr am Herzen. Und wenn du tatsächlich über das Meer reisen musst, so werden weder William noch ich dich ohne männliche Begleitung auf die Reise schicken. Auch an Geld soll es dir nicht mangeln.«

Sie reichte Zelda schon zum zweiten Mal nach ihrer Ankunft in Edinburgh einen Lederbeutel, der prall mit englischen Pfund gefüllt war.

Gerührt umarmte Zelda ihre Tante und drückte ihr einen Kuss auf die Wange. »Ich danke dir, Laetitia. Und ich hoffe und wünsche, dass dir mein Aufenthalt in deinem Hause nicht zu viel wird.«

Laetitia winkte lachend ab. »Wo denkst du hin? Ich bin froh, dass du da bist, dass du mir Elizabeth mitgebracht hast. Endlich hat die Langeweile ein Ende. Es gibt nichts Schöneres für eine Schwangere, als sich mit einer anderen Frau über dieses Thema zu unterhalten.«

Die Turmuhr der nahen Kirche hatte noch nicht zum Mittag geschlagen, als Zelda sich bereits auf den Weg zum Markt machte, um von Esmeralda die neuesten Nachrichten zu erfahren.

Doch als sie am alten Platz angelangte, war dort niemand mehr.

Zelda sah sich nach allen Seiten ratlos um. Schließlich fragte sie einen Scherenschleifer, den sie schon des Öfteren an dieser Stelle gesehen hatte: »Sagt, guter Mann, wo sind die Zigeuner, die noch gestern hier ihre Kunststücke dargeboten haben?«

»Weg sind sie. Im Morgengrauen haben sie ihre Planwagen beladen und sind davongefahren.«

»Aber wieso denn?«, fragte Zelda hilflos. »Ich war mit Esmeralda hier verabredet!«

Der Scherenschleifer holte einen Stein aus einer alten, abgewetzten ledernen Hülle und fuhr damit über die Schneide eines einfachen Messers. Das Geräusch, welches dabei entstand, verursachte eine Gänsehaut auf Zeldas Armen. Sie fröstelte und bedauerte, kein Umschlagtuch mitgenommen zu haben.

Es war inzwischen Juni geworden. Und war der Mai auch heiß und sonnig gewesen, so ließ der Juni beinahe vergessen, dass der Sommer vor der Tür stand. Schwere Wolken hingen unbeweglich über der Stadt und verdunkelten die Sonne. Die Schwalben, die langsam aus dem warmen Süden zurückgefunden hatten, flogen dicht über die Hausdächer und kündigten Regen an.

»Esmeralda war es, die die halbe Nacht weg war. Als sie wiederkam, hat sie angeordnet, dass die Truppe sofort weiterreist. Ich fand das ungewöhnlich. Aber wer weiß schon, wie es die Zigeuner halten. Andere Leute, andere Sitten, sage ich immer. Habe ich nicht Recht, junge Lady?«

Der Scherenschleifer sah Zelda Beifall heischend an und kratzte weiter mit seinem Stein über die Klinge.

»Ist Euch etwas Ungewöhnliches aufgefallen?«, fragte Zelda, die einfach keine Erklärung dafür fand, dass Esmeralda sie im Stich gelassen hatte. Es musste etwas vorgefallen sein, sonst hätte die Zigeunerin auf sie gewartet. Kein Wort hatte sie am Vorabend darüber verlauten lassen, dass die Truppe Edinburgh verlassen wollte.

»Ungewöhnlich, ungewöhnlich! Was ist schon ungewöhnlich? Sie kam und befahl den anderen, sich zur Abreise bereit zu machen. Das war's.«

»War sie sehr in Eile? Wirkte sie besorgt? Hatte sie vielleicht sogar Angst?«

Der Scherenschleifer zuckte mit den Achseln. »Angst? Ich weiß es nicht. So genau kannte ich sie nicht. Erst drei Tage lang hatten wir unsere Wagen nebeneinander stehen. Eilig hatte sie es, das steht fest. Aber von Angst habe ich nichts bemerkt.«

»Hat sie vielleicht eine Nachricht hinterlassen?«

Der Scherenschleifer schlug sich mit der flachen Hand vor die Stirn. »Natürlich hat sie das! Beinahe hätte ich es vergessen. Aber sagt mir, wer Ihr seid, damit ich sicher sein kann, die Nachricht an die richtige Adresse zu übergeben.«

»Lady Zelda McLain von den McLain-Manors in den Highlands«, erwiderte Zelda.

Der Scherenschleifer kramte in seiner Tasche und besah einen Umschlag aus einfachstem Pergament ohne Siegel und ohne Wappen.

»Sagt noch einmal Euren Namen. Und sprecht dabei bitte ganz langsam«, bat er.

Zelda runzelte ein wenig ärgerlich die Stirn. Dann wiederholte sie Wort für Wort ihren Namen. Der Mann schaute auf den Umschlag, dann zuckte er ratlos mit den Achseln.

»Ich kann nicht lesen, nur ein paar Buchstaben kenne ich. Aber ob der Name auf dem Umschlag der Eure ist, kann ich nicht sagen.«

»Dann zeigt her!«, forderte Zelda und streckte auffordernd eine Hand aus.

Der Mann versteckte den Umschlag geschwind hinter seinem Rücken. »Nicht so eilig. Esmeralda hat mir aufgetragen, den Umschlag nur an diejenige auszuhändigen, die vorn benannt ist. Zeige ich Euch das Papier, so könnt Ihr leicht den Namen lesen und Euch als ebendiese Person ausgeben.«

Zelda seufzte und verdrehte ein wenig die Augen. Schließlich ging sie von dannen und eilte zu einem der Schreiber, die vor dem Rathaustor auf Kundschaft warteten.

Sie ging zu einem, der ein wenig abseits stand und noch sehr jung war. Sein Gesicht hatte die Züge eines Knaben. Keine einzige Bartstoppel verunzierte das schön geformte Gesicht.

»Seid Ihr ein Schreiber?«, fragte Zelda.

»Gewiss, Mylady. In der Klosterschule von Canterbury habe ich das Lesen und Schreiben erlernt. Ganz gleich, ob Ihr etwas auf Lateinisch oder Englisch, Französisch oder in einem der schottischen Dialekte benötigt, ich stehe Euch zu Euren Diensten.«

Zelda erklärte mit wenigen Worten, was sie von dem jungen Schreiber wünschte. Gleich darauf gingen sie nebeneinander her zum Stand des Scherenschleifers.

»Nun, ich habe hier einen Jungen mitgebracht, der des Lesens und Schreibens mächtig ist. Zeigt ihm den Brief, und lasst ihn vortragen, was auf dem Umschlag steht. Oder soll ich zuerst meinen Namen nennen, damit der Schreiber überprüfen kann, ob eben dieser Name geschrieben ist?«

Der Scherenschleifer nickte. »Ja, so machen wir es. Nennt noch einmal Euren Namen, und lasst den Schreiber prüfen, ob er mit dem Namen auf dem Umschlag übereinstimmt.

Zelda seufzte ein wenig, dann wiederholte sie zum dritten Mal an diesem Morgen ihren Namen. Die Blicke des bartlosen Jünglings aus dem Kloster in Canterbury flogen über das Pergament, welches der Scherenschleifer ihm unter die Nase hielt, dann nickte er und sagte bemüht ernsthaft: »Ja, der Name der Lady stimmt mit dem Namen auf dem Umschlag überein.«

Zelda atmete auf. Sie hatte gewusst, dass Esmeralda sie nicht im Stich lassen und sang- und klanglos verschwinden würde, hatte gewusst, dass die Nachricht für sie bestimmt war.

Ungeduldig griff sie nach dem Umschlag, gab dem Schreiber ein Geldstück für seine Arbeit und dem Scherenschleifer ein weiteres für seine Bemühungen. Dann faltete sie den Pergamentbogen auseinander und las:

»Liebe Zelda,
verzeiht, dass ich mich nicht von Euch verabschiedet habe. Manchmal kommt alles anders, als man denkt. Ich habe mit der jungen Frau in der Roten Laterne gesprochen.
Sie weiß, was sie tut. Sie ist nicht gegen ihren Willen dort und wird auch nicht gegen ihren Willen nach Frankreich verbracht. Sie liebt den Mann, mit dem sie zusammen ist. Haben wir Menschen das Recht, auseinander zu bringen, was vielleicht der Herr, unser Gott, zusammengebracht hat?
Dürfen wir die Pläne, die der Mensch um des eigenen Vorteils willen gemacht hat, höher halten als den Plan des Schicksals?
Ich weiß es nicht, Lady Zelda.
Aber ich kann mit Sicherheit behaupten, dass ich Euch niemals schaden wollte. Deshalb bin ich gegangen. Lasst dem Schicksal seinen Lauf, Zelda. Ihr werdet sehen, es geschieht, was geschehen muss.

Gott schütze und segne Euch.«

Zelda ließ den Bogen sinken. Esmeralda hatte mit keinem Wort geschrieben, dass die Frau in der *Roten Laterne* Joan war, aber Zelda wusste plötzlich mit einer Gewissheit, die aus ihrem Inneren kam, dass die Frau niemand anderes als ihre Schwester sein konnte.

Hatte jemand Joan gezwungen, Esmeralda gegenüber von einer Liebe zu sprechen, die sich nur in Frankreich leben ließ?

Zelda zweifelte daran. Ihre Schwester ließ sich zu nichts zwingen. Es sei denn, sie schützte damit jemand anderen. Aber genauso sehr zweifelte Zelda noch immer daran, dass Joan tatsächlich einen heimlichen Liebsten haben sollte.

Sie sah hoch und begegnete den neugierigen Blicken des Scherenschleifers.

»Ist Euch noch etwas Ungewöhnliches aufgefallen?«, fragte sie eindringlich.

Der Mann hob die Arme zum Himmel. »Ich würde Euch ja gern dienen, Mylady, aber ich weiß beim besten Willen nicht, worauf Ihr hinauswollt!«

Das wusste Zelda eigentlich auch nicht, doch plötzlich durchfuhr sie ein Geistesblitz.

Ian Laverty hatte Esmeralda und sie möglicherweise gestern Abend zusammen im Hafen gesehen. Vielleicht hatte er sie später noch einmal getroffen und ihr Geld gegeben, damit sie schwieg und das Geheimnis der fremden, blassen Frau aus der *Roten Laterne* ungelüftet blieb?

»Sagt, guter Mann«, wandte sie sich wiederum an den Scherenschleifer. »Hat Esmeralda vielleicht plötzlich Geld gehabt? Trug sie einen Lederbeutel am Gürtel, den Ihr noch nie zuvor bei Ihr gesehen habt?«

Der Scherenschleifer schüttelte den Kopf. »Hört, Mylady, ich bin ein schwer arbeitender Mann. Keine Magd, die den halben Tag und die ganze Nacht mit Geschwätz zubringt. Ein Mann hat sie begleitet, das habe ich gesehen, sonst weiß ich nichts.«

»Ein Mann? Einer, den Ihr kennt?«

Der Scherenschleifer schüttelte den Kopf. »Ich kenne niemanden in Edinburgh. Meine Frau und die Kinder wohnen in einem kleinen Weiler, etwa zehn Meilen von hier. Zu dieser Jahreszeit ziehe ich von Ort zu Ort, sehe jeden Tag neue Gesichter.«

»Wie war der Mann gekleidet? Wie sah er aus?«, wollte Zelda wissen. Sie trat näher, beugte den Oberkörper weit vor, und der Scherenschleifer sah, dass sie aufgewühlt war. Er runzelte nachdenklich die Stirn, denn er würde der jungen Lady gern helfen, aber, in Gottes Namen, sie verlangte einfach zu viel. Er war schließlich keiner der Stadtschergen, die jeden Halunken auf eine Meile gegen den Wind erkannten.

Zögernd sagte er schließlich: »Groß war er. Sein Haar hatte einen dunkelroten Schimmer, soweit ich das in dieser Dunkelheit sehen konnte. Er trug feine Kleider, war bestimmt kein Zigeuner. Wie ein Edelmann sah er aus.«

Er machte eine Pause und tippte sich mit dem Zeigefinger gegen das Kinn. »Ja, wie ein Edelmann oder ein reicher Kaufherr.«

Zelda nickte. Ihre schlimmsten Befürchtungen hatten sich soeben bestätigt.

»Kennt Ihr einen Mann mit Namen Ian Laverty?«, fragte sie zum Schluss und sah dem Scherenschleifer fest in die Augen.

Dessen Blick flackerte ein wenig, und seine Antwort kam eine Spur zu langsam. »Nein«, sagte er und senkte den Blick. »Warum fragt Ihr?«

Zelda war sich sicher, dass aus dem Mann nichts mehr herauszuholen war. Ganz deutlich hatte sie die Angst in seinem Blick gesehen. Und sie wusste, dass Angst noch mehr Macht über einen Menschen hatte als Geld.

»Ich danke Euch schön«, sagte sie, wandte sich um und ging davon.

Sie wusste, dass der Scherenschleifer nun aufatmete. Und mit derselben Sicherheit wusste sie auch, dass er noch heute sein Habe zusammenpacken und in die nächste bewohnte Gegend weiterziehen würde.

Doch auch sie wusste, was zu tun war.

Sie würde zum Hafen gehen und sich vom Hafenmeister in die Passagierliste des Schiffes eintragen lassen, das morgen in aller Früh von Edinburgh aus in See stechen wollte.

Zielstrebig hastete Zelda durch die engen Gassen, die jetzt, zur vollen Mittagsstunde, voller Menschen waren. Einen Augenblick dachte sie daran, zuerst in das Haus der Dalrumples zu gehen und Laetitia zu bitten, ihr jemanden zu nennen, der sie begleiten und die Passage beim Hafenmeister kaufen konnte, doch dann besann sie sich anders. Sie war stark und mutig. Sie brauchte keinen Schutz. Sie hatte geschworen, Joan zurück nach Hause zu bringen, und sie würde nicht eher ruhen, bis sie das geschafft hatte. Sollten Laetitia oder William Einwände haben – und Zelda war sich ganz sicher, dass sie welche hatten –, nun, dann musste man sehen, was sich noch tun ließ. Vielleicht hatte William Dalrumple mit seinen weit reichenden Beziehungen auch Bekanntschaften unter den übrigen Passagieren.

Jetzt wollte Zelda nur eines, und zwar zum Hafen.

Zielstrebig schritt sie, ohne sich um die Geschehnisse im Hafen zu bekümmern, zum Kontor des Hafenmeisters.

Hoch aufgerichtet stand sie vor ihm und verlangte mit fester Stimme: »Ich beabsichtige, morgen mit einem Schiff nach Frankreich zu reisen. Bitte gebt mir eine Kabine auf dem ersten Segler und sorgt dafür, dass in meiner Nachbarschaft auf dem Schiff anständige Leute sind.«

Der Hafenmeister blinzelte sie an. Dann sagte er, in dem er sie von oben nach unten musterte: »Ich könnte schwören, ich kenne Euch. Wart Ihr nicht vor kurzer Zeit hier und habt nach jemandem gefragt?«

Zelda hatte wenig Lust, dem Hafenmeister zu antworten. Sie hob die Nase, runzelte ein wenig die Augenbrauen und sagte mit strenger Liebenswürdigkeit: »Ich bitte Euch, mich nicht aufzuhalten. Es gibt noch viel zu tun für mich. Ihr wisst ja, wie das ist. Sachen müssen herausgesucht und in Reisetruhen verladen werden, Träger müssen kommen, um das Gepäck auf das Schiff zu bringen.«

»Gewiss. Ich verstehe Euch sehr gut, Mylady. Doch bitte sagt mir, wo Eure Bediensteten untergebracht werden sollen? Ich nehme an, Ihr habt vorgesehen, sie auf dem Deck schlafen zu lassen? Oder wäre Euch ein Platz im Laderaum lieber? Nun, er ist zwar ein wenig teurer, aber Ihr könnt gewiss sein, dass Euch so keine Magd und kein Knecht verloren gehen, wenn ein Sturm losbricht und sich die Menschen von Deck holt, um sie in die Unterwelt zu bringen.«

»Ich hätte gern zwei Schlafplätze unter Deck«, bestimmte Zelda und legte sehr viel Nachdruck in ihre Stimme, denn das Verhalten des Hafenmeisters zeigte ihr eindeutig, dass eine junge Frau gewöhnlich nicht allein und ohne männliche Begleitung hierher kam und um eine Passage auf einem Schiff nachsuchte. Doch er war hier nicht für Moral, Anstand und Tugend zuständig, sondern dafür, dass die Karavellen seiner Reederei voll ausgelastet ihren langen Weg über das Meer antraten.

Der Hafenmeister veranlasste also, dass für Zelda eine Kabine freigehalten wurde und des Weiteren zwei Schlafplätze im Laderaum für ihre Bediensteten zur Verfügung standen. Dann nannte er einen Preis, dessen Höhe Zelda schier den Atem verschlug, doch der dank der liebenvollen Zuwendung ihrer Tante für sie kein Problem darstellte. Sie legte die geforderte Summe auf den Kontortisch, grüßte freundlich und verließ, noch immer das Kinn nach vorn gereckt, den Rücken gestreckt und die Schultern nach hinten gezogen, die Hafenmeisterei.

Vor der Tür atmete sie auf. Zum ersten Mal seit vielen Tagen huschte ein zufriedenes Lächeln über ihr Gesicht.

Morgen hatten die Suche nach Joan und die Ungewissheit über ihr Schicksal endlich ein Ende. Sie würde ihre Schwester sehen, würde mit ihr reden und sie schließlich zurück nach Schottland und auf die McLain-Manors bringen.

Übermütig und plötzlich felsenfest davon überzeugt, dass alles gut werden würde, schlenkerte Zelda mit dem Arm, atmete einmal tief ein und aus und betrachtete die Möwen, die sich kreischend auf die Abfälle in der Nähe der Kaimauer stürzten.

Sie atmete die würzige Meeresluft, sog tief den Geruch nach Meer, Tang und Fisch in sich ein und betrachtete schließlich voller Genugtuung den Himmel, der an einer Stelle aufgerissen war. Zögerlich wagte sich ein Sonnenstrahl hervor und malte einen hellen Streifen auf das geblähte Segel der großen Karavelle, die ab morgen für ein paar Tage Zeldas neues Zuhause sein würde.

Langsam, mit der Hand die Augen beschirmend, ging sie in die Nähe des Kais, um das Schiff ausführlich zu betrachten.

Der Dreimaster wurde soeben beladen.

Eine feste Schräge führte vom Deck bis hinunter auf den Kai. Männer rollten schwere Fässer die Schräge hoch, und Zelda sah, dass ihre Muskeln zum Zerreißen gespannt waren. Die Anstrengung hatte die Gesichter der Hafenarbeiter rot gefärbt, die nackten Oberkörper glänzten vor Schweiß.

Mehrere Fuhrwerke warteten darauf, dass ihre Ladung ebenfalls auf das Schiff verbracht wurde.

Aus den Highlands kamen zwei der Fuhrwerke, die Zelda am Wappen erkannte. Sie hatten Wolle geladen. Feine, weiche Schafswolle, für die die Highlands berühmt waren.

Aus England kamen Ballen mit feinem Tuch, Leinen und einem grob gewebten Stoff, den Zelda noch nie gesehen hatte.

Mehrere Fässer waren mit Pech verschmiert, und Zelda glaubte zu wissen, dass sich darin wertvolle Bücher befanden, die von den Mönchen der Klöster hergestellt worden waren.

Lange stand sie so und sah den Arbeiten zu, doch dann bemerkte sie, dass ihre Anwesenheit einige Aufmerksamkeit hervorgerufen hatte.

Die Männer warfen ihr Blicke zu, die besagten, dass eine Frau wie sie in dieser Gegend nichts zu suchen hatte.

Langsam, noch einen letzten Blick auf die Karavelle werfend, wandte sie sich um – und glaubte, ihren Augen nicht zu trauen.

18. Kapitel

Zelda kniff die Augen ein wenig zusammen, um das Bild, von dem sie glaubte, die Fantasie gaukle es ihr vor, zum Verschwinden zu bringen. Doch nichts dergleichen geschah.

Ein paar Schritte von ihr entfernt stand Allistair Kingsley und starrte sie mit der allergrößten Verwunderung an.

Zelda lächelte, froh darüber, möglicherweise Hilfe bei der Suche nach Joan gefunden zu haben. Sie hob die Hand zum Gruß, öffnete den Mund, um Allistairs Namen zu rufen, doch in diesem Augenblick drehte sich der Mann abrupt um und lief mit langen, schnellen Schritten davon.

Vor Überraschung klappte Zelda den Mund wieder zu, doch dann rief sie: »Allistair! Warte! Ich bin es, Zelda!«

Sie raffte mit einer Hand ihr Kleid, das beinahe bis zum Boden reichte, und rannte Allistair, alle Benimmregeln für eine junge Lady vergessen, hinterher.

Ihr Haar, von Bändern gehalten und mit kleinen Kämmchen aus Holz in Form gebracht, löste sich und wehte wie eine Fahne. Zelda hörte, wie eines der Kämmchen zu Boden fiel, doch sie hielt nicht an, sondern rannte, als wäre der Teufel hinter ihr her. Auch Allistair beschleunigte seine Schritte, und noch während Zelda lief, fand sie sein Verhalten sehr merkwürdig. Warum tat er, als kennte er sie nicht? Warum lief er vor ihr davon? Was hatte das zu bedeuten?

Langsam hatte sie all die Merkwürdigkeiten, die Geheimniskrämereien und Verstellungen herzlich satt. Was ging hier nur vor?

Bis vor wenigen Wochen war ihr Leben harmonisch, heiter und vor allem überschaubar gewesen. Jeder wusste, was er vom anderen zu halten hatte, die Zukunft lag vielleicht nicht im rosigsten Licht, aber doch klar und deutlich vor ihr. Alle Aufgaben waren verteilt, mit Überraschungen war, wenn überhaupt, so nur in geringem Umfang zu rechnen.

Doch seit dem Tag, an dem sie Ian Laverty zum ersten Mal am Bachelor-See getroffen hatte, war alles anders. Nichts war mehr, wie es schien, die Zukunft nicht mehr klar und deutlich, das Leben alles andere als überschaubar. Jeder Tag seither hatte neue Überraschungen gebracht. Aus dem See ihrer Kindheit und Jugend wurde das Ufer des Verlangens, und alle Gewissheiten, die Zelda zu haben glaubte, gerieten ins Wanken und Schwanken.

Nun fühlte sie sich wie ein Kind im bröselnden Windhaus, wusste nicht mehr, wer Freund und wer Feind war, wusste am Morgen nicht, wie sie am Abend denken, fühlen und handeln würde, wusste nicht einmal, ob sie Ian Laverty liebte oder hasste.

Und nun noch Allistair Kingsleys merkwürdiges Verhalten! Was machte er überhaupt hier? Wie kam er nach Edinburgh? Es war Juni, und auf den Manors häufte sich die Arbeit. Kein Landadliger verreiste in dieser Zeit, es sei denn, er hatte unaufschiebbare Gründe dafür.

»Allistair!«, rief sie noch einmal. »Allistair, so warte doch auf mich!«

Diesmal reagierte der Mann. Abrupt, als wäre vor ihm plötzlich ein Hindernis aufgetaucht, blieb er stehen, und Zelda die inzwischen nah und näher gekommen war, prallte direkt gegen ihn. Sie geriet ins Straucheln, ruderte mit den Händen und wäre wohl gefallen, hätte Allistair nicht schnell seinen Arm um ihre Hüfte geschlungen, um sie zu stützen.

Zelda atmete hastig. Sie war es nicht gewohnt, wie ein Gassenjunge durch die Gegend zu rennen. Doch kaum war sie wieder fähig zu sprechen, da sprudelte sie auch schon hervor: »Was machst du in Edinburgh? Wie bist du hierher gekommen?«

Sie fasste vor Aufregung nach seinem Wamsärmel und zerrte ein wenig daran.

Allistairs Gesicht war verschlossen wie das einer Auster. Beinahe feindselig blickte er Zelda an. Sie sah, wie er schluckte, wie seine Blicke Hilfe suchend umherirrten.

»Was ist los mit dir?«, fragte sie. »Antworte mir, was machst du hier?«

Allistair betrachtete sie mit starrem Blick. »Müssen wir das mitten auf der Gasse besprechen?«, fragte er. »Die Leute sehen sich bereits nach uns um.«

»Dann lass uns ein wenig am Meeresufer spazieren gehen«, schlug Zelda vor. Sie war ungeduldig und ließ Allistair dies deutlich spüren. »Was soll die Heimlichtuerei? Ich will doch nur wissen, was du hier machst? Schließlich bin ich deine Braut.«

Allistair seufzte, dann fasste er Zelda am Ellbogen und geleitete sie zum nahen Strand.

Weit und breit war kein Mensch zu sehen. Ein verlassenes Fischerboot mit zerbrochenen Planken lag auf dem Trockenen, Möwen zogen kreischend ihre Bahn, und das Meer warf kleine Wellen gegen das Ufer.

»Ich bin dir gefolgt«, sagte Allistair plötzlich. »Gleich, nachdem ich erfahren habe, was mit Joan geschehen ist, habe ich mein Pferd gesattelt und bin dir nachgeritten.«

Zelda sah ihn ungläubig an. »Und warum hast du

mich dann erst jetzt gefunden? Warum bist du vor mir weggelaufen?«

Allistairs Mund verzog sich zu einem schmalen Lächeln. »Ich kenne dich nicht in solch vornehmen Kleidern und hätte dich auch niemals allein im Hafen vermutet. Du hast dich verändert. Wie kannst du erwarten, dass ich dich erkenne?«

»Du hättest stehen bleiben können, als ich dich rief. Aber du hast deine Schritte noch beschleunigt.«

»Nun, der Lärm im Hafen ist groß. Ich habe dich nicht rufen hören.«

Zelda ließ nicht locker. »Du hättest im Haus meiner Tante nach mir fragen können. Aber woher wusstest du eigentlich, dass ich in Edinburgh bin?«

Allistair antwortete nicht. Er sah sich nach allen Seiten um, dann senkte er den Blick auf das Pflaster der Straße und kratzte mit der Spitze seines Stiefels über den Stein. Es dauerte eine kleine Weile, bis er schließlich erwiderte: »Ich dachte mir einfach, dass du in Edinburgh bist. Aber ich hatte vergessen, dass hier die Schwester deines Vaters lebt.«

Zelda glaubte ihm kein Wort, doch sie winkte ab. Das Gespräch war sinnlos und unwichtig. Wichtig war nur, dass sie endlich einen Mann gefunden hatte, der ihr bei der Suche und Befreiung Joans helfen konnte und der außerdem stark genug war, um es mit Ian Laverty notfalls aufnehmen zu können. Aber irgendetwas an Allistair war merkwürdig. Sie kannte ihn, seit sie denken konnte. Sie kannte ihn als Feind. Aber nicht einmal bei ihren schlimmsten Auseinandersetzungen hatte er so abweisend gewirkt. Irgendetwas war hier im Busch. Das spürte Zelda so deutlich wie ihren Herzschlag.

»Warum fragst du nicht, ob ich Joan gefunden habe?«,

bemerkte Zelda mit der Stimme eines Richters und betrachtete Allistair von oben bis unten.

»Hast du sie gefunden?«, fragte ihr zukünftiger Gemahl zurück.

Zelda schüttelte den Kopf. Dann ließ sie sich auf einer Klippe nieder, winkte Allistair, sich ebenfalls zu setzen, und erzählte ihm die ganze lange Geschichte ihrer Reise.

Auch von Ian Laverty berichtete sie, doch ihre widersprüchlichen Gefühle verschwieg sie wohlweislich. Immerhin würde sie mit dem Mann, der jetzt wie ein vollkommen Fremder neben ihr saß, schon in wenigen Wochen Tisch und Bett teilen. Das hieß, wenn sich nicht in dieser Hinsicht auch noch etwas änderte.

»Ich vermute nun, dass Ian Laverty der Kopf eines Mädchenhändlerringes ist, der es sich zur Aufgabe gemacht hat, unschuldige Schottinnen nach Frankreich zu verschleppen. Auch mit mir sprach er über die Möglichkeit, auf dem Kontinent ein neues Leben zu beginnen. Ich bin ganz sicher, dass die Frau aus der *Roten Laterne* nicht Joan ist, aber ich habe mir auf jeden Fall für morgen eine Schiffspassage nach Frankreich gekauft. Es wäre gut, wenn du mich begleiten könntest.«

Allistair nickte und sah nachdenklich auf das Meer hinaus. Er schwieg eine Weile, und Zelda sah, dass er die Augenbrauen gerunzelt und die Stirn in Falten gelegt hatte, als dächte er intensiv nach.

Doch schon räusperte er sich und sagte mit großer Bestimmtheit: »Zelda, ich möchte nicht, dass du nach Frankreich fährst. Ein Schiff ist nicht der richtige Ort für eine junge Lady und das Land der Franzosen schon gar nicht. Ich wage nicht, mir auszumalen, was dir alles zustoßen könnte. Als dein zukünftiger Mann verbiete ich dir, morgen in aller Herrgottsfrühe an Bord dieser Karavelle zu gehen.«

»Und Joan? Soll ich sie vielleicht ihrem Schicksal überlassen? Niemals, Allistair. Und wenn es mich den guten Ruf um meine Tugend kostet: Ich lasse Joan nicht allein in den Händen dieses Mädchenräubers!«

»Zelda, es gibt noch andere Möglichkeiten«, erwiderte Allistair und sah sie so streng an, dass Zelda begriff, er würde alles daran setzen, um sie an dieser Reise zu hindern.

Sie warf verzweifelt die Hände in die Luft und kämpfte gegen die Tränen an, die ihr in die Augen stiegen und den Blick verschleierten. »Welche denn? Was kann denn noch getan werden, was ich nicht schon getan hätte! Du kennst Ian Laverty nicht. Er windet sich wie ein Aal. Nicht ein Wort konnte ich ihm entlocken. Er ist raffiniert, wie es nur Gangster sein können.«

Allistair hob einen kleinen Stein vom Boden auf und warf ihn schwungvoll ins Wasser.

»Ich habe Laverty kennen gelernt«, sagte er schließlich.

»Was? Wie bitte? Wie hast du das angestellt? Woher wusstest du von ihm?«

»Nun, in Edinburgh kennt ihn wohl jeder. Ich war auf der Suche nach dir, habe in den Klöstern der Stadt nachgefragt, ob du dort um Unterschlupf nachgesucht habest. An deine Tante dachte ich keine Sekunde lang. Doch in den Klöstern warst du nicht, auch nicht in den Häusern der Beginen. Ich ahnte, dass du nicht in einer Herberge abgestiegen bist. Wahrscheinlich hätte dir auch niemand ein Zimmer vermietet. Allein reisende Frauen sind äußerst selten in diesem Landstrich. Ich klapperte also die Pfarrhäuser ab, in der Hoffnung, dass du vielleicht in einem von ihnen eine Zuflucht gefunden hättest.«

»Wieso warst du so sicher, dass ich nach Edinburgh gereist bin?«, fragte Zelda. »Niemand wusste davon. Nicht einmal mein Vater. Er war der Meinung, ich suchte in der näheren Umgebung nach Joan.«

Allistair zuckte mit den Achseln, hob erneut einen Stein auf und ließ ihn hüpfend über das Wasser tanzen. »Es war nur so ein Gefühl. Außerdem erschien es mir logisch. Alle jungen Mädchen, die heimlich ihr Elternhaus verlassen, landen früher oder später in Dundee oder Edinburgh. Da ich dich in Dundee nicht gefunden habe, konntest du nur hier sein.«

»Hmm«, machte Zelda und war wahrhaftig nicht von Allistairs Schlussfolgerungen überzeugt. Doch wichtig waren jetzt nur Joan und der Versuch, sie zu befreien.

»Wo hast du Ian Laverty kennen gelernt?«, fragte Zelda noch einmal und fand Allistair Kingsleys Benehmen nach wie vor äußerst merkwürdig.

»In einem Pub in der Nähe des Hafens«, berichtete er. »Ich trank dort eines Abends einen Becher Ale. Laverty sprach mich an. Er hatte bemerkt, dass ich verzweifelt war. Nun, ich erzählte ihm von meiner Suche nach einer jungen Frau und beschrieb dich so, wie ich dich von zu Hause kenne. Doch auch er wusste nicht, wo du stecken könntest. Er versprach mir jedoch, Augen und Ohren offen zu halten und mich zu informieren, sobald er etwas in Erfahrung gebracht hätte. Am frühen Abend ist er beinahe täglich in diesem Pub zu finden. Und wenn du, Zelda, sicher bist, dass er etwas mit Joans Verschwinden zu tun hat, so wäre es wohl klüger, ihn noch vor dem Auslaufen des Schiffes in einen Hinterhalt zu locken und Joan zu befreien. Ich befürchte, wenn man erst einmal auf hoher See ist, so ist es schwieriger, umzukehren. In jedem Fall ginge die Fahrt bis nach Frankreich und von dort wieder zurück nach Edinburgh oder Dundee. Wir könnten viel Zeit sparen, müssten wir die lange Reise übers Meer nicht antreten.«

Zelda nickte. Allistair hatte Recht. Im Übrigen wusste auch niemand außer Ian Laverty, was in Frankreich nach Einlaufen der Karavelle geschehen würde. Vielleicht wurde Joan bereits am Hafen erwartet.

Zelda sah sie vor sich, sah, wie sie von zwei kräftigen Männern an den Ellbogen gepackt und in eine wartende Kutsche gestoßen wurde. Sie sah, wie der Kutscher den Pferden die Peitsche gab und der Wagen so schnell im Gewirr der gewiss zahlreichen Gassen verschwand, sodass Zelda Joan aufs Neue verlöre und mutterseelenallein in einem Land wäre, dessen Sprache sie nicht verstand, dessen Sitten und Bräuche sie nicht kannte.

Nein, Allistair hatte mehr als Recht. Ihr Vorhaben, Joan auf das Schiff zu folgen, war eine Schnapsidee gewesen.

»Aber wie willst du Ian Laverty eine Falle stellen? Er ist sehr klug, hörte ich, und mit allen Wassern gewaschen.«

Allistair lachte ein wenig, doch das Lachen verzerrte eigentlich nur seinen Mund und erreichte die Augen nicht. »Wir Highlander sind auch nicht ohne«, sagte er, und Zelda musste ihm zustimmen.

»Hast du einen Plan?«, fragte sie ein wenig ungeduldig. »Jetzt lass dir doch nicht jedes Wort aus der Nase ziehen!«

Sie sah Allistair von der Seite an und konnte gar nicht aufhören, sich über ihn zu wundern. Der Mann, der hier neben ihr saß, hatte mit dem Allistair Kingsley, den sie von Kindesbeinen an kannte, nicht das Geringste zu tun. Zelda hätte ihm gern viele Fragen gestellt, doch sie hatte den Eindruck, dass auch Allistair in seinem Innern ein Geheimnis barg. Zelda hatte genug von Geheimnissen. Sie hatte genug von Edinburgh. Alles, was sie wollte, war, Joan so schnell wie möglich zu finden, nach Hause in die McLain-Manors zurückzukehren und ihr altes Leben mit all seiner Klarheit wieder aufzunehmen.

Trotzdem war sie mehr als froh, nicht mehr allein zu sein. Mochte Allistair sich auch verändert haben, eines wusste Zelda mit Sicherheit: Er würde dafür sorgen, dass Zelda und Joan nichts zustieße. Er würde alles tun, was in seinen Kräften stand, um sie vor Schaden zu bewahren.

Es war ein ungeschriebenes Gesetz, dass die Highlander einander beistanden. Und selbst verfeindete Clans vergaßen in der Fremde ihre Feindseligkeiten und hielten zusammen wie Pech und Schwefel.

»Laverty wartet am Abend im Hafen auf mich. So sagte er jedenfalls«, berichtete Zelda. »Nach Einbruch der Dunkelheit liegt das Gelände in völliger Verlassenheit. Vielleicht gelingt es uns, ihm dort eine Falle zu stellen.«

Allistair nickte bestätigend, doch Zelda redete schon weiter: »Wie wollen wir es bewerkstelligen, dass er uns alles sagt, was er über Joan weiß? Ich habe mehrmals vergeblich versucht, ihn zum Reden zu bringen. Doch er vertröstete mich immer und versprach, in wenigen Tagen all meine Fragen zu beantworten.«

Plötzlich kam Leben in Allistair, der seit einer ganzen Weile schon wie erstarrt dagesessen hatte. »Ich wusste gar nicht, dass du Ian Laverty besser als nur flüchtig kennst.«

Zelda schlug die Augen nieder. Was sollte sie Allistair, den sie bald heiraten würde, nur sagen? Dass sie sich in Ian verliebt hatte? Dass sie sich sogar geküsst hatten?

Unmöglich!

»Ich habe die Waffen einer Frau eingesetzt, um zu erfahren, was ich wissen muss. Doch es hat nicht geklappt. Sicherlich bin ich mit dieser Art und Weise des Kampfes nicht vertraut genug.«

Zeldas Stimme klang ein wenig unsicher bei diesen Worten, und Allistair lächelte, als er begriff, dass diese Unzulänglichkeit an Zeldas Selbstbewusstsein kratzte.

»Meine Waffen haben versagt«, fuhr sie fort. »Nun musst du wohl mit den Waffen der Männer gegen ihn kämpfen.«

»Vielleicht kann man ihm sein Geheimnis nur mit Gewalt entlocken. Spätestens im Angesicht des drohenden Todes wird er reden.«

Der Gedanke allein ließ Zelda einen eiskalten Schauer über den Rücken laufen. Sie fröstelte und schlang die Arme um ihren Körper, um sich zu wärmen. Doch die Kälte blieb.

Sie kam aus ihrem tiefsten Innern. Zelda wusste, wie die Männer aus den Highlands kämpften. Auge um Auge, Zahn und Zahn. Und sie wusste auch, dass Allistair Kingsley seinen Feind – und das war Ian Laverty – nicht schonen würde. Sie betrachtete den Mann an ihrer Seite, sah den muskulösen Brustkorb, die kräftigen Arme, die starken Hände, die das Zupacken gewöhnt waren. Und sie dachte an Ian Laverty, der zwar ebenfalls groß und stark gebaut war, aber wohl doch weniger Kraft hatte als Allistair, der seine Muskeln jahrelang bei harter Arbeit auf den Manors gefordert hatte.

Zelda wusste, es würde Blut fließen. Und sie wusste

auch um die Möglichkeit, dass nur einer der beiden Männer den Kampfplatz lebend verlassen würde.

Ihr Herz zog sich so schmerzhaft bei diesem Gedanken zusammen, dass sie sich krümmte. Ein Zittern befiel sie, das von der Kälte in ihrem Innern rührte.

Sie hatte Angst um Ian Laverty, wusste aber gleichzeitig, dass es wohl keine andere Möglichkeit gab, Joan zu finden und nach Hause zu bringen. Das Leben ihres Liebsten gegen das Leben der geliebten Schwester.

Zelda stand auf. Ihr Atem ging schwer, und ihre Glieder fühlten sich plötzlich steif an.

»Wann treffen wir uns heute Abend?«, fragte sie mit zitternder Stimme. »Wann wirst du Ian Laverty in den Hafen locken?«

Allistair wiegte den Kopf hin und her. »Ab wann erwartet er dich dort? Wenn er ohnehin jeden Abend im Hafen ist, so brauche ich keine List anzuwenden, die ihn misstrauisch macht. Ihn zu überraschen, wäre für uns von großem Vorteil.«

Zelda seufzte und schloss für einen Augenblick die Augen. Sie musste Ian Laverty ans Messer liefern. Sie hatte keine andere Wahl. Sie war in der Situation, sich zwischen zwei Menschen, die sie liebte, entscheiden zu müssen. Einem von beiden würde ein Leid geschehen, und Zelda konnte nichts, überhaupt nichts tun, um beide vor dem Leid zu bewahren.

Wieder überlief sie ein eiskalter Schauer. Sie schloss ganz kurz die Augen, um die Gefühle, die in ihrem Innern tobten, zur Ruhe zu bringen. Doch es gelang ihr nicht.

Die ganze Last der Verantwortung lag auf Zeldas Schultern und drückte sie fast zu Boden. Egal, was sie tat, sie würde einen geliebten Menschen ins Unheil stürzen und Schuld auf sich laden. Schuld vor Gott und vor der Liebe.

Am liebsten wäre sie jetzt ins Bett gekrochen oder hätte sich zumindest an Elizabeths Busen ausgeweint. Doch das ging nicht.

Selbst, wenn Zelda nichts täte und den Dingen ihren Lauf ließe, würde ein Unheil geschehen. Sie war zum Handeln verurteilt, verurteilt dazu, eine Entscheidung zu treffen. Und niemand auf der ganzen Welt konnte ihr diese Entscheidung abnehmen.

Langsam und von einem Seufzen begleitet, öffnete sie die Augen. Allistairs Blick ruhte auf ihr.

»Geht es dir gut?«, fragte er mit leiser Besorgnis.

Zelda nickte. »Lass Ian Laverty am Leben, wenn du kannst«, bat sie.

Und Allistair antwortete: »Ich habe noch nie einen Menschen getötet. Und auch ich hoffe, es heute Abend nicht tun zu müssen.«

19. Kapitel

Zelda wälzte sich schlaflos in ihrem Bett hin und her.

Sie war vom Hafen direkt in das Haus ihrer Tante gegangen und hatte sich so erschöpft gefühlt, dass sie sich sofort in ihrem Zimmer zur Ruhe gelegt hatte.

Der schwierigere Teil des Tages lag noch vor ihr, und sie wusste, sie würde alle Kraft dafür brauchen.

Wenn sie doch zur Ruhe käme! Nichts auf der Welt wünschte sie sich mehr, als ein wenig schlafen zu können.

Sie schloss die Augen, kniff sie so fest zusammen, wie sie nur konnte, doch das Bild Ian Lavertys tauchte vor ihr auf.

Ihre ganze gemeinsame Geschichte, angefangen vom ersten Treffen bis zum gestrigen Abend, lief vor Zeldas innerem Auge ab.

Sie erinnerte sich an jedes Wort, das zwischen ihnen gesprochen wurde, an jede Geste, jeden Blick. Zelda erinnerte sich sogar an jede Berührung und an jeden Kuss. Sie konnte die Wärme seiner Haut spüren, die glatte Festigkeit, sie fühlte seine Lippen auf ihrem Mund, roch Ians unverwechselbaren männlichen Duft.

Tränen stiegen in ihr auf. Heiße Tränen, die aus der Tiefe ihrer Seele kamen, sie innerlich verbrannten und in Strömen über ihre Wangen rannten.

Noch nie hatte Zelda so geweint, noch nie hatte ihr Inneres so geschmerzt, noch nie hatte sie sich so ohnmächtig, gottverlassen und einsam gefühlt.

Elizabeth hatte sie angehalten und gefragt, was mit ihr sei, ob sie ihr helfen könne. Auch Laetitia hatte Zelda beim Heimkommen besorgt angeschaut. Doch für Zelda gab es keine Hilfe. Keine Hilfe und keinen Trost.

Sie krümmte sich zusammen wie ein Kind im Mutterbauch, presste ihre Hände auf ihr schmerzendes Inneres und wurde von Schluchzern geschüttelt, die über alle Maßen quälend waren.

Lange weinte sie so, doch endlich gewann die Erschöpfung die Oberhand und schickte Zelda in den Schlaf, der von süßen Träumen gesäumt war.

Zelda träumte von Ian.

Die Sonne schien und verwandelte mit ihren hellen Strahlen das dunkle Grün der Bäume rings um den Bachelor-See in eine leuchtende Farbigkeit. Der Himmel glänzte frisch gewaschen im unschuldigen Blau, ein leiser Wind fuhr durch das Blattwerk und summte eine heitere Melodie.

Zelda lag auf der Wiese am Ufer des Verlangens und träumte mit geschlossenen Augen.

Als sie hörte, dass sich jemand auf leisen Sohlen näherte, verzog sich ihr Mund zu einem Lächeln.

Ihre entspannte Haltung verlor sich, sie bog den Rücken durch, als wollte sie dem, der da kam, mit ihrem Leib einen Gruß darbieten.

Freudige Erwartung durchströmte sie, ihr Herz begann vor Aufregung zu klopfen.

Ihre Lippen zitterten leise, als sich ein anderes Lippenpaar darauf legte. Diese Berührung, leicht und warm, war mehr als ein Kuss. Sie war ein Versprechen. Ein lockendes, verheißungsvolles Versprechen der Ewigkeit. Ja, genau so war es: Mit diesem Kuss begann die Unendlichkeit.

Sie hätte darin versinken mögen.

Ihre Lippen öffneten sich wie zwei Rosenblätter dem Morgentau, um mit den anderen Lippen zu verschmelzen.

Nichts als diesen Kuss gab es mehr. Raum und Zeit waren verloren gegangen. Nein, so war es nicht: Sie waren nicht verloren gegangen, sondern wurden neu erschaffen.

Zelda bog ihren Kopf nach hinten und spürte, die Augen noch immer geschlossen haltend, wie die Lippen über ihre Kehle glitten und sie wehrlos machten.

Eine Hand umfasste behutsam ihre Brust, zwei Finger rieben durch den Stoff des Kleides die empfindliche Spitze, die sich aufrichtete und von innen gegen den Stoff drängte, ihn am liebsten zerrissen hätte, damit nichts mehr Haut von Haut trennen konnte.

Ihr Kleid glitt ihr wie von selbst von den Schultern. Und ihre Hände befreiten gleichzeitig den Mann von seinen Kleidern. Als er sich auf sie legte, ihre Haut endlich mit seiner in Berührung kam, stöhnte sie auf.

Ihr Herz füllte sich mit einer Freude, die sie nicht halten konnte, die aus ihr herausströmte. Ihre Hände flogen über seinen Rücken, suchten Halt, fanden Halt. Sie befühlte seinen Körper mit einer Emsigkeit, die ihr fremd und vertraut zugleich war. Es war ein Nachhausekommen. Es war, als hätte sie etwas gefunden, das sie seit langem gesucht und zum Leben gebraucht hatte. Haut auf Haut. Herz an Herz. Ein Gefühl, das bis zu den Wolken reichte.

Langsam und wie aus einer anderen Welt kommend, öffnete Zelda die Augen. Ians Gesicht war über ihr, vertraut wie die Heimat. Sie umfasste dieses Gesicht mit beiden Händen, als befürchtete sie, es werde vergehen, wenn sie es nicht hielt. Sie würde es für immer halten.

Sein Kuss sättigte sie wie gutes, kräftiges Brot und entfachte gleichzeitig ihren Hunger.

Haut auf Haut. Herz an Herz. Mund an Mund. Plötzlich reichte es nicht mehr.

Zelda hatte das Gefühl, dass selbst die Haut störte. Sie wollte in Ian aufgehen, sich mit ihm vereinen, damit sie für immer untrennbar waren. Nichts sollte zwischen ihnen stehen, nichts Ian von ihr trennen. Nicht einmal die eigene Haut. Nicht die Knochen. Sein Blut sollte durch ihre Adern fließen, ihr Atem durch seine Kehle strömen.

Sie hielt ihn so fest, dass er vor Schmerz leise aufstöhnte, ihre Zähne schnappten nach seiner Lippe, bissen hinein, bis Zelda sein Blut in ihrem Mund schmeckte.

Noch enger wollte sie zu ihm, noch näher bei ihm sein, alles Trennende auflösen. Für immer. Ein Gefühl, das bis zum Himmel reichte.

Ihr Leib bog sich ihm entgegen. Wie von selbst spreizten sich ihre Schenkel, um ihn aufzunehmen, ihm in sich eine Höhle zu bauen, in der er dauern sollte.

Sie nahm seinen Rhythmus auf, sah ihm dabei in die Augen, die immer dunkler wurden, sich verschleierten. Sie sah das Beben seiner Nasenflügel, das leise Zittern seiner Lippen. Sie ertrank in seinem Blick, während er gleichzeitig in ihrer Nässe ertrank.

Für immer. Das war ein Versprechen.

Später, als sie an seiner Brust lag und wieder zu sich gefunden hatte, bedauerte sie die Vergänglichkeit des Gefühls von Ewigkeit.

Sie richtete sich auf und umfasste mit ihren Händen seinen Kopf. Sie ertastete die Form, ließ die Finger in seinen Haaren spielen, strich über sein Gesicht, zog die Linie der Augenbrauen nach, die Nasenflügel, die Form der Lippen.

Sie betrachtete ihn staunend wie ein Kind, war gerührt von seiner Schönheit, hätte ewig sitzen und schauen können. Doch ihre Hände wollten sich seiner versichern. Jeden Winkel wollten sie berühren, in Besitz nehmen.

Sie strich über seinen Hals, hielt an seiner Kehle inne und spürte dem Pulsieren seines Blutes nach. Die Form seiner Schultern passte sich der Wölbung ihrer Hände an, und sie lächelte, strich ihm über die Achseln, die Arme herab, streichelte jeden einzelnen Finger, legte ihre Wange auf seinen Nabel.

Zelda entdeckte Ian. Und mit jeder Berührung nahm sie ihn in sich auf. Sie strich über seine Schenkel, war überrascht von der Zartheit der Kniekehlen, nahm seine Füße in die Hände und hielt sie wie eine Kostbarkeit.

Ian hielt dabei die Augen geschlossen. Ein Zittern durchlief seinen Körper. Zelda konnte es unter ihren Händen spüren.

»Du streifst mir die Haut ab«, sagte er. Seine Stimme klang verwundert, aber vertrauensvoll.

»Ich könnte dir nicht wehtun«, erwiderte Zelda. »Niemals könnte ich das. Eher sterbe ich.«

»Mir ist, als werde ich durch dich neu geboren«, sagte Ian, öffnete die Augen und setzte sich auf. Er fasste nach ihren Händen, legte sie an seine Wangen und schmiegte sein Gesicht hinein.

»Ich liebe dich«, sagte er. »Ich kann ohne dich nicht mehr sein.«

Zelda lachte leise. »Ich kann auch nicht mehr ohne dich sein. Ich könnte es nicht ertragen, dass du stirbst. Ich würde mich neben dich legen und mit dir begraben werden wollen.«

Er zog sie an sich, zog ihren Kopf an seine Brust, als wäre sie ein Kind. Er war gerührt. Beinahe zu Tränen gerührt. Es war ihm ein wenig peinlich, aber er hatte wirklich das Gefühl, Zelda hätte ihm die alte Haut abgestreichelt und mit neuer Haut geboren. Noch nie war ihm ein anderer Mensch so nahe gewesen, noch hatte er geduldet, dass ein anderer Mensch ihm so nahe kam. Nicht seiner Mutter, nicht seiner Schwester, nicht einmal der Frau, von der er bisher gemeint hatte, er hätte sie geliebt. Das hier war anders. Zelda war anders. Seine Liebe zu ihr und ihre Liebe zu ihm waren anders. Sie veränderte alles. Nichts war mehr so, wie es einmal war. Er selbst war nicht mehr der, der er vor Zelda gewesen war.

Sie hörte das Herz in seiner Brust hämmern und hätte es am liebsten in die Hände genommen, damit dieses Herz niemals von irgendjemandem verletzt werden könnte.

Er strich ihr mit einer Hand über das Haar, als wolle er sie mit einer Haube, einem unsichtbaren Schutz versehen. Er hätte gern seine Liebe wie einen Mantel um sie gelegt, damit sie nicht mehr einsam oder verzweifelt sein musste.

Sie sah hoch, und wieder versank einer in den Blicken des anderen wie in einem See.

Er legte sie hin, sah sie an, als wollte er diesen Augenblick niemals vergessen. Dann streichelte er sie auf dieselbe Art und Weise, wie sie ihn gestreichelt hatte.

Und auch Zelda hatte das Gefühl, Ian würde ihr altes Leben von ihr abstreicheln, ihr die Haut abziehen, damit sie nackt wie ein Neugeborenes war und so rein wie ein Neugeborenes mit ihm ihr neues Leben beginnen konnte. Das Leben der Liebe.

Seine Hände glitten über ihren Bauch, massierten ganz leicht ihren Schamhügel, und Zelda glaubte zu zerfließen.

Sein Finger wanderte abwärts, verlor sich zwischen ihren Schenkeln, kostete von der Nässe, und Zelda öffnete sich, so weit sie konnte.

Heiße Flammen loderten durch ihren Körper, versengten ihren Schoß, machten sich in einem kehligen

Laut bemerkbar. Ihr Schoß presste sich gegen seine Hand, die behutsam zum Zentrum ihrer Lust vordrang und die zarte Knospe der Leidenschaft sanft massierte.

»Sieh mich an!«, flüsterte er. »Ich möchte in deinen Augen von deiner Lust lesen.«

Sie tat, was er ihr gesagt hatte, und fand in seinen Augen einen Spiegel ihrer selbst.

Als sein Finger in sie eindrang, verlor sie sich. Ihr Körper gehorchte ihr nicht mehr, sondern wurde beherrscht von Begierde. Sie warf den Kopf hin und her, ihr Stöhnen klang dunkel, entfachte seine Lust, dass es beinahe schon schmerzte.

Wieder drang er in sie ein und Zelda und Ian empfanden dies als Erlösung. Eine leise Erlösung, die das Tor zur Ekstase öffnete.

»Sieh mich an«, sagte er rau, und Zelda sah in seine grünen Augen, hielt sich an ihnen fest, erklomm an seinem Blick den Gipfel der Lust.

Als Zelda erwachte, war sie schweißgebadet und benommen. Sie erinnerte sich sogleich an ihren Traum, aber gleichzeitig war ihr bewusst, dass der Mann, den sie so sehr liebte, dass sie ihm alles von sich schenken wollte, vielleicht in dieser Nacht sterben würde.

Sterben von ihrer Hand. Nein, sie würde das Messer nicht führen, doch sie hatte den Mörder gedungen, würde als Lohn seine Frau werden, ihm ihren Körper schenken, zulassen, dass er von ihr Besitz nahm, in ihre Seele, in ihren Leib, in ihren Schoß drang und seinen Samen darin pflanzte.

Übelkeit stieg in ihr auf.

Sie richtete sich auf, schaffte es gerade noch bis zu ihrem Waschtisch mit der Schüssel und erbrach sich darin.

Sie würgte und würgte, als könnte sie niemals mehr damit aufhören. Sie erbrach alles, was sie im Magen hatte, und danach ihre Seele.

Sie wusste, sie würde versteinern, wenn Ian stürbe. Sie hatte nicht gelogen im Traum, als sie ihm gesagt hatte, sie wolle sich neben ihn legen, wenn er stürbe.

Zelda würde weiterleben, doch ihre Seele, ihre Fähigkeit, zu lieben und geliebt zu werden, würde mit Ian ins Grab gehen. Sie würde zu Stein erstarren, und niemand hätte die Macht, diese Erstarrung zu lösen.

Doch es musste sein. Joan war ihre kleinere Schwester. Sie waren miteinander verbunden durch das Blut ihrer Mutter und die Knochen ihres Vaters. Sie würde ihr Leben geben für das Leben, für das Glück ihrer Schwester.

Zelda dachte nicht darüber nach, ob das richtig war. Es war, wie es war. Nichts gab es daran zu rütteln.

Mit einer müden Handbewegung wischte sie sich den Mund ab. Sie zitterte am ganzen Körper, doch sie wusste nicht, ob diese Schwäche von der Heftigkeit des Traumes rührte oder von der Rebellion in ihrem Innern.

Sie wusch sich das Gesicht, steckte das Haar auf und zog sich an.

Sie wählte die Kleidung, mit der sie von ihrem Vaterhaus bis nach Edinburgh gereist war, zog auch die weichen ledernen Stiefel an, holte ihren kleinen Dolch hervor, prüfte mit dem Daumen die Schärfe und steckte ihn dann in ihren Stiefel.

Sie hätte gern in den Spiegel, in die blank polierte Metallplatte geblickt, um zu sehen, ob sie noch die war, die sie immer gewesen war.

Sie wusste, dass es sich nicht so verhielt, aber sie wusste nicht, ob man es ihr ansah.

Langsam, als bräche unter ihr der Boden, lief sie die wenigen Schritte zum Spiegel, stellte sich mit geschlossenen Augen davor und holte einmal ganz tief Luft.

Dann öffnete sie die Augen und betrachtete sich. Was sie sah, kannte sie nicht, war ihr unvertraut, fremd sogar.

Ihre Augen, noch immer grün wie der Bachelor-See, hatten jeden Glanz verloren. Hart wirkten sie, hart und kalt wie Eiskristalle.

Von den Nasenflügeln zogen sich zwei Linien bis hinunter zu den Mundwinkeln, die sie noch nie zuvor an sich bemerkt hatte. Und der Mund selbst, einst rot und prall, sinnlich und verlockend, wirkte trocken und farblos.

Selbst das Haar schien seinen Glanz eingebüßt zu haben. Ihr Vater hatte es, wenn sie im Schein der Kerzen oder Fackeln saßen, mit einem goldenen Heiligenschein verglichen.

Jetzt schien es Funken zu sprühen. Funken, die nicht wärmten, sondern verbrannten. Sie hob die Hand und strich sich über das Haar. Es fühlte sich trocken und hart an, die Spitzen stachen ihr fast in den Finger.

Erschrocken wandte sie sich ab. Sie drehte sich um und ließ den Blick durch das Zimmer schweifen.

Zelda wusste, sie würde dieses Gemach als eine andere betreten, als sie es jetzt gleich verlassen würde.

Die letzten Minuten ihres arglosen, unschuldigen Lebens hatten begonnen. Schon bald wäre sie mit Schuld beladen – und hatte doch nicht die Macht, dies zu verhindern.

20. Kapitel

Selbst ihre Schritte schienen sich verändert zu haben. Wie kleine Schläge knallten die Absätze der Stiefel auf das Pflaster. Jeder Schritt ein kleiner Donnerhall.

Elizabeth wartete in der Halle auf sie.

Als sie Zelda sah, stand sie auf und ging auf sie zu.

»Ich weiß nicht, was geschehen ist«, sagte sie und zog die junge Highlanderin in ihre Arme. Sie spürte, wie sich deren Körper versteifte. Mitleid durchflutete Elizabeth, und zu gern hätte sie Zelda geholfen.

»Ich weiß nicht, wohin du gehst. Ich weiß nicht, was du vorhast. Aber ich bin sicher, du hast die richtige Entscheidung getroffen. Was immer auch geschieht, dich trifft keine Schuld.«

Zelda löste sich aus Elizabeths Armen und sah die Freundin an. »Niemand ist ohne Schuld«, sagte sie. »Niemand, der sich bekennen muss, kann das, ohne an einem anderen schuldig zu werden. Gott möge mir verzeihen.«

»Gott möge dich schützen«, war alles, was Elizabeth darauf erwidern konnte.

Dann ließ sie Zelda los, blieb stehen, wo sie war, und sah ihr mit hängenden Armen hinterher.

Als sie Tür ins Schloss fiel, seufzte sie, dann faltete sie die Hände und betete.

Zelda bemerkte nichts davon. Sie lief die Royal Mile hinab in Richtung Hafen. Doch entgegen ihrer sonstigen Gewohnheit lief sie langsam. Sie betrachtete die Häuser, die rechts und links aufragten, als sähe sie diese zum ersten Mal. Nichts entging ihrem Blick. Es war, als hätte dieser Tag sogar Zeldas Wahrnehmung verändert.

Sie betrachtete einen Rosenbusch, der vor einer Tür

in einem Kübel blühte, und hätte diesen Rosenbusch am liebsten umarmt.

Selbst einen Straßenköter, der neugierig näher kam und nach ihrem Stiefel schnappte, betrachtete sie liebevoll.

Es ist, als nähme ich Abschied, dachte sie und wunderte sich darüber. Es ist, als käme ich niemals mehr wieder.

Das war nicht so, und doch war es so. Sie würde wieder kommen. In wenigen Stunden schon würde sie das Haus ihrer Tante wieder betreten. Doch sie würde nicht mehr die Zelda sein, die sie war.

Sie war im Begriff, ihre Unschuld zu verlieren, und sie wusste es. Zumindest ahnte sie es.

Zelda sah zum Himmel hinauf und wunderte sich über die blaue Klarheit, die sich schützend über die Stadt gelegt hatte.

Es müsste regnen, dachte sie. Es müsste blitzen und donnern. Der Regen müsste vom Himmel strömen und alles wegwaschen. Aber noch gab es nichts, das weggewaschen werden musste.

Sie war ans Ende der Royal Mile gelangt. Nun begann das Viertel der Handwerker.

Aus einer offenen Tür erklang Lärm. Die zeternde Stimme einer Frau war zu hören, immer wieder unterbrochen von der dunklen Stimme eines Mannes.

Sie sollten nicht streiten, dachte Zelda. Es wäre besser, sie liebten sich und zeigten es sich auch. Die Liebe ist so verletzlich und vergänglich, dass jede ungenutzte Gelegenheit doppelt schmerzt, ist sie erst vertan.

Je näher Zelda der Stelle kam, an der sie mit Allistair verabredet war und die eben jene Stelle war, an der Ian

Laverty jeden Abend auf sie gewartet hatte, desto langsamer wurde ihr Schritt.

Doch irgendwann war sie angekommen. Sie setzte sich auf einen Stein am Ufer und sah hinaus aufs Meer. Es war noch Zeit, die Sonne war noch nicht ganz dem Horizont entgegengefallen, die Kirchenglocken hatten erst die siebente Abendstunde verkündet.

Sie hätte sich umsehen müssen, hätte nach Allistair Ausschau halten sollen, doch sie war wie gelähmt. Jede Bewegung fiel ihr schwer. Es schien unmöglich, den Oberkörper so zu drehen, dass sie sehen konnte, was hinter ihr war. Doch ihre Ohren hörten, was die Augen nicht sehen wollten.

Schritte näherten sich ihrem Platz. Schritte, die sie seit ihrer Kindheit kannte und die als die Schritte des Feindes in ihr Gedächtnis eingegangen waren. Jetzt war aus dem Feind ein Freund geworden. Ein Verbündeter gegen den, den sie liebte.

»Guten Abend, Zelda«, sagte Allistair und berührte flüchtig ihre Schulter.

»Guten Abend, Allistair.«

Sie rückte ein wenig und machte dem Mann, der bald schon ihr Gebieter sein sollte, Platz neben sich. Eine Weile schwiegen sie. Allistair starrte auf den steinigen Strand zu seinen Füßen. Er hatte die Beine gespreizt und die Ellbogen auf die Oberschenkel gestützt. Er sah aus, als dächte er nach.

»Meinst du, er kommt?«, fragte Zelda, und in ihrer Stimme war die Bangigkeit nicht zu überhören.

»Ja. Er wird kommen, da bin ich sicher«, antwortete Allistair Kingsley.

»Was macht dich so sicher?«

Er hob den Oberkörper und sah Zelda an. »Ich habe

ihn heute Nachmittag in dem Pub am Hafen getroffen. Ich schlug ihm vor, heute Abend zu einem Würfelspiel zusammenzutreffen, doch er sagte, er habe keine Zeit. Dabei lächelte er. Ich fragte ihn, ob es irgendein Weib sei, welches ihm die Zeit für ein Spiel unter Männern raubte, und er erwiderte: »Nicht irgendein Weib, sondern das Urbild des Weibes schlechthin. Die Eva aus dem Paradies vor dem Sündenfall.«

Auch Zelda lächelte, als sie diese Worte hörte, doch gleich darauf zog sich ihr Herz schmerzvoll zusammen.

»Du wirst ihn nicht töten, nicht wahr?«, fragte sie bang.

»Er bedeutet dir viel?«

Die Frage ihres zukünftigen Mannes bestürzte sie. Sie schwieg eine kleine Weile, ehe sie erwiderte: »Wie kann mir ein Mann viel bedeuten, wenn ich doch bald die Frau eines anderen sein werde?«

Sie rechnete damit, dass Allistair verärgert wäre, doch er sagte: »Liebe kann man nicht erzwingen. Wir wissen beide, dass Ehen in unserem Stand zumeist aus anderen Gründen geschlossen werden. Es bedeutet schon ein großes Glück, wenn man einander nicht verabscheut.«

Er sah sie an und lächelte, doch in seinen Augen lagen Wehmut und Schmerz, deren Ursache Zelda nicht kannte und auch nicht erraten konnte.

Sie legte ihm kurz eine Hand auf den Arm und sagte leise: »Ich mag dich, Allistair. Und ich hoffe, das reicht für den Rest unseres Lebens.«

»Ich mag dich auch, Zelda. Ich habe dich immer gemocht und sogar bewundert. Selbst, als wir noch Feinde waren.«

Wieder saßen sie schweigend nebeneinander, jeder in

Gedanken versunken, die mit dem anderen nichts zu tun hatten.

»Du musst gehen«, sagte sie schließlich. »Du musst dich verbergen. Es wäre nicht gut, sähe Ian Laverty uns beide zusammen.«

Allistair stand auf. Wieder legte er Zelda für einen kurzen Moment seine Hand auf die Schulter. Und Zelda war dankbar für diese Geste des Verständnisses. Sie legte ihre Hand auf seine, dann stand sie auf.

»Töte ihn nicht. Ich bitte dich sehr darum«, sagte sie noch einmal.

Allistair sah ihr in die Augen. »Ich werde tun, was ich kann. Aber was geschieht, wenn mir keine andere Möglichkeit bleibt?«

»Ich weiß es nicht«, erwiderte Zelda, und Allistair bemerkte die unnatürliche Blässe in ihrem Gesicht. »Ich weiß es nicht. Aber ich werde für uns alle beten.«

Sie sah zu Boden, betrachtete eine Muschel, die zu ihren Füßen lag. Dann hob sie entschlossen den Stiefel und trat mit aller Kraft auf das kalkige Gebilde. Die Muschel zerbarst mit einem Knirschen.

»Es geht um Joan. Sie ist meine Schwester«, sagte Zelda leise. »Wir müssen sie finden, müssen sie befreien aus seinen Händen und sie dorthin zurückbringen, wo sie hingehört: auf die McLain-Manors.«

»Was macht dich so sicher, dass Joan wirklich dorthin gehört?«, fragte Allistair.

Zelda sah verwundert auf. »Wohin denn sonst? Dort ist ihr Zuhause, ihre Heimat. Dort sind die, die sie liebt und braucht«, sagte Zelda mit Überzeugung.

»Ja, das stimmt wohl so.«

Allistair nickte, drehte sich um und ging zu den Klippen, die sich nahe der Küste entlangzogen.

Zelda sah ihm nach, sah ihn zwischen den mächtigen Steinen verschwinden.

Sie wusste, dass er von dort jedes Wort hören und alles sehen konnte. Sie war froh darum, und gleichzeitig bedauerte sie, dass ihr damit die Möglichkeit genommen war, das Schlimmste zu verhindern.

Ab jetzt hatte sie keinerlei Einfluss mehr auf das, was kam. Das Schicksal nahm seinen Lauf.

Ich muss an Joan denken, dachte Zelda. Ich muss ganz fest an sie denken.

Für einen winzigen Moment stellte sich Zelda die Frage, ob es wirklich und wahrhaftig stimmte, dass Joan nach Hause in die Highlands gehörte. Welche Zukunft wartete dort auf sie? Ihr Vater, der alte Lord McLain, würde sie ins Kloster schicken. Und sie würde den Rest ihres Lebens hinter dicken, kalten und dunklen Klostermauern verbringen müssen.

Dann schüttelte Zelda diesen Gedanken ab. Wenn es einen Mann gibt, den sie liebt, so werde ich an ihrer Stelle ins Kloster gehen, schwor sie sich noch einmal. Aber sie glaubte noch immer nicht daran, hoffte, dass der Abend klüger als der Morgen sein würde, dass sich alles zum Guten wenden würde.

Sie sah auf das Meer, das still und friedlich vor ihr lag. Verlockend still. Zelda sehnte sich nach Frieden und nach Stille.

Ich könnte ins Wasser gehen, dachte sie, wenn Ian Laverty stirbt. Für alle wäre es dann leichter. Joan müsste nicht ins Kloster gehen, ich hätte meine Pflicht ihr gegenüber eingelöst und meine Schuld an Ians Tod durch den eigenen Tod abgetragen. Ich müsste nicht leiden seinetwegen, nicht trauern um ihn.

Die Qualen in der Hölle, die jeder erdulden musste, der von eigener Hand in den Tod gegangen war, schienen ihr im Vergleich zu den Qualen, die sie um den toten Liebsten leiden müsste, noch erträglich.

Zelda seufzte. Ihr Herz war schwer und schmerzte. Sie fühlte sich außer Stande, irgendetwas zu tun. Erstarrt zu kaltem Stein fühlte sie sich, ihr Herz von einer Schicht aus Eis überzogen.

Sie starrte auf die stille Oberfläche des Meeres, die im Licht der untergehenden Sonne rot wie Blut war.

Ein großer Vogel flog über sie hinweg. Ein Adler vielleicht. Im letzten Schein der Sonne warf er einen Schatten auf den Strand. Der Schatten sah aus wie ein Kreuz.

Zelda erschauerte. Sie hielt diesen Schatten für ein Zeichen, das Kreuz als Ankündigung eines Todes.

Sie beugte sich nach vorn, wühlte mit ihren Fingern zwischen kleinen Steinen und Muscheln herum. Sie suchte nach Halt, doch sie fand keinen.

Ihr Seufzen drang bis zu Allistair, der sich in den Klippen verbarg. Das Herz zog sich vor Mitgefühl mit Zelda zusammen, doch er wusste, dass er ihr diese Qualen bereiten musste. Es gab keine andere Möglichkeit.

Eher als Zelda sah Allistair Ian Laverty vom Hafen herunter auf den Strand kommen. Langsam ging er, ganz versunken in den Anblick der Frau auf dem Stein.

Wie ein Engel kam sie ihm vor. Ein Racheengel mit einem Feuerkranz aus roten Haaren.

Er blieb stehen, betrachtete sie einen Augenblick lang, dann lächelte er, trat langsam näher.

»Guten Abend, Waldfee«, sagte er.

Zelda erschrak. Sie war so in Gedanken versunken gewesen, dass sie Ians Nahen nicht bemerkt hatte. Sie fuhr herum, sah ihm direkt in die hellen, klaren Augen, sah seine Blicke, die über ihr Gesicht fuhren und sie zu streicheln schienen.

Sie fuhr hoch, flog beinahe in seine Arme und presste sich fest an ihn. »Ich liebe dich«, sagte sie. »Oh, Ian, ich liebe dich so.«

Die Worte waren wie von selbst in ihren Mund geraten. Sie drängte sich an ihn, hielt ihn mit ihren Armen umschlungen, als wollte sie seinen Körper mit ihrem Leib schützen.

»Ich liebe dich«, flüstere sie. »Aber ich liebe auch Joan. Sie ist meine Schwester. Verzeih mir, Ian.«

Er hatte die Worte kaum verstanden, griff mit der Hand unter ihr Kinn und zwang sie, ihn anzusehen.

»Was hast du da gesagt, Waldfee? Wiederhole deine Worte, ich bitte dich.«

Zelda sah ihm in die Augen, die so klar, offen und ohne Falsch in ihr Gesicht blickten, dass ihr Herz sich zusammenzog.

»Ich liebe dich«, wiederholte sie. »Ich liebe dich mehr, als ich sagen kann. Aber Joan, das Mädchen, welches du aus den Highlands geraubt hast, ist meine Schwester. Sag mir, wo sie ist, was mit ihr geschehen soll, wer der Mann ist, dem du sie verkauft hast. Sag es mir, wenn dir dein Leben lieb ist.«

Ian schüttelte voller Verwunderung den Kopf. »Joan ist deine Schwester? Und du glaubst, ich hätte sie von den McLain-Manors geraubt, um sie nach Frankreich zu verkaufen?«

Sie sah ihn fest an. »Ja, das glaube ich.«

»Und du liebst mich trotzdem?«

»Ich wünschte, ich würde dich nicht lieben«, sagte sie und presste sich noch einmal ganz fest an ihn.

Ian stand mit dem Blick zum Meer, Zelda sah über

seine Schultern auf die Klippen, in denen sich Allistair versteckt hielt.

Sie sah den Feind aus Kindertagen langsam und auf leisen Sohlen näher kommen, sah den dicken Knüppel in seiner Hand.

Noch ein letztes Mal presste sie ihren Mund auf Ians, schmeckte ihn noch einmal, vermischte noch einmal ihren Atem mit den seinen, roch ihn, fühlte ihn.

Dann, als Allistair nur wenige Schritte hinter ihnen stand, stieß sie den Geliebten weg, drehte sich um und rannte zum Ufer des Meeres.

Sie hockte sich hin, legte die Hände auf die Ohren und schloss die Augen. Sie wollte nichts hören, nichts sehen. Sie wollte einfach nur, dass es vorbei war und ihre Schwester bald in Sicherheit.

Doch der Lärm des Kampfes war so laut, dass er ihren Schutz durchbrach.

»Wo ist Joan, du Lump?«, hörte sie Allistair brüllen. »Wo ist sie versteckt? Rede, wenn dir dein Leben lieb ist.«

»Ich weiß es nicht«, hörte sie Ian antworten. »Und selbst wenn ich es wüsste, würde ich es dir nicht sagen.«

Sie hörte einen Schlag, der nach einer kräftigen Ohrfeige klang, hörte ein Stöhnen, einen weiteren Schlag und wieder ein Stöhnen.

Ein Männerkörper fiel zu Boden, doch sie hatte noch immer die Augen geschlossen, sodass sie nicht sagen konnte, ob es Ian oder Allistair war, der in die Knie gegangen war.

Sie hörte Schmerzensschreie, das Keuchen der miteinander kämpfenden Männer.

Dann hörte sie einen kräftigen Schlag, der von dem Knüppel zu rühren schien, den Allistair in der Hand gehalten hatte. Ein einziger Schlag nur, ein letztes Aufstöhnen, dann herrschte Stille.

Die Stille schrie, dröhnte Zelda in den Ohren. »Nein«, flüsterte sie. »Lieber Gott, bitte nicht.«

Sie öffnete die Augen, nahm die Hände herunter, stand auf und wandte sich um.

Sie hoffte, erneut Lärm zu hören. Lärm, der ihr sagte, dass beide noch am Leben waren. Doch sie hörte nichts. Nur diese Stille, die ihr in den Ohren gellte.

Endlich drehte sie sich um, sah Ian mit verrenkten Gliedern am Boden liegen, während Allistair mit dem Knüppel in der Hand neben ihm stand und auf den leblosen Körper herunterstarrte.

»Nein!«, schrie Zelda und rannte zu Ian.

Sie kniete sich neben ihn, umfasste sein Gesicht mit ihren Händen, sein Gesicht, dass ihr blutleer und maskenhaft starr wie das eines Toten schien.

Tränen stiegen in ihr auf, strömten über ihre Wangen und benetzten das Gesicht des Liegenden.

»Nein«, flüsterte Zelda. »Nein, nein, nein, nein.«

Sie sah zum Himmel, als erhoffte sie von dort ein Wunder, schüttelte den Kopf und schrie gellend: »*Nein!*«

Dann warf sie sich auf Ian, bedeckte sein Gesicht mit Küssen, rüttelte an seiner Schulter. »Ian, du darfst nicht tot sein. Ian, wach auf. *Ian!*«

Doch der Liegende rührte sich nicht. Sie benetzte sein Gesicht mit Tränen, blind und taub für alles, was ringsum geschah. Zelda war gefangen in ihrem Schmerz, für den es keinen Trost gab.

»Ich liebe dich, Ian«, flüsterte sie, und es war ihr gleichgültig, ob der Mann, den sie in Kürze heiraten musste, diese Worte hörte. Bisher hatte sie vermieden, die Gefühle für Ian in Worte zu fassen. Sie hatte Allistair nicht verletzen wollen. Doch nun, beim Anblick des leblosen Körpers, vergaß sie alles um sich herum.

»Ich liebe dich, Ian. Ich wünschte, ich wäre mit dir gestorben.«

Sie spürte, wie sich eine Hand auf ihre Schulter legte, doch sie kümmerte sich nicht darum. Sie weinte um ihren toten Liebsten, weinte um ihre verlorene Liebe, ihre verlorenen Hoffnungen, Sehnsüchte und Wünsche, weinte auch um ihre Zukunft, die mit Ians Tod am steinigen Strand von Edinburgh zu Ende gegangen war, bevor sie die Möglichkeit gehabt hatte, einen Anfang zu nehmen.

»Zelda!«

Der Klang der Stimme durchdrang die Mauer des Schmerzes, in dem Zelda gefangen war. Wie ein Echo aus längst vergangenen Tagen erreichte er ihr Ohr.

Langsam, wie aus dem übelsten aller Träume erwachend, den eigenen Ohren nicht trauend, hob Zelda den Kopf und verharrte. Mit den Händen hielt sie noch immer den leblosen Ian Laverty, der Oberkörper war schon halb umgewandt zu der vertrauten Stimme. Doch sie hielt in der Bewegung inne, als wäre sie plötzlich zu Stein erstarrt, als hätte sie Angst, sich ganz umzuwenden und enttäuscht zu werden.

Zelda kannte die Stimme, fast so lange sie lebte. Unter tausenden hätte sie sie herauszufinden vermocht. Und doch fühlte sie sich nun genarrt. Auf die gemeinste, hinterhältigste, übelste Art genarrt.

Ist mein Schmerz noch nicht groß genug?, dachte sie. Wer ist so grausam?

Sie spürte mit aller Deutlichkeit die Leichtigkeit einer Hand auf ihrer Schulter, fühlte deren Wärme durch den Stoff hindurch – und hätte diese grausame Hand am liebsten mit aller Kraft weggeschlagen.

»Zelda!« Wieder diese Stimme. Leise, zart, schmeichelnd, wohl vertraut.

»Zelda!«

Jetzt drehte sie sich um, ganz langsam, Zentimeter für Zentimeter, als wäre sie eine Marionette, deren Bewegungen in der Macht eines anderen lagen.

Sie hob die Augen, bereit, in die Hölle zu sehen, doch sie sah, was sie beinahe am meisten wünschte: Joan.

Da stand ihre Schwester, zerbrechlich wirkend in dem grauen Kleid, blass und mit verweinten Augen, sah sie sie an und streckte die Hand nach ihr aus.

»Zelda, meine liebe Zelda!«

Zelda ergriff diese Hand, war zu schwer, um sich aus eigener Kraft erheben zu können.

Joan stemmte die Füße in den Boden, zog an ihr, zog sie weg von Ian Laverty, brauchte Allistairs Hilfe dabei.

Sie fassten Zelda unter den Achseln, zogen sie hoch, doch Zelda konnte nicht stehen, ihre Knie zitterten, sie sackte einfach weg, fiel gegen Joan, klammerte sich an sie.

»Joan!«

»Es ist alles gut, Zelda. Alles ist gut«, flüsterte die kleine Schwester und strich ihr beruhigend über den Rücken. »Es ist vorbei, und alles ist gut.«

»Ja, du bist da«, flüsterte Zelda, und wieder strömten ihr die Tränen über ihre Wangen, Tränen der Trauer, des Schmerzes und zugleich Tränen der Freude und der Erleichterung.

»Ich habe dich wieder, Joan.«

»Alles ist gut.«

Zelda schüttelte den Kopf. »Er ist tot«, hauchte sie, und beinahe versagte ihr die Stimme. »Er ist tot. Und ich habe seinen Mörder gedungen.«

»Nein«, flüsterte Joan zurück. »Er lebt. Ian ist nicht tot. Dreh dich um, und sieh selbst.«

Zeldas Schluchzen wurde lauter, ungehemmter. Alle Schleusen öffneten sich, und Zelda verströmte ungehemmt ihre Trauer, ihr Leid, ihren Schmerz.

»Es ist alles gut. Dreh dich um, Zelda. Ich bitte dich darum«, drängte Joan, hielt die Schwester aber weiter im Arm, so fest sie nur konnte.

Plötzlich spürte Zelda einen Arm, der sich um ihre Hüfte schlang. Ein herb-männlicher Geruch füllte ihre Nase.

»Ich liebe dich, Zelda McLain. Und ich bitte dich, sieh mir in die Augen.«

Beim Klang dieser Worte versteifte sie sich in Joans Arm, drohte zu Boden zu fallen, doch sie fand Halt an einer breiten Brust, Halt in zwei starken Armen, die sie von der Schwester lösten und hielten.

»Ian?«

Es war kein Schrei, kein Schluchzen, kein Weinen. Es war ein Laut der Überraschung, ein Laut, den man im Angesicht von Wundern ausstößt.

Zelda fand sich in Ians Armen, spürte die Nähe ihrer kleinen Schwester im Rücken und weinte und lachte gleichzeitig, verstand nichts, überhaupt nichts, doch das war ihr gleichgültig. Sie wollte nichts verstehen, nichts wissen, denn die beiden Menschen, die sie am meisten auf dieser Welt liebte, waren bei ihr, und sie war bei ihnen.

21. Kapitel

»Ian!« Sie schluchzte an seiner Brust, sah hoch, strich mit den Händen über sein Gesicht, als wollte sie sich vergewissern, dass ihre Augen sie nicht täuschten.

Ihre Lippen küssten seine Augen, seine Wangen, das Kinn.

Dann endlich fanden sich ihre Münder, und aus zwei Lippenpaaren wurde ein einziges. Der salzige Geschmack der Tränen und der bittere des Leids vermischten sich mit dem Geschmack seines Mundes. Das Leid verging, die Tränen trockneten.

»Ich liebe dich, Ian!«, sagte sie wieder und fügte hinzu: »Ich glaubte, du wärest tot.«

Sie brauchte noch eine ganze Weile, ehe sie wirklich begriff, dass Ian und auch Joan lebten, dass sie unversehrt waren und hier mit ihr am Ufer des Meeres waren.

Ian hatte seinen Umhang auf den Strand gelegt und Zelda vorsichtig darauf gebettet. Allistair legte seinen Umhang daneben, ging zurück zu den Klippen und brachte einen Korb, gefüllt mit Brot, Käse, Schinken, Äpfeln und einem großen Krug mit starkem Ale.

Zelda suchte mit der Linken nach der Hand ihrer Schwester, die Rechte ruhte auf Ians Knie.

»Was ist hier los?«, fragte sie schließlich und betrachtete verwunderten Blickes Allistair Kingsley, ihren zukünftigen Gemahl, der sich neben ihre Schwester setzte, den Arm um ihre Schulter legte und sie liebevoll an sich zog. Und sie betrachtete mit derselben Verwunderung Joan, die zu Allistair aufsah und ihm einen Blick voller Liebe und Vertrauen schenkte.

»Was ist hier los?«, fragte sie noch einmal.

Ian zog sie an sich, küsste sie behutsam auf die Schläfen und sagte: »Gleich wirst du alles erfahren. Aber vorher musst du versprechen, dass du mich niemals wieder in deinem ganzen Leben verlässt!«

Zelda sah auf und erwiderte ernsthaft und voller Entschlossenheit: »Ich liebe dich, Ian, und ich wünschte mir nichts sehnlicher, als für den Rest meines Lebens an deiner Seite zu sein. Doch ich habe einen Schwur geleistet, und ich wäre keine Highlanderin, würde ich diesen Schwur verraten.«

»Ich weiß, Liebste. Aber ich möchte, dass du mir vertraust. Bitte, Zelda, vertraue mir genau so wie damals am Ufer des Verlangens. Versprich mir, dass du mich niemals mehr verlässt, und ich verspreche dir, dass du deinen Schwur einlösen wirst.«

Zelda musste nicht lange überlegen. Als sie ihn tot am Boden geglaubt hatte, war ihr mit aller Deutlichkeit bewusst geworden, wie groß und allumfassend die Liebe war, die sie für ihn empfand. Ian Laverty, das wusste sie mit aller Sicherheit, war die Essenz ihres Lebens. Keinen Tag mehr wollte sie ohne ihn sein. Lieber tot als allein.

Und sie vertraute ihm. Die Liebe gab ihr die Kraft dazu, die Liebe gab ihr den Glauben an ihn.

»Ja, Ian, ich werde für immer bei dir bleiben«, sagte sie. »Und auch, wenn ich nicht weiß, wie das möglich sein sollte, verspreche ich es dir. Ich verspreche es dir beim Leben meiner Schwester Joan.«

Ian küsste sie, und als sie beide wieder zu Atem kamen, hob er an: »Ich möchte dir, Zelda, eine Geschichte erzählen, die so schön, so romantisch ist, wie nur das Leben sie schreiben kann. Ich möchte dir die Geschichte einer Liebe erzählen, die so groß ist, dass sie selbst den Tod nicht scheut. Eine Liebe, wie ich sie mir mit dir wünsche.

Sie beginnt am Ufer des Verlangens. Es ist Nacht, und eine junge Frau nimmt Abschied von ihrem Geliebten. Der Vater hat verfügt, dass sie in ein Kloster gehen soll. Der Liebste aber ist der Schwester versprochen.

›Ich werde eine Lösung finden‹, ruft ihr der Liebste hinterher, als sie, noch einen letzten Blick auf ihn werfend, im Dunkel des Waldes verschwindet, dem sie von ihrer Trauer berichten will.

Der Liebste kann sie nicht lassen, kann nicht ertragen, sie im Kloster zu wissen. Ein Leben ohne sie wäre für ihn kein Leben. Er sinnt nach einem Weg, der sie wieder zu ihm führt. Dabei fällt ihm ein Freund ein, mit dem er Seite an Seite im Rosenkrieg gekämpft hat. Er hat diesem Freund einst das Leben gerettet, und nun hofft er, dass dieser Freund aus Kriegstagen ihm hilft, sein Leben und seine Liebe zu retten. Er schickt einen Boten mit einer Nachricht. Er hat Glück, denn der Freund weilt gerade in den Highlands. Schon bald darauf betritt er das Haus des unglücklich Liebenden. Gemeinsam schmieden sie einen Plan, der verhindern soll, dass die Liebste ins Kloster gehen muss. Er ist bereit, auf alles zu verzichten, was ihm je etwas bedeutet hat: sein Name, seine Ehre, seine Freunde, die Familie und der Besitz, der seit vier Jahrhunderten in den Händen dieses schottischen Clans liegt.

Die beiden Freunde beschließen, das Mädchen zu rauben und es nach Edinburgh zu bringen, denn von dort aus will der Liebste mit ihm nach Frankreich gehen und ein neues Leben aufbauen.

Er bittet den Freund, das Mädchen für ihn aus dem Vaterhaus zu entführen und in die schottische Hauptstadt zu bringen. Der Freund soll dies tun, um den Verdacht auf eine Mädchenräuberbande zu lenken. Auf keinen Fall wollen sie vor der Abreise nach Frankreich gefunden werden.

Er schreibt der Liebsten einen Brief, und in der Nacht, als der Fremde sie holen will, liest sie die Zeilen. Sie entscheidet sich sofort, dem Freund zu folgen, in Edinburgh auf ihren Liebsten zu treffen und mit ihm Schottland zu verlassen. Sie weiß, dass sie die Heimat, die geliebte Schwester und den Vater niemals wieder sehen wird. Doch ihre Liebe ist so groß, dass es keine andere Möglichkeit zu geben scheint, sie leben zu können.

Einen Tag vor der Flucht unternimmt der Freund aus Kriegstagen einen Ausflug zum Bachelor-See. Er sucht die Stille, doch am See trifft er ein Mädchen. Niemals hätte er gedacht, dass er sich noch einmal verlieben könnte, doch bei ihrem Anblick weiß er sofort, dass sie die Frau ist, nach der er immer gesucht hat. Sein Herz ist verhärtet gewesen, denn schon einmal hat er eine Frau verloren, die er zu lieben glaubte. Er konnte sie nicht heiraten, weil ihr Vater sie einem anderen aus reiner Habgier versprochen hatte. Sie ging ins Wasser, konnte es nicht ertragen, mit einem anderen Tisch und Bett teilen zu müssen. Er blieb untröstlich zurück, schmückte ihr Grab, das vor den Toren des Friedhofs lag, schwor, sie nie zu vergessen und ihren Tod an ihrem Vater zu rächen.

Doch dann traf er dieses Mädchen. Es war schön und geheimnisvoll wie eine Waldfee. Es war anders als alle anderen, die er je getroffen hatte. Es war die Richtige.

Am liebsten hätte er seine Waldfee niemals wieder fortgelassen, doch er musste zuerst den Auftrag seines Freundes erfüllen.

Tags darauf sah er sie wieder und versprach ihr, dass er zurückkommen wolle, um sie zu holen. In der Nacht stahl er die Liebste des Freundes und reiste mit ihr über

Dundee nach Edinburgh. Er hatte Eile, wollte so schnell wie möglich zu seiner Waldfee, von der er nicht einmal den Namen kannte.

Der Plan ging auf. Doch niemand hatte mit der Hartnäckigkeit der Schwester des scheinbar geraubten Mädchens gerechnet. Sie verfolgte die Spur bis nach Edinburgh.

Um ein Haar hätte sie es sogar geschafft, Zeugin zu werden, wie der Freund dem Liebsten sein Mädchen übergab und dafür ein Lederbeutelchen mit dem Ring der Mutter des Mädchens in Empfang nahm, welches er an die Schwester weiterleiten sollte.

Es begann ein Versteckspiel. Das Schiff, das die Liebenden nach Frankreich bringen sollte, würde erst in vier Tagen in See stechen. Und diese vier Tage mussten die Liebenden in einem Versteck verbringen. Wo würde man niemals nach einer jungen Lady und einem jungen Lord aus den Highlands suchen?

In einem Freudenhaus! Dort lebten die beiden, glücklich, sich endlich gefunden zu haben und beieinander sein zu können, ängstlich, weil ihr Glück noch immer bedroht war, und voller Traurigkeit ob des Leides, das sie ihren Familien zufügen mussten.

Für den Freund war seine Aufgabe mit der Übergabe erledigt. Er traf Vorbereitungen, in die Highlands zu reisen und die unbekannte Waldfee, wer immer sie auch sein mochte, als seine Braut nach Hause zu führen.

Doch wie groß war sein Erstaunen, als er sie plötzlich im Hafen von Edinburgh traf. Noch immer verweigerte sie ihm jede Auskunft über ihre Person. Beharrlich fragte sie nach seinem ersten Aufenthalt in den Highlands. Doch der Freund war ein treuer Freund. Er hatte versprochen, erst zu reden, wenn die Liebenden in Sicherheit waren. Er hielt sein Versprechen, auch wenn er ahnte, dass seine Waldfee auf eine bestimmte Weise mit den beiden Liebenden verbunden war …«

»Ich weiß, wie es weiterging«, sagte Zelda. Ihr Gesicht war von einem leuchtenden Strahlen überzogen. Sie blickte zu Joan und Allistair, sah sie freudig und liebevoll an.

»Du bist der Freund, Ian, dem Allistair das Leben gerettet hat. Allistair Kingsley, der Joan liebt, aber mir zum Manne versprochen war. Allistair Kingsley, der sein Versprechen am Bachelor-See eingehalten hat, so wie du das deine gehalten hast. Der Kampf vorhin war ein Spiel, um zu prüfen, ob meine Liebe zu dir wirklich ist oder nur vorgetäuscht, um dir den Aufenthaltsort von Joan zu entlocken.«

»Ja, so war es. Obwohl ich im Grunde nicht an deiner Liebe gezweifelt habe, wollte ich ganz sicher sein. Deine Trauer um meinen scheinbaren Tod, dein namenloses Leid haben mich restlos überzeugt. Dich, Lady Zelda McLain, möchte ich zu meinem Weib machen, in Liebe und Treue zu dir stehen bis an das Ende unserer Tage.«

»Ja, das möchte ich auch, Ian Laverty«, flüsterte Zelda und hauchte einen Kuss auf seine Lippen. Doch dann schrak sie zurück.

»Es wird nicht möglich sein, Ian. Wir werden niemals ein gemeinsames Leben haben können«, sagte sie mit einer Stimme, die rau und dunkel vor Wehmut war.

»Ich habe geschworen, an Joans statt ins Kloster zu gehen, wenn es die Liebe war, die sie dazu gebracht hat, die Heimat und ihre Familie zu verlassen. Ich wusste, diese Liebe würde so groß sein, dass man sich davor nur in Ehrfurcht verneigen kann. Ich werde meinen

Schwur nicht brechen und an Joans Stelle ins Kloster gehen.«

»Reizt dich das Klosterleben gar so sehr?«, fragte Ian, und Zelda hörte einen leisen Spott in seiner Stimme, den sie nicht verstand.

»Mein Vater hat nur die Mittel für eine Mitgift«, sagte sie traurig, aber entschlossen.

Nun meldete sich Allistair zu Wort. Er beugte sich herüber und nahm Zeldas Hand. »Ich verneige mich in großer Achtung vor dir, Zelda. Du bist bereit, für das Glück deiner Schwester auf das eigene zu verzichten. Es gibt wahrlich nur wenige Menschen, die so von Herzen lieben wie du.«

Joan legte Zelda die Hand auf den Arm, sah ihr in die Augen und sagte nur zwei Worte: »Danke, Schwester.«

Plötzlich klatschte Ian in die Hände, holte vier Becher aus dem Korb, entkorkte den Krug mit Ale, schenkte ein und reichte einem jeden einen vollen Becher: »Ich trinke auf die edle Gesinnung, auf die Schönheit und die Güte meiner Braut. Ich trinke auf Lady Zelda McLain und frage sie hiermit offiziell und vor Zeugen, ob sie meine Frau werden möchte.«

Ian hielt Zelda seinen Becher hin, sah sie fragend an und sagte in aller Form: »Möchtest du meine Frau werden?«

»Ja«, erwiderte Zelda. »Wenn es irgendeine Möglichkeit gäbe, dich zu heiraten, so würde ich es tun. Doch die Mitgift...«

»Pst«, machte Ian und legte ihr einen Finger über den Mund. »Glaubst du wirklich, die Frau des größten Reeders vor Lord Hallberry brauchte eine Mitgift? Nein, Zelda, du bist der größte aller Schätze, bist nicht mit Gold oder Gut aufzuwiegen.«

»Du … du … du bist Reeder? Bist du deshalb jeden Tag im Hafen? Ich … ich dachte …«

Wieder unterbrach Ian sie. »Ich weiß, was du dachtest, mein Herz, und es ist ein weiterer Beweis deiner Liebe, dass du mich trotzdem zum Manne nehmen würdest, auch wenn ich ein Halunke wäre. Aber das bin ich nicht. Lord Ian Laverty hat die Reederei seines Vaters geerbt. Das war auch der Grund, warum er die Tochter seines ärgsten Konkurrenten, Gwyneth Hallberry, nicht heiraten durfte.

Und so Leid es mir tut, dass sie viel zu früh und vollkommen unnötig gestorben ist, so glücklich bin ich, dich gefunden zu haben. Bleib bei mir in Edinburgh als Lady Laverty, und lass Allistair und Joan in den Highlands miteinander glücklich werden.«

»Von Herzen gern«, erwiderte Zelda, umarmte Allistair und Joan.

Dann stießen sie alle vier mit ihren Alebechern an, und Zelda warf einen Blick nach oben zum Himmel, an dem inzwischen die Sterne wie kleine Diamanten funkelten und das silberne Licht des Mondes verstärkten.

»Danke, lieber Gott«, sagte sie.

Epilog

Am Bachelor-See, direkt am Ufer des Verlangens, herrschte hektische Betriebsamkeit.

Knechte und Mägde hatten Tische und Bänke mit Fuhrwerken an den See gebracht. Zwei weitere Fuhrwerke, beladen mit Weinschläuchen, Obst, Gemüse, Pasteten, gebratenem Fleisch, Kuchen und anderen Köstlichkeiten, standen bereit.

Die Frauen waren damit beschäftigt, Leinentücher über die Tische zu legen, andere waren in den Wald geeilt, um Blumen für den Tischschmuck zu pflücken.

An einem schattigen Plätzchen unter einem alten Baum saß Laetitia Dalrumple lächelnd und hielt die Hand auf ihren schweren Leib. Ihr Mann saß neben ihr und stützte mit einer Hand ihren Rücken. Auf der anderen Seite neben Laetitia aber saß Elizabeth, und die Vorfreude hatte ihr die Wangen rosig gefärbt.

Ian Laverty stand zwischen dem alten Lord McLain, Allistair Kingsley und dessen Vater Lord Kingsley.

Er lächelte, stand in entspannter Haltung da und betrachtete das emsige Treiben. Auch die beiden alten Herren strahlten eine tiefe Zufriedenheit aus.

»Hier hat alles angefangen«, sagte Ian. Die anderen drei Männer nickten.

Auch ihre Geschichten waren eng mit dem See verknüpft.

»Der Krieg der Clans hat hier begonnen«, sagte der alte Kingsley und legte seinem ehemaligen Feind eine Hand auf die Schultern.